Iris Amstätten

Jetzt bin ich frei für dich

Wer war am Giftschrank in der Nacht?

Nach langer Zeit kam er zurück

www.karl-mueller-verlag.de

Umschlagfoto: gettyimages
Satz: ICS Internationale Communikations-Service GmbH, Bergisch Gladbach
Druck und Bindung: GGP Media, Pößneck
Printed in Germany

ISBN 3-8336-0175-2

Iris Amstätten

Jetzt bin ich frei für dich

Geht nun ihr Leidensweg zu Ende?

»Tommy!« rief Dagmar Sontheim, als sie abends die Wohnungstür aufschloss. »Hallo, Spatz, wo steckst du?«

Dagmar blieb in der Diele stehen und neigte lauschend den Kopf, niemand antwortete ihr. Die junge Frau hatte schon viele ähnliche Abende erlebt, und ihr Herz klopfte plötzlich dumpf und schwer. Sie hatte Angst. Was würde sie erwarten?

»Tommy!« rief sie noch einmal, doch diesmal lauter. Dagmar ging zum Kinderzimmer, und als sie die Tür öffnete, hörte sie ihren kleinen Jungen leise weinen.

Dagmars Hand tastete sich zum Lichtschalter, doch sie zögerte. Sie ahnte, was vorgefallen war, und doch hatte sie Angst davor, der Wahrheit ins Gesicht zu sehen.

Das Weinen des Kindes klang wie das Wimmern eines geschundenen Tieres, und Dagmar presste unwillkürlich beide Hände ans Herz. Die junge Frau litt mit ihrem Kind, und sie merkte gar nicht, dass ihr die Tränen über die Wangen liefen.

»Oh, Tommy, Tommy, was hat Papi wieder mit dir gemacht?« rief sie schluchzend. Dagmar Sontheim drückte den Lichtschalter herunter. Verzweiflung lag in ihrem Blick, als sie sich umschaute.

»Mami«, wimmerte der Kleine, der sich hinter einer kleinen Kommode verkrochen hatte. Die hellblonden Locken klebten schweißnass an seinem Kopf, dunkelrote Striemen zogen sich quer über seine Wange. Seine großen blauen Augen waren angstvoll aufgerissen, das Gesicht tränennass.

Ein Ruf des Entsetzens kam über Dagmars Lippen, sie litt mit ihrem Kind und war doch nicht in der Lage ihm wirklich zu helfen. Die junge Mutter lief zu ihm, kniete sich vor ihm auf den Boden und schlang die Arme um den kleinen geschundenen Körper. Sie wiegte ihr Kind in den Armen und murmelte beruhigende Worte.

Dagmar Sontheim spürte, wie Tommy sich langsam beruhigte. Sein Schluchzen wurde leiser, doch er zitterte immer noch am ganzen Körper. Fest schlang er die Arme um ihren Hals, und er klammerte sich an sie, als wollte er sie nie wieder loslassen.

»Ganz ruhig, mein Kleiner, deine Mami bleibt jetzt bei dir«, sagte Dagmar leise und streichelte unaufhörlich seine schmalen Schultern. »Weißt du was, ich mache dir eine heiße Milch und bringe sie dir ans Bett. Wenn du sie ausgetrunken hast, nehme ich dich in die Arme, und ich halte dich solange fest, bis du eingeschlafen bist.«

Der kleine Blondschopf zog geräuschvoll die Nase hoch, ließ sich von seiner Mutter aufs Bett legen und ausziehen. Dagmar wurde bleich, als sie die vielen blauen Flecken sah, mit denen der kleine Körper bedeckt war. Schnell beugte sie sich zu Thomas hinunter und küsste ihn auf Augen, Mund und Wangen.

»Hab keine Angst, ich gehe nur in die Küche. Ich ...«

»Und wenn Papi wiederkommt und mich noch mal verhaut?« fragte Tommy, und seine Stimme klang wie die eines kleinen verängstigten Vogels.

»Er kommt nicht«, würgte Dagmar hervor und stand rasch auf. »Ich bin gleich wieder zurück.«

Dagmar verließ rasch das Kinderzimmer. Als sie allein war, ließ sie ihren Tränen freien Lauf. Sie presste die Hände an die Lippen, damit der Junge das Weinen nicht hörte. Langsam und ein wenig taumelnd ging sie in die Küche und erhitzte die Milch für Tommy. Die besorgte Mutter träufelte Honig hinein und rührte das Getränk um, damit es für den

Kleinen ja nicht zu heiß war und er sofort trinken konnte.

Als sie kurz darauf ins Kinderzimmer zurückkam, war Tommy schon eingeschlafen. Sein Gesicht zeigte einen gequälten Ausdruck, seine Hände verkrampften sich in der Bettdecke.

Dagmar stellte die Milch auf das Nachtkommödchen und kauerte sich neben das Bett. Behutsam, um ihn nicht zu wecken, strich sie ihm eine Haarsträhne aus seiner Stirn und flüsterte: »Du bist das Einzige auf dieser Welt, was mir noch lieb und wichtig ist, Tommy. Ich würde uns gerne helfen, aber ich weiß nicht wie.«

Täuschte sie sich, oder glitt tatsächlich ein winziges Lächeln über Tommys Gesicht? War es möglich, dass er sogar im Schlaf noch ihre Worte gehört hatte? Dagmar presste die Lippen fest aufeinander, und ein weher Seufzer entschlüpfte ihr.

Zufällig fiel Dagmars Blick auf die Uhr, die auf dem Nachttisch stand. Sie erschrak, denn sie musste damit rechnen, dass ihr Mann jeden Augenblick nach Hause kommen konnte. Sie wusste, wie wütend Heinz werden konnte, wenn das Abendessen nicht rechtzeitig auf dem Tisch stand. Langsam, ohne ein Geräusch zu verursachen, stand Dagmar auf und schlich auf Zehenspitzen aus dem Kinderzimmer.

Während sie das Essen, das sie bereits tags zuvor zubereitet hatte, aufwärmte, schweiften ihre Gedanken in die Vergangenheit zurück.

Dagmar erinnerte sich an die Zeit, in der Heinz für sie das Wichtigste auf der Welt gewesen war. Nichts und niemand hatte sie damals davon abbringen können, den charmanten jungen Mann zu heiraten. Ihre Eltern hatten damals mit Engelszungen auf sie eingeredet, doch sie hatte nicht auf sie hören wollen.

Ein bitteres Lachen kam über Dagmars Lippen. Wer nicht hören will, muss fühlen, dachte sie. Ja, sie hatte für ihre Dummheit bezahlen müssen. Es war ihr in ihrer Ehe nichts erspart geblieben. Der liebenswerte und charmante Heinz hatte sich bereits nach wenigen Wochen so verändert, dass sie ihn kaum wiedererkannte. Die Abende mit seinen Freunden und Kollegen waren ihm wichtiger als die Zweisamkeit mit ihr, und schon sehr bald hatte sie entdeckt, dass sie nicht die einzige Frau in seinem Leben war.

»O ja, ich durfte ihm Hemden waschen, Socken stopfen, ich durfte kochen und bügeln, aber Vergnügen suchte er lieber bei einer anderen«, sagte sie halblaut vor sich hin.

Wie oft hatte sie schon an Scheidung gedacht, doch diesen schwerwiegenden Schritt wagte sie nicht. Sie erinnerte sich noch sehr gut daran, dass sie Heinz gegenüber einmal diese Absicht geäußert hatte. Nie würde sie seinen Blick vergessen, nie den verzerrten Ausdruck seines Gesichtes, als sie ihre Absicht artikuliert hatte. Seltsamerweise war er damals ganz ruhig geblieben. In einem Tonfall, der ihr noch heute Schauer über den Rücken jagte, hatte er ihr damals zu verstehen gegeben, dass er nicht davor zurückschrecken würde, sie und das Kind umzubringen, wenn sie ihren Vorsatz in die Tat umsetzen würde.

Krachend fiel die Wohnungstür ins Schloss.

Dagmar zuckte wie unter einem Peitschenhieb zusammen, sie wurde blass und zitterte am ganzen Körper. Heinz war nach Hause gekommen. Die junge Frau wusste, was sie erwartete und schluckte trocken.

»Ich halte das bald nicht mehr aus«, flüsterte sie und strich sich mit einer fahrigen Geste übers Haar.

»Wo ist denn mein süßes Frauchen?« grölte Heinz Sontheim in der Diele. »Schätzchen, dein Mann ist nach Hause gekommen. Willst du ihn nicht begrüßen?« Es polterte und krachte, lautes Fluchen war zu hören, und kurz darauf tauchte Heinz Sontheim wankend in der Küchentür auf.

»Ich habe das Essen schon fertig«, sagte sie und bemühte sich, ihre Stimme so gleichgültig wie möglich klingen zu lassen. »Setz dich, du wirst sicher hungrig sein.« Frau Sontheim schaute ihren Mann an, Ekel packte sie. Seine Hosen waren schmutzig, weil er wahrscheinlich wieder einmal in den Rinnstein gefallen war, sein Hemd zeigte dunkle Flecken, Bartstoppeln bedeckten Kinn und Wangen.

»Hunger habe ich schon«, lallte er, und ein gieriges Funkeln trat in seine Augen. »Aber auf dich, Schätzchen.«

Heinz Sontheim taumelte auf seine Frau zu, tollpatschig packte er sie an den Schultern und wollte Dagmar an sich reißen. Er roch nach Schnaps und Bier und angewidert drehte Dagmar den Kopf zur Seite.

»Komm, iss doch erst einmal etwas, Heinz«, sagte sie. Es war ein erbärmlicher Versuch ihn von seinen Absichten abzulenken.

»Das könnte dir so passen, was?« lallte er, und ein lautes, unanständiges Lachen folgte seinen Worten. »Komm, zier dich nicht so, altes Mädchen.« Der junge Mann packte seine Frau hart am Handgelenk und zerrte sie aus der Küche. Als sie das Schlafzimmer erreichten, warf er die Tür hinter sich zu und zog das Jackett aus.

»Heinz, lass mich in Ruhe«, bat sie, und Tränen schimmerten in ihren Augen, ». . . ich fühle mich heute Abend nicht wohl. Ich habe schon den ganzen Tag über Kopfschmerzen gehabt, außerdem muss ich morgen sehr zeitig aus den Federn.«

Heinz Sontheims Augen verengten sich zu schmalen Schlitzen. Er stürzte auf sie zu und schrie: »Du bist meine Frau, und ich habe ein Recht auf Zärtlichkeit. Aber wenn du nicht willst . . .«

Noch bevor Dagmar begriff, was er meinte, holte er aus und schlug ihr mit der Faust an den Kopf. Ein weher Aufschrei kam über ihre Lippen, sie fiel rücklings aufs Bett und blieb sekundenlang wie erstarrt liegen. Heinz wollte sich auf sie stürzen, doch Dagmar rollte sich im letzten Augenblick zur Seite. Sie sprang auf und flüchtete zur Tür. Dort blieb sie stehen und beobachtete ihn ängstlich.

Heinz Sontheim blieb keuchend bäuchlings auf dem Bett liegen. Mehrmals machte er den Versuch wieder aufzustehen. Doch der Alkohol war stärker als er. Der betrunkene Mann blieb reglos liegen, und dann kamen laute Schnarchtöne über seine Lippen.

Die junge Frau atmete erleichtert auf. Sie hatte derartige Szenen schon häufig durchlebt, und sie wusste, dass ihr Mann jetzt bis zum Morgengrauen durchschlafen würde. Vorsichtig, auf Zehenspitzen schlich sie zum Bett, nahm ihre Bettdecke und das Kissen, löschte das Licht und verließ das Schlafzimmer.

Als sie kurz darauf im Wohnzimmer auf der Couch lag und in die Dunkelheit starrte, liefen Tränen über ihre Wangen. Sie weinte lautlos, und manchmal tasteten sich ihre Finger an die Stelle, an der Heinz Faust sie getroffen hatte. Ihr Gesicht verzog sich schmerzhaft, als sie die leichte Schwellung berührte.

»Womit habe ich das verdient?« flüsterte sie. »Was habe ich getan, dass ich so bestraft werde? O mein Gott, am liebsten möchte ich nicht mehr leben. Ich habe kaum einen schönen Tag, und wenn Tommy . . . mein Tommy nicht wäre, lieber heute als morgen würde ich eine Hand voll Schlaftabletten schlucken.«

Die junge Frau warf sich herum und presste ihr Gesicht in das Kissen. Heftiges Schluchzen schüttelte ihren zarten Körper, doch bald fiel sie in einen Schlaf der Erschöpfung.

Sie hatte den ganzen Tag als Medizinisch-Technische-Assistentin im Städtischen Krankenhaus gearbeitet, und der Körper verlangte sein Recht. Doch selbst im Schlaf fand sie keine Ruhe, Alpträume quälten sie, in denen Heinz die Hauptrolle spielte.

❁

Dr. Peter Halligs Haus lag in einem großen Garten, in dem es grünte und blühte, dem eine pflegende, liebevolle Hand anzusehen war. Das Haus war um die Jahrhundertwende erbaut worden und hatte noch den Charme der guten alten Zeit.

Neben dem Gartentor war ein weißes Emailleschild angebracht, auf dem zu lesen stand: Dr. Peter Hallig, praktischer Arzt.

Dr. Hallig war bei seinen Patienten sehr beliebt, das Wartezimmer war stets brechend voll, und selten gelang es dem jungen Arzt rechtzeitig beim Mittagstisch zu sein.

Auch heute schaute Dr. Hallig, als sein Magen wieder einmal laut rebellierte, auf die Armbanduhr. Er seufzte. Irma Knoten, die er liebevoll Knötchen nannte, und die bereits bei seinen verstorbenen Eltern als Haushälterin fungiert hatte, würde ihn sicher wieder mit bitterböser Miene empfangen. Er konnte durchaus verstehen, dass es kein Vergnügen war, das Essen mehrmals aufzuwärmen, aber Knötchen musste auch einsehen, dass seine Patienten ihm wichtiger waren.

Maria Dolmen, die Sprechstundenhelferin, steckte den Kopf durch den Türspalt. »Wie viele Patienten haben wir denn noch?« fragte Dr. Hallig und schaute sie komisch verzweifelt an. »Ich muss ihnen ehrlich gestehen, dass in meinem Magen mindestens ein Dutzend hungriger Wölfe knurren.«

»Ich bin Ihr letzter Fall, Herr Doktor«, antwortete die hübsche junge Frau und kam ein paar Schritte auf ihn zu. »Haben Sie vielleicht noch zehn Minuten Zeit für mich, Herr Doktor?«

»Aber wirklich nur zehn Minuten«, antwortete er und lehnte sich im Sessel zurück. »Kommen Sie, setzen Sie sich, und erzählen Sie mir, was Sie auf dem Herzen haben.«

Maria Dolmen blieb vor dem Schreibtisch stehen. Es war ihr anzusehen, dass sie ungern aber ihr Anliegen sprach. Sie senkte die Lider und räusperte sich.

»Herr Doktor, ich... wir... wollen heiraten. Ernst, das ist mein Verlobter, hat jetzt eine bessere Stellung bekommen und verdient mehr Geld. Tja... und da muss ich wohl kundigen. Das... das können sie doch sicher verstehen?« Maria Dolmen wurde über und über rot, und sie wagte nicht, den jungen Arzt anzuschauen. Seit drei Jahren war sie nun bei ihm beschäftigt, und sie konnte sich keinen besseren Chef vorstellen als ihn. Er war stets freundlich und heiter gewesen, und sie hatte mit all ihren Sorgen zu ihm kommen können.

»Na, dann herzlichen Glückwunsch, Frau Dolmen«, sagte Dr. Hallig und lachte. Er stand auf, ging zu ihr und reichte ihr die Hand. »Ich verstehe nur nicht, warum Sie so herumdrucksen. Es ist doch etwas ganz Natürliches, dass Sie heiraten und eine Familie gründen wollen.«

»Und Sie sind mir nicht böse?« fragte sie, und die Erleichterung stand ihr im Gesicht geschrieben. »Ich meine, Sie selbst haben doch immer gesagt, dass es sehr schwierig sei, eine gute Sprechstundenhelferin zu finden . . .«

»Natürlich weiß ich nicht, ob ich wieder so ein Juwel finde wie Sie, Frau Dolmen«, erwiderte er charmant. »Aber darüber brauchen Sie sich ganz bestimmt nicht den Kopf zu zerbrechen. So, und jetzt muss ich Sie hinauskomplimentieren, denn Knötchen wird bitterböse, wenn ich nicht bald beim Mittagstisch auftauche. Das verstehen Sie doch?«

»Ach, jetzt fällt mir aber ein Stein vom Herzen, Herr Doktor«, sagte die Sprechstundenhelferin und ging zur Tür. »Ich möchte Ihnen aber trotzdem sagen, dass ich sehr, sehr gerne bei Ihnen gearbeitet habe. Es war eine schöne Zeit, Herr Doktor.«

»Jetzt bringen Sie mich aber richtig in Verlegenheit, Frau Dolmen. Wollen Sie, dass ich rot werde?« Dr. Peter Hallig winkte ihr grüßend zu und verließ durch einen seitlichen Ausgang sein Sprechzimmer.

Zwei Stufen auf einmal nehmend, eilte er die Treppe zum ersten Stock hinauf. Ein wenig außer Atem erreichte er das Speisezimmer.

Irma Knoten saß bereits am Tisch, und der Blick, den sie ihm zuwarf, verhieß nichts Gutes.

»Den Tag, an dem Sie einmal pünktlich zum Essen kommen, werde ich rot im Kalender anstreichen«, sagte sie angriffslustig, und ihre hellen blauen Augen blitzten zornig. »Wissen Sie, wie oft ich das Essen schon aufgewärmt habe?«

»Ich habe mir sagen lassen, dass aufgewärmtes Essen sowieso besser schmeckt«, antwortete er. Dr; Hallig ließ sich durch Knötchens Zetern nicht aus der Ruhe bringen. Er setzte sich an den Tisch und schaute seine Haushälterin erwartungsvoll an.

»Gibt es heute keine Suppe?« fragte er unschuldig lächelnd.

»Natürlich«, antwortete sie recht mürrisch und stand auf. »Ein Essen ohne Suppe ist nichts halbes und nichts ganzes.«

Als die Haushälterin in die Küche ging, wurde die Tür des Esszimmers geöffnet, und Helga Tanner trat ein. Sie war wie immer elegant und damenhaft gekleidet, und das dunkelgrüne, raffiniert geschnittene Sommerkleid harmonierte mit dem langen, kastanienroten Haar, das weit über ihre Schultern fiel und ihren reinen cremefarbenen Teint betonte.

»Hallo, wo kommst du denn her?« fragte der junge Arzt erstaunt, stand auf und nahm sie in die Arme. Er küsste sie zärtlich und fügte hinzu: »Du siehst wieder einmal blendend aus, Liebling.«

»Deine Frage ist fast beleidigend«, stellte Helga pikiert fest, löste sich aus seinen Armen und trat einen Schritt zurück. »Du hast wohl vergessen, dass wir heute verabredet waren?«

Helga Tanner, die Tochter des reichen Bauunternehmers Wilhelm Tanner, war es nicht gewöhnt, in dieser Weise behandelt zu werden. Ihre Augen blitzten zornig, tiefes Rot überzog ihre Wangen.

»Oh, das hatte ich völlig vergessen«, murmelte der Arzt und strich sich über das dunkle wellige Haar. »Kannst du mir noch einmal verzeihen? Weißt du, im Augenblick ersticke ich fast in Arbeit. Doktor Heimstett ist im Urlaub, und ich habe auch seine Patienten noch mit zu betreuen. Ich hatte völlig vergessen, dass du mich zu einem Ausflug abholen wolltest.«

»Daran gewöhne ich mich langsam«, entgegnete Helga schmollend. »Aber ich musste mich ja unbedingt in dich verlieben. Trotzdem solltest du ein bisschen Rücksicht auf mich nehmen. Ich habe mich den ganzen Tag darauf gefreut, mit dir zusammen sein zu können. Bei allem Verständnis, das ich dir entgegenbringe, verlange ich, dass der Mann, der vorgibt mich zu lieben, mich nicht wie eine alltägliche Bekannte behandelt.«

Dr. Hallig ging zu ihr, legte die Hände auf ihre Schultern und schaute die junge Frau bittend an. »Kleines, es tut mir wirklich Leid, aber ich muss heute noch dringende Patientenbesuche machen. Am Sonntag habe ich frei. Können wir nicht dann den Ausflug nachholen?«

Helga las die Bitte um Verständnis in seinem Blick, und ein tiefer Seufzer kam über ihre Lippen.

»Ich glaube, ich kann dir gar nicht böse sein«, sagte sie und schlang die Arme um seinen Hals. Stürmisch und leidenschaftlich küsste sie ihn, und in diesem Augenblick konnte Dr. Peter Hallig sich auch etwas Schöneres vorstellen, als Patientenbesuche zu machen.

»Oh, Verzeihung, ich wollte nicht stören«, sagte Frau Knoten, die die Suppenterrine ins Esszimmer trug.

»Sie stören nicht, Knötchen«, entgegnete der junge Arzt und lachte sie an, dann wandte er sich an Helga. »Möchtest du mit uns essen, Liebling?«

»Danke, nein. Da ich schon einen Tisch im Seerestaurant bestellt habe, muss ich wohl oder übel allein dahin gehen.« Helga Tanner streichelte ihrem Verlobten flüchtig über die Wange, winkte seiner Haushälterin kurz zu und verließ das Speisezimmer.

»Sie wird nie begreifen, was es heißt, die Frau eines Arztes zu sein«, schimpfte Knötchen leise vor sich hin und stellte die Suppenterrine auf den Tisch. »Wenn ich da an Ihre Mutter denke . . .« »Bitte, Knötchen«, unterbrach der junge Arzt sie heftig. »Wir haben uns schon oft genug über dieses Thema unterhalten. Ich will davon nichts mehr hören. Ich liebe Helga, und wenn sie erst einmal meine Frau ist, wird sie ihre Lebensgewohnheiten noch ändern. Davon bin ich überzeugt. So, Knötchen und jetzt wünsche ich Ihnen einen guten Appetit.«

Irma Knoten wusste, dass es sinnlos war, noch weitere Worte über Helga Tanner zu verlieren. Sie schöpfte die Suppe in die Teller, und ihre Wangen röteten sich verdächtig. Knötchen war davon überzeugt, dass Helga Tanner niemals die richtige Frau für den jungen Arzt war. Helga war ein verwöhntes Einzelkind, und die Eltern hatten ihr jeden Wunsch von den Augen abgelesen. Helga hatte nie gelernt, auf irgendetwas zu verzichten. Als Frau eines Arztes jedoch, würde ihr das nicht erspart bleiben.

Irma Knoten warf dem jungen, gut aussehenden Arzt einen mitleidigen Blick zu. Er war ein so gescheiter Mann, und sie begriff nicht, warum er ausgerechnet so ein oberflächliches Wesen wie Helga Tanner zu seiner Frau machen wollte.

❁

Dagmar Sontheim arbeitete als MTA im Städtischen Krankenhaus. Doch nicht etwa, weil ihr die Arbeit sehr viel Freude bereitete, sondern weil ihr Verdienst nötig war, die kleine Familie zu ernähren. Ihr Mann Heinz, der als Vertreter in Sachen Bettwäsche arbeitete, verdiente häufig nicht genug, um die nötigsten Kosten abzudecken.

Dagmar trug über dem einfachen blau-weiß gemusterten Sommerkleid eine weiße Strickjacke, als sie die Rezeption des Städtischen Krankenhauses verließ. Einen Augenblick lang blieb sie stehen und blinzelte gegen das helle Sonnenlicht, atmete tief durch und erfreute sich an der blühenden Pracht der Blumenrabatten.

»Hallo, Dagmar!« rief eine vertraute Frauenstimme.

Die junge Frau wandte den Kopf. Rechts von ihr, im Schatten eines großen Ahornbaumes, saß ihre Mutter, Frieda Kramer, mit Tommy und winkte ihr zu. Dagmar winkte zurück und ging auf die beiden zu.

»Wie schön, dass ihr mich abholt«, sagte sie und setzte sich neben ihre Mutter. »Vielleicht sollten wir irgendwo ein Eis essen gehen?«

»Die Omi hat mir schon ein Eis spendiert«, mischte Tommy sich in das Gespräch ein. »Du, Mami, darf ich da drüben mit den anderen Kindern spielen?« Der kleine Blondschopf deutete mit ausgestrecktem Arm zu dem Kinderspielplatz hinüber, der zum Städtischen Krankenhaus gehörte.

»Aber ja, lauf nur, mein Kleiner«, antwortete Dagmar Sontheim, beugte sich vor und zerzauste seine blonden Locken.

Tommy rutschte von der Bank, und so schnell seine kleinen Beinchen ihn trugen, rannte er quer über die Wiese auf den Spielplatz zu. Dagmar schaute ihrem Jungen versonnen, nach. Wenn sie allein mit ihm war, benahm Tommy sich natürlich. Doch sobald sein Vater auftauchte, zeigte der Kleine ein verängstigtes Verhalten, wagte kaum etwas zu sagen.

»Ich bin mit dem Jungen hergekommen, weil ich in eurer Wohnung nicht warten wollte«, begann Frieda Kramer zögernd das Gespräch. »Es ist zwar eine Schande, dass ich mich bei dir zu Hause fürchten muss, aber Heinz ist ja alles zuzutrauen. Kind, du musst irgendetwas unternehmen, wenn Tommy von Heinz weiterhin so behandelt wird. Er wird sonst noch ein seelischer Krüppel.«

»Das weiß ich selbst«, entgegnete die junge Frau.

Unendliche Bitterkeit schwang in ihrer Stimme mit. »Aber was soll ich machen? Ich kenne Heinz gut genug und weiß, dass er seine Drohungen wahr machen wird.«

»Welche Drohungen?« fragte die alte Frau entsetzt.

»Ach, Mama, lass uns nicht darüber reden«, bat Dagmar mit müde klingender Stimme. »Glaub mir, ich habe entsetzliche Angst vor Heinz, weil ich weiß, dass er zu allem fähig ist. Er ist brutal und im betrunkenen Zustand unzurechnungsfähig.«

Frieda Kramer senkte den Kopf. Das Sonnenlicht, das durch das Blattwerk fiel, malte helle Tupfen auf ihr graues Haar, das im Nacken zu einem Knoten geflochten war.

Die alte Frau senkte den Kopf und sagte leise: »Ich bin froh, dass dein Vater das nicht mehr miterleben muss«, sagte sie leise und schaute ihre Tochter nicht an. Der Vorwurf in ihrer Stimme war nicht zu überhören.

»Heute weiß ich, Mama, dass ihr alle Recht hattet. Aber was nutzt mir dieses Wissen jetzt? Ich habe oft das Gefühl, in einem Gefängnis zu leben, doch ich sehe keine Möglichkeit auszubrechen. Du weißt, wie gewalttätig Heinz ist, und ich muss Rücksicht auf Tommy nehmen.«

»Du wirst so lange Rücksicht nehmen, bis er euch beide totgeschlagen hat«, hielt die alte Frau ihrer Tochter vor. Frieda Kramer wandte den Kopf, und ihre hellen Augen schauten Dagmar vorwurfsvoll an.

»Was kann er schon tun, wenn du deine Sachen packst und einfach verschwindest?«

»Glaubst du, daran habe ich noch nicht gedacht?« fragte die junge Frau sarkastisch. »Ein einziges Mal habe ich es gewagt, zu Heinz von Scheidung zu sprechen. Ich kann mich noch gut an diesen Abend erinnern. Heinz wurde weiß wie die Wand und sagte nur, dass er uns finden würde, egal wie lange er nach uns suchen musste.« Dagmar legte eine Pause ein, und ihre Stimme zitterte, als sie fortfuhr: »Ich bringe euch um, hatte er gesagt. Und bitte glaub mir, Mama, ich kenne ihn lange genug, um zu wissen, dass er es ehrlich gemeint hat.«

Die blauen Augen der jungen Frau, die in ihrem Farbton an wilde Veilchen erinnerten, füllten sich mit Tränen. »Ach, Mama, ich habe so entsetzliche Angst«, flüsterte Dagmar und lehnte den Kopf an die Schulter ihrer Mutter.

»Ich ... ich bete jeden Tag für euch, Dagmar«, sagte die Mutter leise und strich ihr über das blonde wellige Haar. Ein schmerzliches Lächeln lag auf Frau Kramers Gesicht, als sie sich an die Zeit erinnerte, in der ihre Tochter noch eine fröhliche und unbeschwerte junge Frau gewesen war, die nur allzu gern gelacht hatte. Seit sie mit Heinz Sontheim verheiratet war, hatte Dagmar das Lachen verlernt.

»Ich glaube, es ist Zeit nach Hause zu gehen«, sagte die junge Frau, richtete sich auf und wischte sich die Tränen von den Wangen. »Ich weiß nicht, wann Heinz heute kommt, aber wenn ich nicht zu Hause bin, geht er sofort in die nächste Kneipe. Und was dann kommt, weißt du ja, Mama.«

»Ja, ich weiß es«, bestätigte Frieda Kramer traurig. »Und es ist sehr deprimierend für mich, dass ich dir nicht helfen kann, mein Kind. Wenn es wieder einmal ganz schlimm wird, dann weißt du ja, wo ich wohne. Bitte nimm keine Rücksicht auf mich und komm. Hast du mich verstanden?«

»Danke, Mama, das ist sehr lieb von dir«, erwiderte sie, und Verzweiflung klang in ihrer Stimme mit, als sie hinzufügte: »Du bist der einzige Mensch, den ich noch habe, wenn ich einmal nicht mehr ein und aus weiß, Mama.«

Zwei Tage waren seither vergangen, in denen Dagmar Sontheim ihren Mann nicht zu Gesicht bekommen hatte. Die junge Frau ahnte, dass er sich wieder mit einer anderen Frau amüsierte. Dieser Umstand ließ Dagmar mittlerweile kalt. Auf einen Mann wie Heinz konnte keine Frau eifersüchtig sein. Doch Dagmar wusste auch, dass Heinz sich seinen Freundinnen gegenüber sehr großzügig zeigte, und das bedeutete für die Familie, dass sie diesen Monat wieder einmal jeden Pfennig umdrehen mussten.

Es dämmerte bereits, und Dagmar Sontheim schaltete die Stehlampe ein. Sie setzte sich in einen Sessel und griff in den Wäschekorb, in dem Kleidungsstücke lagen, die ausgebessert werden mussten. Dagmar presste die Lippen fest aufeinander, als sie daran dachte, wie selten es ihr möglich war, für Tommy oder für sich ein neues Kleidungsstück zu kaufen. Das Geld reichte dazu einfach nicht. Frau Sontheim strickte selbst sehr viel, besserte Kleidungsstücke aus und war froh, wenn sie von einer Nachbarin oder einer Kollegin Kinderbekleidung geschenkt bekam.

Als die Wohnungstür zuklappte, legte Dagmar sofort das Nähzeug beiseite und hob den Kopf. Ein ängstlicher Ausdruck trat in ihre tiefblauen Augen, und sie hielt unwillkürlich den Atem an. Wenn Heinz nach Hause kam, konnte man nie im Voraus wissen, was sich ereignen würde. War er nüchtern, würde er nur sehr wenig mit ihr reden. Das Abendessen zu sich nehmen und anschließend den Fernseher einschalten.

War er jedoch betrunken, musste man ihn mit Samthandschuhen behandeln, denn jedes unbedachte

Wort, das ihm nicht gefiel, konnte ihn zu maßlosen Zornausbrüchen hinreißen.

Die Tür zum Wohnzimmer wurde aufgestoßen. Heinz Sontheim lehnte sich mit der rechten Schulter an den Rahmen und grinste seine Frau an. Den weichen Filzhut hatte er in den Nacken geschoben, die Hände in den Hosentaschen versenkt. Sein glasiger Blick und das stereotype Lächeln sagten Dagmar genug. Sie wusste, dass er wieder einmal mehr getrunken hatte, als er vertragen konnte.

»Na, was ist los?« fragte er aggressiv. »Was machst du für ein Gesicht? Gefällt dir dein Göttergatte nicht mehr? Willst du mich nicht mit einem Kuss begrüßen?« Er stieß sich vom Türrahmen ab und kam unsicheren Schrittes auf sie zu.

Dagmar überwand ihren Ekel, stand auf und legte die Arme um seinen Hals. Sie küsste ihn flüchtig auf den Mund und sagte: »Mach dich erst einmal ein bisschen frisch, Schatz. Ich habe uns für heute Abend ein paar Flaschen Wein gekauft und dein Lieblingsessen gekocht. Geh ins Badezimmer, ich decke in der Zwischenzeit den Tisch.«

Zunächst schien es, als wollte Heinz Sontheim aufbegehren, doch der sanfte beruhigende Tonfall seiner Frau, stimmte ihn milde. »Okay, altes Mädchen, ich werde mich beeilen.«

Der Vertreter wankte ins Badezimmer, und seine Frau atmete erleichtert auf. Dann schaute sie sich gehetzt um. Sie hatte nicht die Absicht, den heutigen Abend mit ihrem Mann zu verbringen. Sie wusste, dass es über kurz oder lang zum Streit kommen würde, weil Heinz Liebe verlangen würde, die sie ihm nicht geben konnte.

Dagmar beschloss blitzschnell mit Tommy zu ihrer Mutter zu flüchten, um erneutem Streit aus dem Weg zu gehen. Sie griff nach ihrer Handtasche und holte den leichten Sommermantel aus der Diele, den sie über den Arm legte. Als sie auf das Kinderzimmer zuging, wurde die Badezimmertür aufgestoßen, und Heinz Sontheim schaute seine Frau verblüfft an. Zunächst schien er nicht zu begreifen, warum seine Frau den Mantel über dem Arm trug. Doch dann glitt ein gemeines Grinsen über sein Gesicht, er ging auf sie zu, und klatschend landete seine flache Hand auf ihrer Wange.

»Das könnte dir so passen!« schrie er sie wütend an. »Wo willst du denn hin? Hast du vielleicht schon einen Liebhaber? Na warte, das werde ich dir versalzen!«

Dagmars Augen weiteten sich entsetzt, und sie war nicht mehr in der Lage einen klaren Gedanken zu fassen. Ein dünner Blutfaden sickerte aus ihrem linken Mundwinkel, und Heinz Hand zeichete sich rot auf ihrer Wange ab.

Ohne sich Rechenschaft über ihr Tun zu geben, versetzte die junge Frau dem betrunkenen Mann einen heftigen Stoß gegen die Brust. Heinz taumelte, stolperte rückwärts und fiel zu Boden. Benommen, und ohne zu begreifen was geschehen war, blieb er liegen und starrte sie aus glasigen Augen an. Er murmelte ein paar Verwünschungen und versuchte wieder auf die Beine zu kommen.

Dagmar rannte ins Kinderzimmer, Tommy saß noch angekleidet auf dem Fußboden und hatte die wenigen Spielsachen, die er besaß, vor sich ausgebreitet. Ängstlich schaute er seine Mutter an, denn er hatte die lauten Worte, die draußen im Flur gesprochen worden waren, bereits gehört.

»Komm, Junge, wir gehen ganz schnell weg«, sagte Dagmar hastig und nahm seine Hand. Dann griff sie nach seiner Jacke und zog sie ihm rasch an. Als sie mit Tommy in die Diele kam, war Heinz Sontheim immer noch damit beschäftigt, wieder auf die Beine zu kommen.

»Ihr bleibt hier!« schrie er. »Ich schlage euch tot, wenn ihr die Wohnung verlasst!«

Dagmar schenkte ihrem Mann keine Beachtung mehr. Sie verließ mit ihrem Jungen die Wohnung und verschloss die Tür von außen zweimal. Auf diese Weise konnte sie sicher sein, dass Heinz ihr nicht sofort folgen würde. In seinem betrunkenen Zustand brauchte er eine gewisse Zeit, um den Schlüssel ins Schloss einzuführen und die Tür zu öffnen. Das gab ihr den Vorsprung, den sie benötigte.

Frieda Kramers Wohnung lag nur ein paar Straßen weiter.

Die alte Frau saß in einem breiten Sessel, hatte sich eine Decke über die Knie gelegt und verfolgte aufmerksam das Fernsehprogramm. Als es mehrmals ungeduldig an der Wohnungstür lautete, ahnte die alte Frau Schlimmes.

Frieda Kramer ging zur Tür und öffnete. Als sie das vertrocknete Blut an Dagmars Mundwinkel sah, stieß sie einen erschrockenen Ruf aus. »Kommt herein«, flüsterte sie und schaute sich angstvoll um. »Weiß Heinz, wo du hingegangen bist?« fragte Dagmars Mutter und sah ihre Tochter furchtsam an.

»Das nicht, aber er kann es sich sicher denken«, antwortete Dagmar leise und blickte bittend auf ihre Mutter. »Kann ich Tommy in dein Schlafzimmer bringen, Mama?«

»Sicher, Kind, schnell«, antwortete Frau Kramer und legte die Sicherheitskette vor die Tür. Die alte Frau blieb in der Diele stehen, während ihre Tochter den kleinen Tommy ins Schlafzimmer brachte. Frieda spürte, wie ihr Herz unregelmäßig schlug, und der Schmerz, der bis in den linken Arm hineinstrahlte, nahm ihr fast die Besinnung. Es war nicht das erste Mal, dass die alte Frau Herzbeschwerden hatte, doch einer so heftigen Attacke war sie noch nie ausgesetzt gewesen.

Frieda Kramer öffnete die Lippen, um ihre Tochter zu Hilfe zu rufen. Doch nur ein heiseres Krächzen drang aus ihrer Kehle, der Schmerz nahm zu, und plötzlich tanzten graue Nebelschleier vor ihren Augen. Die alte Frau rang nach Luft, mit den Händen rudernd versuchte sie das Gleichgewicht zu halten. Ein kleiner, kaum hörbarer Laut entschlüpfte ihr, sie fiel auf die Knie und kippte dann vornüber.

»So, Mama, da ...«, Dagmar brach ab und starrte entsetzt auf ihre Mutter, die in der Diele lag. »Oh, mein Gott, Mama«, flüsterte sie und kniete sich neben die alte Frau hin. Vorsichtig drehte Dagmar ihre Mutter auf den Rücken und starrte in das kalkig weiße Gesicht der alten Frau. Frieda Kramers Lippen waren bläulich verfärbt, das Gesicht mit einer feinen Schweißschicht bedeckt.

Dagmar handelte sofort. Sie sprang auf und lief zum Telefon. Ihr Blick glitt über den kleinen weißen Zettel, der an der Wand angebracht war. Sie wusste, dass ihre Mutter dort die Nummer des Hausarztes notiert hatte.

Mit zittrigen Fingern wählte die junge Frau die Nummer, und Dr. Hallig, der sich am anderen Ende der Leitung meldete, versprach in wenigen Minuten vorbeizukommen.

Für Dagmar, die sich über ihre Mutter kniete und den obersten Blusenknopf öffnete, vergingen Ewigkeiten, bis der Arzt, den sie benachrichtigt hatte, an der Wohnungstür läutete. Die junge Frau schaute durch den Spion und ließ ihn erst dann eintreten.

»Guten Abend, ich bin Dr. Hallig«, stellte er sich vor und ging sofort zu Dagmars Mutter hin. Der Arzt kontrollierte den Puls, schaute sich die Pupillen der alten Frau an und horchte mit dem Stethoskop die Brust ab. Über die Schulter sagte er zu Dagmar: »Ich habe Frau Kramer immer davor gewarnt, sich nicht zu sehr aufzuregen. Aber...«

»Herr Doktor, was ist mit meiner Mutter?« fragte Dagmar angstvoll und kniete sich neben ihn auf den Fußboden. »Bitte, sie darf nicht sterben, hören Sie? Sie ist alles, was ich auf dieser Welt habe. Wenn sie nicht mehr ist, weiß ich nicht mehr ein noch aus.«

»Ich werde sie ins Krankenhaus einweisen lassen«, antwortete Dr. Hallig ernst. »Meine Prognose lautet zwar auf Herzschwäche, aber wir können einen kleinen Infarkt nicht ausschließen. Erlauben Sie, dass ich einen Krankenwagen anrufe?«

Ohne eine Antwort abzuwarten stand der Arzt auf und ging zum Telefon. Er wählte die Notrufnummer, gab seine Anweisungen durch und kam wieder zu Dagmar zurück. Dr. Peter Hallig hatte längst die vertrocknete Blutspur bemerkt, die sich von Dagmars linkem Mundwinkel abwärts zog. Doch jetzt war nicht die Zeit Fragen zu stellen. Der Arzt öffnete seinen Medikamentenkoffer, nahm eine Ampulle und eine Einwegspritze heraus. Er zog das kreislaufstärkende Mittel in die Spritze auf und führte die Kanüle in die Armvene der alten Frau ein.

»So, mehr kann ich im Augenblick für Ihre Mutter nicht tun«, sagte der Arzt und stand auf. »In ein paar Minuten wird der Krankenwagen kommen und ihre Mutter in die Klinik bringen. Dort ist sie in guten Händen, und man wird alles tun, um ihr Leben zu retten.«

Kaum hatte der Arzt diese Worte ausgesprochen, als es an der Wohnungstür läutete. Noch bevor Dagmar reagieren konnte, ging der Arzt zur Tür und öffnete. Die junge Frau hielt unwillkürlich den Atem an, denn sie rechnete mit der Möglichkeit, dass Heinz vor der Tür stehen konnte. Sie war erleichtert, als die beiden Sanitäter und der Notarzt hereinkamen. Die Sanitäter betteten Frau Kramer auf eine Trage, und der Notarzt wechselte ein paar Worte mit seinem Kollegen.

»Wohin bringen Sie meine Mutter?« fragte Dagmar besorgt.

»In die Sankt-Hubertus-Klinik«, erwiderte der Notarzt. »Morgen können Sie ja mal vorbeischauen. Dann können wir Ihnen schon näheres über den Gesundheitszustand Ihrer Mutter sagen. Guten Abend.«

Als Dr. Peter Hallig mit der jungen Frau allein war, blieb er unschlüssig in der Diele stehen. Sie strich sich ein paar Haarsträhnen, aus der Stirn, und der Arzt sah, dass ihre Hände zitterten. Dagmar bot ihm ein Bild des Jammers, und Dr. Hallig fühlte sich verpflichtet, ihr ein paar Fragen zu stellen.

»Sie haben Blut am Mundwinkel«, sagte der Arzt und fügte leise hinzu: »Kann ich Ihnen in irgendeiner Weise behilflich sein, Frau . . .«

»Ich . . . ich bin Dagmar Sontheim«, stellte sie sich vor, ging zur Tür und öffnete sie. »Ja, Sie können mir einen Gefallen tun, Herr Doktor. Bitte, gehen Sie.«

Der Arzt hob erstaunt die Augenbrauen. Das Verhalten der jungen Frau war fast unhöflich zu nennen, doch Dr. Hallig spürte, dass es einer unsagbaren Angst entsprang. Mit einem Blick hatte der Arzt erfasst, dass die junge hübsche Frau am Rande eines nervlichen Zusammenbruches stand. Er ging zur Tür und blieb dicht vor ihr stehen. Ernst schaute er Dagmar an.

»Frau Sontheim, ich kann Sie dazu nicht zwingen,

aber ich möchte Ihnen raten, in den nächsten Tagen in meine Praxis zu kommen. Sie sehen krank aus, Frau Sontheim, und ich würde Sie gerne einmal gründlich untersuchen. Wenn Sie sich selbst einen Gefallen tun wollen, dann schlagen Sie meine Warnung nicht in den Wind, und kommen Sie so rasch wie möglich zu mir.« Dr. Peter Hallig reichte ihr die Hand und erschrak. Ihre Finger waren eiskalt, die Haut war feucht. »Schieben Sie Ihren Besuch bei mir nicht auf die lange Bank. Gute Nacht, Frau Sontheim.«

Dagmar verriegelte die Tür hinter dem Arzt und lehnte sich mit dem Rücken dagegen. Dieser Mann hatte gut reden. Was wusste er schon von ihrem Leid, von ihrem Martyrium. Er würde ungläubig mit dem Kopf schütteln, wenn sie ihm davon erzählte.

Die junge Frau hatte grenzenlose Angst, denn sie musste damit rechnen, dass ihr Mann hier auftauchte. Was das bedeutete, konnte sie sich an allen zehn Fingern einzeln abzählen. Heinz war zu allem fähig, und er würde auch nicht davor zurückschrecken, in die Wohnung ihrer Mutter einzubrechen. Dagmar hatte nur die vage Hoffnung, dass ihr Mann, berauscht wie er gewesen war, nicht mehr in der Lage war, nach ihr zu suchen.

Zitternd vor Angst setzte die junge Frau sich und zuckte bei jedem Geräusch, das sie vernahm, ängstlich zusammen.

❀

Dr. Peter Hallig, der sich auf dem Heimweg befand, ahnte nicht, wie dringend die junge Frau seine Hilfe benötigt hätte. Er wusste zwar, dass viele Frauen aus Scham über Kummer und Leid in der Familie schwiegen und dass die meisten von ihnen erst redeten, wenn sie gar keinen anderen Ausweg mehr sahen.

Der junge Arzt fuhr rasch nach Hause, denn seine Braut, Helga Tanner, wartete sicher schon auf ihn. Dr. Hallig konnte nicht wissen, dass sich zur gleichen Zeit in Frieda Kramers Wohnung ein Drama abspielte.

Heinz Sontheim stand vor der Wohnungstür und begehrte lauthals Einlass. Er grölte und schrie. Auf die Mitbewohner des Hauses nahm er keine Rücksicht.

Dagmar stand zitternd und bebend in der Diele und rief ihm zu, er solle wieder nach Hause gehen.

Doch das vergrößerte Heinz maßlose Wut nur noch. Mehrmals nahm er Anlauf und warf sein Gewicht gegen die Wohnungstür, die unter seinem Ansturm ächzte und stöhnte.

»Mach auf, du Luder!« schrie er außer sich vor Zorn und schlug gegen die Tür. »Mach auf, oder ich bringe euch beide um!«

Dagmar, von Angst erfüllt, war nicht mehr in der Lage einen klaren Gedanken zu fassen. Sie schämte sich entsetzlich, denn sie war sicher, dass die Nachbarn ihrer Mutter hinter den Wohnungstüren standen und lauschten. Rasch öffnete die junge Frau die Tür und Heinz Sontheim stolperte in die Diele.

Seine Augen waren blutunterlaufen, sein Atem rasselte. Mit dem Fuß warf er die Tür ins Schloss und stürmte mit geballten Fäusten auf seine Frau zu. Seine Schritte waren unsicher, in seinen Augen lag ein irrer Ausdruck.

»Dir werde ich zeigen, was es heißt mich allein zu lassen.« Er keuchte, und seine Hände krallten sich in ihr langes blondes Haar. Mit einem heftigen Ruck riss er sie zu Boden, wahllos schlug er mit den Fäusten auf sie ein.

Dagmar wehrte sich nicht mehr, sie hielt die Hände

schützend vors Gesicht und wimmerte leise vor sich hin.

»Papi, Papi, nicht, bitte hör auf«, wimmerte eine dünne Kinderstimme. Tommy stand in der Tür, sein Gesicht war tränenüberströmt, seine Augen weit aufgerissen, abwehrend streckte er die Hände aus. »Bitte, Papi, lass doch die Mami in Ruhe«, bettelte der Kleine.

Heinz Sontheim hielt einen Moment lang inne und schaute verblüfft auf den kleinen Blondschopf der langsam näher kam.

»Du und deine Mutter, ihr taugt beide nichts. Aber eines kann ich euch sagen, ich werde euch schon noch zurechtbiegen.« Er sprang auf, packte den kleinen Jungen und ohrfeigte ihn rechts und links, wieder und immer wieder.

Dagmar, die leicht benommen am Boden lag, hörte die klatschenden Geräusche. Gleichzeitig drang das schmerzerfüllte Weinen ihres Kindes an ihr Ohr. Die junge Frau mobilisierte ihre letzten Kräfte und sprang auf. Sie lief zu ihrem Mann hin und warf sich zwischen ihn und Tommy.

»Bitte, Heinz, wenn du noch einen Funken Gefühl für uns hast, dann hör auf den Kleinen zu prügeln«, bettelte Dagmar unter Tränen. Sie riss Tommy von ihm weg und stellte sich schützend vor das Kind. »Wenn du unbedingt schlagen willst, dann schlag mich, aber lass den Kleinen in Ruhe.«

Leicht vornübergebeugt, mit hängenden Armen stand Heinz Sontheim da und starrte seine Frau an. Er schien noch zu überlegen, ob er weiter prügeln sollte, oder ob er sich den Worten seiner Frau zugänglich zeigen sollte. Der Vertreter war immer noch betrunken, aber er war durchaus in der Lage klar und folgerichtig zu denken. Er hasste und liebte seine Frau zugleich.

Heinz Sontheim erinnerte sich an die erste Zeit seiner Ehe. Sehr rasch hatte er damals erkannt, dass sich die Liebe seiner Frau in Verachtung umgewandelt hatte, weil er nicht bereit gewesen war, seinen liederlichen Lebenswandel aufzugeben. Dass Dagmar sich mehr und mehr von ihm zurückzog, hinderte Heinz nicht daran, von ihr die Liebe zu fordern, die sie ihm, seiner Meinung nach, als Ehefrau geben musste. Dagmar hatte sich damals angeekelt von ihm abgewendet. Von diesem Augenblick an dauerte es nicht mehr lange, bis Heinz Sontheim zum ersten Mal Gewalt gebrauchte, um seinen Willen durchzusetzen.

»Kommst du jetzt mit nach Hause?« fragte er drohend. »Oder muss ich dir noch einmal nachhelfen?«

Tommy hatte sich hinter seiner Mutter versteckt. Er presste das Gesicht an sie, seine Hände umklammerten ihren Rock, und ein leises Weinen kam über seine Lippen.

Wieder einmal entschied Dagmar sich, ihrem Kind zuliebe, Heinz Wünschen nachzukommen. Sie nickte müde und sagte: »Ja ... ich komme mit. Du musst mir aber versprechen, das Kind nicht mehr anzurühren.«

»Wenn du lieb und nett zu mir bist, wird unserem kleinen Sonnenschein nichts passieren«, sagte er zynisch lächelnd und packte sie am Arm. Lauter fügte er hinzu: »Und jetzt komm!«

»Warte einen Moment«, entgegnete sie schwerfällig und hob Tommy auf die Arme. »Ich muss ihn noch anziehen.«

Dagmar Sontheim verschwand mit Tommy im Schlafzimmer, und ihr Mann setzte sich auf einen Stuhl. Er holte ein zerknittertes Zigarettenpäckchen aus der Jackentasche und rauchte. Ab und zu hob er den Kopf und schaute aus schmalen Augen zur

Schlafzimmertür hinüber. Ein gemeines Lächeln huschte über sein Gesicht. O ja, er wusste wie man mit aufmüpfigen Frauen umgehen musste.

»Ich werde euch schon zeigen, wer der Herr im Hause ist«, flüsterte er. »Einem Sontheim läuft keine Frau weg.«

Als der Vertreter kurz darauf mit Dagmar und seinem Sohn die Wohnung seiner Schwiegermutter verließ, stand eine Nachbarin vor ihrer Wohnungstür. Frau Kleinschmitt, eine Frau mittleren Alters rief ihnen empört zu: »Das ist eine Unverschämtheit! Das ist Ruhestörung! Ich werde . . .«

»Halten Sie Ihren Mund, Sie dumme Pute!« schrie Heinz Sontheim und machte einen Schritt auf die Nachbarin zu. »Oder soll ich Ihnen erst den Mund stopfen?«

Frau Kleinschmitt blieben die nächsten Worte im Hals stecken, angstvoll starrte sie Heinz Sontheim sekundenlang an, dann drehte sie sich wieselflink um und flüchtete in ihre Wohnung. Die Tür krachte ins Schloss, rappelnd wurde die Sicherheitskette vorgelegt.

Der Vertreter lachte schallend. »Siehst du«, sagte er zu seiner Frau, »so einfach ist es, solchen Ziegen den Mund zu stopfen.«

Dagmar antwortete nicht, denn sie schämte sich unendlich für das Benehmen ihres Mannes. Fester umfasste sie Tommys Hand, und sie war froh, als sie das Haus verlassen konnten. Heinz Sontheim winkte, großzügig wie er war, ein Taxi heran, das ihn und seine Familie nach Hause bringen sollte.

Die junge Frau und Tommy saßen im Fond des Wagens, und Dagmar hatte den Arm um die Schultern ihres Kindes gelegt. Fest presste sie den kleinen zitternden Körper an sich, ihre Lippen streiften sein blondes Haar, Tränen tropften darauf hernieder. Doch kein Laut kam über Dagmars Lippen. Sie wusste, was sie zu Hause erwartete, doch um ihrem Kind weitere Gewalttaten zu ersparen, fügte sie sich in die Wünsche ihres Mannes.

❁

Frieda Kramer lag in einem freundlichen Zweibettzimmer auf der Inneren Station des Sankt-Hubertus-Krankenhauses. Ihre Bettnachbarin, Gertrud Iller, war heute Morgen entlassen worden. Frau Kramer bedauerte dies, denn Frau Illers humorvolle Art hatte ihr so manches Mal ein Lachen entlockt. Im Augenblick jedoch fühlte Frau Kramer sich nicht sehr wohl.

Frau Kleinschmitt, ihre Nachbarin, saß neben dem Bett und schilderte der Patientin ausführlich, was vor zwei Abenden in Frau Kramers Wohnung geschehen war.

»Was soll ich Ihnen darauf antworten?« fragte Frieda Kramer unglücklich. »Meine Tochter hatte sich zu mir geflüchtet, um den Brutalitäten meines Schwiegersohnes zu entgehen. Ja, Frau Kleinschmitt, seien Sie froh und glücklich, dass Sie keine Kinder haben. Ich jedenfalls habe keine frohe Stunde mehr, seit Dagmar mit diesem . . . diesem Menschen verheiratet ist. Es tut mir natürlich sehr Leid, Frau Kleinschmitt, dass die abendliche Ruhe unseres Hauses durch meinen Schwiegersohn gestört worden ist. Ich möchte mich für ihn entschuldigen.«

»Na ja, so schlimm ist es ja auch wieder nicht«, lenkte Frau Kleinschmitt ein, als sie sah, dass die Patientin leichenblass geworden war. »Vielleicht war es auch gar nicht richtig, dass ich Ihnen das alles erzählt habe. Jetzt verstehe ich mich selbst nicht mehr. Ich komme mir richtig gemein vor, denn Sie liegen hier und sind ganz krank, und ich belästige Sie mit solchen Dingen.«

Es war Frau Kleinschmitt anzusehen, dass sie es ehrlich meinte. In ihrem Übereifer hatte sie nicht daran gedacht, dass eine erneute Aufregung Frau Kramers Herzen schaden könnte.

Frau Kleinschmitt stand auf und reichte ihrer Nachbarin die Hand. »Nichts für ungut, Frau Kramer, wenn Sie erlauben, schaue ich wieder einmal bei Ihnen herein. Ich . . . ich wünsche Ihnen jedenfalls alles Gute. Auf Wiedersehen, Frau Kramer.«

»Wiedersehen«, flüsterte die Patientin und schloss die Augen. Tränen quollen unter den Wimpern hervor und rannen über die faltigen Wangen der alten Frau. Sie konnte sich lebhaft vorstellen, wie Dagmar und Tommy gelitten haben mussten. Frau Kramer verwünschte ihr Herz, durch dessen Schwäche sie jetzt im Krankenhaus liegen musste. Wäre sie an jenem Abend zu Hause gewesen, hätte sie wenigstens die Polizei verständigen können.

Es klopfte an der Tür, und Frau Kramer wischte sich hastig mit dem Handrücken die Tränen von den Wangen. Vorsichtig setzte sie sich auf und schaute zur Tür. Zuerst schob sich ein großer Strauß Feldblumen durch den Türspalt, dann sah Frau Kramer einen blonden Lockenschopf dahinter auftauchen.

Tommy, Junge!« rief die alte Frau erfreut und lachte. »Komm mein kleiner Sonnenschein, deine Oma wartet schon die ganz Zeit auf dich.«

Tommy stürmte auf das Bett seiner Großmutter zu. Kurz davor bremste er heftig ab, denn er erinnerte sich an die mahnenden Worte seiner Mutter. Die zwei Schritte, die ihn noch vom Bett der Großmutter trennten, legte er auf Zehenspitzen zurück, und Frau Kramer schmunzelte.

»Da, Omi, die Blumen, die sind für dich«, sagte er und reichte ihr den Blumenstrauß. Abwartend blieb der kleine Blondschopf neben dem Bett stehen und schaute seine Großmutter ein wenig angstvoll an. »Muss du noch lange hier in dem Bett liegen bleiben?« fragte er.

»Ich hoffe nicht«, erwiderte sie, versenkte das Gesicht zwischen die duftenden Blüten und fügte hinzu: »Ein wunderschöner Strauß, Tommy. Hast du ihn selbst gepflückt?«

»Fast«, antwortete er ehrlich. »Die Mami hat noch ein bisschen Gras dazwischen gesteckt.«

Frieda Kramer lachte über die Ausdrucksweise ihres Enkels. Sie klopfte mit der flachen Hand auf die Bettkante und sagte: »Komm, setz dich ein wenig zu mir.«

»Mach ich, Omi.« Tommy hopste auf die Bettkante, und jetzt, da er seiner geliebten Oma so nahe war, warf er auch alle Ermahnungen seiner Mutter über Bord, schlang die Arme um den Hals der alten Frau und bedeckte ihr Gesicht mit vielen feuchten Küsschen.

»Tommy!« rief Dagmar Sontheim von der Tür her. »Hast du vergessen, dass ich dich ermahnt habe, deine Großmutter schonend zu behandeln?«

»Eine bessere Behandlung kann ich mir gar nicht vorstellen, Dagmar«, entgegnete Frieda Kramer und vergrub ihre Lippen in die blonden Locken ihres Enkels.

Die junge Frau zog sich einen Stuhl neben das Bett, nahm ihre Geldbörse aus der Handtasche und gab Tommy Kleingeld. »Komm, sei so lieb, zieh mir ein Päckchen Zigaretten draußen im Automaten«, bat die junge Mutter ihren Blondschopf.

Selbstverständlich war das nur ein Vorwand, doch

Dagmar wollte unbedingt ein paar Minuten mit Frieda allein sein. Sie wartete, bis Tommy das Krankenzimmer verlassen hatte, dann nahm sie die Hände ihrer Mutter und drückte sie ein wenig.

»Mama, es tut mir furchtbar Leid, was in deiner Wohnung passiert ist«, erklärte die junge Frau bedrückt. »Ich kann mir vorstellen, dass die Nachbarn mit Fingern auf dich zeigen, wenn du nach Hause kommst.«

»Ich mache mir mehr Sorgen um dich, Kind, als um meine Nachbarn«, antwortete Frau Kramer ruhig. Sie schaute ihre Tochter besorgt an. O ja, Dagmar war immer noch bildhübsch, aber der verhärmte Zug auf ihrem Gesicht ließ sie älter erscheinen als sie war.

»Im Augenblick geht es mir gut, Mama«, sagte Dagmar, und ein trauriges Lächeln huschte über ihr Gesicht. »Heinz ist nach München gefahren. Er hat dort, wie er mir erzählte, einen großen Auftrag. Er wird drei oder vier oder auch fünf Tage wegbleiben, und wie du weißt, ist jede Stunde ohne ihn eine Erholung für mich und auch für Tommy.«

»Du schleppst dich von einer Erholung zur anderen, was?« fragte Frau Kramer resigniert. »Wie lange soll das noch weitergehen, Dagmar? Wie lange hältst du das noch aus? Wann wird der Zeitpunkt gekommen sein, in dem Tommy unnormale Reaktionen zeigt? Du musst etwas dagegen unternehmen, Dagmar, du musst.«

»Ja, Mama, das werde ich auch.« Dagmar hatte ihrer Mutter nur zugestimmt, um sie zu beruhigen. Die junge Frau wusste nur zu gut, dass sie es nicht schaffen würde, sich von Heinz zu trennen, ohne jeden Tag in Angst und Furcht leben zu müssen oder jeden Tag damit rechnen zu müssen, dass er sie irgendwo traf, und skrupellos, wie er war, auch mitten auf der Straße zusammenschlagen würde.

»So, da bin ich wieder!« rief Tommy von der Tür her. »Da, Mami, deine Zigaretten.« Der Kleine sprang ungeniert auf das Bett und schaute seine Oma aus großen, strahlend blauen Augen an.

»Du siehst ja richtig glücklich aus, du kleiner Schlingel«, stellte die Großmutter fest und zerzauste ihm das helle Haar. »Freust du dich auf irgendetwas?«

»Klar.« Tommy strahlte über das ganze Gesicht. »Die Mami geht heut nachmittag mit mir in den Zoo. Ich fänd es natürlich ganz toll, wenn du auch mitkommen könntest, Oma, aber Mami hat gesagt, dass du bestimmt noch vierzehn Tage oder drei Wochen im Krankenhaus liegen bleiben musst.«

»Das werde ich geduldig ertragen, wenn du mir versprichst, mich sooft wie möglich besuchen zu kommen«, entgegnete sie und zog ihn in die Arme. Tommy nickte heftig, und über seinen Kopf hinweg schaute Frieda Kramer ihre Tochter herausfordernd an. Tu endlich etwas, sagte ihr Blick, und Dagmar nickte, obwohl sie sich gerade in diesem Augenblick ihrer Ohnmacht sehr stark bewusst war.

❀

Dr. Peter Hallig trug das Jackett seines hellbeigen Cordanzuges über dem Arm, sein weißes Hemd stand am Hals offen, ein silbergrauer Seidenschal betonte die leichte Bräune seines Gesichtes. Er pfiff eine Melodie vor sich hin, als er die Treppe zum Erdgeschoss hinuntereilte. Der junge Arzt war allerbester Laune, denn er war auf dem Weg zu seiner Verlobten, Helga Tanner, mit der er den Nachmittag und auch den Abend verbringen wollte.

»Viel Spaß!« rief Knötchen ihm zu. Sie stand vor der Haustür und gab den Blumen, die in großen weißen Kästen untergebracht waren, Wasser.

»Danke, Knötchen, den werde ich garantiert haben. Heute kann mich kein Anruf erreichen, der mich zu irgendeinem Patienten ruft. Der heutige Tag gehört Helga und mir«, antwortete er und lachte sie fröhlich an. »Warten Sie mit dem Abendessen nicht auf mich, es kann sehr spät werden.«

»Stellen Sie sich vor, lieber Doktor, genau so habe ich es mir vorgestellt«, antwortete Knötchen leicht spöttisch und richtete sich auf. »Ich wünsche Ihnen viel, viel Spaß, Herr Doktor.«

Der junge Arzt winkte ihr noch einmal zu und ging rasch zu seinem Wagen, den er vor dem Gartentor geparkt hatte. Dr. Hallig klappte das Verdeck zurück, denn heute war ein selten schöner Sommertag. Die Sonne lachte vom wolkenlos blauen Himmel und drängte geradezu zu einem Besuch im Grünen.

Der Arzt startete den Wagen und lenkte ihn mit mäßiger Geschwindigkeit durch die Straßen der Stadt.

So manches junge Mädchen, das den gut aussehenden jungen Mann im silbergrauen Sportwagen vorbeifahren sah, drehte sich nach Dr. Peter Hallig um. Der Arzt achtete gar nicht darauf, denn seine Gedanken beschäftigten sich einzig und allein mit Helga, und er freute sich darauf, ein paar Stunden allein mit ihr verbringen zu können.

Als er in eine Seitenstraße einbog, stutzte er unwillkürlich. Rechts neben der Fahrbahn hatte sich eine kleine Menschenmenge angesammelt, und der Arzt verlangsamte das Tempo des Wagens. Er lenkte das Auto an den Straßenrand und stieg aus.

Eine Ansammlung neugieriger Menschen ließ den

Arzt sofort aufmerksam werden. In den meisten Fällen konnte man davon ausgehen, dass ein Unfall oder Ähnliches passiert war, wenn Menschen dicht an dicht gedrängt eine bestimmte Stelle belagerten.

»Hat denn schon jemand einen Krankenwagen benachrichtigt?« hörte Dr. Hallig eine ältere Frau aufgeregt fragen.

»Entschuldigen Sie bitte, ich bin Arzt«, sagte er und zwängte sich zwischen die Menschen, die nur ungern zurückwichen. »Was ist geschehen? Kann ich vielleicht helfen?«

»Hier ist eine Frau umgekippt«, erklärte ein junger Mann in schwarzer Lederkleidung, die mit hellblinkenden Nieten besetzt war. »Haben Sie gesagt, dass Sie Arzt sind? Na, dann kümmern Sie sich mal um die junge Frau.«

Als Dr. Peter Hallig endlich den Mittelpunkt der Menschentraube erreichte und in das bleiche Gesicht der bewusstlosen Frau schaute, erschrak er. Er hatte sie fast schon vergessen, aber er erinnerte sich sofort an ihren Namen: Dagmar Sontheim. Neben ihr kauerte ein schmächtiger, blonder Junge im Straßenstaub und weinte bitterlich.

Der junge Arzt kniete sich neben der bewusstlosen Frau hin und hielt das Ohr an ihre Brust. Das Herz schlug schwach, aber regelmäßig, und Dr. Hallig richtete sich wieder auf. Er kontrollierte den Puls, dann stand er rasch auf. »Kann mir jemand helfen?« fragte er und schaute die Umstehenden auffordern an.

Zwei junge Männer traten sofort einen Schritt hervor.

»Die Frau hat eine Kreislaufschwäche«, erklärte Dr. Hallig. »Meine Praxis ist nicht weit von hier, ich werde sie dort behandeln.«

Der junge Arzt beugte sich zu Tommy hinunter,

hob ihn auf die Arme und wischte ihm die Tränen von den Wangen. »Ist das deine Mami?« fragte Dr. Hallig und deutete auf Dagmar, die von den beiden jungen Männern hochgehoben wurde.

»Ja ... und ... ich hab solche Angst, Onkel«, erklärte der Kleine weinerlich und zog heftig die Nase hoch.

»Ich bin ein Onkel Doktor«, erklärte der Arzt. »Und ich werde deiner Mami bestimmt helfen können.« Dr. Hallig ging zu seinem Wagen, und die beiden jungen Männer, die Dagmar Sontheim trugen, folgten dem Mediziner.

Der junge Arzt stellte Tommy auf die Erde nieder und öffnete die Wagentür. Er klappte den Beifahrersitz zurück und bat die beiden jungen Männer die bewusstlose Frau darauf zu betten. Vorsichtig legte Dr. Hallig den Sicherheitsgurt um Dagmar. Dann nahm er Tommy bei der Hand, führte ihn um den Wagen herum und hob ihn auf den Rücksitz. Der Arzt bedankte sich bei den jungen Männern, setzte sich hinter das Steuer und startete den Wagen.

Erst jetzt, da er sich bereits auf dem Weg zu seiner Praxis befand, erinnerte er sich wieder an sein eigentliches Fahrtziel. Dr. Hallig verzog die Lippen zu einem schiefen Lächeln.

Himmel, seine Verlobte hatte er wieder einmal vergessen. Der Arzt runzelte die Stirn. Wenn er heute wieder verspätet zu seiner Verlobten kam, brauchte er sich nicht zu wundern, wenn sie wütend reagierte. Es war ihr gutes Recht.

»Es ist aber auch wie verhext«, sagte Dr. Hallig halblaut vor sich hin. »Immer wenn ich mit Helga zusammen sein möchte, kommt irgendetwas dazwischen. Es ist, als ob der Teufel seine Hand im Spiel hätte.«

»Hast du was gesagt, Onkel?« klang Tommys helle dünne Stimme an sein Ohr.

»Ja, wir sind in wenigen Minuten da!« rief der Arzt über die Schulter dem kleinen Jungen zu. Er verlangsamte die Fahrt und lenkte den offenen Sportwagen auf sein Grundstück. Vor der Garage stoppte er den Wagen und sagte zu dem kleinen Jungen: »Bleib mal brav sitzen. Ich werde zuerst deine Mami ins Haus tragen, dann komme ich dich holen. Okay?«

Tommy nickte und beobachtete mit großen ängstlichen Augen, wie Dr. Hallig den Sicherheitsgurt löste und Dagmar auf den Armen ins Haus trug.

»Sie legen es wohl darauf an, dass Fräulein Tanner die Verlobung löst?« fragte Knötchen scheinheilig. »Wen bringen Sie uns denn da?«

»Ich bringe die Frau ins Wohnzimmer und lege sie auf die Couch, Knötchen. Bitte seien Sie so lieb und bleiben Sie bei ihr, bis sie aufwacht. Es handelt sich lediglich um eine Kreislaufschwäche, und ich nehme an, dass sie sich in ein paar Minuten erholt hat«, erklärte der Arzt und trug Dagmar ins Wohnzimmer.

Knötchen zog sich einen Sessel heran und setzte sich neben die Bewusstlose.

»Ich bin gleich wieder zurück«, sagte Dr. Peter Hallig und verließ eilig das Wohnzimmer.

Kurz darauf ging er Hand in Hand mit Tommy auf das Haus zu. »Wenn es deiner Mami wieder besser geht, bringe ich euch nach Hause«, versprach der Arzt dem kleinen Mann.

»Ich will aber nicht nach Hause!« stieß der Blondschopf heftig hervor. Tommy hatte sich alle Mühe gegeben, seine Stimme mutig klingen zu lassen, doch das geschulte Ohr des Arztes hatte sofort die Angst erkannt, die aus seinen Worten sprach.

Dr. Peter Hallig erinnerte sich jetzt wieder daran,

unter welchen Umständen er die Mutter des Jungen zum ersten Mal kennen gelernt hatte. Sollte vielleicht das Kind mehr verraten als die Mutter? Er führte Tommy in ein kleines behaglich eingerichtetes Erkerzimmer, setzte sich zu ihm auf die Couch und legte den Arm um die schmalen Schultern des Jungen.

»Und warum nicht?« fragte der Arzt vorsichtig. »Du kannst es mir ruhig erzählen, und wer weiß, vielleicht kann ich dir helfen?«

»Uns kann niemand helfen, hat die Mami gesagt«, antwortete der Kleine mit weinerlich klingender Stimme. Doch dann hob er den Kopf und musterte den jungen Arzt prüfend. »Bist du sehr stark?« fragte er.

»Ich denke schon«, entgegnete der Arzt und schaute den Kleinen verwundert an.

»Dann musst du meinem Papi einmal sagen, dass du ihn ganz fürchterlich verhaust, wenn er die Mami und mich noch einmal schlägt«, forderte Tommy kategorisch und schaute ihn abwartend an.

Dr. Hallig senkte die Lider und dachte nach. Dieser Satz des kleinen Jungen erklärte alles, doch wie sollte er ihm und seiner Mutter helfen?

»Jeder Vater zieht seinem Jungen mal den Hosenboden stramm«, sagte er zu Tommy, in der Absicht, Einzelheiten zu erfahren. Er legte den Arm fester um Tommys Schultern und drückte ihn ein wenig an sich.

Ein heller Schmerzensschrei entschlüpfte dem Kleinen und rasch entwand er sich dem Arm des Arztes. »Au, das tut verflixt weh«, schimpfte Tommy.

»Zieh doch bitte mal dein Hemdchen aus«, bat Dr. Hallig ihn ernst. »Entschuldigung, ich wollte dir nicht wehtun. Ich bin Arzt, und ich möchte einmal nachschauen, was dir eigentlich fehlt. Darf ich mal?«

Nach kurzem Zögern kam Tommy der Aufforderung des Arztes nach. Als er das Hemd ausgezogen hatte, starrte Dr. Peter Hallig den Jungen entsetzt an. Der kleine schmächtige Oberkörper war über und über mit blauen Flecken und Schrammen übersät, und der Arzt schluckte trocken.

»Zieh dein Hemd wieder an«, bat er heiser und stand auf. »Du magst doch sicher Kirschen, hm? Draußen im Garten steht ein ganzer Korb voll. Komm, ich zeig ihn dir.«

Vertrauensvoll schob Tommy die Finger in die Hand des Arztes und ließ sich von ihm in den Garten führen. Tommys Augen leuchteten, als er sich umschaute.

Der Arzt bemühte sich, den kleinen Blondschopf nichts von seinen Gedanken merken zu lassen. Dr. Peter Halligs Herz war erfüllt von Zorn. Er verachtete Männer, die ihre körperliche Überlegenheit dazu benutzten, sich als absolute Autoritätsperson ihrer Familie durchzusetzen.

Der junge Arzt hatte schon mehrere Frauen behandelt, die von ihren Ehemännern geprügelt worden waren. Er wusste, dass diese Frauen zumeist den Kindern zuliebe dieses Martyrium ertrugen und erst Hilfe suchten, wenn sie keinen Ausweg mehr wussten und am Ende ihrer Kraft waren. Dr. Hallig nahm sich vor, mit der Mutter des Jungen zu sprechen, um ihr einen Weg zu zeigen, aus der Ehe, die sicher eine Hölle für sie war, auszubrechen.

❀

Die Jugendstilvilla des Bauunternehmers Tanner präsentierte den Wohlstand, in dem die Familie Tanner lebte. Eingebettet inmitten eines riesigen Parks lag die Villa am Ufer eines künstlich angelegten Sees, in dessem spiegelklaren Wasser sich die kaisergelben Mauern wiederspiegelten.

Ausgedehnte Rasenflächen umgaben das Domizil der Tanners, Ziersträucher waren zu Statuetten geschnitten, helle Kieswege führten durch das satte Grün, bunten Farbtupfern gleich hoben sich die Blumenrabatten davon ab.

Wilhelm Tanner, der die Firma seines Vaters übernommen und sie zu einem bedeutenden Unternehmen gemacht hatte, war sehr stolz auf seinen Besitz.

Die Villa war teuer und luxuriös eingerichtet und mit jedem nur erdenklichen Komfort ausgestattet.

Helga Tanner, die Tochter des Bauunternehmers schenkte diesem Luxus kaum Beachtung, denn für sie war er selbstverständlich, Wilhelm Tanner hatte seine einzige Tochter maßlos verwöhnt und ihr jeden Wunsch von den Augen abgelesen. Helga war es nicht gewöhnt, dass man sie nicht beachtete oder gar eine andere Aufgabe der Gesellschaft ihrer Person vorzog.

Die junge Frau war wütend wie selten. Vor mehr als zwei Stunden war sie mit Dr. Peter Hallig, ihrem Verlobten verabredet gewesen, doch offensichtlich musste sie wieder einmal vergeblich auf ihn warten.

»Bringen Sie mir einen Martini, Herbert«, sagte sie zu dem Butler, der ihr vor dem Treppenaufgang zum oberen Stockwerk begegnete. Sie war sehr ungehalten, und das drückte sich in ihrer Stimme und ihren heftigen Bewegungen aus. Ihre Absätze klapperten über den Mosaikfußboden, als sie eilig zum kleinen Salon hinüberging, in dem sie ihre Mutter wusste.

Ute Tanner, eine mollige Mittvierzigerin, die alles versuchte immer noch jung und attraktiv auszusehen, blätterte gelangweilt in einem Modejournal, als ihre Tochter eintrat.

»Hast du schon die neue Herbstkollektion gesehen?« fragte sie und tippte mit dem Zeigefinger auf das Blatt der Illustrierten. »Es sind einige bezaubernde Modelle darunter, und ich schlage vor, wir sollten in den nächsten Wochen nach Paris fliegen, um uns ein paar hübsche Sachen auszusuchen. Was hältst du davon?« Ute Tanner schaute ihre Tochter erwartungsvoll an.

»Ach, lass mich doch mit deinem Modefimmel zufrieden«, entschlüpfte es Helga unwirsch, als sie sich ihrer Mutter gegenübersetzte. Die elegant gekleidete junge Frau schlug die Beine übereinander und griff zu dem goldenen Zigarettenetui ihrer Mutter, das vor ihr auf dem Tisch lag. Helga zündete sich eine Zigarette an und rauchte hastig. Ihre graugrünen Augen, die manchmal einen geheimnisvollen Schimmer zeigten, sprühten jetzt vor Zorn.

»Mäßige dich bitte in deinem Ton, Kind«, wies Ute Tanner sie zurecht und runzelte die Augenbrauen. »Ich bin sicher, dass dein Geliebter, Dr. Hallig, es wieder einmal vorgezogen hat, Patientenbesuche zu erledigen. Ich darf dich jedoch daran erinnern, dass du es gewesen warst, die es sich in den Kopf gesetzt hatte, sich mit dem jungen Arzt zu verloben. Wir, dein Vater und ich, hätten es viel lieber gesehen, wenn du Horst Mellert zum Mann genommen hättest.«

»Ja, ja, ich weiß«, entschlüpfte es Helga wütend, und sie zerdrückte die halb gerauchte Zigarette im Ascher. »Vielleicht wird es euch freuen zu hören, dass ich nicht die Absicht habe, mich noch lange mit Peter herumzuärgern. Ich habe es ganz einfach satt, mich, wann immer es ihm beliebt, in die Ecke stellen zu lassen. Vielleicht sollte ich ihm einmal eine Lektion erteilen? Jeder Mann ist eifersüchtig, auch Peter.«

»Lektion?« Helgas Mutter lachte spöttisch. »Wenn ich dir einen guten Rat geben darf, dann lass die Finger von diesem Doktor. Er ist mit Leib und Seele Arzt, und er wird niemals bereit sein, das Leben, von dem du träumst, zu führen.«

»Das lass bitte meine Sorge sein. Ich jedenfalls werde heute Abend mit Horst ausgehen, und ich verwette mein Perlenkollier, wenn ich damit nicht erreiche was ich will.« Helga stand auf, neigte sich zu ihrer Mutter hinunter und küsste sie flüchtig auf die Wange. »Bis dann, Mama.«

In diesem Augenblick betrat der Butler den kleinen Salon. Auf einem silbernen Tablett servierte er den Martini, um den Helga gebeten hatte.

»Danke, Herbert, ich habe es mir anders überlegt. Vielleicht fragen Sie meine Mutter, ob sie den Martini trinken möchte.«

Helga ging rasch an dem Butler vorbei, der ihr leicht pikiert nachschaute. So ein ungezogenes Biest, dachte er, doch seinem Gesicht waren diese Gedanken nicht abzulesen.

Helga Tanner ging entschlossen zum nächsten Telefonapparat. Sie war nicht mehr bereit, sich in dieser Art und Weise von dem jungen Arzt behandeln zu lassen. Obwohl er sie schon mehrmals darauf aufmerksam gemacht hatte, dass die Aufgaben seines Berufes stets vorrangig bleiben würden, hatte sie es sich in den Kopf gesetzt, die Frau des jungen, blendend aussehenden Arztes zu werden. Aus Erfahrung wusste Helga, wie eifersüchtig Männer sein konnten, und in dieser Beziehung bildete Peter sicher keine Ausnahme.

Ein kühles Lächeln umspielte die Lippen der jungen Frau, als sie Horst Mellerts Telefonnummer wählte. Der Sohn eines Fabrikanten machte ihr schon seit vielen Monaten den Hof, und er würde sich die Gelegenheit, einmal mit ihr allein sein zu dürfen, ganz sicher nicht entgehen lassen.

»Es wäre doch gelacht, mein Lieber, wenn ich dich nicht aus der Reserve locken könnte«, sagte sie halblaut vor sich hin, und ihre Gedanken beschäftigten sich ausschließlich mit Dr. Peter Hallig, als sie die ersten freundlichen Worte mit Horst Mellert wechselte.

❁

Dr. Peter Hallig schob die Tür zum Wohnraum einen Spalt breit auf und räusperte sich. Als Irma Knoten den Kopf wandte, winkte er ihr zu. Knötchen warf noch einen besorgten Blick auf das blasse Gesicht der bewusstlosen Frau, die auf dem Sofa lag, stand auf und ging zu dem jungen Arzt hin.

»Gehen Sie in den Garten, und achten Sie auf den Kleinen«, flüsterte Dr. Hallig und fügte hinzu: »Ich muss ein paar Worte mit der jungen Frau wechseln, denn ich habe ein paar Dinge entdeckt, die mir keine Ruhe lassen.«

»Ich werde Kaffee kochen und den Tisch auf der Terrasse decken«, antwortete die Haushälterin ebenso leise. »Für den Kleinen mache ich eine heiße Schokolade, und ich bin sicher, dass ihm mein selbst gebackener Kirschkuchen schmecken wird.«

Der Arzt schmunzelte, als er seiner Haushälterin nachschaute. Knötchen war eine liebe Seele, und er wollte sie nicht missen. Sofort schweiften seine Gedanken wieder ab, er drehte sich um und ging ins Zimmer, in dem Dagmar Sontheim lag.

Dr. Hallig setzte sich in den Sessel, den Knötchen bereits neben die Couch gezogen tatte und betrachtete das blasse Gesicht der jungen Frau.

Es war nicht zu übersehen, dass die junge Frau eine kleine Schönheit war. Das Gesicht war fein geschnitten, sichelförmig wölbten sich die Augenbrauen in die Stirn, die langen blonden Wimpern warfen Schatten auf die Wangen. Die Lippen, die jetzt leicht geöffnet waren, ließen auf Sensibilität schließen, und das kleine energische Kinn deutete daraufhin, dass Dagmar Sontheim sich durchaus durchsetzen konnte.

Dr. Hallig beugte sich vor, als er sah, dass ihre Augenlider leicht flatterten. Eine steile Falte grub sich über der Nasenwurzel ein, dann schlug die junge Frau die Augen auf. Verwirrt schaute sie den Arzt an. Wieso saß der Hausarzt ihrer Mutter neben ihr?

»Wo . . . wo bin ich?« stammelte sie und setzte sich halb auf.

»In guten Händen«, antwortete er, und als er sie anlächelte, spürte Dagmar sofort, dass sie zu diesem Mann Vertrauen haben konnte. Ihr Blick glitt über seine gepflegte Erscheinung und blieb an seinem leicht gebräunten Gesicht haften. Unbewusst stellte sie fest, dass dieser junge Mann ihr gefiel.

Ein leichtes Erschrecken zeichnete sieh mit einem Mal auf ihrem Gesicht ab.

»Wo ist Tommy?« fragte sie und schaute sich suchend um. Sie erinnerte sich plötzlich wieder daran, dass Tommy sie beim Einkaufen begleitet hatte. Auch an die seltsame Schwäche, die sie befallen hatte, und an das flaue Gefühl im Magen erinnerte sie sich.

»Ihr Junge ist draußen im Garten«, erklärte Dr. Hallig und legte beruhigend die Hand auf ihren Arm. »Machen Sie sich keine Sorgen. Meine Haushälterin achtet auf Tommy.«

»Wie spät ist es?« fragte die junge Frau, und ein verlorenes Lächeln huschte über ihr Gesicht. »Wissen Sie, ich muss nach Hause, denn mein Mann kommt in etwa einer Stunde und . . .«

»Bleiben Sie ganz ruhig, bitte.« Dr. Hallig wusste, dass er behutsam mit Dagmar Sontheim umgehen musste, wenn er ihr Vertrauen gewinnen wollte.

»Frau Sontheim, Ihr Junge hat ein paar Andeutungen gemacht, die mich sehr nachdenklich gestimmt haben. Bitte weichen Sie mir jetzt nicht aus, denn ich habe den Oberkörper des Kleinen gesehen. Ich sage Ihnen das nicht, um Sie in Verlegenheit zu bringen. Nein, ich will Ihnen helfen.«

»Helfen?« wiederholte sie bitter, und Resignation lag in ihrem Blick, als sie ihn anschaute. »Mir kann niemand helfen, Herr Doktor. Wie sagt man doch so schön? Wie man sich bettet, so liegt man, nicht wahr? Ich habe den falschen Weg gewählt, und jetzt muss ich ihn bis zum bitteren Ende gehen.«

»Ich kann Sie nicht daran hindern, bei einem Mann zu bleiben, der offensichtlich Ihr Kind misshandelt«, entgegnete der Arzt, und seine Stimme klang plötzlich hart. Er sah das Erschrecken auf ihrem Gesicht und fügte weicher hinzu: »Aber ich kann Ihnen einen Rat geben, und ich kann Ihnen vielleicht Hilfe anbieten. Ich bin Arzt, Frau Sontheim, und ich fühle mich verpflichtet, Sie darauf aufmerksam zu machen, dass auch Sie einen Teil Verantwortung tragen, wenn Tommy ein seelischer Krüppel wird.«

Dagmars Lippen zitterten, und es war ihr anzusehen, dass sie den Tränen nahe war. »Sie wissen nicht wovon Sie reden. Und Sie wissen nicht, was Angst ist, und Sie haben keine Ahnung, wie gern ich aus meinem Gefängnis ausbrechen würde, wenn ich nur einen Weg sähe. Aber den gibt es nicht. Heinz wird mich immer und überall finden, egal wo ich mich aufhalten werde.«

»Er droht Ihnen, nicht wahr?«

»Und ich weiß auch, dass er seine Drohungen wahr macht.« Die junge Frau sah hilflos und erbarmungswürdig aus, und der Arzt spürte den brennenden Wunsch, ihr zu helfen.

»Ich will nicht behaupten, dass Sie sich in einer

leichten Lage befinden, Frau Sontheim. Aber einen Ausweg gibt es immer.« Dr. Peter Hallig runzelte die Stirn, schaute zum Fenster hinaus und dachte nach. »Ja, ich glaub, ich weiß sogar eine Lösung. Ich suche dringend eine Sprechstundenhelferin. Sie sind jung, und sicher fällt es Ihnen nicht schwer, diese Arbeit zu erlernen. Ich . . .«

»Wie lange könnte ich hier in Frieden arbeiten?« unterbrach die junge Frau ihn. In ihren großen blauen Augen war nackte Angst zu lesen. »Sie kennen meinen Mann nicht, Herr Doktor. Er würde uns finden und mich und den Jungen an den Haaren wieder nach Hause ziehen. Ich weiß, dass ich feige bin, aber Sie können sich nicht vorstellen, wie Heinz ist. Jeden Abend zittere ich vor Angst, wenn er nach Hause kommt. Ich weiß nie, ist er nüchtern oder betrunken, wird er randalieren oder nett sein, wird er prügeln oder direkt nach dem Essen einschlafen?«

»Als ich Sie in der Wohnung Ihrer Mutter antraf, Frau Sontheim, hatte ich den Eindruck, dass Sie nervlich am Ende waren. Bereits damals hatte ich Ihnen nahe gelegt, zu mir zu kommen, um sich einmal gründlich untersuchen zu lassen«, entgegnete Dr. Hallig ruhig, nahm ihre Hände und drückte sie ein wenig. »Damals stand Ihnen das Leid im Gesicht geschrieben, and jetzt möchte ich Sie noch einmal bitten, im Interesse Ihres Kindes Ihren Mann zu verlassen. Noch ist es Zeit. Wenn Sie Angst haben und nicht handeln wollen, so ist das ganz allein Ihre Sache, aber vergessen Sie nicht, dass Sie ein Kind haben.«

Der junge Arzt hatte ruhig und eindringlich gesprochen, und Dagmar wusste nur zu gut, wie Recht er hatte. Doch immer noch war ihre Angst größer als die Einsicht.

Die junge Frau schwang die Beine von der Couch, stützte die Ellbogen auf die Oberschenkel und legte die Hände vors Gesicht. Sie schluchzte leise, und ihr Anblick rührte ihn.

»Ich kann nicht mehr tun, als Ihnen meine Hilfe anbieten, Frau Sontheim.« Der Arzt stand auf und ging zum Fenster hinüber. »Kommen Sie her, und schauen Sie sich Ihren Jungen an.«

Dagmar stand auf und ging zu ihm. Er war fast einen Kopf größer als sie, und jetzt, wo sie so dicht neben ihm stand, roch sie den herben Duft seines Eau de Colognes. Seltsam, in seiner Nähe wich jegliche Furcht und Angst von ihr, fühlte sie sich sicher und geborgen.

Ein Lächeln huschte über ihr Gesicht, als sie Tommy beobachtete, der auf einer Leiter stand, Kirschen pflückte und eine alte Frau anlachte, die zu Füßen der Leiter stand und darauf achtete, dass der Junge nicht zu hoch hinaufkletterte.

»Hier im Haus ist genug Platz«, sagte Dr. Hallig eindringlich. Er wandte den Kopf, schaute sie offen und ehrlich an und fügte hinzu: »Ihr Junge, Frau Sontheim, könnte jeden Tag froh und unbeschwert sein. Knötchen, meine Haushälterin ist rein vernarrt in Kinder, und ich bin sicher, dass sie Tommy betreuen wurde, wenn Sie bei mir als Sprechstundenhelferin arbeiten würden. Überlegen Sie es sich noch einmal gut, Frau Sontheim.«

»Ja, das will ich tun«, antwortete Dagmar und senkte den Kopf. Durch das geöffnete Oberlicht des Fensters drang Tommys helles fröhliches Lachen ins Zimmer, und die junge Frau zuckte leicht zusammen. Es geschah selten, dass Tommy so aus sich herausging, dass er unbeschwert wie andere Kinder war.

»Ich muss nach Hause«, sagte sie leise und ging zur Tür, dort drehte sie sich noch einmal um und schaute den jungen Arzt an. »Ich danke Ihnen, Herr Doktor, ich danke Ihnen sehr . . .«

»Wenn Sie erlauben, bringe ich Sie nach Hause«, schlug Dr. Hallig vor, und als er die Abwehr auf ihrem Gesicht las, fügte er rasch hinzu: »Ich muss sowieso noch einmal in die Stadt fahren. Es ist also kein Umweg für mich.«

Als Dagmar wenig später in Begleitung des Arztes die Terrasse betrat, um Tommy aus dem Garten zu holen, fiel ihr Blick auf den gedeckten Tisch.

»Oh, das habe ich ja vergessen!« rief Dr. Hallig und schlug sich mit der flachen Hand leicht an die Stirn. »Knötchen hat uns zum Kaffeeplausch eingeladen, und das dürfen wir ihr nicht abschlagen, Frau Sontheim. Außerdem bin ich sicher, dass Knötchens Kuchen Tommy ausgezeichnet schmecken wird. Machen Sie mir die Freude, und trinken Sie noch eine Tasse Kaffee mit uns, bitte.«

Dagmar schaute sich um. Der Garten erschien ihr wie eine blühende Oase des Friedens, und sie ertappte sich bei dem Gedanken, dass es schön wäre, hier leben und arbeiten zu können. Zögernd setzte sie sich, als Dr. Hallig ihr höflich einen Stuhl zurechtrückte. Sie schaute dem großen schlanken Mann nach, als er die Stufen zum Garten hinterging, um Knötchen und Tommy zum Kaffeetisch zu holen.

Eine beunruhigende Sehnsucht erfasste Dagmars Herz, als sie sah, wie freundlich der Arzt mit Tommy sprach. Der Gedanke, dass ihr hier ein Ausweg angeboten worden war, ließ sie nicht mehr los. Sollte das ein Fingerzeig des Schicksals gewesen sein?

❁

Obwohl Dagmar Sontheim bisher alles versucht hatte, die kleine Dreizimmerwohnung hübsch und gemütlich zu gestalten, erschien sie ihr jetzt im Vergleich zum Haus des Arztes grau und farblos.

Zwei Stunden waren vergangen, seit Dr. Peter Hallig sie und Tommy nach Hause gebracht hatte. Tommy, der zu Frau Knotens Freude vier Stücke Kuchen gegessen hatte, war nicht mehr zu bewegen gewesen, einen Happen zu Abend zu essen. Dagmar hatte ihn nach einer gründlichen Wäsche zu Bett gebracht, und die junge Frau saß jetzt im Wohnzimmer und wartete auf ihren Mann.

Selten gab es einen Abend für Dagmar, an dem sie nicht arbeitete. Da sie tagsüber berufstätig war, mussten Dinge, die in jedem Haushalt anfielen, abends erledigt werden. Doch heute saß sie im Sessel, hielt die Arme vor der Brust verschränkt und schaute gedankenverloren vor sich hin. Der heutige Nachmittag ging ihr nicht aus dem Sinn. Wunschträume, die sie schon lange vergessen hatte, wurden wieder in ihr wach. Bevor sie Heinz geheiratet hatte, war es auch ihr Traum gewesen, in einem hübschen kleinen Haus zu wohnen, Kinder und einen liebenden Mann zu haben.

Ungeduldiges Läuten an der Wohnungstür schreckte Dagmar aus ihren Gedanken auf. Heinz, dachte sie erschreckt und wurde eine Spur blasser. Rasch lief sie zur Wohnungstür und öffnete. Es war Heinz, der mit vielen kleinen Paketen beladen vor der Tür stand und sie anlachte. Sie erkannte sofort, dass er nüchtern war.

»Schatz, heute Abend werden wir feiern!« rief er, trug die Pakete ins Wohnzimmer und ließ sie auf die Couch fallen. Er drehte sich um und breitete die Arme aus. »Komm in meine Arme, meine süße, kleine Maus. Heute ist mein Glückstag, und ich will rundherum fröhlich sein.«

»Was ist das?« fragte Dagmar und kam zögernd näher. Sie blieb vor der Couch stehen und betrachtete erstaunt die verschieden großen Pakete. Mit einer fahrigen Bewegung strich sie sich über die Stirn und schaute ihren Mann prüfend an.

»Das ist alles für dich«, antwortete Heinz, trat auf sie zu und riss sie in die Arme. Er küsste sie stürmisch und fügte überschwänglich hinzu: »Ich bin ein Glückspilz, Dagmar, Schätzchen. Stell dir vor, ich habe heute auf das richtige Pferd gesetzt. Ja, schau mich nicht so skeptisch an, ich habe gewonnen. Eine Menge Moos, Geld, Flocken . . .«

Dagmar glaubte, ihren Augen nicht trauen zu können, denn einen solchen Abend hatte sie schon lange nicht mehr erlebt. Heinz kam einmal nüchtern nach Hause und brachte sogar noch Geschenke mit?

»Komm, pack schon aus«, forderte Heinz sie ungeduldig auf und versenkte die Hand in die Jackentasche, um ein Päckchen Zigaretten herauszuholen.

Als der Vertreter das kühle Metall der Pistole fühlte, erschrak er. Verdammt, das Ding muss ich erst verstecken, dachte er.

Heinz Sontheim griff zu der Tüte, die er auf den Tisch abgestellt hatte und holte eine Flasche Wein heraus. Er ging in die Küche, um den Korken zu entfernen. Dass er gleichzeitig die Pistole versteckte, ahnte Dagmar nicht.

Als Heinz ins Wohnzimmer zurückkam, öffnete Dagmar rasch die Pakete, denn sie wusste, wie schnell seine freudige Erregung sich in Zorn umwandeln konnte.

»Eine rohseidene Bluse, ein Silberarmband, Spitzenunterwäsche, Ledersandaletten, einen Seidenschal und eine sündhaft teure Flasche Parfüm packte Dagmar aus.

Unwillkürlich zweifelte Dagmar an Heinz Gewinn beim Pferderennen. Er belog sie so oft, dass sie ihm kaum noch etwas glaubte.

»Na, was ist? Freust du dich nicht?« Heinz runzelte die Stirn, leerte hastig das Weinglas, und in seine schwarzen Augen trat ein Funkeln, das seine Frau nur zu gut kannte.

»Doch, doch«, versicherte sie hastig. Ihre Freude war schlecht gespielt. Sie stand da und starrte die Geschenke an, die ihr im Grunde des Herzens nichts bedeuteten.

Heinz Sontheim klopfte sich mit der flachen Hand auf den Oberschenkel. »Komm, setz dich zu mir auf den Schoß«, forderte er sie auf, und der Blick, mit dem er sie umfing, sagte mehr als tausend Worte. Dagmar wusste, dass er jetzt für seine Großzügigkeit belohnt werden wollte, doch alles in ihr sträubte sich bei dem Gedanken, dass er sie in die Arme nehmen könnte.

»Du benimmst dich sehr seltsam«, stellte Heinz Sontheim fest, und schlagartig veränderte sich der Ausdruck seines Gesichtes »Ich schmeiße einen Haufen Geld für dich zum Fenster heraus, und du stehst da, als könntest du nicht bis drei zählen. Verdammt noch mal, habe ich nicht wenigstens ein Dankeschön verdient?«

»Danke«, würgte Dagmar hervor und blieb mit hängenden Armen vor dem Tisch stehen. Sie konnte sich über die Geschenke nicht freuen, denn sie wogen all die Tränen nicht auf, die sie wegen Heinz schon vergossen hatte. Sie schaute ihren Mann an und ein kalter Schauer rann über ihre Haut. Sie ekelte sich vor Heinz, und lieber wollte sie sich von ihm schlagen als in die Arme nehmen lassen.

Heinz Sontheim griff zum Weinglas und leerte es in einem Zug. Er stand auf und leckte sich über die Lippen, dann streckte er die Hände nach ihr aus und wollte sie in die Arme nehmen. Unwillkürlich wich

Dagmar ein paar Schritte zurück. »Nein!« stieß sie hervor. »Nein, ich will nicht!«

»Da ist es ja in einer Kneipe gemütlicher!« schrie er unbeherrscht und stürmte zur Tür. »Denk mal über dich nach! Insbesondere darüber, wie sich eine liebende Gattin zu verhalten hat. Ich gehe in die Kneipe nebenan ein paar Bierchen trinken, und ich hoffe, dass du freundlicher bist, wenn ich zurückkomme?«

Die Fensterscheiben klirrten leise, als Heinz Sontheim die Tür wuchtig hinter sich ins Schloss warf.

Die junge Frau zitterte am ganzen Körper, feiner Schweiß bedeckte ihr Gesicht. Sie wusste nur zu gut, was seien Worte zu bedeuten hatten. Namenlose Angst erfüllte ihr Herz, denn sie ahnte, was sie erwartete, wenn Heinz wieder nach Hause kam.

Würde er nur sie allein schlagen, wäre es zu ertragen. Doch Heinz war so gemein, seine Wut, in die er sich hineinsteigerte, an einem kleinen, wehrlosen Kind auszulassen. Er wusste nur zu gut, dass er sie dadurch gefügig machen konnte und griff immer wieder zu diesem Druckmittel.

Dagmar ging unruhig in dem kleinen Wohnzimmer auf und ab. Sie presste die Fingerspitzen an die Schläfen, in denen das Blut rauschte und pochte. Sie war nicht in der Lage einen klaren Gedanken zu fassen, und die Angst in ihrem Herzen wurde von Minute zu Minute größer.

Die junge Frau ließ sich auf die Couch fallen, vergrub das Gesicht in den Kissen und weinte hemmungslos. Sie haderte mit dem Schicksal, das ihr soviel Leid auferlegt hatte, und der Wunsch, nicht mehr leben zu wollen, wurde übermächtig in ihr.

❁

Helga Tanner war wieder einmal strahlender Mittelpunkt der Party. Sie lachte viel und laut, und niemand ahnte, dass der Groll in ihrem Herzen immer größer wurde.

Die Tochter des reichen Bauunternehmers hatte erwartet, dass Dr. Peter Hallig im Laufe des Abends auf der Party eintreffen würde, denn sie hatte ihren Eltern die Adresse hinterlassen.

Horst Mellert, in dessen Begleitung sie die Gesellschaft besucht hätte, bemühte sich in jeder nur erdenklichen Weise um die hübsche junge Frau, die dem Champagner reichlich zusprach. Er war ein Künstler der schönen Worte, umschmeichelte Helga mit Komplimenten und versuchte soeben, sie zu einem Ausflug mit seiner neuen Privatmaschine zu überreden.

»Sag mir, wohin du fliegen willst, meine Maschine steht dir zur Verfügung«, schlug er vor und legte den Arm um ihre schmale Taille. Er presste die junge Frau leicht an sich und fügte hinzu: »Ich kann mir nichts schöneres vorstellen, als acht oder vierzehn Tage oder auch vier Wochen mit dir allein zu sein, Helga. Ich lege dir die Welt zu Füßen, und wenn du willst, sind wir morgen Abend schon in Rio oder auf den Bahamas oder auf Hawaii.«

Helga Tanner hob den Kopf und schaute zu ihm auf. Horst war ein blendend aussehender Mann, er war reich und liebte das Vergnügen. Was hielt sie davon ab, seinen Vorschlag anzunehmen? Peter hatte ja doch nur seinen Beruf im Kopf.

Peter – der Gedanke an den jungen Arzt rüttelte Helga auf. Sie schüttelte Horsts Arm ab, schaute auf ihre diamantenbesetzte Armbanduhr und erwiderte leichthin: »Danke, das ist lieb gemeint, Horst, aber ich muss jetzt gehen.«

»Was?« fragte er gedehnt und schaute sie erstaunt an. Es ist zehn Uhr. Der Spaß fängt doch meist erst um Mitternacht an. Wo willst du denn hin? Wieder zu deinem Arzt? Mensch, Helga, schieß ihn endlich in den Wind. Er passt ganz einfach nicht zu dir! Dein Doktor weiß gar nicht, wie man ein Juwel wie dich zu behandeln hat. Er hat nur seine Patienten im Kopf und lässt dich, wann immer er es für richtig hält, warten. Zeig ihm doch einmal, dass du dich auch ohne ihn amüsieren kannst.«

Die Worte des gut aussehenden Playboys klangen süß und verlockend in Helgas Ohren, doch ihre Sehnsucht nach Peter war größer.

»Ein andermal vielleicht, Horst.« Der energische Ton in ihrer Stimme ließ keine Zweifel aufkommen, dass ihr der junge Arzt immer noch wichtiger war, als die Gesellschaft, auf der sie sich befand.

»Wie du willst.« Horst Mellert gab sich keine Mühe, seinen Ärger zu verheimlichen. Er umwarb Helga Tanner schon lange, und er hatte Zeit. Er hoffte darauf, dass Helga sich eines Tages eine derartige Behandlung nicht mehr gefallen lassen würde, und dem Arzt, mit dem sie verlobt war, den Laufpass geben würde. Dann war seine Stunde gekommen, denn Horst Mellert begehrte die junge Frau sehr. Er gehörte zu den Männern, die Frauen als Wild betrachteten. Je schwieriger eine Frau zu erobern war, desto reizvoller wurde sie für ihn.

»Soll ich dich zu deinem Helfer der Menschheit fahren?« fragte er spöttisch und deutete eine knappe Verbeugung an. »Ich stehe dir jederzeit zu Diensten.«

»Danke, nicht nötig.« Helga Tanner ließ ihn einfach stehen und durchquerte die Räumlichkeiten der prunkvollen Villa, in denen sich die Gäste amüsierten.

Obwohl sie zu viel Champagner getrunken hatte, setzte die junge Frau sich hinter das Steuer ihres Sportwagens und fuhr zu Dr. Peter Hallig.

Helgas unverzeihliches Verhalten wurde nicht geahndet, und ohne eine Polizeikontrolle auch nur von weitem zu sehen, erreichte sie das Haus des Arztes. Sie klingelte Sturm und wartete ungeduldig, bis man ihr öffnete.

»Helga, du?« fragte der junge Arzt erstaunt. »Wo kommst du denn her? Ich habe bei deinen Eltern angerufen und erfahren, dass du eine Party besuchst. Hat es dir nicht gefallen?«

»Du stellst vielleicht Fragen«, schimpfte Helga wütend und ging an ihm vorbei ins Haus. »Ich wollte mit dir ausgehen, nicht mich allein amüsieren. Aber du hattest wahrscheinlich wieder einmal einen Fall, der dir wichtiger erschien. Peter, ich habe es langsam satt. Ich bin kein Gegenstand, den man nach Belieben hin und her schiebt. Und auch mein Verständnis für deinen Beruf hat seine Grenzen.«

»Es tut mir Leid, Helga«, antwortete er zerknirscht, ging zu ihr und nahm sie in die Arme. »Ich wollte dir ganz bestimmt nicht wehtun, glaub mir. Ich liebe dich doch.«

Helga Tanner lehnte den Kopf an seine Schulter und atmete tief durch. Die junge Frau war nicht nachtragend, und wenn er sie um Verzeihung bat, legte sich ihr Zorn rasch wieder.

»Helga, Liebes«, sagte er leise, schob die Hand unter ihr Kinn und zwang sie mit sanfter Gewalt ihn anzusehen. In ihren graugrünen, leicht schräg geschnittenen Augen schimmerten Tränen, ihre Lippen bebten ein wenig.

»Kleines, ich verspreche dir, dass ich in der nächsten Zeit ein bisschen mehr Rücksicht auf dich nehmen werde, komm, lass uns hineingehen. Trinken wir ein Glas Wein vor dem Kamin, und vergessen wir den Ärger, hm?«

Peter legte die Arme um ihre Schultern und führte sie in das gemütlich eingerichtete Wohnzimmer. Im Kamin brannte ein helles Feuer und unterstrich die behagliche Note, die dieser Raum ausstrahlte. Fürsorglich schob er ihr einen Sessel zurecht, wartete bis sie sich gesetzt hatte, und holte ein zweites Glas Wein. Er schenkte ein, reichte ihr das Glas und sagte leise: »Trinken wir auf unsere Versöhnung?« Hell klangen die geschliffenen Kristallglaser aneinander, und als Helga das Glas auf den Mahagonitisch zurückstellte, rückte sie den Sessel näher an ihn heran. Sie lehnte die Wange an seine Schulter, schaute verträumt lächelnd in die züngelnden Flammen und antwortete leise: »Ich weiß nicht, warum ich dir immer und immer wieder verzeihe, Peter, von einem anderen Mann würde ich mir das nicht gefallen lassen. Ich muss dich schon sehr lieben.«

»Liebe heißt auch verstehen«, erwiderte er leise und streichelte ihre Wange. Seine Lippen streiften zärtlich ihre Stirn und ihren Nasenrücken, als er fortfuhr: »Du weißt, dass ich meinen Beruf sehr liebe, und ich brauche eine Frau an meiner Seite, die dafür Verständnis hat. Schau, es gibt sehr viele Menschen die krank und unglücklich sind und die meine Hilfe brauchen. Es ist ein gutes Gefühl, helfen zu können.«

»Ich möchte viel lieber über unsere Zukunft reden«, schmollte Helga und schaute zu ihm auf. »Papa hat vor ein paar Tagen erwähnt, dass er uns einen supermodernen Bungalow bauen will, den er uns zur Hochzeit schenken möchte. Eine Praxiseinrichtung, wie du sie dir jetzt nur erträumen kannst, gehört selbstverständlich dazu. Ach, Peter, ich kann es kaum erwarten, deine Frau zu sein. Frau Dr. Hallig.« Die letzten Worte ließ Helga geradezu auf der Zunge zergehen.

Peter schmunzelte über ihre Zukunftsträumereien, beugte sich zu ihr hinunter und küsste sie leidenschaftlich und fordernd. Seine Hände streichelten sie verführerisch, seine Lippen flüsterten zärtliche Worte.

Das Läuten der Haustürglocke riss die beiden aus der verträumten Stimmung, und der junge Arzt runzelte unwillig die Stirn.

»Bitte, geh nicht«, bat Helga und nahm seine Hand. »Bleib hier, denn es ist bestimmt wieder einer deiner Patienten, und ich möchte den heutigen Abend mit dir verbringen. Ich will nicht schon wieder gestört werden, hörst du, ich will nicht!«

»Bitte, Helga, du benimmst dich wie ein trotziges Kind«, wies Peter sie zurecht und stand auf. Er strich sich ordnend über das dunkle, wellige Haar und fügte versöhnlich hinzu. »Ich kann nicht einfach so tun, als sei ich nicht zu Hause. Mein Gewissen würde mir keine Ruhe mehr lassen, und ich erhoffe ganz einfach von dir, dass du mir Verständnis entgegenbringst.«

Er wartete ihre Antwort nicht ab, sondern ging zur Haustür, um zu öffnen. Auch er war über diese Störung nicht begeistert, doch auf seine Empfindungen durfte er jetzt keine Rücksicht nehmen.

Dr. Halligs Augen weiteten sich ein wenig, als er Dagmar Sontheim und Tommy erkannte, die blass und verängstigt vor der Tür standen und ihn bittend anschauten.

»Mami, ich bin so müde«, sagte Tommy weinerlich, und seine großen blauen Augen schauten, die Mutter flehend an.

»Kommen Sie erst einmal herein«, bat Dr. Hallig und führte die beiden in die Diele. Sie brauchen mir jetzt nichts zu erzählen, Frau Sontheim, ich kann mir denken, was vorgefallen ist. Ich schlage vor, Sie lassen sich zuerst einmal von Knötchen einen heißen Tee und eine Schokolade machen, essen eine Kleinigkeit und schlafen sich anschließend richtig aus. Kommen Sie, ich bringe Sie zu Knötchen.«

Die spontane Hilfsbereitschaft hatte Dagmar nicht erwartet. Ihre Augen füllten sich mit Tränen, und sie hielt den Kopf gesenkt, als sie dem Arzt in die geräumige Wohnküche folgte.

»Setzen Sie sich«, bat Dr. Hallig. »Ich hole Knötchen, die sich um Sie kümmern wird. Wenn Sie sich ein bisschen gestärkt haben, wird Knötchen Ihnen Ihre Zimmer zeigen. Der Anbau hinter dem Haus, der seit dem Tod meiner Mutter leer steht, wird Ihnen sicher gefallen. Entschuldigen Sie mich bitte einen Augenblick.

Dagmar Sontheim schaute sich ein wenig verloren um. Sie glaubte immer noch zu träumen, denn auf dem Weg hierher war sie sich keineswegs sicher gewesen, ob der Arzt sein spontanes Angebot auch aufrecht erhalten würde. Ein Seufzer der Erleichterung entschlüpfte der jungen Frau, denn ihre Befürchtungen hatten sich nicht bewahrheitet. Dagmar dachte daran, dass ihr Mann vielleicht schon aus dem Gasthaus zurückgekommen war und eine leere Wohnung vorgefunden hatte.

Ein bitteres Lächeln umspielte ihre Lippen, als sie sich vorstellte, dass er seinen Zorn an der Einrichtung der Wohnung auslassen würde. Es wäre nicht das erste Mal, dass Heinz einen Teil des Mobiliars und auch das Geschirr zertrümmert hätte, wenn er sie oder das Kind nicht verprügeln konnte.

Die Tür wurde geöffnet, und Irma Knoten trat ein. Sie trug einen weinroten gesteppten Morgenmantel, ihr graues Haar war in Unordnung, ihre Wangen glühten hochrot. Knötchen hatte längst von Dr. Hallig erfahren, in welchen Verhältnissen Dagmar Sontheim und Tommy leben mussten. Unendliches Mitleid erfüllte ihr Herz, und sie freute sich schon darauf, die beiden armen Menschen ein bisschen verwöhnen zu dürfen.

Mit einer Schnelligkeit, die man der alten Frau gar nicht zugetraut hätte, deckte sie den Tisch, schnitt Brot und goss den Tee auf.

»So, und jetzt werde ich Sie ein bisschen allein lassen. Ich glaube, ich habe nichts vergessen, was den Appetit anregt«, sagte Frau Knoten, als sie den reichlich gedeckten Tisch betrachtete. »Ich muss noch die Betten drüben im Anbau beziehen, aber ich komme in ein paar Minuten wieder zurück. Lassen Sie es sich gut schmecken, denn essen hält Leib und Seele zusammen.«

»Ich mache Ihnen so viele Ungelegenheiten«, sagte Dagmar und senkte den Kopf. Sie schämte sich jetzt, denn diese Herzlichkeit hatte sie nicht erwartet.

»Ach was, papperlapapp«, wehrte die Haushälterin ab und strich Tommy über den blonde Lockenkopf. »Ich freue mich schon darauf, Junge, dich in der nächsten Zeit um mich zu haben. Ich hab so kleine Lausebengel sehr gern, weißt du?«

»Ich mag dich auch, Tante Knötchen«, erwiderte Tommy undeutlich, denn er hatte sich bereits eine Scheibe Wurst in den Mund geschoben.

»Na, dann ist ja alles in bester Ordnung«, entgegnete die Haushälterin zufrieden und verließ raschen Schrittes die Küche.

Dr. Peter Hallig war inzwischen wieder zu Helga Tanner zurückgekehrt und hatte sich neben sie gesetzt. Er trank einen Schluck Wein und schwieg nachdenklich.

»Das ging ja schneller als ich dachte«, bemerkte Helga und fügte hinzu: »Warum bist du nachdenklich? Stimmt etwas nicht?«

»Nein, nein«, wehrte Peter ab. »Es ist alles in bester Ordnung. Ich glaube, ich habe eine neue Sprechstundenhelferin, die auch bei uns wohnen wird. Es ist eine junge Frau, die in zerrütteten Verhältnissen lebt, von ihrem Mann geprügelt wird und jetzt endlich eine Möglichkeit hat, diesen Verhältnissen zu entfliehen.

Helga Tanner legte den Kopf ein wenig schief und schaute ihren Verlobten verwundert an. »Geht deine Hilfsbereitschaft nicht ein wenig zu weit?« fragte sie und schüttelte bedächtig den Kopf. »Ich meine, es könnte doch durchaus sein, dass du dadurch in Schwierigkeiten kommst, oder?«

»Möglich«, antwortete er kurz, und sein Blick glitt über ihr kastanienrotes Haar, das im Schein des Kaminfeuers wie flüssiges Kupfer schimmerte.

»Ach, lass uns nicht mehr darüber reden«, schlug Helga vor und lehnte sich wieder an seine Schulter. »Es gibt wichtigere Dinge für uns. Zum Beispiel unseren Hochzeitstermin, über den wir noch nicht gesprochen haben. Meine Eltern fragen mich sehr häufig danach, denn sie wollen natürlich, dass die Hochzeit ihrer einzigen Tochter in einem entsprechenden Rahmen gefeiert wird. Das verstehst du doch?«

»Ja, sicher«, antwortete Peter zerstreut, bot ihr eine Zigarette an und gab ihr Feuer.

Helga Tanner ahnte nicht, dass seine Gedanken bei der jungen Frau waren, die bei ihm Schutz und Hilfe gesucht hatte. Die Verlobte plauderte munter über die Zukunft, sprach von dem Modellkleid, das sie sich zur Hochzeit in Paris kaufen wollte, von dem Bungalow, den ihr Vater ihnen schenken wollte und von vielen Dingen, die dem jungen Arzt unwichtig erschienen.

Dr. Peter Hallig ließ sie reden, doch er hörte ihr nur scheinbar aufmerksam zu. Morgen, am Sonntag, würde ihm genügend Zeit bleiben, mit Dagmar Sontheim über die nähere Zukunft zu sprechen. Dr. Hallig gab sich keine Rechenschaft über die Freude, die sein Herz erfüllte, wenn er an die junge Frau dachte, der er helfen konnte.

Die Worte seiner Verlobten schwirrten an seinem Ohr vorbei, während er überlegte, welche Dinge noch notwendig waren, um Dagmar Sontheim und Tommy ein gemütliches neues Zuhause zu schaffen.

Heinz Sontheim taumelte auf die Wohnungstür zu, öffnete sie und versetzte ihr mit dem Fuß einen Tritt. Krachend schlug die Tür an die Wand.

»Na?« gröhlte er. »Wo sind denn meine beiden Vögelchen? Verdammt, ich habe Hunger! Kriegt man hier nicht mal was zu essen? Na wartet, ich werde euch schon Beine machen!«

Der Betrunkene taumelte durch die Diele ins Wohnzimmer und schaute sich um. Er schwankte, und es dauerte eine Weile bis er begriff, dass ihn hier niemand erwartete. Jetzt stürmte er ins Schlafzimmer und schlug mit der flachen Hand auf den Lichtschalter. Heinz Sontheim blinzelte gegen die grelle Deckenbeleuchtung, und als er sah, dass die Ehebetten unberührt waren, glitt ein gemeines hinterhältiges Grinsen über sein Gesicht.

»Habt ihr euch beide ins Kinderzimmer verkrochen?« lallte er, drehte sich um und stolperte wieder in die Diele zurück. Vor der Tür zu Tommys Zimmer blieb er schwankend stehen, rülpste laut und schlug mit der Faust krachend gegen das Holz.

»Los, kommt raus!« brüllte er wie von Sinnen, sein

Gesicht verfärbte sich blaurot, und die Adern an seinen Schläfen schwollen dick an. Er wartete, und von Sekunde zu Sekunde, steigerte sich seine Wut. Heinz Sontheim machte sich nicht die Mühe, die Türklinke herunterzudrücken. Er warf sich mit der Schulter gegen das Holz und die Tür sprang auf.

Als er den Lichtschalter niederdrückte, starrte er auf Tommys leeres Bett. Diese Situation war neu für den Vertreter, denn eine leere Wohnung hatte er bis heute noch nicht vorgefunden. Mit einem Aufschrei warf er sich herum und taumelte erneut durch die Räume der Wohnung. Endlich hatte sein Alkohol umnebeltes Gehirn registriert, dass weder seine Frau noch sein Kind hier waren.

»Verdammtes Pack!« schrie er und riss schwungvoll eine Tür des Wohnzimmenschrankes auf. Er schob den Arm hinter die Gläser, die sauber poliert auf einer Glasplatte standen, und riss alle mit einem einzigen Ruck heraus. Klirrend und berstend zerschellten die Gläser auf dem Boden.

Seine glasigen Augen waren blutunterlaufen, als er auf den Scherbenhaufen starrte. Seine Wut war immer noch nicht besänftigt, er zertrümmerte einen Teil des Essgeschirrs, riss zwei Bücherregale von der Wand und kippte den Wohnzimmertisch um.

Heinz Sontheim tobte wie ein Irrer, doch die Nachbarn, die seine Gewalttätigkeit sehr gut kannten, wagten nicht, einzugreifen.

Nachdem der Vertreter sich bis zur Erschöpfung verausgabt hatte, ließ er sich quer auf die Ehebetten fallen und atmete tief und schwer.

»Ich bringe euch um«, lallte er. Immer und immer wieder wiederholte er diesen Satz mit schwerer Zunge, und seine Hände krallten sich in die Bettdecke. Dass er diesen Vorsatz nicht sofort in die Tat umsetzen konnte, dafür sorgte der Alkohol, den er in großen Mengen zu sich genommen hatte. Ubergangslos schlief Heinz Sontheim ein.

❁

»Guten Morgen, zusammen«, grüßte Dr. Peter Hallig freundlich, als er am nächsten Morgen das Speisezimmer betrat. »Ich hoffe, ihr habt alle so gut geschlafen wie ich.«

Der junge Arzt setzte sich an den gedeckten Tisch, an dem Dagmar Sontheim, Tommy und Irma Knoten saßen. Er ließ seinen Blick über den Tisch spazieren, nickte zufrieden und sagte zu seiner Haushälterin: »Knötchen, Ihr Frühstück allein ist Gold wert.«

»Dürfen wir jetzt endlich anfangen?« fragte Tommy, und seine Mutter wunderte sich, dass er hier keine Schüchternheit zeigte. »Ich hab einen riesigen Hunger.«

»Tommy, sei nicht so vorlaut«, ermahnte seine Mutter ihn.

»Lassen Sie ihn doch«, warf Dr. Hallig ein und lachte den kleinen Blondschopf an. »Ich freue mich, wenn es Kindern schmeckt.«

Diese Aufforderung genügte Tommy, er nahm sich ein Brötchen, zerteilte es und bestrich es dick mit Butter. Dann häufte er sich dick Marmelade darauf und biss herzhaft hinein. Es war eine Freude, dem Jungen zuzuschauen, und Knötchen forderte den Kleinen immer wieder dazu auf, noch mehr zu essen.

Dr. Peter Hallig warf Dagmar ab und zu einen tröstenden Blick zu. Sie hatte offensichtlich gut geschlafen, denn sie sah frisch und ausgeruht aus. Der junge Arzt brannte darauf, sich näher mit ihr zu unterhalten, und er hatte seiner Haushälterin bereits die Anweisung gegeben, nach dem Frühstück mit dem Jungen in den Garten zu gehen, um ungestört mit Dagmar sprechen zu können.

Als Tommy sich zurücklehnte und die Hände auf sein pralles Bäuchlein legte, wechselten Dr. Hallig und Frau Knoten einen raschen Blick.

»Komm, kleiner Mann, wir gehen in den Garten«, sagte Knötchen und stand auf. »Ich möchte noch ein paar Mirabellen ernten, und dabei könntest du mir doch behilflich sein, oder?«

»Na klar!« rief der Kleine und sprang sofort auf. Er schob die Finger in Knötchens Hand und schaute lachend zu ihr auf. »Darf ich auch ein paar davon essen, Tante Knötchen?« fragte er.

»Aber nur eine Hand voll«, erwiderte sie und schaute ihn betont streng an. »Schließlich muss ich darauf achten, dass dir in ein paar Stunden auch noch mein Mittagessen schmeckt.«

Dagmar Sontheim lächelte, als sie den beiden nachschaute und sagte ein wenig verlegen: »Es ist fast beängstigend zu sehen, wie schnell Tommy sich hier einlebt. Mit Ihrer Haushälterin ist er bereits ein Herz und eine Seele. Aber was rede ich? Ich nehme an, dass Ihre Haushälterin absichtlich mit Tommy das Speisezimmer verlassen hat, weil Sie mit mir über gewisse Dinge sprechen wollen, nicht wahr?«

»Das ist richtig, Frau Sontheim.« Dr. Peter Hallig bot ihr eine Zigarette an und gab ihr Feuer. »Es ist überflüssig zu fragen, warum sie gestern Abend mit Ihrem Jungen zu mir gekommen sind. Mein Angebot, bei mir als Sprechstundenhelferin zu arbeiten, besteht immer noch, Frau Sontheim. Die Wohnung, in der Sie heute Nacht geschlafen haben, gehörte früher meiner Mutter, und ich würde Sie Ihnen zur Verfügung stellen.«

»Herr Doktor, es erscheint mir wie ein Traum«, antwortete sie nachdenklich und malte mit der Kuppe ihres Zeigefingers Fantasiefiguren auf die weiße Damasttischdecke. »Ich möchte zu gerne hier bleiben und bei Ihnen arbeiten. Aber ich bin noch im Städtischen Krankenhaus als MTA beschäftigt, und ich muss meine Kündigungsfrist einhalten.« Dagmar schaute ihn traurig an, als sie hinzufügte: »Und so lange können Sie sicher nicht warten?«

Dr. Hallig schaute sie an, und das Blau ihrer Augen, das mit dem strahlend blauen Sommerhimmel wetteiferte, faszinierte ihn. Erst, als sie die Lider senkte, wurde es ihm bewusst, dass er sie viel zu lange angestarrt hatte, und er räusperte sich kräftig.

»Wenn das Ihre größte Sorge ist«, bemerkte der junge Arzt und griff zur Kaffeekanne. »Möchten Sie auch noch eine Tasse?«

Als sie nickte, schenkte er ein und fuhr fort: »Ich kenne den Chefarzt des Krankenhauses sehr gut, und ich bin sicher, dass er auf die Kündigungsfrist verzichten wird, wenn ich ein paar Worte mit ihm gesprochen habe.«

»Warum tun Sie das alles für uns?« flüsterte sie, hielt den Blick gesenkt, und ihre Wangen färbten sich tiefrot. »Verzeihen Sie meine Frage, Herr Doktor, aber ich habe in den letzten Jahren verlernt, an das Gute im Menschen zu glauben. Vielleicht werde ich es eines Tages wieder lernen.«

»Ja . . . Warum?« Der Arzt trank einen Schluck Kaffee und fügte ruhig hinzu: »Wenn ich sehe, dass Menschen Hilfe brauchen, dann drängt es mich, sie ihnen zu gewähren, wenn ich dazu in der Lage bin. Vielleicht war aber auch Tommy ausschlaggebend. Als ich seinen kleinen Körper gesehen hatte, die blauen Flecken und die Striemen, hatte ich mich spontan entschieden, Frau Sontheim. Ich liebe Kinder sehr, und der Gedanke, dass es Menschen gibt, die diese kleinen, unschuldigen Wesen quälen, tut mir weh. Vielleicht kann ich dazu beitragen, dass Tommy das Schwere, das er erlebt hat, vergisst und sich ohne seinen Vater zu einem gesunden Menschen entwickelt. Wäre das nicht Grund genug zu helfen?«

Dagmar hob den Kopf und schaute den Arzt an. Ein gutes Lächeln lag auf seinen Lippen, in seinen grauen Augen war ein warmer Schimmer, und die junge Frau wusste schlagartig, dass sie einen Menschen gefunden hatte, dem sie restlos vertrauen konnte. Dagmar schluckte trocken, und nur mühsam konnte sie die Tränen zurückhalten.

»Ich danke Ihnen, Herr Doktor«, sagte sie, und ihre Stimme vibrierte leicht. »Wenn Sie mit dem Chefarzt des Krankenhauses sprechen und ich sofort ausscheiden kann, nehme ich Ihr Angebot an. Ich bin sicher, dass ich mich sehr schnell in die Materie einarbeiten werde und . . . und vielleicht könnten Sie mir behilflich sein, einen guten Rechtsanwalt zu finden, denn ich möchte die Scheidung einreichen.«

»Darüber sprechen wir später noch, Frau Sontheim.« Dr. Hallig stand auf, lächelte sie zuversichtlich an und fügte hinzu: »Und jetzt muss ich mich bei Ihnen entschuldigen. Ich habe noch sehr viel Korrespondenz zu erledigen. Gehen Sie doch zu Ihrem Jungen, und spielen Sie ein bisschen mit ihm. Er und Knötchen werden sich freuen, wenn Sie ihnen Gesellschaft leisten. Nach dem Mittagessen zeige ich Ihnen die Praxisräume und erklärte Ihnen schon ein paar Dinge, die Sie unbedingt wissen müssen, um morgen mit dem Ansturm der Patienten fertig zu werden. Bis dann, wir sehen uns später.«

Als die junge Frau allein war, schaute sie sich im Speisezimmer um. Das Mobilar aus Urgroßmutters Zeiten machte einen gepflegten Eindruck, Blumen grünten und blühten auf den Fensterbänken, das helle Sonnenlicht brach sich in den blanken Scheiben.

Dagmar Sontheim holte tief Luft und schloss die Augen. Sie glaubte immer noch zu träumen, denn die Hölle mit Heinz, die hinter ihr lag, war noch zu frisch in ihrem Gedächtnis. Doch leise, kaum merklich, schlich sich der neue Lebenswille in ihr Herz und brachte eine Saite zum Klingen, die sie fast schon vergessen hatte. Dagmar freute sich unbändig auf die Arbeit an Dr. Halligs Seite, auf ein Leben in Frieden und Ruhe.

❀

Der mehrstöckige, weiß getünchte Bau des Städtischen Krankenhauses überragte die hohen Kastanienbäume, die zu dem weitläufigen Klinikgelände gehörten. Pfützen bedeckten den breiten, asphaltierten Weg, der zur Rezeption der Klinik führte.

In der Nacht hatte sich ein heftiges Sommergewitter entladen, doch die Glut der Sonne saugte die Wasserrückstände gierig auf.

Heinz Sontheim trug seinen besten Anzug, als er eiligen Schrittes auf die Rezeption der Klinik zustrebte. Seit gestern Vormittag, als er seinen Rausch ausgeschlafen hatte und die verwüstete Wohnung begutachtet hatte, war er sofort zum Haus seiner Schwiegermutter gefahren, in der er seine Frau und Tommy vermutet hatte.

Als Heinz seine Frau dort nicht gefunden hatte, war er unruhig geworden. Bis zum späten Abend hatte er in der Wohnung auf Dagmar und Tommy gewartet. Erst gegen zehn Uhr abends war er in ein Gasthaus gegangen, um seine Gier nach Alkohol zu stillen. Er hatte fest damit kalkuliert, dass Dagmar und Tommy im Laufe der Nacht zurückkommen würden. Erst heute Morgen, als die beiden Menschen, die er immer wie Sklaven behandelt hatte, noch nicht aufgetaucht waren, fasste er den Entschluss, nach Dagmar zu forschen.

Heinz Sontheim wusste, wie sehr seine Frau Pünktlichkeit und Fleiß schätzte, und er konnte es sich nicht vorstellen, dass Dagmar es sich erlauben würde, auch nur einen Tag in der Klinik zu fehlen.

Der Vertreter grinste schief, als er daran dachte, dass seine Frau ihm hier nicht entwischen konnte.

»Der werde ich einheizen«, zischte er und ballte unwillkürlich die Fäuste. »Mich den ganzen Sonntag allein zu lassen, was denkt sie sich eigentlich dabei? Na warte, Mädchen, wenn ich dich erwische.«

Als Heinz Sontheim kurz darauf an die Glasscheibe der Rezeption klopfte, war sein Gesichtsausdruck freundlich. Er lächelte die Schwester liebenswürdig an und fragte höflich: »Kann ich bitte meine Frau sprechen, Schwester? Ich bin Heinz Sontheim, und meine Frau arbeitet als MTA hier im Krankenhaus.«

»Sontheim ... Sontheim?« murmelte die Schwester und blätterte in dem Buch, das vor ihr lag. »Einen Augenblick, ich hatte hier eine Notiz.«

Heinz Sontheim klopfte mit der rechten Fußspitze nervös auf die Steinfliesen und presste die Lippen fest aufeinander. Er konnte seinen Zorn nur mühsam unterdrücken, doch er wusste, dass er hier seinen Gefühlen keinen freien Lauf lassen durfte. Mit Heftigkeit und Frechheit würde er gar nichts erreichen. Er musste abwarten und höflich bleiben, wenn er erfahren wollte, ob seine Frau heute zum Dienst erschienen war.

»Ach ja, hier steht es. Es tut mir Leid, Herr Sontheim, aber Ihre Frau arbeitet nicht mehr bei uns.«

Die Dienst tuende Schwester an der Rezeption lächelte den Vertreter freundlich an.

»Wieso – das verstehe ich nicht ...«

Heinz Sontheim starrte die Schwester verständnislos an, ein unruhiges Zucken lief über sein Gesicht. »Dagmar, ich meine, meine Frau hat doch bis Freitag hier gearbeitet. Warum heute nicht? Es ist mir unverständlich. Ich müsste doch etwas davon wissen.«

»Das tut mir Leid, Herr Sontheim, aber mehr kann ich Ihnen leider auch nicht sagen«, antwortete die Schwester höflich und klappte das kleine Fenster wieder zu.

Auffällig intensiv beschäftigte Schwester Marga sich mit dem Buch, das vor ihr lag. Sie hatte vom Chefarzt des Krankenhauses persönlich die Order bekommen, mit niemandem, besonders nicht mit Heinz Sontheim, über Dagmar Sontheim zu sprechen. Schwester Marga wusste nichts, über die Beweggründe des Chefarztes, doch das war auch nicht nötig. Der Schwester genügte es zu wissen, wie ungehalten der Chef des Krankenhauses werden konnte, wenn man seine Anordnungen nicht befolgte.

Heinz Sontheim verließ nachdenklich die Rezeption. Er ahnte, dass seine Frau ihn für immer verlassen hatte, kalte Wut packte ihn. Er setzte sich vor der Klinik auf eine Bank, legte den Kopf leicht in den Nacken und schloss die Augen. Seine Gedanken arbeiteten fieberhaft. Er kannte Dagmar zu gut und wusste, dass sie allein zu diesem Schritt niemals den Mut aufbringen würde.

»Irgendjemand hat ihr geholfen«, sagte der Vertreter halblaut im Selbstgesprach und runzelte nachdenklich die Stirn. »Aber wer?«

❁

»Der Nächste bitte!« rief Dagmar Sontheim ins Wartezimmer und schaute sich fragend um. Eine sehr alte Frau stand auf und humpelte, auf einen Stock gestützt, auf die Sprechstundenhelferin zu.

»Aha, ein neues Gesicht?« Das helle Augenpaar, das das runzelige Gesicht, beherrschte, war prüfend auf Dagmar gerichtet. »So etwas Hübsches haben wir hier schon lange nicht mehr gesehen. Wenn Sie genauso tüchtig sind wie Sie aussehen, können wir zufrieden sein.«

Gelächter quittierte die Bemerkung der alten Frau. Die meisten der Patienten kannten sich, und auch die alte Frau, die Witwe eines Offiziers, war ihnen nicht fremd. Frau Dora Breitner, die schon bald ihren neunzigsten Geburtstag feiern konnte, war für ihre spitzen Bemerkungen bekannt.

»Sie wissen vielleicht noch nicht, dass ich zwei Spritzen bekomme«, erklärte die alte Dame der neuen Sprechstundenhelferin gewichtig. »Ihre Vorgängerin war in dieser Beziehung sehr tüchtig, müssen Sie wissen, und ich bin nicht bereit, mich von Ihnen pieksen zu lassen.«

»Ich versichere Ihnen, dass ich Ihnen nicht wehtun werde«, versprach Dagmar und führte Frau Breitner in den Raum, der dem Sprechzimmer des Arztes vorgelagert war.

Die Offizierswitwe kannte sich hier bestens aus. Sie ging hinter den kleinen Wandschirm und entkleidete sich so weit wie nötig.

»Wo bleiben Sie denn?« rief sie mit resoluter Stimme. »Soll ich mir hier das Zippperlein holen?«

Dagmar Sontheim unterdrückte ein Lachen. Sie hatte die Ampullen bereits geöffnet und das Arzneimittel in die Spritze aufgezogen. Sie nahm einen Tupfer und griff nach der Alkoholflasche, dann ging sie zu Frau Breitner hinter den Wandschirm.

Ungeniert zeigte, die alte Dame der neuen Sprechstundenhelferin ihren verlängerten Rücken und schaute Dagmar über die Schulter an.

»Na, zeigen Sie schon, was Sie können, Kindchen. Ich will hier keine Wurzeln schlagen«, ermunterte Frau Breitner sie mit forscher Stimme.

Mit Daumen und Zeigefinger straffte Dagmar die Haut und führte die Kanüle ein. Sanft drückte sie den Kolben nieder, injizierte das Medikament, entfernte die Kanüle, säuberte die Einstichstelle noch einmal mit dem alkoholgetränkten Tupfer und klebte eine kleines Pflaster drüber.

»So, fertig, Frau Breitner.«

Die alte Frau drehte sich um, und ein zufriedenes Lächeln erhellte ihr Gesicht. »Das haben Sie wirklich prima gemacht, Frau Sontheim. So heißen Sie doch, oder?«, Die alte Dame schaute die neue Sprechstundenhelferin fragend an.

»Genau«, antwortete Dagmar und fügte hinzu: »Ich hoffe, dass Sie auch weiterhin mit meiner Arbeit zufrieden sein werden, Frau Breitner.«

»Ganz sicher sogar. Und ich werde es auch die anderen Patienten wissen lassen, dass man sich Ihren Händen beruhigt anvertrauen kann.« Die Offizierswitwe hatte sich mittlerweile wieder angekleidet, und Dagmar begleitete sie bis zur Tür, um gleichzeitig den nächsten Patienten ins Behandlungszimmer zu rufen.

Sie führte einen jungen Mann, der von Dr. Hallig wegen einer Magenschleimhautentzündung behandelt wurde, zu dem praktischen Arzt. Jetzt blieben ihr ein paar Minuten Zeit, um zu verschnaufen, und Dagmar Sontheim setzte sich in einen Sessel nahe dem Fenster.

Gedankenverloren schaute sie in den blühenden

Garten hinaus, und ihr wurde ein wenig warm ums Herz, als sie an die letzten Tage zurückdachte, die sie in diesem Haus verbracht hatte.

Eine Woche arbeitete sie jetzt schon als Sprechstundenhelferin bei Dr. Peter Hallig, und manchmal hatte Dagmar das Gefühl, auf einem anderen Stern zu leben. Nie hörte sie ein böses oder unfreundliches Wort. Der junge Arzt und seine Haushälterin waren gleich bleibend freundlich zu ihr, und ihr kleiner Junge blühte geradezu auf.

»Womit habe ich das verdient?« fragte sie sich halblaut und wischte sich verstohlen ein paar Tränen aus den Augenwinkeln. Dagmar arbeitete und lebte gern hier, doch insgeheim fürchtete sie sich schon vor dem Tag, an dem sie dieses Haus einmal verlassen musste.

Jeden Abend versuchte die junge Frau sich einzureden, dass sie nie wieder zu ihrem Mann zurückkehren wollte. Doch das erfasste sie nur verstandesmäßig, ihr Herz erbebte vor Angst, wenn sie daran dachte, dass Heinz sie hier aufstöbern könnte. Dagmar wusste, wozu ihr Mann fähig war, sie kannte seine Brutalität. Er würde auch nicht davor zurückschrecken, Dr. Hallig tätlich anzugreifen.

Tausend Mal hatte Dagmar sich die Begegnung der beiden Männer in Gedanken schon vorgestellt. Bevor sie zuließ, dass Heinz dem praktischen Arzt auch nur ein Haar krümmte, wollte sie lieber zu ihrem Mann zurückgehen.

Die Tür des Sprechzimmers wurde geöffnet, und ein Patient trat heraus. Dagmar schreckte aus ihren Gedanken auf. Sie begleitete den jungen Mann zur Tür zum Wartezimmer und rief den nächsten Patienten herein.

Bis zwei Uhr mittags waren Dagmar und Dr. Peter

Hallig pausenlos beschäftigt. Als der letzte Patient gegangen war, streifte Dagmar den weißen Kittel ab und blieb sekundenlang vor dem Spiegel über dem Waschbecken stehen. Prüfend betrachtete sie ihr Konterfei, strich sich über das halblange blonde Haar und lächelte ihr Spiegelbild an.

»Nanu, Sie sind ja eitel«, stellte Dr. Hallig fest, als er unbemerkt hinter sie getreten war. »Recht so, Frau Sontheim. Wenn Sie beginnen, auf Ihr Äußeres zu achten, erscheint Ihnen Ihr Dasein wieder lebenswerter. Habe ich Recht?«

Die junge Frau wurde über und über rot, und sie schämte sich ein wenig.

»Kommen Sie, wir müssen uns beeilen. Knötchen wartet sicher schon mit dem Essen auf uns«, sagte Dr. Hallig schnell, um ihre Verlegenheit zu überspielen. Er schob die Hand leicht unter ihren Arm und verließ mit ihr die Praxis. Während beide zum Speisezimmer hinübergingen, ertappte der Arzt sich bei dem Gedanken, dass es sehr angenehm war, ihre Nähe zu spüren. Auch er dachte gern an die letzten Tage zurück, in denen er mit Dagmar zusammen gearbeitet hatte. Die junge Frau hatte eine angenehme und ruhige Art, und selbst der größte Patientenansturm konnte sie nicht aus der Fassung bringen.

Als sie kurz darauf das Speisezimmer betraten, saß Tommy bereits am Tisch. Seine blonden Locken waren zerzaust, seine Augen strahlten, und seine Wangen waren hochrot.

»Mensch, Mami, das ist vielleicht toll!« rief der Kleine und klatschte vor Freude in die Hände. »Du, ich hab mir heute eine richtige Hütte gebaut. Tante Knötchen hat es mir erlaubt. Kannste dir nachher mal angucken.«

»Darf ich dein Kunstwerk auch einmal betrachten?« fragte der Arzt, während er die Serviette entfaltete. »Weißt du, als kleiner Junge war ich einmal Spezialist im Hüttenbauen, und ich bin sehr neugierig, ob du auch so gut bist, wie ich einmal war.«

»Na klar, du kannst gleich mitkommen, wenn du willst, Onkel Peter«, erklärte Tommy und rutschte halb vom Stuhl.

»Halt, du kleiner Sausebraus«, hielt seine Mutter ihn zurück. »Du vergisst, dass Dr. Hallig den ganzen Morgen gearbeitet hat, und jetzt in Ruhe das Mittagessen verzehren will.«

»Irgendwie hat deine Mutter Recht«, bemerkte der junge Arzt und blinzelte Tommy zu. »Aber am Sonntag werden wir beide mal den Speicher durchstöbern. Ich bin sicher, dass wir dort oben noch eine Menge Spielsachen finden werden, die dich interessieren.«

»Och, erst am Sonntag? Kannst du nicht schon heute Abend mit mir auf den Speicher gehen?« fragte Tommy, und die Neugierde stand ihm im Gesicht geschrieben.

»Leider nein, ich habe noch so viel zu tun, Junge«, entgegnete Dr. Hallig bedauernd. »Aber am Sonntag löse ich mein Versprechen ein. Einverstanden?«

»Muss ich ja wohl«, entschlüpfte es dem kleinen Blondschopf, der mit dem Vorschlag des Arztes keineswegs einverstanden war.

»Tommy«, rügte Dagmar ihren Jungen und schaute ihn vorwurfsvoll an. »Sei bitte nicht so vorlaut.«

»Da seid ihr ja endlich!« rief Irma Knoten von der Tür her. Sie trug eine Suppenterrine herein. »Ich glaubte schon, dass die Sprechstunde heute überhaupt kein Ende nimmt.« In den nächsten Minuten staunte Dagmar über ihren Jungen. Tommy, der zu Hause immer ein schlechter Esser gewesen war, löffelte die Suppe in Rekordzeit in sich hinein, und seinem Gesicht war anzusehen, dass er es gar nicht erwarten konnte, bis Frau Knoten den nächsten Gang auftrug.

Dagmar warf zufällig einen Blick auf Dr. Hallig, und ihr Herz klopfte ein paar Takte schneller, als sie sah, wie liebevoll er Tommy anschaute. Warum konnte Tommys Vater nicht so sein wie der Arzt? Dagmar senkte die Lider und presste die Lippen sekundenlang aufeinander. Wie oft hatte sie sich diese Frage schon gestellt? Es war sinnlos, über diese Dinge nachzudenken.

Wieder einmal rief die junge Frau sich zur Ordnung, denn sie wusste, dass sie gewissen Tagträumen nicht nachhängen durfte. Der junge, erfolgreiche Arzt, gut aussehend und wohlhabend, war verlobt, und sie musste sich davor hüten, seine Menschenfreundlichkeit falsch auszulegen. Träume konnte ihr niemand verbieten, solange sie die Wirklichkeit darüber nicht vergaß.

Dagmar Sontheim ahnte nicht, dass auch Dr. Halligs Gedanken sich mit ihrer Person beschäftigten. Immer häufiger ertappte sich der junge Arzt dabei, dass er zwischen seiner neuen Sprechstundenhelferin und seiner Verlobten Vergleiche zog. Helgas schillernde Schönheit faszinierte ihn nach wie vor, doch seit Dagmar in seiner Nähe war, schweiften seine Gedanken immer weniger zu seiner Verlobten ab. Der Arzt wusste auch, dass er Helga wieder einmal anrufen musste, aber wenn er ehrlich war, verspürte er dazu nicht die geringste Lust.

Dr. Peter Hallig hatte die letzten Abende häufig in Dagmars Gesellschaft verbracht, und er musste sich eingestehen, dass er die guten und ruhigen Gespräche mit seiner Sprechstundenhelferin als sehr angenehm empfunden hatte. Der junge Arzt scheute sich jedoch davor, seine Empfindungen in konkrete Gedanken zu kleiden, er war froh, wenn Dagmar in seiner Nähe war. Mehr wollte er nicht – zumindest redete er sich das ein.

❁

Heinz Sontheim hatte seine Wohnung in den letzten Tagen nur verlassen, um sich ein paar Flaschen Schnaps und Zigaretten zu kaufen oder um zur Wohnung seiner Schwiegermutter zu gehen und nachzusehen, ob Dagmar und Tommy nicht doch noch dort aufgetaucht waren. Er dachte gar nicht daran, einer sinnvollen Beschäftigung nachzugehen, betrank sich, brütete dumpf vor sich hin und stieß ab und zu wüste Beschimpfungen aus.

Auch heute Morgen, nachdem er den Rausch der letzten Nacht ausgeschlafen hatte, schlurfte er in die Küche und holte sich eine Flasche Whisky aus dem Kühlschrank.

Schmutzige Teller und Tassen stapelten sich im Spülbecken, es roch nach Abfällen und Schnaps, nach kaltem Rauch und abgestandener Luft.

Heinz Sontheim schenkte sich ein Wasserglas voll Whisky ein und trank es in kleinen Schlucken leer. Sein Bart kratzte und schabte, als er sich mit der flachen Hand über das Kinn rieb. Der Vertreter schenkte sich erneut das Glas randvoll, als es an der Wohnungstür läutete.

Heinz Sontheim war sofort hellwach. Ein hässliches Grinsen zuckte über sein Gesicht, denn er war überzeugt, dass seine Frau und der Junge jetzt zurückkommen wurden. Als er die Tür öffnete, schaute er den Briefträger ein wenig verwirrt an.

»Guten Morgen, ein Einschreiben.« Der Briefträger tippte mit zwei Fingern an den Mützenrand. »Wenn Sie hier bitte unterschreiben möchten?«

Der Vertreter bestätigte mit fahriger Unterschrift den Empfang des Einschreibens, trat einen Schritt zurück und warf dem Postbeamten die Tür krachend vor der Nase zu. Heinz schaute auf den Absender des Briefes und hob erstaunt die Augenbrauen.

»Rechtsanwalt Kurt Feller«, las er halblaut vor. »Möchte bloß wissen, was dieser Rechtsverdreher von mir will?«

Heinz Sontheim schlurfte ins Wohn Zimmer hinüber und setzte sich. Er trank einen großen Schluck Whisky, stellte das Glas auf den Tisch zurück und riss das Kuvert auf. Der Vertreter las das Schreiben des Rechtsanwaltes mehrmals, bevor er begriff, was dieser ihm mitzuteilen hatte.

»So? Sie will sich also scheiden lassen«, sagte er leise, und seine Stimme klang wie das gefährliche Zischen einer Schlange. »Dazu gehören zwei, mein Liebchen.«

Heinz Sontheim warf den Brief achtlos zu Boden und griff nach dem Glas und schüttete sich den Rest des Whiskys in die Kehle. Mit zusammengekniffenen Augen starrte er vor sich hin, seine Gedanken rotierten.

Der Vertreter war nicht bereit, sich scheiden zu lassen. Im Gegenteil, er dachte angestrengt darüber nach, wo Dagmar und der Junge sich aufhalten könnten, denn er wusste, dass er erst wieder Macht über sie hatte, wenn er ihrer habhaft werden konnte.

Plötzlich kam Leben in die hagere Gestalt des Vertreters. Er sprang auf und hetzte zum Badezimmer hinüber. Heinz duschte und rasierte sich, kleidete sich sorgfältig an und betrachtete sein Spiegelbild. Er nickte sich zufrieden zu. »Ich sehe ganz passabel aus«, stellte er überheblich fest und grinste sein Konterfei an.

Er hatte eine glänzende Idee, und um diese auszuführen, war er auch bereit, tagsüber auf Alkohol zu verzichten. Jetzt hatte er endlich einen Anhaltspunkt, und er wusste, auf welche Weise er herausfinden konnte, wo Dagmar sich versteckt hielt.

Bevor der Vertreter die Wohnung verließ, eilte er rasch noch einmal in die Küche. Er nahm sich nicht die Zeit, Whisky in ein Glas einzuschenken. Er setzte die Flasche an die Lippen und trank in gierigen Zügen. Heinz setzte die Flasche ab und wischte sich mit dem Handrücken über den Mund.

»So, jetzt kommt die Stunde der Rache!« stieß er zwischen schmalen Lippen hervor, und in seinen schwarzen, stechenden Augen stand blanker Hass geschrieben. »Ich werde dir zeigen, was es heißt, einen Heinz Sontheim zu verlassen. Es wird dir noch Leid tun, das schwöre ich dir!«

❁

Die Sonne versank glutrot hinter den Dächern der Stadt, als Helga Tanner ihren schnittigen, zitronengelben Sportwagen vor Dr. Peter Halligs Haus parkte. Sie trug einen smaragdgrünen, raffiniert geschnittenen Hosenanzug, der einen aparten Kontrast zu ihrem kastanienroten Haar bildete.

Helga klemmte die Handtasche aus Krokodilleder unter den Arm, und ihrem energischen Schritt war anzusehen, dass sie nicht zu ihrem Verlobten kam, um belanglos mit ihm zu plaudern. Helgas Gesicht glich einer Maske, doch innerlich kochte sie vor Zorn. Sooft sie in den letzten Tagen auch angerufen hatte, hatte sie stets von der Haushälterin ihres Verlobten zu hören bekommen, dass der Arzt beschäftigt sei und keine Zeit habe.

»Das hört mir auf!« stieß die junge Frau wütend hervor, und ihre graugrünen Augen wurden dunkel vor Erregung. »Ich bin kein dummes Häschen, das er an der Nase herumführen kann. Ich kann mir schon vorstellen, warum er keine Zeit hat.« Helga Tanner drückte mehrmals ungeduldig auf den weißen Klingelknopf, der seitlich der Haustür angebracht war. Die langen, rot lackierten Fingernägel ihrer rechten Hand trommelten nervös auf das Leder iher Handtasche, und sie konnte es kaum erwarten, mit ihrem Verlobten allein zu sprechen.

Oh, Fräulein Tanner, kommen Sie bitte herein«, sagte Knötchen freundlich, als sie die Tür öffnete.

»Ich möchte mit Peter sprechen. Wo ist er?« Helga Tanner war so wütend, dass sie sogar jede Art von Höflichkeit außer Acht ließ. Ihre grünen Augen schleuderten Blitze, als sie die Haushalterin ihres Verlobten anschaute.

»Gehen Sie schon ins Wohnzimmer, ich werde ihn rufen.«

»Sie können ihm auch sagen, dass meine Geduld am Ende ist!« rief Helga ihr wütend nach. »Ich warte fünf Minuten. Wenn er dann nicht da ist, gehe ich wieder.«

So ein überhebliches Frauenzimmer, dachte Knötchen, doch sie hütete sich, diese Gedanken laut werden zu lassen. Ohne Eile schlenderte sie zu dem Anbau hinüber, den Dagmar mit Tommy bewohnte, und in dem sich auch Dr. Peter Hallig aufhielt. Schon im Treppenhaus hörte sie das fröhliche Lachen der drei Menschen, und ein sehnsüchtiger Schimmer trat in Knötchens Augen.

Ach ja, die neue Sprechstundenhelferin passte nach Knötchens Meinung wesentlich besser zu dem jungen Arzt, als die reiche und verwöhnte Tochter des Bauunternehmers Tanner. Die Haushälterin bedauerte sehr, dass sie in dieser Beziehung keinerlei Einfluss auf Dr. Hallig hatte.

Irma Knoten klopfte an die Tür und trat ein. Der junge Arzt kroch auf allen vieren über den Teppich des hübsch eingerichteten Wohnzimmers. Tommy saß auf seinem Rücken und quietschte vor Vergnügen.

»Na, Knötchen, wie sehe ich aus?« rief Peter seiner Haushälterin zu und lachte wie ein großer Junge. »Ich wusste gar nicht, dass es soviel Spaß macht, mit so einem wilden Rangen zu spielen.«

Knötchen seufzte abgrundtief. Sie bedauerte es unendlich, dass sie dieses nette Beisammensein stören musste. Die Haushälterin warf einen raschen Blick auf Dagmar Sontheim, die auf der Couch saß und das wilde Treiben der beiden lächelnd beobachtete.

Knötchen hatte die junge Frau in ihr Herz geschlossen, und sie glaubte zu wissen, dass Dagmar Sontheim für den jungen Arzt mehr als nur Freundschaft empfand.

»Tut mir Leid, Herr Doktor.« Knötchen räusperte sich kräftig. »Ich muss Sie leider stören. Ihre ... äh ... Fräulein Tanner wartet drüben im Wohnzimmer auf Sie.«

Dagmars Lächeln erlosch, und der junge Arzt runzelte die Stirn, als er seine Haushälterin anschaute.

»Ich glaube, du musst dir jetzt ein anderes Reitpferd suchen«, sagte er zu Tommy, der sofort vom Rücken des Arztes glitt. »Aber ich komme in ein paar Minuten wieder«, versprach Dr. Hallig und strich dem Blondschopf über die Locken.

Der Arzt schaute Dagmar Sontheim nicht an, als er hastig das Zimmer verließ. Knötchen, die ihm auf dem Fuß folgte, sagte leise: »Ich glaube, Ihre Braut ist ganz schön wütend auf Sie, Herr Doktor. Wenn Sie spricht, glaubt man das Fauchen einer Raubkatze zu hören.«

»Ich kann es ihr nicht verdenken, Knötchen«, antwortete Dr. Hallig, der so schnell ging, dass die alte

Frau ihm kaum folgen konnte. »Ich habe Helga in der letzten Zeit sträflich vernachlässigt. Ich glaube, ich muss Abbitte leisten.«

Die Haushälterin blieb stehen, stemmte die Hände in die Hüften und schaute dem jungen Arzt kopfschüttelnd nach. Abbitte leisten, dachte sie und verzog die Lippen zu einem schiefen Lächeln. Er sollte sich von ihr trennen, dass wäre das einzig vernünftige. Diese verwöhnte Göre wird ihm niemals eine gute Frau sein.

Dr. Peter Hallig, der die Tür zum Wohnzimmer öffnete, hatte Knötchen bereits vergessen. Er ging rasch auf Helga zu, die am Fenster stand und ihm den Rücken zudrehte. Er legte die Hände auf ihre Schultern und sagte leise: »Schön, dich wieder einmal zu sehen, Helga.«

»So findest du?« fragte sie spitz und drehte sich abrupt zu ihm um. »Das Vergnügen könntest du öfter haben, aber offensichtlich bist du so mit deiner neuen Sprechstundenhelferin beschäftigt, dass du gar nicht mehr weißt, dass du eine Verlobte hast. Ich bin gekommen, um dir zu sagen, dass . . .«

»Bitte, Helga, lass uns doch nicht streiten«, unterbrach er sie ruhig.

»Wenn ich dir die Leidensgeschichte dieser jungen Frau erzähle, wirst du mich verstehen können. Frau Sontheim braucht dringend Güte und freundliche Zuwendung und vor allen Dingen der kleine Tommy, der in seinem jungen Leben schon sehr viel Böses erfahren musste.«

»Es ist mir egal, was diese Frau braucht!« schrie Helga ihn unbeherrscht an. »Ich weiß nur, was ich brauche. Ich habe langsam das Gefühl, mit einem Schatten verlobt zu sein. Zuwendung – ja, das ist genau das, was ich auch brauche.«

»Ich habe den Eindruck, dass du mich nicht verstehen willst.« Dr. Peter Hallig schob die Hände in die Hosentaschen und ging unruhig auf und ab. Das Haar hing ihm noch vom Spiel zerzaust wirr in die Stirn, und Helga, die ihn genau beobachtete, zog völlig falsche Schlüsse daraus.

»Hast du schon einmal einen Blick in den Spiegel geworfen?« fragte sie sarkastisch, setzte sich, schlug die schlanken Beine übereinander und zündete sich nervös eine Zigarette an. »Geht deine Zuwendung zu dieser leidgeprüften Frau schon so weit, dass du dir von ihr das Haar in Unordnung bringen lässt?«

»Du bist eifersüchtig?« fragte er erstaunt, zog sich einen Stuhl heran und setzte sich neben sie. »Helga, ich habe mit Tommy gespielt. Musst du denn immer gleich alles negativ sehen? Wenn ich dir sage, dass zwischen mir und Frau Sontheim absolut nichts ist, dann kannst du es mir glauben.«

»Vielleicht sagst du sogar die Wahrheit«, stellte Helga fest, und ihre Stimme vibrierte. Sie musterte ihn misstrauisch, und plötzlich kam ihr die Idee, ihn vor die Wahl zu stellen. »Ich habe jedenfalls keine Lust, tatenlos mit anzusehen, wie du dich mehr und mehr mit dieser fremden Frau beschäftigst. Ich will auch gar nicht weiter darüber diskutieren, was war oder was sein wird, aber ich kann es nicht länger dulden, dass diese Frau mit dir unter einem Dach lebt.«

Er schaute sie verblüfft an. »Was willst du damit sagen, Helga?« Das Gesicht des Arztes wirkte plötzlich hart und kantig, ein entschlossener Zug legte sich um seine Lippen. »Frau Sontheim ist eine tüchtige und zuverlässige Kraft. Ich arbeite gern mit ihr zusammen, und . . .«

»Das kann ich mir vorstellen«, unterbrach sie ihn aufgebracht und sprang auf wie ein ungezogenes

Kind stampfte sie mit dem Fuß auf den Boden und rief: »Bis jetzt habe ich auch angenommen, dass sie lediglich eine gute Arbeitskraft für dich ist, aber da du in deiner freien Zeit, sei es am Nachmittag oder am Abend, kaum noch zu erreichen bist, muss ich annehmen, dass sie dir mehr bedeutet! Ich jedenfalls lasse mich nicht an der Nase herumführen! Wenn ich dir wirklich etwas wert bin, dann schick diese Frau weg.«

Ihre Worte erregten Peter mehr als er sich eingestehen wollte. Er stand ebenfalls auf, und ihre Blicke kreuzten sich wie Klingen.

»Du benimmst dich absolut kindisch«, fuhr er sie wütend an. Erschrocken über seine eigene Heftigkeit schüttelte Peter leicht den Kopf und fügte hinzu: »Verzeih, Helga, ich wollte dich nicht kränken. Lass uns doch vernünftig miteinander reden. Weißt du was geschieht, wenn ich deinem Wunsch nachgebe? Wenn ich Frau Sontheim wieder dahin zurückschicke, wo sie hergekommen ist?«

»Es ist mir völlig gleichgültig, was mit deiner Frau Sontheim passiert«, konstatierte Helga kühl. Sie war sich ihrer Sache sehr sicher und überzeugt, dass Peter niemals das Risiko eingehen würde, sie zu verlieren. »Ich habe dir gesagt, wie ich über diese Sache denke. Du hast jetzt die Wahl. Du musst dich entscheiden. Entweder ich oder Frau Sontheim.«

Dr. Hallig schaute seine Verlobte an, als sähe er sie heute zum ersten Mal. Glaubte sie tatsächlich, dass er sich von ihr unter Druck setzen ließ? Er war ein sanfter, nachgiebiger Mensch, doch in seinen Entscheidungen ließ er sich von Helga nicht beeinflussen.

»Frau Sontheim bleibt meine Sprechstundenhelferin, Helga«, antwortete er, und seine Verlobte horchte erstaunt auf. Diese Härte in seiner Stimme hatte sie bis jetzt noch nicht kennen gelernt. Sollte Peter es tatsächlich auf eine Kraftprobe ankommen lassen wollen?

»Man sollte niemals eine spontane Entscheidung fällen, mein Lieber«, bemerkte die junge, schöne Frau betont gelassen, nahm ihre Handtasche und ging zur Tür. Dort drehte sie sich noch einmal um und sagte ruhig: »Ich lasse dir gern ein paar Tage Zeit, um in Ruhe darüber nachzudenken, Peter. Wenn du dich für diese Frau Sontheim entscheidest, weiß ich, dass du mich nie geliebt hast. Ich liebe dich, Peter, aber ich schaue nicht tatenlos zu, wenn diese Frau dich erobern möchte. Wie ich schon sagte, überlege es dir in Ruhe. Ich rufe dich bald wieder an.«

Noch bevor der junge Arzt antworten konnte, hatte Helga Tanner das Wohnzimmer verlassen. Kurz darauf hörte er den Motor ihres Sportwagens aufheulen. Dr. Hallig ging zum Fenster und lehnte die Stirn an das kühle Glas. Der Streit mit Helga erschien ihm wie ein böser Traum. Helga konnte unmöglich von ihm verlangen, Dagmar wieder zu ihrem Mann zurückzuschicken.

Ein müdes Lächeln huschte über das Gesicht des Arztes, als er daran dachte, wie prächtig sich Dagmar und Tommy in der kurzen Zeit, die sie bei ihm waren, erholt hatten. Die beiden lebten förmlich auf, und er verglich sie mit Blumen, die aus dem Schatten ins Sonnenlicht gestellt worden waren und jetzt ihre ganz Pracht entfalten konnten.

❁

Dagmar Sontheim, die von der Auseinandersetzung zwischen Dr. Hallig und seiner Verlobten nichts ahnte, wunderte sich in den nächsten Tagen über das seltsam kühle und zurückhaltende Wesen ihres Chefs.

Die junge Frau wusste nichts von dem Gefühlszwiespalt, in dem der junge Arzt sich befand.

Seit der Auseinandersetzung mit seiner Verlobten schlief Dr. Hallig schlecht und unruhig. Selbst im Traum verfolgte ihn noch die Szene mit Helga, und manchmal wachte er mitten in der Nacht schweißgebadet auf, weil er davon geträumt hatte, dass Heinz Sontheim Dagmar und Tommy misshandelt hatte.

Dr. Peter Hallig stand vor dem Spiegel im Badezimmer und betrachtete sich eingehend. Die dunklen Ränder unter seinen Augen zeugten von den unruhigen Nächten, die hinter ihm lagen, und der Gedanke, Dagmar heute Morgen beim Frühstück begegnen zu müssen, war ihm unangenehm.

Der Arzt beschloss, sofort in seine Praxis hinüberzugehen. Absichtlich vermied er jede unnötige Begegnung mit Dagmar, um sich über seine Gefühle klar zu werden. Immer und immer wieder stellte er sich die Frage, warum er Dagmar Sontheim nicht wegschicken wollte? Handelte er tatsächlich nur aus Mitgefühl und Menschlichkeit, oder empfand er für seine Sprechstundenhelferin mehr als er sich eingestehen wollte?

»Guten Morgen, Herr Doktor«, grüßte Dagmar ihn fröhlich, als sie kurz darauf das Sprechzimmer des Arztes betrat. »Wo waren Sie heute Morgen? Knötchen schimpfte wie ein Rohrspatz, weil Sie das Frühstück ausfallen ließen, und Tommy fragte mir fast Löcher in den Bauch.«

»Ich hatte keinen Hunger«, antwortete Peter unwirsch. Er schaute nicht auf, sondern beschäftigte sich intensiv mit den Papieren, die auf seinem Schreibtisch lagen.

»Fühlen Sie sich nicht wohl?« fragte die junge Frau besorgt und kam ein paar Schritte näher. »Oder haben Sie vielleicht Sorgen? Ich weiß, dass ich nicht in der Lage bin, Ihnen in irgendeiner Weise zu helfen, aber...« Dagmar brach verlegen ab, als der Arzt den Kopf hob und sie abweisend anstarrte.

»Sollte ich Ihre Hilfe in einer privaten Angelegenheit benötigen, Frau Sontheim, werde ich es Sie wissen lassen«, sagte Dr. Hallig so barsch, dass die junge Frau erschrak.

»Verzeihen Sie, Herr Doktor, ich wollte Ihnen nicht zu nahe treten«, flüsterte die Sprechstundenhelferin und wurde ein paar Nuancen blasser. »Ich..., ich werde Sie nicht mehr belästigen. Wenn Sie mich jetzt entschuldigen?«

Fluchtartig verließ Dagmar das Sprechzimmer des Arztes. Sie sah nicht mehr, dass Dr. Hallig den Kopf in die Hände stützte, sie hörte auch nicht den tiefen Seufzer, der ihm entschlüpfte.

Die junge Frau fühlte sich elend und krank, als sie die Tür des Sprechzimmers hinter sich schloss. Sie setzte sich, weil ihre Beine zitterten. Traurig schaute sie sich um. So kannte sie ihren Chef gar nicht, und insgeheim befürchtete sie, dass er vielleicht deswegen so unfreundlich zu ihr war, weil er es mittlerweile bereute, sie und Tommy in sein Haus aufgenommen zu haben.

Dagmar stand auf und setzte sich hinter den Wandschirm. Jetzt ließ sie ihren Tränen freien Lauf. Mit aller Kraft ihres Herzens hatte sie sich gegen das Gefühl gewehrt, das jeden Tag, den sie in Gesellschaft des Arztes verbracht hatte, in ihrem Herzen gewachsen war. Es war vergeblich gewesen, und Dagmar spürte längst, dass sie sich hoffnungslos in den Arzt verliebt hatte.

»Ich muss ihn vergessen«, flüsterte sie unter Tränen. »Er muss ein Traum für mich bleiben.« Dagmar wusste, dass Dr. Hallig verlobt war. Helgas Bild stand auf seinem Schreibtisch, und manchmal erzählte der

Mediziner ihr auch von der Tochter des reichen Bauunternehmers, die einmal seine Frau werden sollte.

Dagmar beneidete Helga um die Liebe des Arztes, doch niemals würde sie sich dazu hinreißen lassen, Dr. Halligs Güte auszunutzen. Ja – manchmal hatte sie einen Blick von ihm aufgefangen, der ihr Herz schneller schlagen ließ und sie sekundenlang zu unsinnigen Hoffnungen verleitet hatte.

»Ich will mich nicht zwischen ihn und seine Verlobte drängen«, flüsterte sie und schaute blicklos zum Fenster hinaus. »Lieber gehe ich zu Heinz zurück.«

❀

»Oh, das freut mich aber«, sagte Irma Knoten und presste den Telefonhörer unwillkürlich stärker an ihr Ohr. »Darf ich Sie denn heute besuchen?« Ein Lachen glitt über ihr faltiges Gesicht, als sie den Telefonhörer auf die Gabel zurücklegte. Knötchen hatte soeben mit der Stationsschwester der Inneren Abteilung des Städtischen Krankenhauses gesprochen und erfahren, dass Frieda Kramer, Tommys Großmutter, sich schon so weit erholt hatte, dass man ihr ohne weiteres häufiger Besuch erlauben durfte.

Knötchen eilte zur Terrasse und ließ den Blick suchend durch den Garten schweifen. »Tommy!« rief sie laut, denn der Bengel war nirgends zu entdekken.

»Ja, hier bin ich«, antwortete die helle Jungenstimme rechts neben Knötchen. Der Blick der Haushälterin glitt prüfend über die Haselnussbüsche, doch sie konnte Tommy nicht entdecken.

He, du Schlingel, zeig dich endlich!« rief Knötchen laut. »Ich habe eine tolle Nachricht für dich!«

Die Zweige teilten sich, und Tommys blonder Lockenkopf leuchtete zwischen dem Grün auf. Keck grinste der Junge die alte Frau an und fragte: »Ist das Vanilleeis endlich fertig, Tante Knötchen?«

»Unsinn, das habe ich doch erst vor einer halben Stunde in das Kühlfach gestellt. Nein, wir fahren ins Krankenhaus und besuchen deine Großmutter. Na, was hältst du davon?« Erwartungsvoll beobachtete Knötchen den Jungen, der sie zunächst sprachlos anstarrte. Doch plötzlich stieß er ein schrilles, ohrenbetäubendes Indianergeheul aus, rannte über den Rasen zur Terrasse, stürmte über die Stufen hinauf und warf sich Knötchen in die Arme.

»Toll, Tante Knötchen, ich hab so oft an meine Oma gedacht, aber immer wenn ich meine Mami gefragt habe, hat sie gesagt, dass die Omi noch Ruhe braucht.« Tommy nahm Knötchen bei der Hand und zog sie stürmisch ins Innere des Hauses. »Komm, wir müssen uns beeilen, die Omi wartet bestimmt schon auf uns.«

Knötchen registrierte die Freude des kleinen Jungen mit gemischten Gefühlen. Wenn sie ehrlich war, so musste sie sich eingestehen, dass sie Frieda Kramer um die grenzenlose Zuneigung des Blondschopfes beneidete. Man kann nicht alles haben, dachte Knötchen und folgte Tommy ins Kinderzimmer.

Eine Stunde später verließ Knötchen, die sich für ihr vornehmes, dunkelblaues Kostüm entschieden hatte, Hand in Hand mit Tommy das Haus. Das Taxi, das sie zuvor telefonisch angefordert hatte, wartete bereits vor dem Gartentor.

Tommy hatte eine unangenehme Prozedur über sich ergehen lassen müssen. Die Haushälterin hatte darauf bestanden, dass zumindest die sichtbaren Körperteile peinlichst genau gereinigt wurden, was Tommy unter lautem Protestgeschrei über sich hatte ergehen lassen müssen.

Seine blonden Locken, die mit jedem Kamm auf

Kriegsfuß standen, waren mit Haarwasser in die richtige Lage gekämmt worden, und auch der neue, hellblaue Anzug, in den Knötchen ihn hineingezwungen hatte, trug nicht dazu bei, ein Gefühl des Wohlbehagens aufkommen zu lassen.

Irma Knoten, die sich im allgemeinen Tommy gegenüber sehr nachsichtig zeigte, hatte diesmal seinen Wünschen nicht nachgegeben, und so geschah es, dass Frieda Kramer ihren Enkel teils erstaunt und teils erfreut musterte, als er Hand in Hand mit Irma Knoten das Krankenzimmer betrat.

»Junge, ich kenne dich ja kaum wieder!« rief seine Großmutter und streckte die Arme nach ihm aus. »Potzblitz, du siehst ja wie aus dem Ei gepellt aus. Komm, gib deiner Oma einen Kuss.«

Dazu ließ Tommy sich nicht noch einmal auffordern. Er wirbelte durchs Zimmer, sprang aufs Bett, schlang die Arme um den Hals seiner Großmutter und bedeckte ihr Gesicht mit vielen feuchten Küssen.

Frieda Kramer lachte und weinte zugleich, und sie presste Tommy so fest an sich, dass er, nachdem die erste Begrüßungsfreude verflogen war, heftig dagegen protestierte.

»Lass mich los, Oma, ich krieg ja gar keine Luft.« Tommy stemmte sich mit beiden Fäusten an Frieda Kramers Brust ab, lehnte sich zurück und schaute sie fast ein wenig empört an.

»Schon gut, mein Spatz, aber ich habe mich so sehr gefreut, dich wiederzusehen, dass ich wohl ein wenig zu fest zugedrückt habe«, erklärte die alte Frau und wischte sich ein paar Tränen von den Wangen.

»Du, Omi, darf ich mal aus dem Fenster schauen?« fragte Tommy neugierig, und sein Blick huschte zwischen den beiden alten Damen hin und her.

»Geh nur, mein Junge«, stimmte Frieda Kramer seinem Wunsch zu und wandte sich an Tommys Begleiterin. »Sie sind sicher Frau Knoten, mit der ich schon häufig telefoniert habe, nicht wahr?«

»Ja, und ich freue mich sehr, dass es Ihnen wieder besser geht«, entgegnete Knötchen, nahm sich einen Stuhl und setzte sich neben das Bett der Patientin.

Tommy, der zum Fenster hinausschaute, achtete nicht auf die Unterhaltung der beiden alten Frauen. Knötchen, die Tommys Großmutter bereits am Telefon erzählt hatte, dass Dagmar und ihr Sohn im Hause des praktischen Arztes lebten, berichtete jetzt mit leisen und vorsichtigen Worten, dass Dagmar die Scheidung eingereicht hatte und sichtlich aufgeblüht war, seit sie bei Dr. Hallig arbeitete und lebte.

Frieda Kramer hatte den Erzählungen der Haushälterin still zugehört, doch sie konnte nicht verhindern, dass ihr erneut die Tränen über die Wangen liefen. Diesmal waren es Tränen der Freude und des Glücks, denn Frieda Kramer war felsenfest davon überzeugt, dass ihre Tochter nur glücklich werden konnte, wenn sie sich von Heinz Sontheim trennen würde.

»Sie glauben gar nicht, wie froh ich darüber bin, dass meine Tochter nicht mehr bei ihrem Mann ist«, flüsterte die Patientin und tupfte sich mit einem Taschentuch das Gesicht trocken. »Dieser Trunkenbold hat sie so oft an den Rand des Selbstmordes getrieben, doch jetzt wird alles gut werden, ich spüre es ganz genau. Ach, Frau Knoten, es muss eine Fügung des Schicksals gewesen sein, dass meine Tochter Dr. Hallig begegnet ist.«

»Das glaube ich auch«, antwortete Knötchen ebenso leise, und ein versonnenes Lächeln glitt über ihr Gesicht.

Dagmar Sontheim verließ die Praxis des Rechtsanwaltes Kurt Feller, die nicht weit entfernt von Dr. Halligs Haus lag. Die junge Frau schaute auf die

Armbanduhr. Wenn sie sich beeilte, schaffte sie es noch, sich umzukleiden und pünktlich zum Mittagstisch zu erscheinen.

Dagmar Sontheim trug ein lachsfarbenes Sommerkostüm und eine beige, hochgeschlossene Bluse. Ihr hellblondes Haar schimmerte silbern im Sonnenschein, und Männer, die ihr auf der Straße begegneten, drehten sich bewundernd nach ihr um. Die junge Frau registrierte zwar die Aufmerksamkeit, die ihr entgegengebracht wurde, doch sie berührte sie nicht. Ja, früher war Dagmar für Komplimente und Schmeicheleien sehr empfänglich gewesen. Doch das hatte sich im Lauf der Zeit sehr rasch geändert. Fünf Jahre Ehe mit Heinz, hatten genügt, um sie äußerst misstrauisch werden zu lassen.

Für Dagmar Sontheim gab es nur einen Mann, der ihr alles bedeutete, den sie mit jeder Faser ihres Herzens liebte und der doch unerreichbar fern für sie war.

Die junge Frau ging rasch und ohne sich an irgend einem Schaufenster aufzuhalten durch die Straßen. Sie hatte es eilig, denn die Aussicht, mit Dr. Hallig zu Mittag zu essen, beschleunigte unwillkürlich ihre Schritte. Dagmar merkte nicht, dass ein großer hagerer Mann sie verfolgte.

Ein böses Lächeln lag auf Heinz Sontheims Gesicht, der seine Frau nicht einen einzigen Augenblick aus den Augen ließ. Zehn Tage lang hatte der Vertreter von morgens bis spät nachmittags vor der Praxis des Rechtsanwaltes gewartet, denn er war sicher gewesen, dass Dagmar eines Tages hier auftauchen würde. Heute war seine Geduld belohnt worden.

Die Straßenpassanten geschickt als Deckung nutzend, folgte Heinz Sontheim seiner Frau bis zur Praxis des Arztes. Hinter einem Busch, der seine ausladenden Äste durch den Gartenzaun streckte, blieb er stehen und beobachtete Dagmar scharf. Als er sah, dass sie die Haustür mit einem Schlüssel öffnete, wusste er, dass sie nicht als Patientin zu diesem Arzt ging, sondern in diesem Haus wohnte.

»Hübsch siehst du aus, meine kleine Frau«, flüsterte der Vertreter, und sein Gesicht verzog sich zu einer gemeinen Grimasse. »Und das soll ich mir wegnehmen lassen? Nein, Schätzchen, so haben wir nicht gewettet.«

Heinz Sontheim wartete noch ein paar Minuten, bevor er das Grundstück des Arztes betrat. Jeden Strauch und jeden Baum als Deckung nutzend, huschte er durch den weitläufigen Garten, bis die hintere Ansicht des Hauses in seinem Blickfeld lag. Hinter dem dicken Stamm einer mächtigen Kastanie blieb Heinz Sontheim stehen und beobachtete das Haus.

Der Vertreter grinste breit, als ein Fenster geöffnet wurde. Er sah, wie Dagmar sich hinausbeugte und hörte sie nach Tommy rufen. Heinz sah seinen Jungen über den Rasen laufen und in dem kleinen Anbau verschwinden, der sich dem Haus angliederte.

Der Vertreter griff in die Innentasche seiner Jacke und zog einen Flachmann hervor. Er setzte die kleine Flasche Weinbrand an die Lippen und leerte sie in einem Zug. Als er die Flasche absetzte, schüttelte er sich, wischte sich mit dem Handrücken über die Lippen und schaute sich noch einmal sichernd um. Erstaunlich schnell rannte er über die freie Rasenfläche und blieb heftig atmend neben dem Eingang zum Anbau stehen. Heinz lauschte, doch nur das Zwitschern der Vögel unterbrach die Stille.

Der Vertreter öffnete vorsichtig die Tür und schlüpfte ins Haus. Er neigte lauschend den Kopf und schaute die Treppe hinauf, als er von oben leise Stimmen vernahm. Vorsichtig und geschmeidig wie eine Katze schlich er die Stufen hinauf und stand wenig später vor der Tür, hinter der er Dagmars Stimme hörte.

Heinz Hand sauste auf die Klinke nieder, mit einem mächtigen Ruck stieß er die Tür auf und stand breitbeinig im Rahmen.

Dagmar, die Tommys blonde Locken bürstete, wandte erstaunt den Kopf. Sie wurde weiß wie ein Leintuch, als sie ihren Mann erkannte und stellte sich unwillkürlich schützend vor Tommy. Dagmar öffnete die Lippen, sie versuchte Worte zu formen, doch kein Ton drang aus ihrer Kehle.

Mit dem Absatz hakte Heinz Sontheim nach der Tür und trat sie ins Schloss. »So, mein Täubchen, du willst dich also scheiden lassen? Ich bin sicher, dass ich dich überreden kann, die Scheidung zurückzunehmen, oder?« Der Vertreter ging Schritt für Schritt auf seine Frau zu, und seine drohende Haltung lähmte Dagmar.

Die junge Frau hatte das Gefühl, weder sprechen noch sich bewegen zu können. Sie stand da und starrte ihren Mann aus weit aufgerissenen Augen an.

Tommy hatte nur einen einzigen Blick auf seinen Vater geworfen, dann versteckte er sich Schutz suchend hinter seiner Mutter. Er presste das Gesicht an Dagmar, die deutlich spürte, wie ihr Junge am ganzen Körper zitterte.

Nur noch ein Schritt trennte Heinz von seiner Frau, als er ausholte und ihr mit der Faust ins Gesicht schlug. Dagmar wankte ein wenig, sie öffnete die Lippen, sie konnte nicht schreien. Sie war vor Angst und Schrecken wie gelähmt.

»Hat es dir die Sprache verschlagen?« schrie Heinz Sontheim seine Frau hasserfüllt an. Erneut holte er aus, wieder landete seine Faust im Gesicht der Frau. »Los, pack deine Sachen zusammen. Oder muss ich dich erst zum Kleiderschrank prügeln? Es wird mir ein Vergnügen sein. Ich . . .«

»Hör auf, meine Mami zu schlagen!« schrie Tommy plötzlich aus Leibeskräften. Der Junge wusste nicht, woher er den Mut nahm, diesem großen, hageren Mann, der ihn aus schwarzen Augen böse anstarrte, entgegenzutreten. Der kleine Blondschopf rannte auf seinen Vater zu, warf sich ihm entgegen und trommelte mit den kleinen Fäustchen auf ihn ein.

»Schau an, schau an, dein Sohn verteidigt dich bereits!« schrie Heinz höhnisch, packte den Kleinen an den Schultern und schleuderte ihn von sich.

»Mami«, wimmerte Tommy leise. »Mami . . .«

Die kläglichen Hilferufe ihres Kindes brachten Dagmar wieder zur Besinnung. Ein Aufschrei kam von ihren Lippen, als sie sich auf ihren Mann stürzte, der ihren Angriff brutal lachend abwehrte, sie an den Haaren packte und zu Boden riss.

Dagmar krümmte sich zusammen und hob die Arme schützend vors Gesicht. Pausenlos sausten die Fäuste ihres Mannes auf sie nieder, und die Schreie der gequälten jungen Frau gellten durch den Anbau des Hauses.

Heinz Sontheim war wie von Sinnen, als er auf seine Frau einschlug. Der Vertreter merkte nicht, dass die Tür geöffnet wurde, und Dr. Peter Hallig ihm sekundenlang sprachlos zusah. Ein Wutschrei löste sich von den Lippen des jungen Arztes, als er sich auf Heinz Sontheim stürzte. Der Arzt verkrallte die Hände in der Jacke des Vertreters.

»Raus!« Dr. Hallig deutete mit ausgestrecktem Arm auf die Tür.

So leicht ließ der Vertreter sich nicht abschütteln. Heinz begriff aber auch nicht, dass er jetzt einem ebenbürtigen Gegner gegenüberstand. Die Fäuste des Vertreters zuckten hoch, blitzschnell schlug er zu.

Der Arzt hatte mit diesem Schlag gerechnet, er blockte ihn geschickt ab, dann schoss seine Rechte vor. Dr. Halligs Faust traf Heinz mitten auf den Mund. Dagmars Mann taumelte zurück und starrte den Mediziner sprachlos an. Der Arzt ließ ihm jedoch keine Zeit, den nächsten Angriff vorzubereiten. Mit zwei schnellen Schritten war Dr. Hallig neben dem Vertreter und drehte ihm den Arm auf den Rükken, bis ein Schmerzensschrei über Heinz Lippen kam.

»So, Herr Sontheim, und jetzt werde ich Ihnen zeigen, wie ich Menschen behandele, die den Frieden meines Hauses brechen!« stieß Dr. Hallig zornig hervor und dirigierte den hilflosen Vertreter die Treppe hinunter. Der Arzt brachte Dagmars Mann, der zu keiner Gegenwehr in der Lage war, bis zum Gartentor. Er stieß Heinz auf den Bürgersteig hinaus und verriegelte das Tor von innen.

»Sollten Sie es noch einmal wagen, Herr Sontheim, mein Grundstück zu betreten, werde ich Sie der Polizei übergeben«, sagte Dr. Hallig, und seine Stimme klang gefährlich leise. »Ich kann Ihnen versichern, dass ich nicht spaße. Sie werden keine Gelegenheit mehr bekommen, Ihre Frau und Ihren Sohn zu quälen. Dafür werde ich sorgen. Haben Sie mich verstanden?«

Leicht vornübergebeugt, mit hängenden Armen stand Heinz Sontheim da und starrte den Arzt hasserfüllt an. Nun wusste er, wer hinter Dagmar stand. Natürlich hielt er den Arzt für den Liebhaber seiner Frau, und das wiederum steigerte den Hass des Vertreters ins Unermessliche.

»Irgendwann werde ich Dagmar allein erwischen.« Heinz keuchte und in seinen Augen lag ein irrer Ausdruck. »Irgendwann, verlassen Sie sich darauf, und dann bringe ich sie um!«

Er schüttelte drohend die Faust, drehte sich um und ging rasch davon.

Dr. Hallig wartete, bis Heinz Sontheim nicht mehr zu sehen war, dann ging er ins Haus zurück.

Als er kurz darauf das Wohnzimmer im kleinen Anbau betrat, war Knötchen bereits da und wiegte Tommy in den Armen. Dagmar lag immer noch zusammengekrümmt auf dem Fußboden und rührte sich nicht.

Der Arzt ging zu seiner Haushälterin und flüsterte ihr ins Ohr: »Bringen Sie den Kleinen weg, Knötchen, ich kümmere mich um Dagmar.« Ohne Fragen zu stellen, kam die Haushälterin der Aufforderung des Arztes nach.

Dr. Hallig wartete, bis er mit Dagmar Sontheim allein war. Er kniete sich neben sie auf den Teppich und berührte mit der Hand behutsam ihre Schulter.

»Frau Sontheim, es ist vorbei«, sagte er ruhig, packte sie sanft an den Schultern und richtete sie auf.

Dagmar hielt den Kopf tief auf die Brust gesenkt und weinte. Sie schämte sich entsetzlich, weil Heinz hier eingedrungen war und die Ruhe und den Frieden in diesem Haus gestört hatte.

Dr. Hallig zog Dagmar sanft in seine Arme, behutsam streichelte er ihr Haar und ließ sie weinen.

Erst als ihr Schluchzen leiser und leiser wurde und schließlich ganz verstumme, legte er die Hand unter ihr Kinn und hob ihr Gesicht an. »Nicht weinen, Liebling, es ist doch vorbei«, sagte er leise und zärtlich. Er dachte nicht über die Tragweite seiner Worte nach, als er weitersprach: »Du brauchst keine Angst mehr zu haben, Dagmar, ich werde dich beschützen. Ich liebe dich, mein kleiner blonder Engel, und ich werde dafür sorgen, dass du keine Tränen mehr vergießen musst.«

Ungläubiges Staunen lag in Dagmars Blick, als sie seine Worte hörte. Konnte man denn unglücklich und glücklich zugleich sein?

»Du ... du liebst mich?« stammelte, sie unter Tränen, und ein zaghaftes Lächeln glitt über ihr Gesicht. »Aber aber das geht doch nicht. Du bist nicht frei. Du ...«

»Ich weiß jetzt, zu wem ich gehöre«, erwiderte der Arzt ernst und legte beide Hände sanft an ihre Wangen. »Ich liebe dich, Dagmar, und wenn du willst, werden wir drei, du, Tommy und ich schon sehr bald glücklich sein.«

»Das ist der schönste Tag in meinem Leben«, flüsterte sie mit erstickt klingender Stimme und schlang die Arme um seinen Hals. All die Zärtlichkeit, die der junge Arzt für Dagmar empfand, drückte sich in seinen behutsamen sanften Küssen aus, mit denen er ihr Gesicht bedeckte und ihr die Tränen von den Wangen küsste.

Angenehme Schauer rieselten über Dagmars Haut, als sie das zärtliche Werben seiner Lippen spürte, und sie erwiderte seine Küsse mit einer Heftigkeit und Leidenschaft, die ihn erstaunte und beglückte zugleich.

Dagmar bettete den Kopf an seine Brust und schloss die Augen. Obwohl sie unendlich glücklich war, meldetete sich ihr schlechtes Gewissen. »Und deine Verlobte?« fragte sie ängstlich.

»Ich werde mit Helga sprechen«, versicherte Dr. Hallig und streichelte sie beruhigend. »Jetzt weiß ich, dass sie nicht die Frau ist, mit der ich glücklich werden kann. Ich liebe dich, Dagmar, und ich möchte dich keinen Tag, keine Stunde mehr missen.«

»Das musst du mir immer wieder sagen, Peter, ich

kann es nicht oft genug hören«, erwiderte sie und schmiegte sich fester an ihn. »Ich weiß schon lange, dass ich dich liebe, aber ich kam mir deswegen schlecht und gemein vor, weil ich doch wusste, dass du nicht frei bist. Auch jetzt habe ich noch das Gefühl, dass ich kein Recht auf dieses Glück habe.«

»Wie kannst du nur so etwas sagen, Liebes?« Peter presste sie fester an sich. »Ich bin ganz sicher, dass wir beide zusammengehören und dass es eine Fügung des Schicksals war, die uns zusammengeführt hat.«

❀

Dichter Nebel hüllte die grauen Mietshäuser ein und dämpfte die Geräusche des Straßenverkehrs. Menschen, die um diese Zeit zu ihren Arbeitsplätzen aufbrachen, beobachteten neugierig die Streifenwagen der Polizei, die vor das Haus Nummer vier rollten, und deren Insassen unter der Anleitung eines Kriminalbeamten in Zivil auf das Haus zustürmten.

Es war eine geisterhafte Aktion, die wie ein Stummfilm vor den Beobachtern ablief. Die Beamten drangen in das Mietshaus ein und bezogen vor der Wohnungstür des Vertreters Heinz Sontheim Stellung.

Hauptkommissar Werner Hiller deutete mit einer Handbewegung seinen Beamten an, rechts und links der Wohnungstür ihre Posten zu beziehen. Dann drückte er mehrmals auf den weißen Klingelknopf.

Es dauerte eine geraume Weile, bis Geräusche hinter der Wohnungstür zu hören waren. Die Tür wurde geöffnet, und Heinz Sontheim, bekleidet mit einem Schlafanzug, blinzelte den Hauptkommissar verständnislos an.

Der Vertreter war immer noch nicht ganz nüchtern, denn er hatte bis zur Polizeistunde in einer nahe gelegenen Gaststätte seinen Zorn gegen Dagmar im Alkohol ertränkt.

»Was ist denn los?« laute er mit schwerer Zunge und starrte den Beamten böse an. »Kann man denn nicht mal in Ruhe schlafen? Verdammt, ich kaufe nichts, und wenn Sie was anderes wollen, kommen Sie später wieder.«

Heinz Sontheim trat einen Schritt zurück und wollte dem Hauptkommissar die Tür vor der Nase zuwerfen.

Werner Hiller hatte damit gerechnet. Er stellte den Fuß zwischen die Tür, warf sich mit der Schulter dagegen und verschaffte sich gewaltsam Zutritt zu der Wohnung.

Die Reaktion des Kriminalbeamten kam für Heinz Sontheim zu überraschend, als dass er noch an Gegenwehr hätte denken können. Er taumelte ein paar Schritte zurück und stierte den Beamten fassungslos an. »Verdammt, Sie haben wohl 'ne Meise unterm Pony«, schimpfte der Vertreter lauthals und hob drohend die Fäuste. »Raus! Oder muss ich Ihnen erst Beine machen?«

Jetzt tauchten auch die uniformierten Beamten hinter dem Kriminalkommissar auf, und Heinz Sontheims Augen weiteten sich. Urplötzlich begriff er, wer der Mann in Zivil war.

»Herr Sontheim, im Namen des Gesetzes, Sie sind verhaftet«, sagte Hauptkommissar Hiller, griff in die Innentasche seiner Jacke und zog den Haftbefehl hervor. »Sie werden beschuldigt, an einem Einbruch beteiligt gewesen zu sein. Leisten Sie keinen Widerstand und folgen Sie uns.«

»Ich kann Bullen nicht leiden!« schrie Heinz Sontheim. »Und freiwillig kriegt ihr mich nicht!« Der Vertreter warf sich herum und rannte zur Wohnzimmertür. Der junge Mann stolperte ins Zimmer, griff nach seiner Jacke und zog plötzlich eine Pistole hervor. Er wirbelte herum, und der Lauf der Waffe war drohend auf die Beamten gerichtet. Ein Schuss peitschte auf und durchbrach die morgendliche Stille.

Hauptkommissar Werner Hiller brachte sich mit einem mächtigen Satz hinter der Kommode in der Diele in Sicherheit, und die uniformierten Beamten postierten sich rechts und links der Wohnzimmertür.

»Leisten Sie keinen Widerstand, dass macht die Sache nur schlimmer!« rief der Kommissar dem Vertreter zu. »Wir sind sechs Mann, Herr Sontheim, Sie haben keine Chance. Geben Sie auf, und folgen Sie uns freiwillig.«

Ein schauderhaftes, irr klingendes Lachen war die Antwort. »Wenn ihr mich haben wollt, müsst ihr mich schon holen!« schrie der Vertreter, und seine Stimme überschlug sich. »Wenn ich auch nur eine Nasenspitze von euch sehe, schieße ich!« brüllte er, während er sich nach einer Fluchtmöglichkeit umschaute.

Die Wohnung lag im zweiten Stock, und wenn es ihm gelang, die Beamten abzulenken, rechnete er sich eine gute Chance aus, über den Balkon in die Nachbarwohnung einzudringen und von dort aus das Haus verlassen zu können.

»Sontheim! Hören Sie mich?« rief der Hauptkommissar, doch der Vertreter antwortete nicht. Im Wohnzimmer war es verdächtig still, und Werner Hiller wagte es, einen Blick über den Rand der Kommode zu werfen. Als er Heinz Sontheim nirgends entdecken konnte, rief er noch einmal laut: »Sontheim, kommen Sie heraus! Machen Sie keinen Unsinn! Sie entkommen uns doch nicht!«

Wieder lauschte der Hauptkommissar, und als kein

Laut aus dem Zimmer drang, riss er seine Dienstpistole aus dem Halfter und sprang auf die Wohnzimmertür zu. In geduckter Haltung, die Pistole im Anschlag, stand er am Eingang zum Wohnzimmer und schaute sich um. Heinz Sontheim war nirgends zu sehen. Der Hauptkommissar machte eine unwillige Handbewegung und deutete den uniformierten Beamten damit an, ihm zu folgen.

Die Balkontür stand offen, und es war nicht schwer zu erraten, dass Heinz Sontheim versuchte, über eine Nachbarwohnung zu flüchten.

Hauptkommissar Werner Hiller drehte sich um. »Zwei Mann kommen mit mir nach unten, die anderen postieren sich rechts und links vor den Nachbarwohnungen.«

Der Kriminalbeamte warf sich herum und stürmte, von zwei Beamten gefolgt, die Treppen zum Erdgeschoss hinunter. »Sie gehen zum Hintereingang, Müller«, sagte er zu einem der Beamten. »Wir nehmen uns den Haupteingang vor.«

Der Kriminalbeamte und der Polizist kauerten sich hinter einen großen Mauervorsprung.

Fenster öffneten sich, und neugierige Mieter lehnten sich weit hinaus, um die Verfolgungsjagd, die sich ihren Augen bot, genauestens zu beobachten.

»Schießen Sie bloß nicht so wild durch die Gegend!« rief ein aufgebrachter Rentner den Polizeibeamten zu. »Man liest schließlich fast jeden Tag in der Zeitung, dass unbeteiligte Bürger in Mitleidenschaft gezogen werden, wenn unsere Polizei im Einsatz ist.«

Hauptkommissar Hiller presste die Lippen fest aufeinander. Die Reaktion erlebte er häufig bei Einsätzen, und seine Empfindungen waren zwiespältig. Einerseits konnte er die Leute verstehen, die Angst um ihr Leben hatten, andererseits jedoch sollten sie den Beamten dankbar sein, dass sie sich einsetzten, weil sie die Gesellschaft vor so gefährlichen Elementen wie Heinz Sontheim zu schützen versuchten.

»Wenn der Kerl sich nicht bald blicken lässt, werden wir Verstärkung anfordern müssen«, sagte Hauptkommissar Hiller zu seinem Kollegen, der nur wenige Schritte von ihm entfernt hinter dem Mauervorsprung kauerte.

»Achtung!« stieß der Polizeibeamte Heinz Müller aufgeregt hervor und deutete mit einer Kopfbewegung auf ein Fenster im Erdgeschoss. »Ich glaube, da tut sich was.«

Eine dicke Frau mit Lockenwicklern im Haar, hielt die Hände über den Kopf gestreckt. Neben ihr tauchte das blasse, hagere Gesicht des Vertreters auf.

»Verschwindet, oder der Frau passiert was!« schrie Heinz Sontheim, und jetzt, auf diese Entfernung hin, konnten die Polizeibeamten den irren Ausdruck in seinen Augen erkennen.

»Geben Sie auf, Sontheim!« schrie der Hauptkommissar. »Sie haben keine Chance! Selbst wenn wir uns jetzt zurückziehen, werden Sie bei der nächsten Straßenkontrolle gefasst! Mann, für den Einbruch kriegen Sie ein paar Jährchen, und dafür lohnt sich eine Schießerei doch nicht!«

»Hauen Sie endlich ab!« schrie Heinz Sontheim, und seine Stimme überschlug sich.

»Okay, wir ziehen uns zurück.« Der Polizist gab scheinbar nach.

Kurz darauf ging der Hauptkommissar in Begleitung der uniformierten Beamten zu den Streifenwagen zurück und fuhr davon. Bereits an der nächsten Straßenecke stoppten die Beamten die Autos wieder, stiegen aus, verteilten sich zwischen den Nebengebäuden und versteckten sich hinter dichten Sträuchern, die den Bürgersteig säumten.

Heinz Sontheim verließ wenig später, die Waffe in der Hand, das graue Mietshaus. Sichernd schaute er sich um, während er auf seinen Wagen zuging. Sekunden später sprang Hauptkommissar Hiller hinter einem Busch hervor, er hielt die Dienstpistole auf Heinz Sontheim gerichtet. »Lassen Sie die Waffe fallen, Sontheim! Das Spiel ist aus!«

Heinz Sontheim wirbelte herum und zog den Stecher der Pistole durch. Ein Schuss krachte.

Hauptkommissar Hiller duckte sich unwillkürlich und schoss zurück. Er hatte auf die Beine des Vertreters gezielt, doch in der Aufregung hatte er die Waffe zu hoch gehalten. Er sah, wie Heinz Sontheim beide Hände gegen den Bauch presste, sich zusammenkrümmte, laut schrie und dann vornüber fiel. Die Pistole des Vertreters fiel scheppernd auf den Asphalt des Bürgersteiges.

»Los, verständigen Sie schnell einen Krankenwagen!« schrie der Hauptkommissar einem Polizeibeamten zu und lief zu Heinz Sontheim hin. Der Vertreter hatte das Bewusstsein verloren, er lag zusammengekrümmt im Staub der Straße, und seine Schlafanzugjacke färbte sich blutrot.

❀

Dagmar Sontheim wusste nicht, dass ihr Mann in Lebensgefahr schwebte.

Die junge Frau hatte seit zwei Tagen das Gefühl, auf Wolken zu schweben. Jetzt, nach vielen Jahren des Kummers und des Leids erlebte Dagmar, wie aufregend schön die Liebe sein konnte.

Die junge Frau blühte auf, und stets lag ein kleines, glückliches Lächeln auf ihrem Gesicht, hatte ihre

Stimme einen beschwingten Klang, und in ihren blauen Augen lag ein Glanz, den die Liebe hineingezaubert hatte.

Nur manchmal, wenn ihre Gedanken zu Helga Tanner abschweiften, glitt ein Schatten über ihr Gesicht. Mehrmals hatte sie Peter bereits auf seine Verlobte angesprochen, und er hatte ihr immer wieder versichert, dass er bei der erstbesten Gelegenheit mit Helga sprechen wollte.

Dagmar Sontheim sah der Stunde der Aussprache zwischen Peter und Helga mit gemischten Gefühlen entgegen. Musste sie nicht mit der Möglichkeit rechnen, dass der junge Arzt sich im letzten Augenblick doch noch für die schöne und reiche Helga Tanner entschied?

Der letzte Patient hatte das Wartezimmer verlassen, und als Dagmar das Sprechzimmer des jungen Arztes betrat, wartete Peter bereits ungeduldig auf sie. Er zog sie in die Arme und bedeckte ihr Gesicht mit vielen kleinen Küssen.

»Endlich sind wir wieder allein«, sagte er leise, seine Stimme klang zärtlich, und er schaute sie verliebt an. »Da ich heute keine Patientenbesuche machen muss, schlage ich vor, wir unternehmen mit Tommy einen kleinen Ausflug. Was hältst du davon?«

»Ich will alles tun, was du willst«, antwortete sie und schmiegte sich in seine Arme. Dagmar bettete den Kopf an seine Schulter, und ein tiefer Seufzer kam über ihre Lippen. »Ach, Peter, ich kann dir gar nicht sagen, wie glücklich ich bin. Manchmal habe ich das Gefühl zu träumen. Seit du mich liebst, betrachte ich die Welt mit anderen Augen. Ich glaube, die Sonne scheint heller, die Menschen sind freundlicher, aber . . . aber manchmal habe ich Angst.«

»Angst? Aber wovor denn, Dagmar?« Der junge

Arzt schaute sie verwundert an. »Wenn du an Heinz denkst, so ist deine Angst völlig unbegründet. Ich werde dafür sorgen, dass er dich nie wieder belästigt. Du und Tommy, ihr seid bei mir in Sicherheit.«

»Daran habe ich jetzt nicht gedacht«, erwiderte sie leise, legte den Kopf leicht in den Nacken und schaute zu ihm auf. Ein wehmutiges Lächeln huschte über ihr Gesicht, als sie ihn betrachtete. Sie liebte jede Linie seines Gesichtes, das helle Grau seiner Augen, das Haar, das sich in leichten Wellen um den Kopf legte und seinen gutgeschnittenen Mund, der so zärtlich zu küssen verstand.

»Willst du mir nicht sagen, was dich bedrückt?« fragte der junge Arzt und streichelte sanft ihre Wangen. »Du weißt, dass du mir alles anvertrauen kannst, ich bin immer für dich da.«

»Das weiß ich, und es ist ein schönes Gefühl, sich auf einen Menschen verlassen zu können«, erwiderte sie und küsste ihn zärtlich auf den Mund. »Trotzdem bleibt meine Angst, Peter. Ich bin so wahnsinnig glücklich, dass ich befürchte, dass dieses Glück eines Tages zu Ende sein könnte.«

Der junge Arzt legte die Arme fester um sie und küsste sie so leidenschaftlich, dass Dagmar in diesem Augenblick selbst glaubte, dass ihre Angst unsinnig war. Mit jedem Wort, mit jeder Geste, mit jedem Blick zeigte Peter ihr, wie sehr er sie liebte. Warum sollte sich das ändern?

Dagmar Sontheim löste sich aus seinen Armen, strich sich ordnend übers Haar und sagte: »Wir sollten Knötchen nicht so lange warten lassen, Peter, ich ziehe mich rasch um. Wir treffen uns gleich bei Tisch wieder.«

Dr. Peter Hallig schaute ihr lächelnd nach. Seit er sich in Dagmar verliebt hatte, fühlte er sich wie neugeboren. Mit hundertprozentiger Sicherheit wusste er jetzt, dass das, was er für Helga Tanner empfunden hatte, niemals Liebe gewesen war. Das Gefühl für Helga war flach und seicht gewesen gegen die Empfindung für Dagmar.

Dr. Hallig trat ans Fenster und schaute gedankenverloren hinaus. Er freute sich auf das Leben an Dagmars Seite, und die Zukunft erschien ihm in einem hellen, freundlichen Licht. Unwillkürlich zuckte er zusammen, als er den zitronengelben Sportwagen entdeckte, der vor dem Gartentor mit quietschenden Bremsen stoppte.

»Helga«, murmelte der junge Arzt, und eine steile Falte bildete sich zwischen seinen Augenbrauen. Die nächsten Minuten würden nicht angenehm werden, denn Helga war sicher gekommen, weil sie überzeugt war, dass er sich für sie entschieden und Dagmar Sontheim weggeschickt hatte.

»Hallo, Peter, da bin ich!« rief Helga ihm betont heiter entgegen, als sie das Sprechzimmer betrat. »Ich sehe, du bist allein. Ist das ein gutes Zeichen?«

Helga Tanner ging auf Peter zu, schlang die Arme um seinen Hals, und ihre graugrünen, leicht schräg geschnittenen Katzenaugen schauten den jungen Arzt forschend an. Sie wartete darauf, dass er die Arme um sie legte und sie küsste. Als er sie jedoch ernst und nachdenklich ansah, keimte Furcht in ihrem Herzen auf.

»Es ist gut, dass du gekommen bist, Helga«, sagte Dr. Hallig und räusperte sich leicht. »Ich wollte dich gestern schon anrufen, aber meine Zeit war wieder einmal sehr knapp bemessen.«

»Das hört sich nach einer Hiobsbotschaft an«, bemerkte die junge Frau, und ihre Stimme klang, plötzlich rau. Sie trat einen Schritt zurück und zündete sich nervös eine Zigarette an.

»Ich will es kurz machen, Helga«, sagte Peter und wich ihrem Blick aus. »Als du mich vor die Entscheidung gestellt hattest, war ich zunächst verblüfft. Doch heute weiß ich, dass du Recht hattest. Es . . . es tut mir schrecklich Leid, Helga, aber ich muss dich bitten, unsere Verlobung als gelöst zu betrachten. Ja, ich liebe Dagmar, und ich weiß, dass sie die Frau ist, mit der ich mein Leben teilen möchte.«

Sekundenlang war es totenstill im Sprechzimmer. Nur Helgas heftiges Atmen war zu hören. Mit weit aufgerissenen Augen starrte sie den jungen Arzt an, und ihre Stimme klang aggressiv, als sie antwortete: »Hat dieses kleine Luder es also doch geschafft, dich kirre zu machen. Ihr scheinheiliges Lärvchen hat dich wohl beeindruckt, was? Oder waren es ihre großen blauen Kulleraugen, denen du nicht widerstehen konntest?«

»Bitte, Helga, wir wollen doch nicht im Streit auseinander gehen«, sagte Dr. Hallig und strich sich mit einer müde wirkenden Geste über die Stirn. »Ich liebe Dagmar so sehr, dass ich mir ein Leben ohne sie kaum vorstellen kann. Ich sage das nicht, weil ich dir wehtun möchte, sondern um dir klar zu machen, dass ich mich endgültig entschieden habe.«

Nur mit Mühe konnte Helga Tanner die Tränen zurückhalten. Sie fühlte sich beleidigt und erniedrigt, und grenzenloser Hass auf Dagmar Sontheim breitete sich in ihrem Herzen aus. »Entschuldige mich bitte einen Augenblick!« stieß sie hastig hervor und lief ins angrenzende Zimmer.

Dr. Hallig war der Meinung, dass Helga sich der Tränen schämte und deswegen ins Nebenzimmer gelaufen war. Er nahm an, dass sie in ein paar Sekunden wieder zu ihm zurückkommen würde, zündetete sich eine Zigarette an und setzte sich auf die Schreibtischkante.

Helga Tanner eilte jedoch wutschnaubend durch das Haus und hatte ein paar Minuten später den kleinen Anbau erreicht, in dem Dagmar wohnte. Die junge Frau kannte sich hier gut aus, und als sie vor der Wohnzimmertür stand, holte sie tief Luft. Ohne anzuklopfen stieß sie die Tür auf und erschien plötzlich wie ein Racheengel mitten im Zimmer.

»Nun?« rief Helga höhnisch. »Wie fühlen Sie sich, Frau Sontheim? Haben Sie jetzt endlich erreicht, was Sie wollten? Peter ist ja schließlich eine gute Partie, nicht wahr? Das haben Sie fein gemacht. Sie haben sich in ein gemachtes Nest gesetzt. Dafür gehen Sie wohl über Leichen, was? Dass Sie mein Glück zerstört haben, interessiert Sie nicht?«

Die Anschuldigungen prasselten auf Dagmar nieder, und sie presste unwillkürlich die Finger der rechten Hand an die Lippen. Sie war nicht fähig, Peters ehemaliger Braut zu antworten. Konnte sie überhaupt eine Rechtfertigung finden? Sagte Helga nicht die Wahrheit? Hatte sie, Dagmar, ihr Glück nicht auf das Unglück einer anderen aufgebaut?

»Tun Sie doch bloß nicht so, als ob Sie jetzt sprachlos wären!« schrie Helga sie aufgebracht an. Ihr Gesicht war bleich, kleine rote Flecken zeichneten sich auf ihren Wangen ab, und ihre grünen Augen funkelten und sprühten vor Hass. »Ich kenne Peter und weiß, dass er sich endgültig für Sie entschieden hat. Aber erlauben Sie mir, Ihnen meine Glückwünsche für die Zukunft auszusprechen, Frau Sontheim. Ich wünsche Ihnen nichts mehr, als dass auch Sie Schiffbruch mit Peter erleiden.«

»Bitte, hören Sie auf«, flüsterte Dagmar, und Tränen rannen über ihre bleiben Wangen. »Ja, ich liebe Peter, und es tut mir schrecklich Leid, dass Sie dadurch unglücklich werden, Fräulein Tanner. Bitte, glauben Sie mir. Ich ...«

»Ach, halten Sie doch den Mund«, unterbrach Helga sie aufgebracht. »Ihre scheinheiligen Lügen beeindrucken Peter vielleicht, aber mich nicht. In meinen Augen sind Sie ein mieses kleines Stück, das all seine Raffinesse eingesetzt hat, um mir den Verlobten wegzunehmen. Das ist alles was ich Ihnen zu sagen habe.« Helga drehte sich auf dem Absatz herum und warf die Tür krachend hinter sich ins Schloss.

Dagmar Sontheim spürte, dass ihre Knie zitterten, und sie setzte sich. Blicklos starrte sie vor sich hin, und heftige Selbstvorwürfe quälten sie. War es richtig gewesen, ihren Gefühlen nachzugehen? Konnte sie mit dem Gedanken leben, eine andere Frau unglücklich gemacht zu haben?

Wieder wurde die Tür aufgestoßen, und Dr. Peter Hallig trat ein. Als er Dagmar wie ein Häufchen Elend im Sessel sitzen sah, lief er zu ihr hin und zog sie in die Arme. Seine Hände streichelten ihr Haar und ihre Schultern, seine Lippen liebkosten ihre Stirn und ihre Wangen, und leise sagte er: »Sei nicht traurig, Kleines, bitte. Ich kann mir vorstellen was Helga zu dir gesagt hat, aber du darfst ihre Worte nicht auf die Goldwaage legen. Dich trifft keine Schuld, Dagmar. Ich liebe dich, nur dich allein, hörst du?«

Peter wischte ihr sanft die Tränen aus dem Gesicht, und als sich ihre Blicke trafen, las Dagmar tiefe innige Zuneigung in seinen Augen. »Ich liebe dich auch, Peter, und doch bin ich ein bisschen traurig. Ich kann mich gut in Helga hineinversetzen und mit ihr fühlen.«

»Vergiss die hässliche Szene, Kleines«, bat er leise und küsste sie sanft und zärtlich. »Denke an uns, an unsere Liebe und an die Zukunft, die vor uns liegt.

Helga wird sich bald wieder trösten, glaub mir, ich kenne sie.«

»Halt mich fest«, flüsterte sie und schmiegte sich an ihn. »Nur wenn du mir nahe bist, fühle ich mich geborgen und vergesse die Angst, die mich nicht loslassen will.«

❁

Heinz Sontheim lag in einem Einzelzimmer in der Sankt-Hubertus-Klinik, und da keine Fluchtgefahr bestand, wurde er auch nicht von Polizeibeamten bewacht. Der Vertreter lag reglos im Bett und starrte zur Zimmerdecke.

Vier Tage war er jetzt in der Klinik, und heute Morgen, bei der Visite, hatte er vom Chefarzt der Klinik erfahren, dass die Kugel des Polizeibeamten sein Rückenmark verletzt hatte, und er den Rest seines Lebens querschnittsgelähmt im Rollstuhl verbringen musste.

Diese Eröffnung hatte den Vertreter schlimmer getroffen, als wenn ein Richter ihn zu lebenslänglichem Zuchthaus verurteilt hätte.

Sofort hatte Heinz eine Schwester gebeten, seine Frau zu verständigen. Er wusste, dass Dagmar jetzt der einzige Mensch war, der ihm helfen konnte.

Vier Stunden waren seither vergangen, und Heinz Sontheims Ungeduld wuchs von Minute zu Minute. Der schwer verletzte Mann, der durch den hohen Blutverlust sehr geschwächt war, kämpfte gegen die bleierne Müdigkeit an. Eisern hielt er sich wach, denn er wollte Dagmars Besuch nicht versäumen.

Als es kurz darauf klopfte und Dagmar das Krankenzimmer betrat, hob Heinz müde die Hand und winkte sie zu sich heran.

Dagmar blieb am Fußende des Bettes stehen und

schaute ihn traurig an. Die Stationsschwester hatte sie kurz über die Verletzung des Patienten informiert und ihr auch nicht verschwiegen, dass Heinz eine Schießerei mit der Polizei gehabt hatte.

»Warum, Heinz?« fragte Dagmar traurig. »Warum musstest du es soweit kommen lassen? Ich bin zwar nicht hier, um dir Vorwürfe zu machen, aber ich komme nicht umhin, dir zu sagen, dass du dir dein Unglück selbst zuzuschreiben hast.

»Ja, ich weiß, dass du Recht hast«, erwiderte er leise und schlug die Lider nieder. Heinz Sontheim hatte nicht nur einen schlechten, verkommenen Charakter, er war auch ein guter Schauspieler, und er wusste, dass Dagmar ein weiches, mitfühlendes Herz hatte.

Es gelang dem Vertreter sogar, ein paar Tränen hervorzuquetschen, als er sagte: »Mein ganzes Leben war ein einziger Fehler, Dagmar, und jetzt, da ich krank und einsam bin und genügend Zeit hatte, über alles nachzudenken, sehe ich vieles ein und bereue, was ich getan habe. Dagmar, du bist meine Frau, und ich habe dich nie so dringend gebraucht. Du hast zwar die Scheidung eingereicht, aber du kannst mich jetzt nicht allein lassen.«

»Was willst du von mir?« stieß Dagmar erregt hervor. »Mein Mitleid? Liebe empfinde ich schon lange nicht mehr für dich. Du hast immer nur an dich gedacht. Auf mich und auf den Jungen hast du niemals Rücksicht genommen. Es tut mir Leid, Heinz, wenn meine Worte dir jetzt hart erscheinen, aber es ist die Wahrheit.«

»Dagmar, ich werde mein Leben lang gelähmt bleiben. Ich werde im Rollstuhl sitzen müssen, und ich habe niemanden, der sich um mich kümmert.« Tränen rannen über seine eingefallenen, blassen Wangen.

»Weißt du nicht mehr, was wir uns am Altar geschworen haben? In guten und in schlechten Zeiten wollten wir zueinander stehen, und jetzt willst du mich verlassen?«

Heftiges Schluchzen schüttelte Heinz, er hustete und rang nach Atem.

Leid erfasste Dagmars Herz, als sie den Mann, den sie vor Jahren einmal geliebt hatte, weinen sah. Konnte sie wirklich so herzlos sein und ihn seinem Schicksal überlassen? Sie war immer noch seine Frau, und das hieß, dass sie für ihn verantwortlich war.

»Bitte, lass mich nicht allein!« rief er schluchzend und schlug die Hände vors Gesicht. »Ich weiß nicht mehr ein noch aus. Meine Reue kommt zwar spät, aber ich flehe dich an, mir zu glauben, dass ich alles, was einmal geschehen ist, zutiefst bedauere.«

Dagmar legte die Hände um das Eisengestell des Bettes, sie griff so fest zu, dass die Handknöchel sich schneeweiß unter der Haut abzeichneten. Heinz Appell an das Eheversprechen, das sie sich einmal vor dem Altar gegeben hatten, berührte sie tief. Konnte sie so grausam sein und ihn seinem Schicksal überlassen?

»Warum sagst du nichts?« fragte Heinz, und seine Stimme klang plötzlich hoch und dünn. Angst darin war nicht zu überhören.

»In guten und in schlechten Zeiten, hatte der Pastor damals zu uns gesagt, sollen wir zueinander stehen. Jetzt geht es mir schlecht, verdammt schlecht, Dagmar. Ich appelliere an deine Anständigkeit und das Versprechen, das wir uns vor Gott gegeben haben.«

Heinz Sontheim, der das Wort Gott so gut wie nie in den Mund genommen hatte, warf jetzt auch noch den Glauben in die Waagschale, um Dagmar umzustimmen.

»Ich ... ich werde es mir überlegen.« Dagmar drehte sich abrupt um und verließ überstürzt das Krankenzimmer. Sie sah nicht mehr, dass ihr Mann erleichtert lächelte. Heinz Sontheim wusste genau, dass er gewonnen hatte.

❁

Stunde um Stunde lief Dagmar Sontheim durch die Straßen der Stadt. Es war ein sonnendurchglühter Tag, doch die junge Frau bemerkte die sommerliche Pracht nicht. Sie kämpfte mit sich selbst, und noch nie zuvor war es ihr so schwer gefallen, eine Entscheidung zu treffen.

Am Rand einer Grünanlage setzte die junge Frau sich auf eine Bank und schloss die Augen.

»In guten und in schlechten Zeiten«, flüsterte Dagmar vor sich hin und schloss gequält die Augen.

Die Schatten wurden lang, und die Sonne tauchte die Dächer der Stadt in glutrotes Licht, als Dagmar langsam zu Dr. Peter Halligs Praxis zurückging. Jeder Schritt, der sie dem geliebten Mann näher brachte, wurde ihr zur Qual.

Als sie wenig später das Gartentor zu Peters Grundstück aufschob, kam Tommy ihr lachend entgegen. »He, Mami!« rief er, und seine Wangen glühten hochrot. »Knötchen und ich, wir waren heute im Zoo. Du, ich habe richtige Löwen und Elefanten gesehen, und ein Lama hat Knötchen auf den Rock gespuckt. Das war einfach toll, Mami, du musst auch mal mit hingehen. Onkel Peter hat gesagt, dass er mir zum Geburtstag einen kleinen Fotoapparat schenken will. Dann kann ich alle Tiere knipsen.«

»Das freut mich für dich, Junge«, antwortete Dagmar. So sehr sie sich auch bemühte, es gelang ihr nicht, die Stimme freundlich klingen zu lassen.

»Außerdem hat Onkel Peter mir eine neue Eisenbahn in meinem Zimmer aufgebaut.« Die Worte sprudelten nur so über Tommys Lippen und Dagmars Herz krampfte sich zusammen, als sie daran dachte, wie traurig Tommy sein würde, wenn sie mit ihm wieder in die kleine enge Wohnung zurückging.

»Ist Onkel Peter jetzt noch auf deinem Zimmer?« fragte sie leise und wischte sich verstohlen über die Augen.

»Na klar«, antwortete Tommy und lachte. »Er muss noch die Signale und das Bahnhofsgebäude montieren, und ich darf nicht eher ins Zimmer kommen, bis alles fertig ist. Mami, ich find Onkel Peter einfach toll. Du auch?«

»Ja«, sagte Dagmar, und ihre Stimme klang müde. Sie gab Tommy einen leichten Klaps auf den verlängerten Rücken und fügte hinzu: »Lauf zu Knötchen und bitte sie, eine Tasse Kaffee aufzugießen. Ich gehe inzwischen zu deinem Onkel Peter, und sobald der erste Zug über die Schienen rattert, rufe ich dich!«

Der kleine Junge rannte davon und sah nicht mehr, dass seine Mutter plötzlich weinte. Langsam ging Dagmar zu dem kleinen Anbau hinüber. Als sie die Treppe zu ihrer Wohnung hinaufstieg, wischte sie sich energisch die Tränen aus dem Gesicht.

Leise öffnete sie die Tür zum Kinderzimmer und betrachtete Peter, der ihr den Rücken zudrehte und an der neuen Modelleisenbahn bastelte. Der Arzt trug verwaschene Jeans und ein weißes Hemd, sein Haar hatte einen weichen, seidigen Glanz.

Dagmar wäre am liebsten zu ihm hingelaufen, um sich in seine Arme zu flüchten. Die junge Frau musste all ihre Beherrschung aufbieten, um diesen Wunsch zu unterdrücken. Sie musste sehr stark sein, wenn sie die nächsten Minuten überstehen wollte.

»Hast du einen Augenblick Zeit für mich, Peter?« fragte die junge Frau, und ihre Stimme klang seltsam rau.

»Wo hast du denn so lange gesteckt?« frage der junge Arzt, als er sich umdrehte. »Ich habe Tommy eine Eisenbahn gekauft, denn ich nehme an, dass er, genau wie ich in seinem Alter, darauf versessen ist, sich mit solchen technischen Spielereien zu befassen.« Peter stand auf und wollte sie an sich ziehen.

Dagmar Sontheim trat rasch einen Schritt zurück. »Ich muss mit dir reden«, sagte sie, ging an ihm vorbei und stellte sich ans Fenster. Sie schaute in den Garten, in dieses kleine blühende Paradies hinunter, und ein schmerzliches Lächeln huschte über ihr Gesicht, als sie daran dachte, wie sehr Tommy den Garten vermissen würde.

»Was ist passiert, Dagmar? Du bist sehr seltsam.« Erstaunen lag in Peters Stimme, und Dagmar hörte ihn auf sich zukommen. Dicht hinter ihr blieb er stehen und legte die Hände auf ihre Schultern. Seine Lippen streiften ihr blondes Haar, dessen zarten Duft er liebte.

»Ich will es kurz machen, Peter, ich werde noch heute mit Tommy dein Haus verlassen. Ich gehe zu Heinz zurück. Er ist bei einem Schusswechsel mit Polizeibeamten schwer verletzt worden und wird den Rest seines Lebens im Rollstuhl verbringen müsen. Heinz hatte einen Einbruch begangen, und heute weiß ich, von welchem Geld er damals die vielen Geschenke kaufen konnte.« Dagmar hatte schnell und abgehackt gesprochen, und jedes Wort, das über ihre Lippen kam, spürte sie wie einen Messerstich in ihrer Seele.

Peter öffnete die Lippen, doch kein Laut drang aus seiner Kehle. Ihre Worte waren für ihn wie Ohrfeigen, und sein Verstand weigerte sich, das Gehörte zu verarbeiten. Trauer erfüllte sein Herz, und der Schmerz, der seine Seele durchschnitt, raubte ihm fast die Besinnung.

»Das . . . das ist nicht wahr!« stieß er heftig hervor. »Sag, dass das nicht wahr ist, ich glaube es einfach nicht!«

»Kann ich Heinz jetzt im Stich lassen?« fragte sie leise und drehte sich langsam zu ihm um. Ihre Blicke trafen sich, und beide wussten, dass sie füreinander bestimmt waren, dass sie sich mehr liebten, als man es in Worten ausdrücken konnte.

»Dagmar, geht dein Edelmut nicht zu weit?« fragte der junge Arzt, und seine Fingerspitzen berührten sanft ihre Wange. »Ich kann es fast nicht glauben, Kleines, dass du unsere gemeinsame Zukunft aufgeben willst, um einen Mann zu pflegen, den du nicht liebst. Oder, um es krasser auszudrücken: Den du verabscheust.«

Dagmar warf sich aufschluchzend in seine Arme und klammerte sich an ihn. »Oh, Peter, ich kann dir gar nicht sagen, wie mir zumute ist!« stieß sie schluchzend hervor. »Wenn ich hier weggehe, dann lasse ich mein Herz zurück.«

»Mein Leben wird ohne dich leer und grau sein«, sagte er leise und presste sie an sich. »Doch es wird nie wieder eine Frau für mich geben, mit der ich mein Leben teilen möchte. Ich werde auf dich warten, Dagmar, und wenn es noch Jahre dauern sollte.«

Dagmar lehnte sich in seinen Armen zurück, aus verweinten Augen schaute sie ihn an. »Es ist gut, dass du nicht versuchst mich umzustimmen«, entgegnete sie und lächelte traurig. »Ich weiß, dass ich dir nachgeben würde. Ebenso ist es mir bewusst, dass unser Glück stets von Selbstvorwürfen überschattet sein würde. Der Gedanke, Heinz in seiner schwersten

Stunde allein gelassen zu haben, ließe mich nicht mehr los. Auch ich werde dein Bild immer in meinem Herzen tragen. Peter, denn in deinen Armen habe ich erfahren, was Liebe wirklich sein kann. Vielleicht ist es mein Schicksal, dass ich niemals glücklich sein darf?«

Der junge Arzt riss sie plötzlich an sich, und er küsste sie verzweifelt.

»Ich weiß nicht, wie ich die nächste Zeit überstehen soll, Dagmar.« Er hielt sie fest, und die junge Frau zitterte.

Dagmar löste sich von ihm, denn sie merkte, dass sie schwach zu werden drohte. Rasch ging sie zur Tür, drehte sich noch einmal um, und ihr Blick umfing seine Gestalt, blieb an seinem schmalen, traurigen Gesicht hängen. Sie glaubte, den Schmerz der Trennung nicht mehr ertragen zu können. »Leb wohl«, flüsterte sie und verließ überstürzt das Kinderzimmer.

❁

Frieda Kramer, Dagmars Mutter, war seit zwei Tagen wieder zu Hause. Tommy besuchte seine Großmutter jeden Tag, doch Frau Kramer wurde das Gefühl nicht los, dass der Junge sich bei ihr nicht mehr wohl fühlte.

Häufig geschah es, dass er stundenlang in einer Ecke saß, den Kopf gesenkt hielt und traurig vor sich hinstarrte. Die alte Frau ahnte, mit wem seine Gedanken sich beschäftigten, aber sie wagte nicht, mit Tommy über die Zeit im Haus des Arztes zu sprechen. Frieda Kramer, die sich noch sehr schonen musste, versuchte alles, ihren kleinen Enkel aufzumuntern, doch es wollte ihr nicht recht gelingen.

Dagmar Sontheim hantierte in der Küche, während ihre Mutter im Wohnzimmer saß, ein Buch auf dem

Schoß hielt und Tommy daraus vorlas. »Ich habe alles vorbereitet, Mutter, der Eintopf ist soweit fertig, du brauchst nur noch darauf zu achten, dass er nicht zu stark kocht. Ich mache mich jetzt auf den Weg, und ich nehme an, dass ich in ein paar Stunden wieder zurück bin.«

»Wohin gehst du, Mami?« fragte Tommy, und ein Hoffnungsschimmer blitzte in seinen blauen Augen auf. »Gehst du zu Onkel Peter?«

»Nein, mein Kleiner«, antwortete seine Mutter, und ihre Stimme schwankte leicht. »Ich besuche deinen Papa im Krankenhaus. Willst du nicht doch einmal mitkommen?«

»Nein, ich will nicht zu Papi«, erwiderte Tommy wütend und gab dem Sessel in seiner Nähe einen Tritt. »Ich will nicht, ich will nicht, ich will nicht . . .«

»Tommy!« rügte Dagmar ihren Sohn. Sie konnte ihm doch nicht eingestehen, dass sie seine Reaktion verstehen konnte. Auch sie, die Heinz jeden Tag besuchte, ging nur widerwillig zu ihrem Mann. Die Stunden, die sie an seinem Bett verbrachte, wurden ihr zur Qual, und sie durfte gar nicht daran denken, dass noch viele Jahre an Heinz Seite vor ihr lagen.

Tommy warf sich zu Boden, strampelte mit den Füßen und schlug mit den kleinen Fäusten auf den Teppich. Er weinte und schrie: »Ich will nicht hier bleiben, ich will auch nicht zu Papi zurück! Ich will zu Onkel Peter, denn der war immer lieb zu mir gewesen. Mami, bitte, lass uns doch wieder zu Onkel Peter gehen!«

»Komm, mein Kleiner, sei ganz ruhig.« Frieda Kramer stand auf, nahm ihren Enkel in die Arme, drückte ihn an sich und streichelte ihn beruhigend. Über den Kopf des Jungen hinweg schaute sie ihre Tochter an, und ein leichter Vorwurf lag in ihrem Blick.

Dagmar hatte sich ihrer Mutter anvertraut und ihr von ihrer Liebe zu Dr. Peter Hallig erzählt. In leuchtenden Farben hatte sie die kurze Zeit des Glücks geschildert, die sie an Peters Seite erleben durfte.

Frau Kramer hatte ihrer Tochter unmissverständlich zu verstehen gegeben, dass sie ihre Entscheidung nicht billigte. Die alte Frau hatte sich auch nicht gescheut, Dagmar zu sagen, dass sie Heinz für einen selbstsüchtigen, charakterschwachen Menschen hielt, der sie ausnutzte und erpresste.

Dagmars Mutter, die viele Jahre mit ansehen musste, wie ihre Tochter von Heinz Sontheim gequält worden war, hatte keinerlei Mitleid mit dem Mann, der ihrer Meinung nach jetzt die Rechnung für alle seine Schandtaten erhalten hatte.

»Du bist nicht allein auf der Welt«, sagte Frieda Kramer leise. Sie wollte Tommys Namen nicht in den Mund nehmen, aber Dagmar wusste, wovon sie sprach. »Vielleicht solltest du einmal darüber nachdenken, welche Konsequenzen es für ihn hat, wenn du wieder mit Heinz zusammenlebst.« Frieda Kramer deutete mit dem Kinn auf Tommy, der sich an sie kuschelte und seinen Kopf an ihre Schulter gebettet hatte.

Dagmar Sontheim drehte sich um und verließ hastig das Wohnzimmer. Die Worte ihrer Mutter hämmerten in ihrem Kopf, und Dagmar wusste, dass sie Tommy gegenüber eine schwere Verantwortung auf sich lud.

❀

Kurz bevor Dagmar die Klinik erreichte, blieb sie vor einem Blumengeschäft stehen und betrachtete die Schaufensterauslage. Sie schaute auf die bunte Farbenpracht der Blüten, doch sie konnte sich nicht dazu durchringen, für Heinz einen Strauß zu kaufen. Er wusste, dass sie nichts mehr für ihn empfand und nur zu ihm zurückgekehrt war, weil er hilflos war und sie brauchte.

Dagmar Sontheim wandte sich vom Blumenfenster ab und ging rasch weiter. Die Sonne hatte sich heute hinter einem gelblichen Schleier versteckt, dunkle Wolken ballten sich im Norden zusammen, ein Sommergewitter war zu erwarten.

Als Dagmar die Rezeption der Klinik betrat, begegnete ihr Dr. Helmut Kastell, der Stationsarzt der Chirurgischen Abteilung. Als er die hübsche Frau seines Patienten entdeckte, kam er rasch auf sie zu.

»Gut, dass ich Sie treffe, Frau Sontheim«, sagte er, schob die Hand leicht unter ihren Arm und führte sie ein wenig abseits.

Dagmar schaute den Arzt prüfend an. Was war geschehen? Er machte einen merkwürdig bedrückten Eindruck, und es war, als suche er noch nach den richtigen Worten.

»Frau Sontheim, Sie müssen jetzt sehr stark sein«, begann Dr. Kastell. »Der Zustand Ihres Mannes hat sich heute Nacht rapide verschlechtert, und die klinischen Untersuchungen ergaben, dass sich in seinem Körper ein entzündlicher Herd befindet. Ihr Mann hat hohes Fieber. Um ehrlich zu sein, Frau Sontheim, wir müssen mit dem Schlimmsten rechnen.«

»Sie ... Sie glauben, dass er ...« Dagmar wagte nicht, das Wort sterben in den Mund zu nehmen.

»Ich weiß es nicht, Frau Sontheim«, antwortete der Chirurg ehrlich und legte die Hand auf ihren Arm. »Seien Sie behutsam, wenn Sie zu ihm gehen, denn er ist sehr unruhig, und es ist durchaus möglich, dass er Sie gar nicht erkennt.«

Dagmar Sontheim stand auf und reichte dem Arzt die Hand. »Danke, Herr Doktor, es war gut, dass Sie mir die Wahrheit gesagt haben. Ich werde Ihre Worte beherzigen.«

Dagmar war erstaunt, dass sie weder Trauer noch Mitleid für ihren Mann empfand. War sie schon so abgehärtet, dass selbst Heinz Tod sie nicht berühren würde? Die junge Frau wusste keine Antwort darauf, doch als sie kurz danach das Krankenzimmer ihres Mannes betrat, erschrak sie.

Heinz lag ruhig in den Kissen, sein bleiches Gesicht war mit feinen Schweißperlen bedeckt, seine Wangen waren eingefallen und zeigten blaue Schatten auf, seine Nase ragte spitz aus dem Gesicht. Sein Mund stand leicht offen, rasselnd zog er die Luft in die Lungen ein. Vorsichtig rückte Dagmar einen Stuhl neben das Bett und setzte sich. »Heinz«, sagte sie leise und nahm seine Hand. Dagmar zuckte leicht zusammen, denn seine Finger fühlten sich eiskalt und feucht an.

»Bist du es?« Der Kranke röchelte, und Dagmar sah, dass er versuchte, die Augen zu öffnen. »Dagmar . . . bist du das?«

»Ja, Heinz«, antwortete sie heiser und drückte seine Hand. »Ich hatte doch versprochen, heute zu kommen.« Dagmar merkte, wie hohl und nichtssagend ihre Worte klangen, und sie schämte sich dafür.

»Es tut mir Leid . . . alles tut mir Leid!« stieß Heinz abgehackt hervor und riss plötzlich die Augen auf. Zum ersten Mal seit sie ihn kannte, las sie Reue in seinem Blick, und Mitleid mit dem Todkranken erfasste sie.

»Du bist sehr schwach, Heinz, und du solltest nicht so viel reden«, sagte sie und wischte ihm die Schweißperlen von Stirn und Wangen. »Bleib ganz ruhig, Aufregung schadet dir nur.«

»Ich . . . ich war ein schlechter Mensch, Dagmar«, würgte er hervor und versuchte sich aufzusetzen.

Kraftlos fiel er wieder in die Kissen zurück, schloss die Augen und atmete keuchend. »Kannst du mir verzeihen? Ich ... ich war dir kein guter Mann ...«, brach er ab und zog rasselnd die Luft ein. Seine Lippen verfärbten sich bläulich, der Schweiß rann ihm über die Wangen.

Dagmar fühlte sich hilflos, wie noch nie in ihrem Leben. Sie hätte ihm gern ein paar tröstende gute Worte gesagt, doch sie hatte das Gefühl, als sei ihre Kehle zugeschnürt. Sie saß da und starrte Heinz an, der gierig nach Luft rang, dessen dunkles Haar schweißnass am Kopf klebte. Seine Augen waren tief in die Höhlen eingesunken, die Linien in seinem Gesicht schienen sich tiefer eingegraben zu haben.

»Grüß mir ... grüß mir Tommy.« Heinz keuchte, und es war ihm anzusehen, dass das Sprechen ihm Mühe bereitete. »Er ... er hat einen besseren Vater verdient als mich. Ich muss euch viel abbitten, aber ... aber ich habe keine Zeit mehr.«

Heinz Sontheim versuchte noch einmal unter Aufbietung all seiner Kräfte sich aufzurichten. Er hob den Kopf, und seine dunklen Augen waren starr auf seine Frau gerichtet, die reglos neben seinem Bett saß, in deren Blick Hilflosigkeit zu lesen war.

»Dagmar!« Wie ein Schrei löste sich ihr Name von seinen Lippen, dann fiel Heinz Sontheim ruckartig zurück. Blicklos starrte seine Augen zur Zimmerdecke, der Mund stand leicht offen, seine Brust hob und senkte sich nicht mehr, es war totenstill im Zimmer.

Sekundenlang saß Dagmar wie gelähmt da und starrte ihren Mann an. Als sie aufstand, merkte sie, dass ihre Knie zitterten. Sie beugte sich über Heinz und schloss seine Lider über den gebrochenen Augen. Dagmar schaute auf ihren toten Mann hinab, und blitzschnell zog das Leben, das sie an seiner Seite verbracht hatte, an ihren Augen vorbei.

Es wäre eine Lüge gewesen, wenn sie jetzt behauptet hätte, tiefe Trauer zu empfinden. Dagmar Sontheim drehte sich langsam um und verließ das Krankenzimmer, in dem sie den Teil des Lebens zurückließ, der nur Sorgen und Leid für sie gebracht hatte.

❀

Vierzehn Tage waren vergangen, seit Dagmar Sontheim und Tommy das Haus des Arztes verlassen hatten. Dr. Peter Hallig hatte sich in den letzten beiden Wochen verändert. Er bemühte sich zwar zu seinen Patienten freundlich und höflich zu sein, doch bisweilen fiel es ihm schwer, sich ein Lächeln abzuringen.

Seit Dagmar ihn verlassen hatte, war das Leben für ihn freudlos und schal geworden. Viele Stunden verbrachte er in den Räumen des kleinen Anbaus, in denen Dagmar und Tommy gewohnt hatten, und hing den Erinnerungen nach.

Irma Knoten hatte sich schon mehrmals überlegt, ob sie Dagmar Sontheim nicht anrufen sollte, um die junge Frau darauf aufmerksam zu machen, wie sehr der Arzt an der unglücklichen Liebe zu ihr litt. Doch die Furcht, sich den Zorn des Arztes zuzuziehen, hielt die Haushälterin davon ab. Heute, an einem warmen, sonnenhellen Sonntag stand Irma Knoten in der Küche. Knötchen schaute aus dem Fenster.

Dr. Peter Hallig saß in einem Liegestuhl, der im Schatten einer hohen Kastanie stand, hielt die Augen geschlossen und hing wieder einmal seinen traurigen Gedanken nach.

»Ach, ist das ein Kreuz«, Knötchen seufzte. »Wenn ich nur wüsste, was ich tun soll? Was nützt es, wenn ich zu Dagmar gehe, sie wird ihren kranken Mann ganz bestimmt nicht im Stich lassen.«

Unsanft stellte Knötchen einen Teller auf die Ablage, warf das Geschirrtuch achtlos darüber, setzte sich an den Tisch und stützte den Kopf schwer in beide Hände.

Wie konnte die Haushälterin ahnen, dass in diesem Augenblick eine junge Frau vor dem Gartentor stand und sehnsüchtig zu dem Haus hinüberschaute?

»Warum gehen wir denn nicht hinein?« fragte Tommy ungeduldig und zupfte am Rock der Mutter. »Ich will endlich zu Onkel Peter.«

«, Tommy, sei nicht so ungeduldig«, rügte Dagmar. »Ich habe dir doch gesagt, dass ich zuerst allein mit deinem Onkel Peter sprechen muss. Hast du das schon vergessen? Du gehst zuerst zu Knötchen in die Küche, und wenn ich dich rufe, dann darfst du Onkel Peter begrüßen.«

»Lass mich aber nicht zu lange warten«, meuterte der Kleine, und schaute sie vorwürfsvoll an. »Ich habe Onkel Peter mindestens genauso lange nicht gesehen wie du.«

Dagmar Sontheim lächelte, nahm Tommys Hand und schob das Gartentor auf. Ihr Herz klopfte stürmisch, als sie auf die Haustür zuging.

Knötchen schreckte hoch, als die Haustürglocke anschlug. Seufzend stand die alte Frau auf und ging, um zu öffnen. Ein Ausruf der Freude kam über ihre Lippen, als sie Dagmar und Tommy erkannte. Sie schlug die Hände über dem Kopf zusammen und rief: »Ich glaube, euch schickt der Himmel!«

»Bitte, Knötchen, achten Sie ein paar Minuten auf Tommy«, bat Dagmar mit heiser klingender Stimme und errötete bis unter die Haarspitzen. »Ich möchte zuerst allein mit Dr. Hallig sprechen, ist das möglich?«

»Wenn mein Gefühl mich nicht trügt, ist heute ein Freudentag«, stellte Knötchen fest und lachte strahlend. »Gehen Sie in den Garten, dort finden Sie unseren Doktor.« Knötchen nahm Tommy bei der Hand und führte ihn in die Küche. Dort gab es viele Leckereien, die den Kleinen sicher eine Weile beschäftigen würden.

Als Dagmar Sontheim den Garten betrat und Dr. Peter Hallig im Liegestuhl sitzen sah, klopfte ihr Herz zum Zerspringen schnell. Auf Zehenspitzen näherte sie sich dem Arzt und blieb dicht neben ihm stehen. Ein zärtliches Lächeln umspielte ihre Lippen, als sie auf ihn hinabschaute.

Acht Tage waren seit Heinz Beerdigung vergangen, und Dagmar hatte es heute zu Hause nicht mehr ausgehalten. Zu groß war die Sehnsucht nach dem Mann, dem ihr ganzes Herz gehörte und Dagmar Sontheim kniete sich neben dem Liegestuhl ins Gras und bettete den Kopf in Peters Schoß.

Der junge Arzt öffnete die Augen, ungläubiges Staunen lag auf seinem Gesicht, als er auf Dagmars blondes Haar starrte, und er schüttelte leicht den Kopf. Träumte er?

»Dagmar«, flüsterte der Arzt. »Bist du es wirklich? Bist du gekommen, um . . .«

Peter brach ab, denn die Stimme versagte ihm den Dienst. Dagmar richtete sich auf, und Tränen schimmerten in ihren großen blauen Augen, als sie ihn anschaute. Doch das glückliche Lächeln auf ihrem Gesicht sagte ihm, dass es Freudentränen waren.

»Ja, Peter, ich bin zurückgekommen, um mit dir glücklich zu werden. Natürlich nur, wenn du mich noch willst«, erwiderte sie und wartete sehnsüchtig darauf, dass er die Arme um sie legte.

»Du hast dich gegen deinen Mann entschieden?«

fragte er ungläubig. »Du willst auf einmal an dich und an das Glück denken, das auf uns wartet?«

»Nicht ich habe mich entschieden, sondern das Schicksal«, entgegnete sie ernst und stand auf. Auch Peter erhob sich, nahm ihre Hand und schlenderte mit ihr durch den Garten.

Rasch erzählte Dagmar Sontheim vom Tod ihres Mannes, dem das Schicksal gnädig gewesen war und ihn vor einem Leben im Rollstuhl bewahrt hatte. »Vielleicht magst du jetzt denken, dass ich zu früh zu dir zurückgekommen bin, aber Heinz hatte mir in keiner Weise noch etwas bedeutet. Warum sollte ich lügen? Die Zeit mit ihm war grauenvoll gewesen, bis auf die wenigen Wochen nach der Hochzeit, habe ich nur Leid an seiner Seite erlebt. Jetzt bin ich frei, Peter, frei für dich.«

Der junge Arzt blieb stehen, legte die Hände schalenförmig um ihr Gesicht, und als er sie anschaute, lag in seinem Blick soviel Liebe, dass ein kleiner Schauer über ihre Haut rieselte.

»Ob ich dich will? Das fragst du noch? Mein Glück hat nur einen Namen: Dagmar!«

Sanft zog er sie an sich, und als er sie küsste, vergaß Dagmar das Leid, das hinter ihr lag. Ein berauschendes Glücksgefühl erfüllte die junge Frau. Sie wusste, dass sie an Peters Seite nur sonnige Tage erleben würde.

ENDE

Iris Amstätten

Wer war am Giftschrank in der Nacht?

Oberarzt Dr. Conrad unter schwerem Verdacht

Hoch über den Dächern der Stadt, in einem kleinen, dürftig eingerichteten Appartement, saß Wolfgang Conrad vor seinem Schreibtisch. Langsam, fast andächtig, entfaltete er ein weißes Papiertütchen. Weiß, wie frisch gefallener Schnee, lag das Heroin vor ihm. Gier leuchtete aus seinen Augen, seine Hände zitterten.

Wolfgang Conrads Kopf zuckte jäh hoch. Die Wohnungstür klappte. Er murmelte eine Verwünschung, sprang auf und lief in die Diele.

»Ich habe jetzt wirklich keine Zeit für dich, Heidi«, stieß er aufgeregt hervor. »Außerdem habe ich dich doch gebeten, dich vorher anzumelden. Du kommst einfach hier hereingeschneit und erwartest, dass ich für dich Zeit habe. Ich muss auch etwas für mein Studium tun!«

Heidi Lauten streifte schweigend den Regenmantel ab und hängte ihn ans Garderobenbrett. Sie musterte Wolfgang kurz. Mit einem Blick erfasste sie, in welchem Zustand er sich befand.

»Anmelden? Du hast deine Telefonrechnung scheinbar nicht bezahlt. Dein Apparat ist gesperrt.« Heidi Lauten streckte ihm bittend beide Hände entgegen. »Ich bin doch nicht gekommen, um mit dir zu streiten, Wolfgang. Komm, sei lieb und gib mir einen Kuss.«

Wolfgang Conrad lehnte sich mit dem Rücken gegen die Tür, die zum Wohnraum führte. Seine ganze Haltung drückte Abwehr aus. Seine Gedanken waren einzig und allein mit dem Rauschgift beschäftigt, das auf seinem Schreibtisch lag.

»Ich will, dass du sofort wieder gehst!« schrie er sie so unvermittelt an, dass Heidi erschrak. »Hast du mich verstanden? Ich will allein sein!«

Doch Heidi ließ sich nicht einschüchtern. Energisch schüttelte sie den Kopf. Langsam ging sie auf Wolfgang zu, dicht vor ihm blieb sie stehen und sah zu ihm auf. Es stimmte sie traurig, dass er ihren Blicken auswich. Leise bat sie:

»Lass mich doch nicht wie eine Fremde in der Diele stehen, Wolfgang. Ich bin gekommen, um mit dir zu reden. Du lässt dich schon seit Wochen nicht mehr an der Universität sehen, und wenn ich in dein Appartement komme, bist du auch nicht da. Ich muss mit dir reden, Wolfgang. Ich lasse mich nicht wegschicken.«

»Können wir nicht heute Abend . . .?«

»Nein«, unterbrach Heidi ihn hart. »Ich möchte jetzt mit dir sprechen, auch wenn es dir ungelegen kommt.«

Zögernd gab Wolfgang die Tür frei. Er geleitete Heidi in das Zimmer, achtete jedoch sorgsam darauf, dass sie in einem Sessel Platz nahm, der etliche Meter vom Schreibtisch entfernt stand.

Heidi Lauten sah sich um.

»Du hast den alten Sekretär, den du von deiner Tante bekommen hast, also auch schon verkauft? Dafür hast du dir diesen alten, hässlichen Schreibtisch ins Zimmer gestellt.«

»Na und?« fragte Wolfgang unwillig. »Er erfüllt doch seinen Zweck.«

»Und die beiden kostbaren Teppiche sehe ich auch nicht mehr. Wolfgang, Wolfgang, wie soll das nur weitergehen? Bald wird die Zeit kommen, da hast du nichts mehr zum Veräußern. Was dann? Wie willst du dir dann das Geld verschaffen, um das Rauschgift kaufen zu können?«

»Bist du gekommen, weil du dir Sorgen um meine Finanzen machst? Das ist nett von dir!« höhnte Wolfgang und lief unruhig im Zimmer auf und ab.

»Liebst du mich eigentlich noch, Wolfgang?« fragte Heidi.

Er blieb mitten im Zimmer stehen und sah sie ohne Begreifen an.

»Wie kannst du nur so eine Frage stellen, Heidi?« fragte er entsetzt, eilte zu ihr, kniete sich neben sie und barg seinen Kopf in ihrem Schoß.

Heidi streichelte liebevoll sein dunkles, immer etwas unordentliches Haar. Seit fast drei Jahren war sie mit Wolfgang befreundet, und sie liebte ihn heute noch ebenso leidenschaftlich wie am ersten Tag. Doch sie war nicht bereit zuzusehen, wie er sich gesundheitlich ruinierte. Seit mehr als einem halben Jahr versuchte sie, ihn aus seiner Drogenabhängigkeit zu befreien – es wollte ihr nicht gelingen.

»Wolfgang, ich kann nicht länger mitansehen, wie du dich kaputtmachst. Ich kann es nicht, und ich will es nicht. Ich weiß, warum du mich nicht hereinlassen wolltest. Du hast dir wieder Rauschmittel besorgt. Ich . . .«

»Hör doch auf«, unterbrach Wolfgang sie aufstöhnend. »Ich kann ohne dieses Zeug nicht mehr leben. Das weißt du doch. Wie oft habe ich schon versucht, damit Schluss zu machen. Ich schaffe es einfach nicht!« Fester presste Wolfgang seinen Kopf in Heidis Schoß, seine Arme umklammerten sie.

Heidi war dem Weinen nahe.

»Du musst dich davon frei machen, Wolfgang. Ich habe versucht, dir zu helfen, aber ich sehe ein, dass ich es allein nicht schaffe. Du musst in eine Klinik oder in ein Sanatorium, um eine Entziehungskur zu machen.«

»Weißt du, was das bedeutet?« fragte er mit rauer Stimme. »Du kannst dir diese Qualen nicht vorstellen. Allein der Gedanke daran lässt mich fast verrückt werden.«

»Doch, Wolfgang, ich weiß, was ich von dir verlange. Ich sehe aber keinen anderen Weg. Ich kann dem nicht länger zusehen. Ich bin gekommen, weil ich mich von dir trennen will.«

Wolfgang löste sich abrupt von ihr. Entsetzt starrte er sie an. Es schien, als wolle er sich ihr schmales Gesicht, das von großen blauen Augen beherrscht wurde, für immer einprägen. Ungläubig schüttelte er den Kopf, abgehackt stieß er hervor:

»Du kannst mich nicht allein lassen, Heidi. Ich . . . ich brauche dich doch! Liebst du mich denn gar nicht mehr? Heidi, sag, dass das nicht wahr ist! Du, ich lasse dich nicht gehen, hörst du? Ich lasse das einfach nicht zu!«

Ein bitteres Lächeln huschte über Heidis ebenmäßiges Gesicht. Sie sah keine andere Möglichkeit mehr. Sie musste versuchen, Wolfgang in einem Sanatorium unterzubringen.

»Ich liebe dich zu sehr, Wolfgang«, erwiderte sie leise. »Deswegen kann ich auch nicht zusehen, wie du in immer größere Abhängigkeit gerätst. Du kommst nicht mehr zu den Vorlesungen, du verkaufst wertvolle Möbel . . . Du hast dich innerhalb des letzten halben Jahres derart verändert, dass ich oft glaube, einem Fremden gegenüberzustehen.«

»Und was muss ich tun, damit du bleibst?« fragte Wolfgang sie. Er hielt den Kopf gesenkt. »In ein Sanatorium gehen? Nein, das kann ich nicht! Allein der Gedanke daran verursacht mir schon Übelkeit.«

Wortlos stand Heidi auf und ging zur Tür.

Wolfgang hastete ihr nach. Hart packte er sie am Arm.

»Halt! So schnell lasse ich dich nicht gehen. Komm, lass uns doch in Ruhe darüber reden. Bitte.«

Heidi streichelte seine Wange. Sie sah an ihm vorbei. Längst schon hatte sie das kleine weiße Tütchen auf dem Schreibtisch entdeckt. Sie ging an ihm vorbei . . . Noch bevor sie das Heroin an sich nehmen konnte, war Wolfgang neben ihr. Seine Hand schoss vor und schloss sich um das Rauschgift.

»Bitte, Wolfgang, gib es mir«, bat Heidi mit leiser Stimme. »Je mehr du davon nimmst, desto abhängiger wirst du.«

Leicht vornübergebeugt stand Wolfgang vor ihr. Heidi sah es ihm an, dass er fieberhaft überlegte. Sie wandte sich ab.

»Schade, Wolfgang . . .«

»Halt, warte!« klang es wie ein Schrei hinter ihr auf. »Du, ich gehe in ein Sanatorium. Bestimmt! Doch dieses eine Mal möchte ich den Stoff noch nehmen, Heidi«, murmelte er beschwörend. »Ich will doch auch davon loskommen, und ich will dich nicht verlieren! Wenn du willst, gehe ich schon morgen ins Sanatorium.«

»Du hast es mir schon oft versprochen, Wolfgang«, erwiderte Heidi müde. »Und nie hast du dein Versprechen gehalten. Wenn du es wirklich willst, dann fahren wir noch heute Abend.«

Das Rauschgift brannte wie Feuer in Wolfgangs Hand. Bis zum Abend waren es noch sieben Stunden. Bis dahin konnte er . . .

»Ich weiß, was du denkst, Wolfgang. Ich kann dich nicht davon abhalten. Ich werde heute Abend pünktlich um sechs Uhr hier sein. Wenn du dich erneut weigerst, wirst du mich nie wiedersehen. Ich würde sogar meinen Studienplatz wechseln, denn ich will nicht mit ansehen müssen, wie du dich langsam zugrunde richtest. Axel wird mitkommen. Ich werde . . .«

»Ah! Axel ist also auch eingeweiht!« rief Wolfgang plötzlich voller Hohn. »Mein Herr Bruder hat dich wohl geschickt?«

»Du bist ungerecht. Du weißt, dass Axel sich

ebenso um dich sorgt wie ich. Glaubst du wirklich, dass ich jemanden brauche, der mich zu dir schickt? Ich bin hier, weil ich dich liebe!«

Wolfgang legte die Arme um sie und lehnte seine Wange gegen ihr Haar.

»Verzeih mir, mein Liebes, verzeih mir«, flüsterte er. »Komm heute Abend, ich werde hier sein. Ich werde dich nicht mehr enttäuschen. Ich werde eine Entziehungskur machen, weil ich dich liebe. Ich will mit dir leben, Heidi, frei von Sucht und Abhängigkeit.«

Heidi schmiegte sich an ihn. Sie wollte ja so gern glauben, was er ihr versprach ... Doch konnte sie es? Würde er ihr jetzt alles versprechen, nur damit sie ihn allein ließ? Würde er heute Abend nicht wieder auf der Suche nach neuen Rauschmitteln sein? Heidi verbarg ihre Zweifel vor ihm, laut sagte sie:

»Ich glaube dir, mein Liebster. Ich freue mich, dass du diesen Schritt tun willst, und ich verspreche dir, dass ich dich nicht allein lassen werde. Sooft ich kann, werde ich dich besuchen.«

»Es wird alles wieder gut werden, Heidi«, murmelte Wolfgang und küsste sie.

⌘

»Musstet ihr Daniela denn auch einladen?« schmollte Senta Uhlen. »Ihr wisst doch, dass ich sie nicht ausstehen kann. Außerdem bin ich sicher, dass sie ein Auge auf Robert geworfen hat!«

Werner Uhlen, Besitzer einer Lederwarenfabrik, betrachtete seine einzige Tochter mit stolzem Lächeln. Gab es eine schönere Frau als Senta? Kopfschüttelnd erwiderte er:

»Schau doch in den Spiegel, Kind! Sagt er dir nicht genug? Du hast Angst, dass Robert und Daniela ...?«

Werner Uhlen lachte dröhnend auf. »Ich bitte dich! Gegen dich wirkt Daniela richtig unscheinbar!« Werner Uhlen griff in die Innentasche seines Jacketts und nahm ein ledernes Etui hervor.

»O nein!« protestierte seine Frau Helen. »Im roten Salon wird nicht geraucht. Das dulde ich nicht. Du weißt, ich bin . . .«

»Schon gut, Helen«, brummte ihr Mann und steckte das Etui wieder weg. »Kommst du mit ins Kaminzimmer, mein Schatz?« fragte er seine Tochter und bot Senta den Arm. »Deine Mutter fürchtet schon wieder um ihre schneeweißen Gardinen. Ich weiß gar nicht, was sie hat. Sie muss sie doch nicht waschen.«

Senta warf einen Blick auf die Uhr. »Es lohnt nicht, Paps. Unsere Gäste müssen jeden Augenblick eintreffen. Du, Professor Bath will heute seinen Oberarzt mitbringen. Ich bin schon sehr neugierig auf ihn, er soll ein sehr gut aussehender Mann sein.«

»So? Und woher weißt du das?«

»Von Daniela.«

»Aha. Na, dann lass Robert aber nichts von deinem Interesse merken. Du weißt, er ist sehr eifersüchtig.«

»Pah! Wir sind noch nicht einmal verlobt! Robert hat keinerlei Ansprüche an mich zu stellen.«

»Ich glaube, du bist ein bisschen zu leichtfertig«, mischte Helen Uhlen sich in das Gespräch ein. »Robert ist ein tüchtiger junger Mann und die rechte Hand deines Vaters. Seit Jahren seid ihr schon miteinander befreundet, und ich glaubte immer, dass du ihn liebst. Plötzlich . . .«

»Ach, Mama!« unterbrach Senta ihre Mutter ungeduldig. »Du bist altmodisch. Robert ist ein netter Typ, aber wenn ich einen Mann kennen lernen sollte, der mir besser gefällt, werde ich keine Sekunde zögern und mich von ihm trennen.«

Helen Uhlens Stirn krauste sich unwillig. Senta eilte zu ihr, küsste sie rasch auf den Mund und fügte versöhnlich hinzu: »Du machst dir unnötig Sorgen, Mamutschka. Deine Tochter wird sich den Mann nehmen, den ihr Herz will.«

»Zwei Wagen kommen die Auffahrt herauf!« rief Sentas Vater, der an einem der hohen Bogenfenster stand. »Kommt, wir wollen unsere Gäste begrüßen.«

Elisabeth, das Hausmädchen, hatte das Portal der Jugendstilvilla weit geöffnet. Die Uhlens standen in der Halle und begrüßten Professor Bath, einen alten Freund der Familie; seinen Oberarzt Dr. Axel Conrad und Schwester Daniela Telly, die Tochter von Helen Uhlens Bruder.

Senta hatte nur Augen für Dr. Axel Conrad, der alle Anwesenden um Haupteslänge überragte. Sein nachtblauer Smoking betonte seine schlanke Figur, sein fein geschnittenes, schmales Gesicht faszinierte Senta.

In Gedanken verglich Senta den Arzt mit Robert Wenger. Nein, diesem Mann konnte Robert nicht das Wasser reichen ... Senta hakte sich bei Dr. Conrad ein und sagte:

»Sie erlauben doch, dass ich Sie in den roten Salon entführe?«

»Von einer so schönen Frau lasse ich mich gern entführen«, erwiderte Dr. Conrad galant und folgte mit Senta den anderen, die bereits vorausgingen.

Im roten Salon, der mit herrlichen Empiremöbeln ausgestattet war, servierte Elisabeth Aperitifs. Robert Wenger betrat verspätet den Salon, gerade in dem Moment, als Dr. Conrad Senta zutrank. Axel merkte nicht, dass Robert Wenger ihn kritisch musterte.

Robert Wenger begrüßte zuerst die Dame des Hauses und sagte:

»Ich muss mich entschuldigen, eine Reifenpanne hielt mich auf.«

»Und ich dachte schon, du sitzt noch in deinem Büro und kannst dich wieder einmal nicht von deiner Arbeit trennen!« Werner Uhlen lachte dröhnend auf, dann stellte er Robert seinen Gästen vor.

Elisabeth, das Hausmädchen, öffnete die Flügeltüren zum angrenzenden Raum, in dem ein kleines Büfett aufgebaut war. Leise Musik klang auf, und Senta summte die Melodie mit, während sie an Axels Seite nach nebenan ging.

Es war ein lauer Sommerabend, die Terrassentür stand weit offen. Dr. Axel Conrad trat ins Freie und sagte zu Senta:

»Ein wunderschöner Abend, finden Sie nicht auch?« Die Sonne war schon hinter den Dächern der Häuser verschwunden, die ersten Schatten der Dämmerung legten sich über den Park, der die Jugendstilvilla der Uhlens umgab. Tief atmete Axel durch. Blütenduft und der würzige Geruch frisch gemähten Grases lagen in der Luft.

»Hören Sie die Musik, Doktor?« fragte Senta mit einschmeichelnder Stimme. »Ein Tango. Wollen wir nicht tanzen?«

»Ich weiß nicht«, erwiderte Axel zögernd. »Ich habe schon lange nicht mehr getanzt . . .«

»Das kann ich mir gar nicht vorstellen«, erwiderte Senta, nahm ihn bei der Hand und zog ihn mit sich.

Zufällig fing Axel einen Blick von Robert Wenger auf. Er las die Eifersucht in den Augen des anderen und fühlte sich ein wenig unbehaglich. Er war nicht gekommen, um Unfrieden zu stiften.

Senta schmiegte sich eng an ihn und gab sich ganz

seiner Führung hin. Sie hielt die Augen geschlossen und sagte leise:

»Sie tanzen ausgezeichnet, Dr. Conrad. Am liebsten würde ich den ganzen Abend mit Ihnen tanzen.«

»Das wird Herrn Wenger aber nicht recht sein«, erwiderte Axel ebenso leise. »Sind Sie mit ihm verlobt?«

»Verlobt?« entrüstete Senta sich. »Ich bin frei und ungebunden!« Senta lachte gekünstelt auf, und Axel war froh, als der Tango leise ausklang. Höflich brachte er Senta zu den anderen zurück.

Mit Schwester Daniela ging er zu dem kalten Büfett. Daniela sah ihn von der Seite her an und bemerkte:

»Glücklich sehen Sie nicht aus, Doktor.«

»Hm, ich habe ein ungutes Gefühl, Daniela«, erwiderte er. »Dieser Wenger bombardiert mich geradezu mit eifersüchtigen Blicken. Ich würde ihm ja gern klar machen, dass Fräulein Uhlen mich in keiner Weise interessiert.«

Daniela lachte hell auf. Amüsiert erwiderte sie:

»Ich glaube, Robert weiß Senta schon richtig einzuschätzen. Sie verliebt sich in kurzen Abständen immer wieder, doch nie dauerhaft. Robert ist schon der richtige Mann für Senta, er hat die nötige Geduld.«

»Na, dann bin ich ja beruhigt«, murmelte Axel.

Senta Uhlen beobachtete Axel und Daniela ununterbrochen. Sie sah die beiden miteinander reden und lachen.

»Möchtest du mit mir tanzen?« fragte Robert Wenger sie.

»Sei mir nicht böse, aber zuerst möchte ich eine Kleinigkeit zu mir nehmen, Robert«, erwiderte Senta und ging zum Büfett.

So schnell ließ Robert sich nicht abschütteln. Er ging neben ihr her und sagte leichthin:

»Eine gute Idee. Du erlaubst doch, dass ich mich anschließe?«

Senta zuckte nur mit den Schultern. Sie wollte damit andeuten, dass es ihr gleichgültig war, was er tat. Ihre Blicke suchten Axel, der sich gerade in dem Augenblick vom Büfett abwandte, als Senta es erreichte.

Sentas Augenbrauen schoben sich ärgerlich zusammen. Heute schien aber auch alles schief zu gehen! Während Robert ihr kulinarische Köstlichkeiten auf den Teller legte, ließ Senta keinen Blick von Axel, der sich anscheinend gut mit Daniela amüsierte. Senta beobachtete ihre Cousine scharf. Daniela sah heute Abend hübsch aus. Woher sie wohl das Abendkleid hatte? Von ihrem kleinen Schwesterngehalt konnte sie so etwas doch kaum erschwingen!

»Hallo, Liebling, träumst du?« Robert berührte leicht Sentas Arm. »Ich habe dich schon zweimal angesprochen, doch du hörst mir wohl nicht zu. Wo bist du mit deinen Gedanken?«

»Entschuldige, Robert, ich dachte gerade daran, dass ich Daniela unbedingt fragen muss, woher sie dieses bezaubernde Abendkleid hat. Ich bin ganz hingerissen von diesem Modell.«

»Und ich dachte schon, dieser Doktor Conrad hat dir den Kopf verdreht.« Robert Wenger versuchte, seiner Stimme einen spöttischen Klang zu geben, doch seine Eifersucht war nicht zu überhören.

»Du siehst wohl in jedem Mann einen Rivalen?«

Roberts Blicke umfingen Sentas schlanke Figur. Das smaragdgrüne Abendkleid betonte ihre schmale Taille, zeigte ihre makellosen Schultern und kontrastierte auffallend mit ihrem silberblonden Haar. Schmunzelnd erwiderte Robert:

»Das kann mir wohl niemand verübeln, oder? Wenn man mit einer so bezaubernden Frau befreundet ist . . .«

»Ach, du Schmeichler«, erwiderte Senta lachend. Roberts Bewunderung versöhnte sie rasch wieder.

Elisabeth, das Hausmädchen, trat ein. Senta sah, dass sie zu Axel ging, um ihm eine Mitteilung zu machen. Als Axel daraufhin den Raum verließ, gesellte Senta sich unruhig zu Professor Bath.

»Ich hoffe, Ihr Oberarzt hat keinen Bereitschaftsdienst, Herr Professor?« fragte sie scheinheilig.

»Das nicht, aber er wird uns sicher gleich mitteilen, warum er so dringend am Telefon verlangt wird.«

Um einige Nuancen blasser kehrte Axel wenige Minuten später in den Salon zurück.

»Entschuldigen Sie mich bitte«, wandte er sich an die Gastgeber. »Ein Krankheitsfall in der Familie. Ich muss sofort nach Hause. Es war ein reizender Abend, ich bedanke mich.« Höflich, aber ein wenig überhastet verabschiedete Axel sich von dem Ehepaar Uhlen, von Robert Wenger, von seinem Chef und von Daniela Telly.

»Ich begleite Sie hinaus, Doktor«, sagte Senta, als er ihre Hand an die Lippen führte.

Draußen auf dem Absatz der breiten Freitreppe, sagte Senta:

»Ich würde mich freuen, Sie bald wiederzusehen, Dr. Conrad. Meine Eltern geben nächstes Wochenende eine Party. Darf ich Sie dazu einladen?«

»Das ist reizend von Ihnen, Fräulein Uhlen«, erwiderte Axel, der nervös mit seinen Wagenschlüsseln spielte. »Doch ich muss Sie enttäuschen. Ich habe nächstes Wochenende Dienst. Und nun entschuldigen Sie mich, ich muss mich leider beeilen.«

»Auf Wiedersehen.«

Senta sah Axel enttäuscht nach, der mit großen Schritten zu seinem Wagen eilte. Ohne sich noch einmal umzusehen, setzte er sich hinter das Steuer seines Wagens und fuhr davon.

»Ich werde dich wiedersehen, Doktor«, flüsterte Senta und starrte in die hereinbrechende Dunkelheit.

⌘

Dr. Axel Conrad bewohnte ein hübsches Fachwerkhaus am Rande der Stadt, das von einem weitläufigen Obstgarten umgeben war. Ein kniehoher Zaun säumte das Grundstück.

Mit quietschenden Bremsen stoppte Axel seinen schnellen Wagen vor dem Gartentor. Er hatte Heidi Lautens Kleinwagen erkannt, der ein paar Meter weiter parkte. Axel lief auf den Wagen zu.

In diesem Augenblick öffnete sich die Tür, und Heidi stieg aus ihrem Wagen.

»Gut, dass du so schnell kommen konntest. Wolfgang sitzt im Fond des Wagens. Ich konnte ihn überreden, in ein Sanatorium zu gehen. Ich wollte, dass du mich begleitest, denn ich befürchte, dass Wolfgang es sich auf halber Strecke noch einmal anders überlegt.«

»Es ist besser, wir nehmen meinen Wagen, Heidi. Damit kommen wir schneller voran.«

»Ich hoffe, Wolfgang rebelliert nicht, wenn er dich sieht«, gab Heidi zu bedenken. »Du weißt, dass er dich manchmal hasst, weil du ein anderes Leben führst als er. Weil du deinen Weg gemacht hast und er nicht.«

»Versuchen wir es«, erwiderte Axel knapp.

Wolfgang Conrad saß apathisch im Fond des Wagens. Ohne Widerstand folgte er seinem Bruder in dessen Limousine. Während Axel hinter dem Steuer

Platz nahm, setzte Heidi sich im Fond neben Wolfgang.

Wenig später hatte Axel die Stadt verlassen und fädelte seinen Wagen in den regen Verkehr der Autobahn ein. Niemand sprach ein Wort. Nur das leise Dröhnen des Motors war zu hören. Axel saß mit verkniffenem Gesichtsausdruck hinter dem Steuer. Er dachte an seine verstorbenen Eltern. Er war froh, dass sie Wolfgangs Sucht nicht mehr miterleben mussten. Sie waren so stolz auf ihre beiden Söhne gewesen!

»Bei der nächsten Abfahrt verlassen wir die Autobahn«, klang Heidis Stimme hinter ihm auf. »Dann haben wir es gleich geschafft. Nur noch zwanzig Kilometer. Das Sanatorium liegt mitten im Wald.«

»Ich hoffe, sie nehmen jetzt noch Patienten auf«, erwiderte Axel nach einem Blick auf die Uhr.

»Ich habe mich angemeldet, wir werden erwartet.«

»Die werden sicher einen Freudentanz aufführen, wenn sie einen jungen Mann bekommen, den sie auf den Pfad der Tugend zurückführen können!« rief Wolfgang höhnisch aus.

Weder Axel noch Heidi antworteten ihm. Heidi sah angestrengt aus dem Fenster, sie wollte die kleine Abzweigung, die zum Sanatorium führte, nicht verpassen.

»Da! Rechts der kleine Wegweiser! Dort müssen wir einbiegen!« rief Heidi plötzlich ganz aufgeregt.

Endlich war es soweit. Seit Wochen schon bettelte sie Wolfgang an, er möge sich von Therapeuten behandeln lassen, doch immer wieder hatte er ihr Ansinnen kategorisch abgelehnt. Stets versicherte er ihr, dass er es allein schaffen würde, dass er nicht so abhängig wäre, dass ein Sanatoriumsaufenthalt notwendig wäre.

Vor einem schmiedeeisernen Tor, das in eine hohe Mauer eingelassen war, stoppte Axel seinen Wagen. Während er zum Tor ging und die Sprechanlage betätigte, starrte Wolfgang missmutig zu den hohen Mauern hinüber.

»Sieht nach Gefängnis aus«, brummte er. Er verbarg seine Hände in den Hosentaschen. Er wollte nicht, dass Heidi das Zittern bemerkte. »Ich werde verrückt, sobald ich mich eingeschlossen fühle. Nein, Heidi, hier werde ich es bestimmt nicht lange aushalten.«

»Versuche es wenigstens, Liebster«, flüsterte Heidi und schmiegte sich an ihn. Sie wollte ihm nicht zeigen, wie schwer der Abschied ihr fiel, wie ungern sie ihn hier allein zurückließ. Doch blieb eine andere Wahl? Gab es eine andere Möglichkeit?

»Du warst noch nicht süchtig«, stieß Wolfgang rau hervor, »Du weißt nicht, was es bedeutet, ohne ›Stoff‹ zu sein. Es ist grauenhaft, Heidi. Schlimmer kann die Hölle nicht sein. Ich frage mich, ob es sich lohnt, diese Qualen auf mich zu nehmen? Ob es einen Sinn hat?«

»Für unsere Liebe hat es Sinn, Wolfgang. Bitte, denke immer daran, dass es für uns ist. Für unsere gemeinsame Zukunft. Ich liebe dich, Wolfgang, und ich werde auf dich warten. Mit Sehnsucht werde ich auf den Tag warten, an dem ich wieder in deinen Armen liegen kann.«

Jäh riss Wolfgang sie an sich. Er küsste sie voller Verzweiflung, so, als suche er in diesem Kuss Mut und Trost zugleich.

Das schmiedeeiserne Tor quietschte leicht in den Angeln. Wie von Geisterhand bewegt, schwenkten die beiden Flügel zurück. Axel setzte sich wieder hinter das Steuer und lenkte den Wagen auf ein schlossähnliches Gebäude zu, dessen Portal weit offen stand. Helles Licht flutete in die Dunkelheit. Eine Gestalt im weißen Kittel stand auf dem obersten Absatz der Treppe.

Wolfgang stieg als Letzter aus dem Wagen. Zögernd stieg er die Stufen hinauf.

Misstrauisch betrachtete er die junge Frau im weißen Kittel, deren haselnussbraunes Haar in leichten Wellen auf die Schultern fiel. Sie lächelte freundlich.

»Guten Abend«, sagte sie, und Axel hob den Kopf, als er ihre weiche, dunkle Stimme hörte. »Ich bin Mara Winter, Therapeutin. Wenn Sie einen Augenblick Platz nehmen wollen? Ich werde Herrn Conrad sein Zimmer zeigen. Ich bin in wenigen Minuten wieder zurück.«

Axel reichte seinem Bruder schweigend die Hand. Er wollte Wolfgang noch so vieles sagen, ihm Mut machen. Doch kein Laut kam über seine Lippen. Wolfgang schien seinen Bruder auch ohne Worte zu verstehen.

»Schon gut, Axel«, murmelte er. »Ich werde alles versuchen, um mich von diesem Teufelszeug zu befreien.« Wolfgang drehte sich um und sah Heidi lange an, dann wandte er sich an die Therapeutin und sagte hart: »Gehen wir?«

Mara Winter nickte und ging voran.

Heidi ließ sich in den nächsten Sessel fallen. Blicklos starrte sie auf die Tür, die sich hinter Wolfgang und der Therapeutin geschlossen hatte.

Axel trat neben sie. Fest legte er ihr die Hand auf die Schulter.

»Jetzt können wir Wolfgang nicht mehr helfen, Heidi. Durch diese Hölle muss er ganz allein gehen. Wir können nur hoffen, dass er es schafft.«

»Ich weiß, dass du Recht hast, Axel«, erwiderte Heidi leise und bemühte sich, die Tränen zurückzuhalten. »Und doch – gäbe ich jetzt meinem Gefühl nach, würde ich Wolfgang zurückrufen. Ich darf gar nicht daran denken, was er jetzt erdulden muss . . .«

»Denke an später, Heidi«, mahnte Axel. »Denke daran, wie es sein wird, wenn du Wolfgang wieder so vorfindest, wie er früher einmal war. Als freien Menschen, der nicht mehr von Drogen abhängig ist.«

Mara Winter kam zurück. Sie setzte sich zu Axel und Heidi.

»Herr Conrad hat ein Schlafmittel erhalten. Es wird ihm über die ersten Stunden hinweghelfen«, erklärte sie ruhig.

»Wann werden wir ihn zum ersten Mal besuchen können, Fräulein Winter?« fragte Axel.

»Das hängt von den Umständen ab. Vielleicht schon in acht Tagen, vielleicht erst in sechs Wochen, Herr . . .? Entschuldigen Sie, ich verstand vorhin Ihren Namen nicht.«

»Conrad. Dr. Axel Conrad«, stellte er sich vor.

Heidi Lauten beobachtete die junge Therapeutin ununterbrochen. Nicht nur der Name, auch das Gesicht erschien ihr vertraut. Doch sie wusste beim besten Willen nicht, woran es sie erinnerte. Grübelnd betrachtete sie Mara Winter. Als die Therapeutin sich mit einer schnellen Handbewegung eine Haarsträhne aus der Stirn strich, fiel es ihr plötzlich wie Schuppen von den Augen. Natürlich! Mara Winter, die Internatsgefährtin von einst! Schon damals war Heidi aufgefallen, dass Mara sich mit dem Daumen die Haarsträhnen aus der Stirn strich.

»Mara, erkennst du mich denn nicht mehr?« fragte Heidi. »Erinnerst du dich nicht mehr an das Internat ›Tannenhöh‹? An Julchen Fussel, unsere Mathe-Lehrerin und an . . .«

»Halt, sprechen Sie nicht weiter«, unterbrach

Mara sie. »Ich erinnere mich schon noch. Doch, doch, das Gesicht kommt mir bekannt vor. Ja! Jetzt weiß ich es! Heidi Lauten, das Stöckchen!«

»Das Stöckchen?« fragte Axel. »Darf ich wissen, wie es zu diesem Spitznamen kam?«

»Ein andermal erzähle ich es gern«, erwiderte Heidi und wurde rot. »Mara, du . . . Ich darf doch du zu dir sagen? Ich freue mich riesig, dich wiederzusehen. Du musst mich unbedingt besuchen kommen. Ich glaube, wir haben viele Erinnerungen aufzufrischen.«

»Vielleicht darf ich dabei anwesend sein?« warf Axel ein, der kaum einen Blick von Mara Winter ließ, deren klare schlichte Schönheit ihn begeisterte.

»Ich bin sicher, dass Mara nichts dagegen einzuwenden hat«, antwortete Heidi.

Mara Winter sah Axel an. Ihre Blicke verfingen sich ineinander, und Mara ärgerte sich, weil sie spürte, wie ihr das Blut in die Wangen schoss. Warum irritierten sie seine hellen grauen Augen so? Warum fiel es ihr schwer, ihre Blicke aus den seinen zu lösen? Mara stand hastig auf und sagte:

»Ich nehme deine Einladung gern an, Heidi, doch jetzt muss ich mich entschuldigen. Ich habe schließlich Nachtdienst und muss mich um meine Schützlinge kümmern.« Sie reichte Heidi zum Abschied die Hand.

Als sie Axel die Hand reichte, fühlte sie angenehme Schauer über ihre Haut rinnen. Mara wusste, dass sie sich auf ein Wiedersehen mit Axel freute – auch wenn sie es sich nicht eingestehen wollte.

Draußen, auf dem kleinen asphaltierten Halbkreis vor der breiten Treppe, legte Axel seinen Arm um Heidis Schultern. Sie sahen zu den dunklen Fenstern hinauf.

»In welchem Zimmer Wolfgang wohl untergebracht ist?« fragte Heidi.

»Hinter jedem Fenster liegt ein Wolfgang, Heidi. Hier haben sie alle gegen den gleichen Wahnsinn anzukämpfen. Ach, Heidi, ich wollte, wir hätten nie dieses Sanatorium aufsuchen müssen. Ich habe bis heute noch nicht verstanden, warum Wolfgang zu Drogen gegriffen hat. Ich fragte ihn manchmal, doch er lachte mich nur aus. Du verstehst das doch nicht, sagte er immer zu mir . . .«

»Wolfgang fühlte sich immer minderwertig. Er stand immer in deinem Schatten, Axel. Du, der erfolgreiche große Bruder . . . Schon mit fünfunddreißig Jahren Oberarzt geworden. Stellvertreter des Professors! Und er? Ihm ist nie etwas in den Schoß gefallen. Jede gute Zensur musste er sich mühsam erkämpfen. Er war einfach überfordert und flüchtete sich in die Scheinwelt des Glücks, in die Drogenszene.«

»Daran habe ich nie gedacht«, murmelte Axel betroffen, während er Heidi die Autotür aufhielt.

»Ich auch nicht, Axel. Wolfgang gestand es mir einmal in einer schwachen Stunde. Am nächsten Tag widerrief er alles. Doch ich wusste, dass er die Wahrheit gesagt hatte.«

»Ich werde alles tun, um Wolfgang zu helfen. Das schwöre ich dir, Heidi«, erwiderte Axel leise und startete den Wagen. Schweigend fuhren sie in die Nacht hinaus.

⌘

»Das war saubere Arbeit, Dr. Conrad«, sagte Professor Bath zu Axel, der am Waschbecken stand und sich sorgfältig von der Operation säuberte. »Ich habe Ihnen zugesehen. Das Kunststoffimplantat hätte ich nicht besser einsetzen können, Kollege Conrad.«

»Danke, Herr Professor«, erwiderte Axel und richtete sich auf.

Ein bitteres Lächeln lag auf seinem Gesicht. Tagtäglich rettete er Menschen das Leben, doch seinem eigenen Bruder konnte er nicht helfen . . .«

»Sie sehen heute sehr mitgenommen aus, Dr. Conrad«, bemerkte Professor Bath. »Der Krankheitsfall in Ihrer Familie . . . Ich meine den, zu dem Sie gestern Abend noch gerufen wurden. Machen Sie sich deswegen Sorgen?«

»Ja, sehr sogar.«

»Wenn ich Ihnen helfen kann? Sie wissen . . .«

»Danke, Herr Professor, ich weiß dass Sie es gut meinen«, erwiderte Axel müde. »Dabei kann mir niemand helfen. Wenn Sie mich jetzt entschuldigen? In einer knappen Stunde habe ich drüben im Kleinen OP noch eine Oberschenkelnagelung vorzunehmen. Ich möchte vorher noch rasch eine Tasse Kaffee trinken, das weckt die Lebensgeister.«

»Sicher, Kollege Conrad, gehen Sie nur.« Nachdenklich sah Professor Hartmut Bath hinter seinem Oberarzt her. Dr. Conrad war ein fähiger Chirurg, ein Mann, auf den man sich unbedingt verlassen konnte. Schade, dass er sich mir nicht anvertraut, dachte Hartmut Bath und war ein wenig gekränkt.

Axel betrat das Schwesternzimmer der Chirurgischen Abteilung, deren Chef er war. Schwester Daniela hantierte an der Kaffeemaschine. Der aromatische Duft frisch gefilterten Kaffees hing in der Luft.

»Auch eine Tasse, Doktor Conrad?« fragte Daniela Telly.

»Dafür wäre ich Ihnen sehr dankbar, Schwester Daniela«, erwiderte Axel und setzte sich.

»Ach, fast hätte ich es vergessen!« rief Daniela

plötzlich. »Ein Fräulein Winter hat angerufen, aus dem Sanatorium ... hm, wie hieß es doch gleich? Na, dieses Sanatorium bei Itzeheim, in dem Drogensüchtige behandelt werden. Ich habe den Namen vergessen. Sie ...«

»Hat sie eine Nachricht hinterlassen?« unterbrach Axel sie aufgeregt.

»Ja, Sie möchten bitte zurückrufen. Herr Conrad ginge es sehr schlecht«, erwiderte Daniela und musterte den Oberarzt kritisch. »Dieser Herr Conrad ... ist das Ihr Bruder, Herr Doktor?« Im nächsten Augenblick hätte Daniela sich am liebsten die Zunge abgebissen. Wie kam sie nur dazu, dem Oberarzt derartige Fragen zu stellen? Was ging das sie an?

»Entschuldigen Sie, Herr Doktor«, bat sie leise. »Ich wollte nicht neugierig sein. Die Frage ist mir nur so herausgerutscht.«

»Schon gut, Daniela«, erwiderte Axel müde und stützte den Kopf schwer in beide Hände. »Ja, mein Bruder wird in diesem Sanatorium behandelt. Ich möchte Sie bitten, darüber Stillschweigen zu bewahren. Nicht, weil ich mich meines Bruders schäme, aber Sie wissen doch selbst, wie schnell in einer Klinik der Klatsch blüht und welch seltsame Blüten er manchmal treibt.«

»Niemand hier soll etwas davon erfahren, Herr Doktor, das verspreche ich Ihnen«, antwortete Daniela hastig. Sie stellte ihm eine Tasse Kaffee hin.

»Bekomme ich auch eine?« fragte plötzlich eine Frauenstimme von der Tür her.

Erschrocken drehten sich Axel und Daniela um. Sprachlos starrten sie auf Senta Uhlen, die, elegant und nach der neuesten Mode gekleidet, am Türrahmen lehnte und unschuldig lächelte.

Axel und Daniela hatten den gleichen Gedanken:

Hatte Senta die Unterhaltung mit angehört, oder war sie eben erst gekommen?

Senta Uhlen kam langsam näher und setzte sich Axel gegenüber. Sie schlug ihre schlanken Beine übereinander, nahm ein Platinetui aus ihrer Handtasche und bot Zigaretten an. Nichts in ihrem Gesicht deutete daraufhin, dass sie jedes Wort belauscht hatte.

»Wo kommst du denn her?« fragte Daniela, die sich zuerst von dem Schrecken erholte.

»Das ist aber keine freundliche Begrüßung«, antwortete Senta pikiert. »Ich wollte dich einmal besuchen, meine liebe Daniela. Und da man dich privat kaum erreicht, habe ich es auf der Station versucht.« Während Senta sprach, ließ sie keinen Blick von Axel, der nachdenklich im Kaffee rührte und sie nicht ansah. Die ganze Nacht hatte Senta wach gelegen und an den gut aussehenden Arzt gedacht. Sie war schon oft verliebt gewesen, doch diesmal ging es ihr sehr nahe. Sie wollte diesen Mann erobern. Sie wollte nicht nur von seinen Zärtlichkeiten träumen, sie wollte sie erfahren!

»Ich habe leider nicht sehr viel Zeit«, murmelte Daniela, der das Verhalten ihrer Cousine offensichtlich peinlich war.

»Wie ich sehe, wolltet ihr soeben eine Kaffeepause machen. Warum soll ich euch dabei nicht Gesellschaft leisten? Ich verspreche, dass ich auch gleich wieder gehen werde.«

Ein kaum hörbarer Seufzer entschlüpfte Daniela, als sie sich umdrehte, um ein weiteres Gedeck aus dem Schrank zu holen.

»Nun, Dr. Conrad? Sie sind heute ja noch schweigsamer als gestern Abend. Ich muss Ihnen gestehen, ich habe es aufrichtig bedauert, dass Sie uns so schnell wieder verlassen mussten. Konnten Sie dem Kranken wenigstens helfen?« fragte sie scheinheilig.

»Danke, ja«, erwiderte Axel und strich sich mit einer müden Handbewegung über die Stirn. »Ich hoffe, es ist für Sie noch ein netter Abend geworden.«

Ein Summton, der sich in kurzen Abständen wiederholte, klang auf. Schwester Daniela warf einen Blick auf die Wandtafel. Die Nummer siebzehn leuchtete auf.

»Entschuldige, Senta, aber ich muss nach einer Patientin sehen«, sagte Daniela und verließ das Schwesternzimmer.

Senta Uhlen war darüber keineswegs böse. Sie war froh, endlich mit Axel allein zu sein. Sie war doch nur wegen ihm gekommen! Was interessierte sie schon ihre Cousine!

»Sie sehen so sorgenvoll aus, Doktor«, begann Senta das Gespräch. »Ich bin ungeübt im Stellen einer Diagnose, aber ich würde auf Liebeskummer tippen.«

Axel sah sie erstaunt an und stieß ein kurzes Lachen aus.

»Liebeskummer?« wiederholte er. »Ich bitte Sie, Fräulein Uhlen! Wie kommen Sie denn auf einen solch unsinnigen Gedanken?«

»Ich weiß gar nicht, was daran unsinnig sein soll!« rief Senta, die ihren Ärger schlecht verbergen konnte. Sehr charmant war dieser Conrad heute ja nicht. »Ist das denn ein Fremdwort für Sie? Wissen Sie nicht, was Liebe ist?«

Ich weiß es vielleicht, dachte Axel, aber du bestimmt nicht. Für dich ist alles nur Flirt, Tändelei! Laut jedoch sagte er:

»Oft ist Liebe mit Leid verbunden, aber es gibt auch Ausnahmen, Fräulein Uhlen.« Axel stand auf. »Jetzt müssen Sie mich leider entschuldigen. Ich habe noch eine Operation vor mir.«

»Warten Sie noch einen Augenblick, Doktor Conrad!« rief Senta ihm nach. »Hätten Sie nicht Lust, Tennis mit mir zu spielen? Ich habe mir sagen lassen, dass Sie ein ausgezeichneter Spieler sind. Ich suche schon lange einen guten Partner.«

Axel wollte Senta nicht kränken, ausweichend antwortete er:

»Ich weiß nicht, ob ich in den nächsten Wochen Zeit dazu finde, Fräulein Uhlen. Ich bin sehr beschäftigt. Vielleicht ergibt sich irgendwann einmal die Gelegenheit . . .«

»Ich lasse mich nicht entmutigen, Dr. Conrad. Ich werde Sie ab und zu einmal anrufen. Darf ich?« fragte sie mit kokettem Augenaufschlag.

»Aber sicher, bis dann, Fräulein Uhlen.« Sanft zog Axel die Tür hinter sich ins Schloss.

Senta sah aus schmalen Augen auf die weißlackierte Tür. Bis jetzt hatte sie noch jeden Mann bekommen, den sie haben wollte, und sie würde auch diesen Dr. Conrad erobern. Bei manchen Männern musste man eben hartnäckig sein

⌘

Robert Wenger presste die Lippen fest aufeinander, eine tiefe Falte kerbte sich über seiner Nasenwurzel ein. Er hatte sich vorgenommen, mit Senta zu sprechen. Er war nicht mehr bereit, ihre Kapriolen zu dulden. Entweder sie hörte auf, mit anderen Männern zu flirten und zeigte in aller Öffentlichkeit, dass sie zu ihm gehörte, oder er würde die Konsequenzen ziehen.

Robert lenkte seinen schnittigen Sportwagen in die Auffahrt zur Villa Uhlen. Gepflegte Blumenrabatten säumten den Weg, alter Baumbestand überschattete den dichten Rasen, der wie ein grüner Teppich wirkte.

Zwei schwarzweiß gefleckte Doggen hetzten in wildem Spiel durch den weitläufigen Park, Marmorstatuetten leuchteten im Sonnenschein.

Heute hatte Robert keinen Blick für die Schönheit des Anwesens.

Dicht vor der breiten Treppe stoppte er seinen Wagen, mit einem harten Ruck schlug er die Wagentür hinter sich zu.

Helen Uhlen öffnete selbst das Portal. Als sie Robert sah, warf sie einen Blick auf die Uhr. Es war ungewöhnlich, dass er um diese Zeit kam. Ob Senta und er Streit hatten?

»Guten Tag, Frau Uhlen«, begrüßte Robert sie und zog ihre Hand an die Lippen. »Ist Senta zu Hause?«

»O ja, sie ist im Garten. Gehen Sie doch zum Pavillon am Goldfischteich.«

»Danke, Frau Uhlen«, antwortete Robert knapp, drehte sich um und hastete quer über den Rasen.

»Das sieht wirklich nach einer Auseinandersetzung aus«, murmelte Helen kopfschüttelnd und ging in die Villa zurück.

Senta lag in einem Liegestuhl im Schatten einer alten Linde und blätterte gelangweilt in einer Illustrierten. Ihre Gedanken waren bei Axel, mit dem sie heute Tennis spielen wollte . . .

»Grüß dich«, sagte Robert plötzlich hinter ihr.

Senta zuckte erschrocken zusammen und fauchte wütend:

»Warum schleichst du dich an? Kannst du nicht wie ein normaler Mensch von vorn kommen? Du weißt doch, wie schreckhaft ich bin!«

»Ich war keineswegs leise«, erwiderte Robert so kühl, dass Senta ihn erstaunt ansah. »Du scheinst jedoch mit deinen Gedanken so weit weg zu sein, dass du nichts siehst und nichts hörst.«

»Ach! Der Herr will mir wohl eine Szene machen?«

fragte Senta spöttisch. »Welchen Mann habe ich wieder zu lange angesehen? Oder war ich gar mit jemandem verabredet? Nun? Sprich dich aus, mein Lieber.« Senta blätterte weiter in der Illustrierten.

Wütend riss Robert ihr die Zeitung aus der Hand und warf sie einige Meter hinter sich.

»Hör mir genau zu, Senta«, zischte er böse. »Ich weiß, dass du in Professor Baths Klinik warst, dass ...«

»Ja und?« unterbrach Senta ihn gedehnt. »Ich habe Daniela besucht. Ist das denn verboten?«

»Daniela besucht!« rief Robert höhnisch. »Du wolltest diesen Dr. Conrad wiedersehen! Glaubst du, ich habe nicht bemerkt, wie still du plötzlich wurdest, als er gehen musste? Ich bin weder blind noch taub! Aber damit ist ein für allemal Schluss!«

Senta setzte sich auf, legte den Kopf schief und musterte Robert nachdenklich. So wütend hatte sie ihn noch nie erlebt.

»Kannst du deutlicher werden, mein Lieber?« fragte sie kühl.

Robert riss wütend Grashalme aus der Erde und warf sie hinter sich. Als er den Kopf hob, lag ein entschlossener Zug auf seinem Gesicht.

»Ja, mit dieser Absicht kam ich hierher. Wir sind nun schon seit mehr als drei Jahren eng befreundet, Senta. Ich liebe dich, und bisher glaubte ich, dass du mich auch liebst. Doch mir kommen Zweifel. Wenn man einen Menschen liebt, dann kränkt man ihn nicht absichtlich. Das aber tust du ununterbrochen. In meiner Gegenwart flirtest du hemmungslos mit anderen Männern. Du siehst einfach über mich hinweg. Ich habe genug von deinen Kapriolen, Senta. Entweder, du bekennst dich zu mir, oder ich werde die Konsequenzen ziehen.«

»Und die wären?« fragte Senta flach.

»Ich gehe. Ich suche mir einen anderen Arbeitskreis.«

Senta sprang auf und kniete sich neben Robert ins Gras. Robert war ein feiner Mensch. Sie wollte ihn nicht verlieren! Dass sie sich so leidenschaftlich in Axel verliebt hatte, musste doch nicht gleich Trennung bedeuten! Immerhin musste sie damit rechnen, dass ihre Verliebtheit vorüberging – und was dann? Sie wollte nicht mit leeren Händen dastehen! Sie wollte aber auch nicht auf das Spiel mit dem Feuer verzichten. Senta war eine ausgezeichnete Schauspielerin. Ohne Mühe konnte sie weinen.

»Bitte, Robert«, schluchzte sie. »Sprich doch nicht über solche scheußlichen Dinge. Du weißt doch, dass ich dich liebe . . .«

»Dann zeige das auch«, brummte Robert, schon wieder halb versöhnt. Er konnte Senta nun einmal nicht weinen sehen.

»Ach, Robert!« Senta schmiegte sich an ihn. »Du weißt doch ganz genau, dass ein Flirt nur eine Selbstbestätigung für mich ist. Ich lasse mich eben gern bewundern.«

Robert legte den Arm um ihre Schultern und zog sie fester an sich. Er liebte sie tief und innig, doch er wollte nicht zusehen, wie sie anderen Männern schöne Augen machte.

»Ich möchte mich gern offiziell mit dir verloben, Senta.«

Senta setzte sich kerzengerade auf. Sie überlegte fieberhaft. Sie musste Zeit gewinnen. Mit gesenktem Blick erwiderte sie:

»Vielleicht ist es besser, wir sehen uns eine Zeit lang nicht, Robert. Bitte, verstehe mich nicht falsch. Du weißt, dass ich dich liebe, doch eine Verlobung ist ein ernster Schritt. Ich will ihn nicht unbedacht tun. Lass mir noch ein wenig Zeit, bitte.«

Die Enttäuschung war Robert deutlich anzusehen. Er stand auf und klopfte sich Grashalme von der Hose.

»Gut, wie du willst«, erwiderte er förmlich. »Ich werde mich zurückziehen. Wenn du dich entschieden hast, rufe mich an. Meine Nummer kennst du ja. Ich möchte dir nicht Lebewohl sagen, Senta, denn ich hoffe, dass du bald zu mir zurückkommst.« Ohne ihre Antwort abzuwarten, drehte Robert sich um und ging davon.

Senta sah ihm eine Weile nach, dann legte sie sich mit dem Rücken ins Gras und starrte in den wolkenlos blauen Himmel. Wenige Sekunden später dachte sie schon nicht mehr an Robert. Dr. Conrads Gesicht tauchte vor ihr auf. Dieses schmale Gesicht mit dem sensiblen Mund und den hellen grauen Augen. Senta schaute träumend in den Himmel und stellte sich vor, wie schön es sein müsste, Zärtlichkeit in Axels Augen lesen zu können.

⌘

Ein freies Wochenende lag vor Dr. Conrad. Es war Samstagnachmittag. Heiß brannte die Sonne vom Himmel. Zähflüssig bewegte sich der Verkehr auf der Autobahn Richtung Süden. Axel hatte das Jackett abgelegt und den Hemdkragen weit geöffnet, um sich Kühlung zu verschaffen.

Axel befand sich auf dem Weg ins Sanatorium. Er war froh, als er die Autobahn endlich verlassen und in die Landstraße einbiegen konnte. Wald säumte die Straße, helle Laubbäume wechselten mit dem dunklen Grün der Tannen.

Axels Gefühle waren zwiespältig. Einerseits fürchtete er sich davor, Wolfgang wiederzusehen, andererseits fieberte er einem Wiedersehen mit Mara entgegen.

Knapp dreißig Minuten später stoppte er seinen Wagen vor dem schmiedeeisernen Tor des Sanatoriums. Er warf sich das Jackett lose über die Schultern und meldete sich über die Sprechanlage beim Pförtner an.

Nur wenige Autos besetzten den großen Parkplatz vor dem schlossähnlichen Gebäude. Als Axel den Parkplatz überquerte, begegnete er einer alten, weißhaarigen Dame, die an der Seite eines jungen Mannes ging. Das Gesicht des jungen Mannes war von den Spuren der Sucht gezeichnet. Er war auffallend bleich, seine Wangen hohl, und seine Augen lagen tief in den Höhlen.

»Du wirst es schon schaffen, mein Junge«, hörte Axel die alte Frau sagen. »Glaub mir, ich bin eine alte Frau und habe schon manches erlebt. Ich glaube an dich. Ich weiß, dass du den Mut hast, es durchzustehen. Du musst nur ...«

Welche guten Ratschläge die alte Dame dem jungen Mann noch gab, hörte Axel nicht mehr, denn er entfernte sich rasch. Ein bitteres Lächeln nistete in seinen Mundwinkeln. Er wünschte es der alten Dame, dass sich ihre Hoffnungen erfüllten ...

Axel meldete sich beim Pförtner an, der ihn, nachdem er in seinem Rapportbuch nachgesehen hatte, an Dr. Seller verwies.

»Entschuldigen Sie, ich wollte meinen Bruder besuchen und nicht den Arzt sprechen«, wandte Axel ein.

»Herr Conrad darf heute keinen Besuch empfangen. Darum habe ich auch hier den Vermerk, dass ich eventuelle Besucher dem Dienst tuenden Arzt zuführen soll.«

»Hm, danke«, murmelte Axel. »Ich habe noch eine Frage. Fräulein Winter, eine Therapeutin ... Hat sie heute Dienst? Ich wollte mit ihr sprechen.«

»Augenblick, bitte«, erwiderte der Pförtner, drehte sich um und studierte eine Wandtafel. »Ja, heute bis sechs Uhr.«

Axel bedankte sich und stieg dann die Stufen zu Dr. Sellers Büro hinauf.

Er klopfte.

»Ja, bitte!«

Axel schätzte den Mann hinter dem Schreibtisch auf knapp dreißig Jahre. Ein dichter Vollbart umrahmte das Gesicht des Psychologen, hinter dicken Brillengläsern funkelten wache Augen.

»Ich bin Dr. Conrad. Ich kam, um meinen Bruder zu besuchen, wurde aber an Sie verwiesen.«

»Bitte, nehmen Sie Platz, Dr. Conrad«, sagte Dr. Seller, deutete auf den Stuhl vor dem Schreibtisch und räusperte sich kräftig.

»Tja, ich habe keine gute Nachricht für Sie, Dr. Conrad«, begann der Psychologe vorsichtig. »Ihr Bruder hat sich aus unserem Arzneischrank ein starkes Beruhigungsmittel beschafft, das, wenn es in großen Mengen genommen wird, wie ein Rauschmittel wirkt Wir ...«

Dr. Seller brach erschrocken ab, denn Axel sprang so heftig auf, dass der Stuhl polternd hintenüberkippte. Axel stützte die Hände schwer auf die Schreibtischplatte. Mit verhaltenem Zorn fragte er:

»Wie kann das passieren, Doktor Seller? Sie beschäftigen geschultes Personal, das auf solche Übergriffe seitens der Patienten doch vorbereitet sein muss!«

»Bitte, Dr. Conrad, beruhigen Sie sich. Lassen Sie mich erklären, dass wir selbst nicht wissen, wie Ihr

Bruder an den Medikamentenschrank gelangen konnte. Als wir Ihren Bruder fanden und sahen, was passiert war, lag der Schlüssel an seinem Platz.«

»Haben Sie denn bei dem Personal nicht nachgeforscht? Eine Unachtsamkeit kann schon genügen. Oder ... oder ist es möglich, dass die Patienten durch Beziehung nach draußen an Rauschmittel kommen?«

Dr. Seller lehnte sich zurück. Er legte die Fingerspitzen aneinander und sah Axel lange an. Dann sagte er:

»Ich bin erst seit drei Jahren hier beschäftigt, Dr. Conrad, aber es gibt nichts, was ich noch nicht erlebt habe. Aber im Falle Ihres Bruders war eindeutig festzustellen, dass er die Medikamente aus unserem Schrank entwendete. Sie fehlten nämlich.«

»Und ... wie geht es Wolfgang jetzt?«

»Denkbar schlecht. Die schlimmsten Entzugserscheinungen hatte er ja bereits überwunden, Dr. Conrad. Nachdem er nun erneut Suchtmittel zu sich genommen hat, muss er alles noch einmal durchleben. Ich kann ihm da nicht helfen.«

Axel hielt den Kopf gesenkt, auch Dr. Seller schwieg. Was sollte er Axel auch sagen? Dass die Mittel zur Befreiung von der Sucht in dem Süchtigen selbst steckten? Dass es allein am Willen des Süchtigen lag, sich zu befreien? Dass dieser Wille oft durch wochen- und monatelanges Training gefestigt werden musste? Das alles wusste Dr. Conrad selbst.

»Wann kann ich Wolfgang wieder besuchen kommen?«

»Vielleicht schon nächste Woche, ich weiß es nicht.« Dr. Seller zuckte mit den Schultern. »Wir werden abwarten müssen, wie Ihr Bruder die erneuten Entzugserscheinungen überwindet. Am besten, Sie rufen mich in acht Tagen wieder an, Dr. Conrad.«

Axel nickte und stand auf. Wortlos reichte er dem Psychologen die Hand und verließ das Büro. Im Augenblick spürte er nur den Wunsch, dieses Haus zu verlassen.

Draußen, ein wenig abseits der breiten Treppe, setzte er sich auf eine Bank und atmete tief durch.

»Armer Wolfgang«, murmelte Axel leise. »Ich bete, dass du diese Zeit überstehst, dass du wieder zu dir selbst findest.«

Axel wusste später nicht mehr zu sagen, wie lange er auf der Bank gesessen und zu den Fenstern des Sanatoriums hinaufgestarrt hatte.

»Hallo, Dr. Conrad!« Mara Winters dunkle, etwas raue Stimme riss ihn aus den Gedanken. »Sie wollten sicher zu Ihrem Bruder?«

Axel sprang auf und ergriff die Hand, die sie ihm bot. Länger als nötig hielt er sie in der seinen. Seine Augen leuchteten auf.

»Ich habe hier auf Sie gewartet, Fräulein Winter«, gestand er.

»Sie wussten, dass ich Dienst habe?«

»Der Pförtner war so liebenswürdig, mir Auskunft zu geben. Ich wollte Sie wiedersehen.« Axel warf einen Blick auf die Uhr. »Es ist Zeit, zu Abend zu essen. Möchten Sie mir dabei Gesellschaft leisten? Allein schmeckt es mir nicht«

»Hm, eigentlich wollte ich heute Abend noch zu Heidi fahren«, wandte Mara ein

»Heidi wird heute keine Zeit für Sie haben. Ihre Eltern sind unerwartet zu Besuch gekommen.«

»Ach so, ich wunderte mich schon, warum sie sich noch nicht bei mir gemeldet hat. Aber zurück zu unserem Abendessen. Da Sie sich hier nicht auskennen, schlage ich vor, wir gehen in die ›Einsiedelei‹. Dort kann man hervorragend essen.«

»Ich füge mich ganz Ihren Wünschen, Fräulein

Winter. Sicher können Sie mir auch ein gutes Hotel empfehlen, in dem ich übernachten kann?«

»Ein Hotel werden Sie hier nicht finden, aber ein Gasthaus mit Fremdenzimmern. Alles sehr rustikal, aber durchaus zu empfehlen.«

»Hauptsache, ich habe ein Dach über dem Kopf«, erwiderte Axel und führte sie zu seinem Wagen. Axel wunderte sich über sich selbst. Was war nur mit ihm geschehen? In Maras Nähe konnte er sogar die Sorge um Wolfgang vergessen, fühlte er sich glücklich und unbeschwert.

⌘

Der nächste Tag brachte wieder strahlenden Sonnenschein, der zu Spaziergängen im nahen Wald verlockte.

Axel nahm das reichliche Frühstück in der bäuerlichen Gaststube schon rechtzeitig ein. Während er das kernige Bauernbrot mit Butter bestrich, weilten seine Gedanken bei dem gestrigen Abend, den er in Maras Gesellschaft verbracht hatte.

In Axels Leben gab es viele Frauen, doch noch keine war darunter, mit der er zusammenleben wollte. Seit er Mara kannte, beschäftigte er sich immer häufiger mit dem Gedanken, eine Familie zu gründen. Das Haus, das er bewohnte, war groß genug, außerdem bot der Obstgarten genügend Möglichkeiten, um anzubauen.

Ein junges Pärchen betrat die Gaststube. Sie waren noch sehr jung und sehr verliebt.

Verstohlen sah Axel zu ihnen hinüber. Sie hielten sich bei den Händen und tauschten verliebte Blicke. Axel beneidete die beiden plötzlich um ihr Glück. Hastig beendete er das Frühstück, denn die Sehnsucht nach Mara wurde übermächtig in ihm.

Gestern Abend, als er sie nach Hause brachte, hatte

er sich das schmucke Einfamilienhaus gut gemerkt, in dem Mara eine kleine Mansardenwohnung gemietet hatte. Es lag nur ein paar Straßenzüge von dem Gasthof entfernt, in dem er übernachtete.

Auch Mara wurde von der Sehnsucht früher als verabredet aus dem Haus getrieben. Auf halbem Wege kam sie ihm entgegen.

Axels Augen leuchteten auf, als er ihre zierliche Gestalt erblickte. Das lindgrüne Sommerkleid betonte ihre schmale Taille und umschmeichelte glockig ihre schlanken Beine.

Beide Hände streckte Axel ihr entgegen, und sie errötete unter seinen bewundernden Blicken. Die Morgensonne zauberte goldene Tupfen auf ihr haselnussbraunes Haar, ihre blauen Augen strahlten mit dem Sommerhimmel um die Wette.

»Mara«, sagte Axel leise. »Ich habe mich so sehr auf das Wiedersehen gefreut. Darf ich Ihnen sagen, dass Sie bezaubernd aussehen? Ich glaube, ich habe noch nie eine schönere Frau gesehen.«

»Jetzt übertreiben Sie schamlos, Axel«, wehrte Mara ab. Doch welche Frau hörte dieses Kompliment nicht gern?

»Ich würde vorschlagen, wir unternehmen einen kleinen Spaziergang. Anschließend essen wir irgendwo zu Mittag.«

»Und dann?« warf Mara ein. »Was steht noch auf Ihrem Plan?«

»Leider muss ich dann in die Stadt zurück«, erwiderte Axel, der an den Moment des Abschieds gar nicht denken wollte. »Lassen Sie uns von anderen Dingen sprechen. Ich mag nicht daran erinnert werden, dass ich bald wieder zurück muss.«

Schweigend gingen sie nebeneinander her. Bald schon hatten sie das kleine Dörfchen hinter sich gelassen, und die Waldeinsamkeit nahm sie auf. Es war noch sehr früh. Die Sonntagsausflügler aus den Städten würden erst gegen Nachmittag den Wald durchstreifen.

Unvermittelt blieb Mara stehen und hob die Hand.

»Still, irgendwo klopft in der Nähe ein Specht«, sagte sie.

»Ich glaube, das ist mein Herz, Mara«, sagte Axel leise und legte die Arme um sie. Dicht zog er sie an sich heran. Mara wagte kaum zu atmen.

»Du weißt, was ich dir sagen möchte«, flüsterte Axel. »Ich liebe dich, Mara. Ich liebe dich so sehr, wie noch nie eine Frau zuvor. Schon, als ich dich zum ersten Mal sah, wusste ich, dass ich mein Herz an dich verlieren würde.«

Mara schlang ihre Arme um seinen Nacken und barg ihren Kopf an seiner Brust. Ihr Herz hämmerte unvernünftig schnell, ihr Blut pulsierte rascher durch die Adern.

»Ich liebe dich auch, Axel«, hauchte sie. »Auch ich habe gefühlt, dass du mein Schicksal sein wirst. Du weißt nicht, wie sehr ich hoffte, dich wiederzusehen.«

Axel führte sie ein wenig abseits, breitete sein Jackett aus und lud Mara zum Sitzen ein. Er ließ sich neben ihr nieder. Mara legte den Kopf zurück und betrachtete die hohen Tannenwipfel, die sich im leichten Sommerwind wiegten.

Axel ließ keinen Blick von ihrem Gesicht. Er liebte das Blau ihrer Augen, den feinen Schimmer ihrer Haut und die fein geschwungenen vollen Lippen.

Langsam beugte er sich über sie. Zärtlich streiften seine Lippen ihre Wangen, legten sich auf ihren Mund. Leidenschaftlich küsste er sie.

Mara gab sich ganz seinen Zärtlichkeiten hin.

Noch nie hatte sie einen Menschen so sehr geliebt wie Axel. Als er sie endlich frei gab, rief sie lachend:

»Ich glaube, es war wirklich dein Herz, das vorhin so laut klopfte, Axel. Ich höre es jetzt schon wieder!«

»Diesmal muss ich dich enttäuschen«, erwiderte Axel schmunzelnd. »Es ist wirklich ein Specht. Hörst du?«

»Nein, ich will nicht hinhören. Ich will glauben, dass dein Herz so laut klopft, dass es fast vor Liebe zerspringt. Ach, Axel! Halt mich fest, küss mich, damit ich erinnert werde, dass das alles kein Traum ist. Dass dieses Glück Wirklichkeit ist!«

»Dieses Glück soll uns ein Leben lang begleiten, Liebste«, flüsterte Axel ihr zu.

»Ja, und nichts soll uns mehr trennen«, erwiderte Mara mit leuchtenden Augen und schmiegte sich fester an den geliebten Mann.

⌘

Im Großen OP war es still. Professor Bath hatte den Schädel des Patienten geöffnet und beugte sich nun weit vor, um die lokalisierte Stelle besser betrachten zu können.

Dr. Axel Conrad, der dem Professor bei dieser schwierigen Operation assistierte, hielt sekundenlang den Atem an. Würde seine Prognose zutreffen? War es ein extradurales Hämatom, oder handelte es sich um einen Tumor, der bei den röntgenologischen Untersuchungen zufällig entdeckt worden war?

Vorsichtig tastete Professor Bath sich vor. Plötzlich richtete er sich auf und sagte:

»Gratuliere, Kollege Conrad, Sie hatten Recht. Es ist ein extradurales Hämatom, ein taubeneigroßes Blutgerinnsel zwischen der harten Hirnhaut und dem Schädelknochen.«

Professor Bath entfernte das Hämatom und ließ es in eine Nierenschale gleiten, die Schwester Gerda bereithielt. Zu Dr. Berens, dem chirurgischen Assistenten, sagte er:

»Sie können schließen, Dr. Berens.« Dann wandte er sich an Axel. »Kommen Sie, Dr. Conrad, unsere Arbeit ist getan.«

Bath und Axel begaben sich in den Waschraum. Der Professor legte beide Hände gegen den Rücken und massierte sich.

»Ich glaube, ich werde langsam alt«, bemerkte er mit schiefem Lächeln. »Knapp drei Stunden operieren, und ich spüre meinen Rücken kaum noch. Dabei wollte ich übermorgen ein kleines Essen bei mir zu Hause geben und anschließend das Tanzbein schwingen. Ich hoffe, ich habe mir nicht zu viel zugemutet!«

»Ich bitte Sie, Herr Professor! Sie und alt? Wenn ich recht informiert bin, trennen uns nur vier Jahre!«

»Dann haben Sie die besseren Bandscheiben, Kollege Conrad«, brummte Hartmut Bath und griff zur Bürste, um sich Hände und Unterarme zu schrubben. »Ach, bevor ich es vergesse. Sie sind natürlich auch eingeladen, Dr. Conrad. Falls Sie nicht allein erscheinen wollen, steht es Ihnen selbstverständlich frei, eine Begleiterin mitzubringen.«

»Ich werde sehen, was sich machen lässt, Herr Professor«, erwiderte Axel, und er hoffte, dass Mara sich übermorgen vom Dienst befreien konnte.

Axel ahnte, warum Professor Bath diese kleine Gesellschaft gab. Nicht etwa, um Geselligkeit um sich zu haben. Nein, er würde ganz sicher auch Schwester Daniela einladen. Es war Axel nicht lange verborgen geblieben, dass sein Chef sein Herz an Daniela Telly verloren hatte. Warum sein Chef Daniela seine Liebe nicht gestand, war Axel allerdings noch ein Rätsel.

Axel musterte seinen Chef unauffällig von der Seite. Hartmut Bath war mittelgroß und schlank. Sein Haar war an den Schläfen bereits ergraut, sein hageres Gesicht von ein paar scharfen Linien durchzogen. Professor Bath war nicht schön, aber interessant.

»Wen haben Sie denn noch zu Ihrer Gesellschaft geladen, Herr Professor?« fragte Axel scheinheilig.

»Nun, meine alten Freunde, die Uhlens. Senta und den jungen Wenger. Und natürlich Schwester Daniela. Sie gehört ja quasi mit zur Familie Uhlen.«

Axel antwortete nicht. Eifrig bürstete er die Hände. Plötzlich huschte ein kleines Lächeln über sein Gesicht. Ohne seinen Chef anzusehen, bemerkte er:

»Finden Sie nicht auch, dass Schwester Daniela ein bildhübsches Mädchen ist?«

»Mädchen?« entrüstete Hartmut Bath sich. »Schwester Daniela ist achtundzwanzig Jahre alt. Da ist man kein Mädchen mehr, Herr Kollege!«

»Oh, schon achtundzwanzig?« staunte Axel. »Ich habe sie jünger eingeschätzt ... Seltsam, dass sich noch kein Mann für sie interessierte.«

»Vielleicht hat sie den Richtigen noch nicht gefunden?« brummte Bath, seine Stimme klang ärgerlich.

Axel ritt heute der Teufel. Er wollte doch sehen, ob er den Chef nicht aus der Reserve locken konnte.

»Übermorgen werde ich mir Mühe geben, das zu erforschen. Tja, so ist das eben. Wenn man tagaus, tagein mit einer solchen hübschen Frau zusammenarbeitet, bemerkt man letztendlich gar nicht mehr, wie schön sie eigentlich ist. Das ist ein kaum gutzumachender Fehler«, philosophierte Axel. Er warf einen raschen Seitenblick auf seinen Chef und bemerkte mit Genugtuung, dass Baths Gesicht sich rötlich verfärbte.

»Dann bemühen Sie sich, und merzen Sie diesen

Fehler aus«, erwiderte Bath wütend und verließ den Waschraum.

Axel sah ihm lächelnd nach. Wenn Daniela ihm gleichgültig wäre, hätte er sicher anders reagiert. Vielleicht fand er jetzt den Mut, Daniela seine Liebe zu gestehen, dachte Axel, der einen Blick zur Uhr warf. Rasch trocknete er seine Hände. Es war Zeit, sich bei Mara zu melden . . .

⌘

Mit leichter Verspätung erschien Axel bei Professor Bath, der in der Nähe seiner Klinik einen modernen Bungalow bewohnte. Die geladenen Gäste waren schon anwesend, als Axel eintraf. Seinem Gesicht war abzulesen, dass er unzufrieden war. Mara rief ihn vor knapp vier Stunden an. Zwei ihrer Kollegen waren an einer Darminfektion erkrankt, und Mara musste ihren Dienst übernehmen. Axel hatte zwar Verständnis für diese Situation, doch die Freude, diesen Abend mit der geliebten Frau verbringen zu können, war verloren.

Senta Uhlen war der Einladung des Professors nur gefolgt, weil sie hoffte, Axel wiederzusehen. Zweimal besuchte sie in dieser Woche Daniela in der Klinik, doch Axel traf sie nicht.

Robert Wenger war trotz Werner Uhlens Bitten der Einladung des Professors nicht gefolgt. Er ahnte, dass auch wieder dieser gut aussehende Oberarzt dabei sein würde und zog es vor, zu Hause zu bleiben. Er wollte nicht mit ansehen müssen, wie Senta dem Arzt schöne Augen machte.

Nach dem Essen bat Professor Bath seine Gäste in das gemütlich eingerichtete Wohnzimmer. Unzählige Kerzen brannten in den silbernen Leuchtern an den Wänden und auf den Tischen. Sie ließen das Mahagoniholz der Biedermeiermöbel tiefrot aufflammen und gaben der kleinen Gesellschaft einen festlichen Anstrich.

Olga Schwarz, die Haushälterin des Professors, und deren Nichte Monika servierten die Getränke. Hartmut Bath war als Weinkenner bekannt, und er ließ seinen Gästen die edelsten Tropfen aus seinem Keller servieren.

Trotz des lauen Sommerabends brannte im Kamin ein Feuer. In den tiefen Sesseln, die vor dem Kamin gruppiert waren, saßen Professor Bath, Schwester Daniela und das Ehepaar Uhlen und unterhielten sich angeregt miteinander.

Axel stand nahe der offenen Terrassentür und starrte missvergnügt in die Dämmerung hinaus. Er sehnte sich nach Mara, die jetzt den Nachtdienst im Sanatorium versah.

Senta Uhlen lehnte ihm gegenüber am Flügel und beobachtete ihn. Unruhig spielte sie mit dem hauchfein geschliffenen Kristallglas und überlegte fieberhaft, wie sie diesem Mann näher kommen konnte.

»Sie sehen heute Abend nicht sehr zufrieden aus, Dr. Conrad«, bemerkte Senta und kam näher. »Vielleicht sollten Sie sich doch einmal bei einem Tennismatch mit mir entspannen? Ich war mehrmals in der Klinik, um Daniela zu besuchen. Leider traf ich Sie nie an, sonst hätte ich meine Einladung zu einem Tennisspiel längst schon wiederholt.«

Axel hob langsam den Kopf. Es war, als erwache er aus einem Traum.

»Entschuldigen Sie, Fräulein Uhlen, ich war in Gedanken«, sagte Axel. »Ich überhörte Ihre Frage.«

Senta trat dicht an ihn heran. Axel roch ihr schweres, süßliches Parfüm.

Senta spürte, wie der Ärger ihr das Blut in die Wangen trieb. Mit einer ruckartigen Kopfbewegung warf sie ihr langes silberblondes Haar zurück. Ihre Stimme vibrierte leicht, als sie sagte:

»Sie sind heute nicht sehr galant, Dr. Conrad. Ich muss sagen, Sie enttäuschen mich.«

Am liebsten hätte Axel ihr gesagt, dass das ihm gleichgültig wäre, doch sein natürliches Empfinden für Takt verbot es ihm. Er blickte zu Professor Bath hinüber, der Schwester Daniela soeben zu einem Blues aufforderte und fragte:

»Darf ich Sie um diesen Tanz bitten, Fräulein Uhlen?«

Nur zu gern kam Senta seiner Bitte nach. Eng an ihn geschmiegt wiegte sie sich zu den Klängen des Blues. Axel fing einen erstaunten Blick von Sentas Vater auf. Es war ihm peinlich, dass Senta sich so eng an ihn drängte, doch was sollte er tun? Axel atmete erleichtert auf, als eine Rumba erklang und er sich von Senta lösen konnte.

Senta blies sich eine Haarsträhne aus der Stirn, als die Rumba verklungen war. Ihre Wangen waren gerötet, ihre Augen glänzten.

»Ich glaube, ich habe ein wenig frische Luft nötig. Wollen wir nicht auf die Terrasse gehen, Dr. Conrad?«

Ohne Axels Antwort abzuwarten, ging Senta voran. Im Vorbeigehen nahm sie ihr Weinglas mit, das sie auf dem Flügel abgestellt hatte. Axel folgte ihr.

Die Terrasse war nur schwach beleuchtet. Die ersten Sterne blinkten am Himmelszelt auf, die runde Scheibe des Mondes schob sich über die Dächer der Stadt. Senta atmete hörbar auf.

»Welch ein herrlicher Abend, Dr. Conrad!« rief sie ein wenig theatralisch aus. »Wie geschaffen für Verliebte!«

»Sind Sie denn verliebt?« fragte Axel. Er lehnte sich gelangweilt an die steinerne Brüstung der Terrasse und sah in den weitläufigen Garten hinaus. Er merkte nicht, dass Senta dicht hinter ihn trat.

»Sehr sogar«, sagte sie leise hinter Axel. »Aber ich weiß nicht, ob meine Liebe erwidert wird.«

Axel drehte sich um, betrachtete sie erstaunt und antwortete:

»Sie sind eine schöne Frau, Senta. Es dürfte Ihnen doch nicht schwer fallen, dem Mann Ihrer Wahl anzudeuten, wie sehr Sie ihn mögen.«

»Sie machen mir Mut . . . Axel.« Senta nannte ihn bewusst beim Vornamen. Dicht trat sie an ihn heran, legte die Hände auf seine Brust und lächelte ihn verführerisch an.

»Ich glaube, es ist besser, wir gesellen uns wieder zu den anderen. Wie ich sehe, will Professor Bath am Flügel spielen, und ich liebe Klavierspiel.«

»Axel, merken Sie denn nicht, dass ich mich in Sie verliebt habe?« fragte Senta leise und lehnte sich an ihn. »Warum lassen Sie mich so deutlich werden? Gefalle ich Ihnen denn nicht ein bisschen?« Sentas Hände legten sich um seinen Nacken, streichelten sein Haar. Verliebt sah sie ihn an, ihre leicht geöffneten Lippen boten sich ihm lockend.

Axel nahm ihre Hände von seinem Nacken. Sanft schob er sie von sich. Ein winziges Lächeln lag auf seinem Gesicht, in seinen Augen las Senta Mitleid, als er sagte:

»Ich will Ihnen nicht wehtun, Fräulein Uhlen, aber ich . . . ich finde Sie nur sympathisch, mehr nicht.« Axel zuckte bedauernd mit den Schultern. »Ich liebe Sie nicht, Fräulein Uhlen.«

Jäh trat Senta einen Schritt zurück. Die Enttäuschung war ihr anzusehen. Sie öffnete die Lippen, um etwas zu sagen, doch sie brachte keinen Laut hervor. Senta bebte am ganzen Körper, die Hände zu Fäusten geballt, starrte sie ihn an.

Axel fühlte sich äußerst unwohl, aber er musste doch so handeln! Wäre es besser gewesen, wenn er sie in seine Arme genommen hätte? Ihm lag nichts mehr an einem Flirt mit einer anderen Frau, seit er Mara Winter kannte. Seit er Mara in seinen Armen gehalten hatte, war es ihm gar nicht möglich, an eine andere zu denken.

»Vielleicht sollten wir jetzt doch besser zu den anderen gehen, Fräulein Uhlen?« fragte Axel leise und bot ihr den Arm.

»Gehen Sie doch, wenn Sie wollen!« rief Senta mit erstickter Stimme. »Ich möchte allein sein! Sehen Sie das denn nicht? Gehen Sie doch endlich!«

Axel sah, dass Senta die Tränen kaum noch zurückhalten konnte. Er verbeugte sich knapp und ließ sie allein auf der Terrasse zurück.

Wie in Trance bewegte Senta sich auf den Eckpfeiler der Terrasse zu. Sie legte die Arme um den kühlen Stein, lehnte ihre heiße Stirn dagegen.

Noch nie hatte ein Mann sie zurückgewiesen. Sie, die reiche und schöne Tochter des Fabrikanten Werner Uhlen, musste erfahren, dass ihre Liebe verschmäht wurde.

Im Augenblick war keine Liebe zu Axel mehr in ihrem Herzen. Nur Enttäuschung, Zorn und Hass empfand sie. Es schmerzte sie unsagbar, wenn sie an Axels mitleidiges Lächeln dachte. Ihre Eitelkeit war empfindlich getroffen worden . . .

Senta drehte sich um und starrte durch das breite hell erleuchtete Fenster in den Raum. Sie sah Axel neben dem Flügel stehen. Lächelnd applaudierte er dem Professor, der sein Spiel beendete. Scheinbar hatte

Axel sie schon vergessen. Vielleicht war es ihm sogar lieb, dass sie hier draußen stand? Sicher würde er ihre Nähe meiden, wenn sie jetzt hineinging ...

Senta kannte in diesem Augenblick nur eine Frage: Warum hatte Axel sie zurückgewiesen? Es konnte nur eine Antwort geben! Er liebte eine andere Frau!

»Sie soll ihn auch nicht bekommen«, flüsterte Senta hasserfüllt. »Keine soll mit ihm glücklich werden! Das schwöre ich ...:

⌘

Das Sanatorium, in dem Rauschgiftsüchtige wieder an das normale Leben ohne Drogen gewöhnt werden sollen, lag im hellen Sonnenschein, als Heidi Lauten ihren Kleinwagen vor dem Haupthaus parkte.

Seit drei Wochen war Wolfgang Conrad nun schon im Sanatorium, und endlich erhielt Heidi die Erlaubnis, ihn zu besuchen.

»Heidi! Das ist aber eine Freude, dich wieder einmal zu sehen!« rief Mara Winter, die Heidi in der Vorhalle begegnete. Die beiden Internatsgefährtinnen hatten den vergangenen Sonntag gemeinsam verbracht, Erinnerungen aufgefrischt und dabei festgestellt, dass sie sich noch genauso gut verstanden wie vor Jahren.

»Grüß dich, Mara. Ich wollte sowieso zu dir, bevor ... ich Wolfgang aufsuche. Ich möchte dich etwas fragen.«

»Nur zu«, erwiderte Mara, hakte sich bei Heidi unter und ging mit ihr zum Hinterausgang, der in den geräumigen Park führte, der das Sanatorium umgab.

»Es hört sich vielleicht lächerlich an«, begann Heidi zögernd, »aber ich weiß nicht, wie ich mich Wolfgang gegenüber verhalten soll, wenn ich ihn wiedersehe.« Als Heidi Maras erstaunte Blicke sah, fügte sie hinzu: »Ich kann mir vorstellen, was Wolfgang alles durchgemacht haben mag, Mara. Soll ich ihn daraufhin ansprechen? Soll ich ihn fragen, wie er sich fühlt? Oder soll ich gar nichts zu seiner Kur sagen?«

»Behandle ihn ganz normal«, erwiderte Mara ruhig. »So, als hätte er eine Blinddarmoperation hinter sich und du würdest ihn in einem ganz normalen Krankenhaus besuchen. Frage ihn nicht, aber wenn er von seinen Schwierigkeiten spricht, dann ermutige ihn, zeige ihm, dass du an ihn glaubst.« Mara blieb plötzlich stehen und flüsterte: »Dort drüben ist Wolfgang. Geh zu ihm.« Mara Winter ließ ihre Freundin einfach stehen und ging zum Haus zurück. Sie wusste, dass ein Dritter jetzt nur störend wirkte.

Wolfgang Conrad ging mit gesenktem Kopf über den hellen Kiesweg, der sich an blühenden Ziersträuchern entlangzog.

»Wolfgang!« rief Heidi leise. Er hörte sie nicht und ging weiter. Heidi begann plötzlich zu laufen. »Wolfgang!« rief sie nun so laut sie konnte.

Wolfgang blieb abrupt stehen. Ruckartig drehte er sich um. Als er Heidi sah, lachte er glücklich aufs breitete die Arme aus und fing die geliebte Frau auf. Fest drückte er sie an sich, vergrub sein Gesicht in ihrem Haar und flüsterte:

»Heidi, meine kleine Heidi! Wie schön, dass du endlich hier bist. Du, ich möchte dich am liebsten gar nicht mehr aus meinen Armen lassen. Du hast mir so sehr gefehlt. . . so sehr gefehlt . . .«

Wolfgang wiegte Heidi wie ein Kind in seinen Armen. Es störte ihn nicht, dass Besucher stehen blieben und sie beobachteten. Für ihn war nur noch Heidi da, nur sie war wichtig.

Als Heidi sich langsam von ihm löste und ihn ansah, merkte sie, dass Tränen in seinen Augen schimmerten.

»Auch ich hatte schreckliche Sehnsucht nach dir,

Wolfgang«, flüsterte sie und legte die Arme um seinen Hals. »Küss mich, damit ich weiß, dass ich nicht träume.«

Ihre Lippen fanden sich zu einem langen Kuss. Es war, als könnten sie sich gar nicht mehr voneinander lösen, als wollten sie sich nie mehr aus den Armen lassen. Wolfgang küsste sie wie ein Verdurstender. Wie oft hatte er sich in den letzten, grausamen Wochen vorgestellt, wie schön es wäre, Heidi in den Armen zu halten. Wie oft hatte dieser Gedanke ihm Kraft und Mut gegeben . . .

»Ich liebe dich«, murmelte er immer wieder zwischen den Küssen, »ich liebe dich, Heidi.«

Weder Wolfgang noch Heidi bemerkten, dass Mara sie von einem Fenster aus beobachtete. Mara nickte zufrieden mit dem Kopf. Ja, es war gut, dass Heidi Wolfgang zeigte, wie sehr sie ihn liebte. Das würde ihm Kraft geben, die Sucht zu überwinden . . .

Wolfgang legte den Arm um Heidis Schultern und führte sie zu einem kleinen Pavillon aus weißem Marmor. Sie setzten sich in den Schatten. Ein kleiner Springbrunnen plätscherte zu ihren Füßen, Vögel jubilierten in den Zweigen – sie befanden sich in einer Oase des Friedens.

Heidi brach als Erste das Schweigen. Zögernd fragte sie:

»Wie geht es dir, Wolfgang?«

»Du meinst, ob ich noch an Rauschgift denke?« stellte Wolfgang die Gegenfrage. Sein Gesicht wirkte plötzlich düster und verschlossen.

»Nein!« Entrüstet wies Heidi das zurück. »Ich wollte wissen, wie du dich fühlst? Ob es dir körperlich gut geht?«

»Oh, die Behandlung hier ist vorzüglich«, erwiderte Wolfgang mit leisem Spott. »Ich lerne endlich wieder, was Arbeit und Disziplin ist. Mit den Hühnern stehen wir auf, und mit ihnen gehen wir auch schlafen. Dazwischen liegt ein hartes Pensum Arbeit.«

»Warum sagst du das so bitter, Wolfgang?« fragte Heidi und schmiegte sich an ihn.

»Weil ich manchmal daran zweifle, ob das der richtige Weg ist. Sicher, der Tag ist restlos ausgefüllt, und man kommt nicht auf dumme Gedanken.«

»Aber?«

»Bitte, Heidi, lass uns doch von etwas anderem reden. Ich weiß, dass ich ungerecht bin. Ich schimpfe über eine Therapie, die mir helfen soll – die mir auch hilft. Heidi! Ich bin über das Schlimmste hinweg. Noch ein paar Wochen, und ich kann entlassen werden!«

»Und du hast keine Angst, dass . . .«

Heidi wagte nicht, den Satz zu beenden.

»Dass ich wieder rückfällig werde? Wenn mir niemand den Stoff direkt in die Hände drückt, ganz bestimmt nicht. Heidi, ich kenne die Orte in unserer Stadt, an denen der Stoff verkauft wird. Ich werde sie meiden wie die Pest. Das schwöre ich dir!«

»Ich glaube dir, Wolfgang, und ich vertraue dir«, erwiderte Heidi und küsste ihn rasch auf den Mund. »Ich weiß, dass du die Kraft hast, dich von dieser Sucht zu befreien. Und wenn ich dir dabei helfen kann, werde ich es tun.«

»Deine Liebe hilft mir, Heidi«, antwortete Wolfgang leise und zog sie fester an sich. »Deine Liebe, Heidi, macht mich stark. Dein Vertrauen in mich wird mir den Mut geben, allen Anfechtungen zu widerstehen.« Wolfgang schloss die Augen und lehnte seine Wange gegen ihre Stirn. Er wusste, dass noch ein weiter und beschwerlicher Weg vor ihm lag, doch er war fest entschlossen, diesen Weg zu gehen – den Weg in ein normales, suchtfreies Leben an Heidis Seite.

⌘

Senta Uhlen war in denkbar schlechtester Laune. Seit jenem Abend bei Professor Bath, an dem Axel ihr zu verstehen gab, dass er sie nicht liebte, kreisten Sentas Gedanken sehr häufig um den gut aussehenden Arzt. Sie konnte und wollte diese Niederlage nicht hinnehmen.

Senta saß vor dem Spiegel in ihrem Ankleidezimmer und schminkte sich. Sie wollte heute ihre Cousine Daniela in der Klinik besuchen. Sentas Plan stand bereits fest. Sie legte ein sehr helles Make-up auf, das sie blass erscheinen ließ. Sie wollte leidend aussehen, wenn sie mit Axel zusammentraf. Leidend und unendlich traurig . . .

Das schrille Läuten des Telefons riss sie aus den Gedanken. Ärgerlich über die Störung riss sie den Hörer von der Gabel und sagte ungnädig:

»Senta Uhlen am Apparat.«

»Hier ist Robert. Ich . . .«

»Robert! Ich habe jetzt wirklich keine Zeit!« rief Senta theatralisch aus. »Ach, bitte, sei so lieb und ruf mich heute Abend wieder an.«

»Senta, ich habe in den letzten Tagen gehofft, du würdest dich bei mir melden. Täglich erwartete ich, dich zu sehen oder zumindest deine Stimme am Telefon zu hören . . .«

»Robert, ich bin sehr in Eile, ich rufe dich ein andermal an.«

»Gut, Senta, wie du willst.« Robert Wengers Stimme klang resigniert. »Ich möchte dir aber doch noch sagen, dass ich dich liebe. Vergiss das nicht,

Senta. Vielleicht wirst du eines Tages meine Liebe zu schätzen wissen. Tschau.«

Noch bevor Senta antworten konnte, hatte Robert aufgelegt. Senta zuckte gelangweilt mit den Schultern. Sicher, auch sie hatte geglaubt, Robert zu lieben – bis sie Axel kennen lernte. Von diesem Augenblick an dachte sie nur noch daran, wie sie den gut aussehenden Arzt für sich gewinnen konnte.

Senta warf einen Blick auf die Uhr. Es war Zeit, dass sie zur Klinik fuhr. Die Visite war sicher schon vorbei, und wenn sie Glück hatte, traf sie Axel bei Daniela im Schwesternzimmer...

Wenige Minuten später saß Senta in ihrem schnittigen Sportwagen. Sie vermied es, durch die belebte City der Stadt zu fahren, sondern benutzte eine Umgehungsstraße.

In rasanter Fahrt bog sie in den Parkplatz der Klinik ein, stoppte ihren Wagen und stieg aus. Plötzlich stockte ihr Fuß, sie hielt unwillkürlich den Atem an.

Axel kam ihr entgegen, doch er war nicht allein. Er hatte den Arm um eine junge Frau gelegt und sprach eifrig auf sie ein. War diese Frau etwa der Grund, warum er ihre Liebe verschmähte?

Sentas Augen verengten sich, für Sekunden presste sie ihre Lippen fest aufeinander. Sie wollte sich Gewissheit verschaffen. Geradewegs ging sie auf Axel zu.

»Hallo, Dr. Conrad!« begrüßte Senta ihn leichthin. Sie tat, als hätte es die Szene in Professor Baths Haus nie gegeben. »Ist Daniela in der Klinik, oder hat sie heute ihren freien Tag?«

Axel war sichtlich peinlich berührt, als er so plötzlich Senta gegenüberstand. Er räusperte sich kräftig und erwiderte:

»Schwester Daniela ist auf der Station, Fräulein

Uhlen. Darf ich Sie mit Mara Winter bekannt machen? Mara und ich werden bald heiraten.« Er wandte sich an Mara: »Das ist Fräulein Senta Uhlen. Ihre Eltern sind mit Professor Bath befreundet.«

Die beiden Frauen reichten sich die Hand. Senta musterte Mara kühl und abschätzend. Das also war die Frau, der Axels Liebe gehörte. Sicher, diese Mara war von einer einfachen, natürlichen Schönheit, aber ihr konnte sie doch nicht das Wasser reichen! Wo hatte Axel nur seine Augen? fragte Senta sich.

»Guten Tag, Fräulein Uhlen«, sagte Mara. »Ich freue mich, Sie kennen zu lernen.« Mara fühlte sich unter Sentas abschätzenden Blicken äußerst unwohl. Rasch zog sie ihre Hand wieder zurück.

»Wollen wir nicht eine Tasse Kaffee zusammen trinken?« fragte Senta und sah Mara fragend an.

»Ein andermal gern, Fräulein Uhlen. Ich habe jetzt leider keine Zeit. Ich habe heute Spätdienst und muss nach Itzeheim zurück. Vielleicht leistet Axel ihnen Gesellschaft?

Axel schluckte eine Verwünschung herunter. Steif erwiderte er:

»Wenn Sie sich einen Augenblick gedulden wollen, Fräulein Uhlen. Ich möchte meine Braut noch zum Wagen bringen und mich verabschieden.«

Senta sah den beiden nach. Ein hasserfüllter Ausdruck lag auf ihrem Gesicht. Sie sah, wie Axel Mara zu einem Kleinwagen begleitete, sah, wie er sie in die Arme nahm und küsste. Obwohl dieser Anblick sie schmerzte, konnte sie keinen Blick von diesem Bild wenden. Sie wollte an Maras Stelle sein!

»Sie wird dich nicht bekommen«, flüsterte Senta. »Sie nicht, dafür werde ich sorgen . . .«

Senta sah, wie Axel Mara nachwinkte. Dann drehte er sich um und kam auf sie zu.

»Ich werde nicht mit Ihnen Kaffee trinken können, Fräulein Uhlen«, log Axel, der nicht in Sentas Nähe sein wollte. »Ich habe noch vier Gutachten anzufertigen. Aber ich bin sicher, dass Schwester Daniela Ihnen gern Gesellschaft leisten wird.«

Senta schwieg betroffen. Sie ahnte, dass er ihr aus dem Weg gehen wollte. Sie gingen auf den Eingang der Klinik zu. Bevor sie durch die breite Glastür traten, blieb Senta stehen. Sie legte ihre Hand leicht auf seinen Arm und sah ihn an. Ihre grünen Augen waren dunkel vor Erregung. als sie sagte:

»Das ist doch keine Frau für Sie, Dr Conrad. Sie hat zwar einen gewissen Reiz, aber sie passt doch nicht zu Ihnen! Sie brauchen eine Frau mit Geschmack und Eleganz, mit einem gewissen Esprit.«

Das war das Dümmste, was Senta in diesem Augenblick sagen konnte. Axel trat einen Schritt zurück, sein Gesicht wirkte plötzlich hart, in seinen Augen blitzte Zorn auf. Sarkastisch fragte er:

»Vielleicht glauben Sie, dass Sie diese Frau sind? Fraulein Uhlen, Sie zwingen mich, deutlich zu werden. Ich liebe Mara, und ich werde sie zu meiner Frau machen. Ich möchte ihnen nahe legen, nie wieder abfällig über meine Verlobte zu sprechen.«

Axel musterte sie nun sogar ein wenig abfällig. »Mara mag vielleicht von der Kunst des Schminkens nicht soviel Ahnung haben wie Sie, aber ich liebe nun einmal die natürliche Schönheit einer Frau. Ich kann Frauen, die einen halben Kosmetikladen mit sich herumtragen, nicht ausstehen.«

Hörbar stieß Axel die Luft aus. Irgendwie tat es ihm Leid, dass er so verletzend war. Doch er liebte Mara, und er ließ sie von keinem Menschen beleidigen oder zurücksetzen. Axel verbeugte sich knapp und sagte kühl:

»Sie entschuldigen mich, ich habe zu arbeiten.« Ohne Senta weiter zu beachten, ließ er sie stehen, stieß die gläserne Schwingtür auf und war wenige Sekunden später aus Sentas Blickfeld verschwunden.

Senta war den Tränen nahe. Doch es waren Tränen der Wut, der Enttäuschung und des Hasses. O ja, jetzt hasste sie Axel. Wie ein kleines Schulmädchen, wie ein Teenager hatte er sie behandelt. Er war sogar beleidigend geworden.

Senta ballte die Fäuste. Vor Erregung zitterte sie am ganzen Körper. Das würde er noch bereuen. Jedes seiner Worte hatte sie zutiefst verletzt. Noch nie gab ein Mann ihr so deutlich zu verstehen, dass er sie nicht mochte!

Keinen Augenblick dachte Senta daran, dass sie sich Axels Verhalten selbst zuzuschreiben hatte, dass sie es gewesen war, die seinen Zorn herausforderte.

Senta war todunglücklich, und sie hegte nur einen Wunsch heiß und innig: Axel sollte ebenso unglücklich werden wie sie. Senta drehte sich um und ging zu ihrem Wagen zurück. Bevor sie einstieg, warf sie noch einmal einen Blick zu den Fenstern der Klinik hinauf.

»Das wird dir noch Leid tun, Axel«, flüsterte sie mit erstickter Stimme. Senta setzte sich hinter das Steuer ihres Wagens. Mit fahrigen Handbewegungen zündete sie sich eine Zigarette an und inhalierte den Rauch in tiefen Zügen. Ihre Gedanken beschäftigten sich einzig und allein mit Axel. Ihre Liebe zu ihm war in glühenden Hass umgeschlagen. Sie war besessen von dem Gedanken, Axel unglücklich zu machen.

⌘

»Ist der Chef da?« fragte Robert Wenger die Sekretärin in Werner Uhlens Vorzimmer.

»Ich melde Sie an, Herr Wenger«, erwiderte Christine Strind, die Chefsekretärin, freundlich und betätigte die Sprechanlage.

Für seinen Verkaufsdirektor und zukünftigen Schwiegersohn war Werner Uhlen immer zu sprechen. Als Robert das Chefbüro betrat, legte Uhlen seine dicke Havanna in den Kristallascher und deutete auf den Sessel ihm gegenüber.

»Setzen Sie sich, mein Junge. Was wollen Sie denn um diese Zeit von Ihrem alten Chef? Ich dachte, Sie wären in einer Konferenz?«

»Das habe ich schon hinter mir, Herr Uhlen«, erwiderte Robert und nahm Platz. »Ich komme auch nicht, um über geschäftliche Dinge mit Ihnen zu sprechen. Ich ... ich möchte kündigen.«

»Bitte?« Entgeistert starrte Uhlen ihn an. »Ich habe mich wohl verhört?« Aufgeregt zog er an seiner Zigarre.

»Nein, Herr Uhlen, und ich möchte Sie bitten, nicht auf meiner Kündigungsfrist zu bestehen. Ich möchte so schnell wie möglich weg von hier.«

»Sie werden mir sicher die Gründe nennen?« brummte Uhlen.

Robert Wenger nickte ruhig. Er hatte diese Frage erwartet, und er war bereit, Werner Uhlen die Wahrheit zu sagen.

»Sie wissen, Herr Uhlen, dass ich seit Jahren mit Ihrer Tochter befreundet bin. Sie wissen, dass ich Senta liebe, doch diese Liebe ist einseitig. Zumindest habe ich in den letzten Wochen diesen Eindruck. Senta behandelt mich, als wäre ich ein flüchtiger Bekannter, als bedeute ich ihr gar nichts mehr. Bitte, verstehen Sie mich, Herr Uhlen. Ich kann diese Ungewissheit nicht länger ertragen. Wenn ich Senta daraufhin anspreche, sagt sie nur, ich solle ihr Zeit lassen. Ich will aber Klarheit. Deshalb halte ich es für besser, wenn wir uns nicht mehr sehen. Wenn ihre Gefühle für mich wirklich tief und echt sind, wird sie mich zu finden wissen.«

»Das ist doch völliger Unsinn, mein Junge!« rief Uhlen in seiner poltrigen Art. »Abgesehen davon, dass ich Sie in meiner Firma nicht entbehren will, schätze ich Sie auch als Mensch sehr hoch. Lassen Sie sich von Sentas Kapriolen doch nicht kopfscheu machen! Wenn Sie meinen Rat hören wollen: Ziehen Sie sich eine Zeit lang zurück. Lassen Sie absolut nichts von sich hören. Sie wird schon merken, was sie an Ihnen hat. Glauben Sie mir, mein Junge, Senta weiß genau, dass sie bei Ihnen die Sicherheit und Geborgenheit findet, die eine Frau braucht. Vielleicht haben Sie ihr zu sehr gezeigt, wie sehr Sie sie lieben. Zeigen Sie ihr nun, wo Ihre Grenzen liegen!«

Robert Wenger senkte den Kopf. Sein Chef hatte gut reden. Was wusste er schon von seiner Liebe zu Senta? Wie sehr er sich nach ihr sehnte! Nach ihren Küssen und nach ihren Zärtlichkeiten ...

»Nun lassen Sie den Kopf nicht hängen, mein Junge«, brummte Uhlen. »Von einer Kündigung will ich nichts hören. Wenn Sie aber unbedingt darauf bestehen, dann müssen Sie die Kündigungsfrist von einem halben Jahr auch einhalten. Nicht, weil ich Ihnen Böses will, sondern weil mir sehr viel daran liegt, dass Sie sich mit Senta wieder aussöhnen. Und ein halbes Jahr ist eine lange Zeit. Da kann viel geschehen.«

Werner Uhlen ging zum Wandschrank und kam mit einer Flasche Cognak und zwei Schwenkern zurück. Er goss die goldgelbe Flüssigkeit ein und reichte ein Glas seinem Verkaufsdirektor.

»Trinken wir nun auf Ihre Kündigung oder auf Ihren Entschluss, zu bleiben?« fragte Uhlen augenzwinkernd.

»Gut, ich bleibe«, erklärte Robert geprellt. »Ich habe nur eine Bedingung. Wenn ich innerhalb eines halben Jahres Sentas Liebe nicht sicher bin, kann ich mein Arbeitsverhältnis mit Ihrer Firma lösen, ohne dass ich eine Kündigungsfrist einhalten muss.«

»Einverstanden«, erwiderte Uhlen schmunzelnd und trank Robert zu. Werner Uhlen war sicher, dass Senta und Robert wieder zueinander finden würden. Außerdem nahm er sich vor, mit seiner Tochter ein ernstes Wort zu reden.

Robert stellte sein Glas auf den Schreibtisch zurück. Uhlen sah ihn nachdenklich an, leise fragte er:

»Haben Sie noch etwas auf dem Herzen, mein Junge?«

»Ja, ich möchte Sie um Ihr Verständnis bitten, wenn ich mich in der nächsten Zeit ein wenig von Senta distanziere. Sie weiß, dass ich sie liebe, und wenn Senta glaubt, bei mir ihr Glück zu finden, dann muss sie den ersten Schritt tun.«

»Ich bin zwar anderer Meinung«, erwiderte Uhlen nachdenklich, »aber Sie müssen wissen, was gut und richtig für Sie ist. Ich glaube, dass ein Mann um die Frau, die er liebt, kämpfen sollte. Dass er ...«

»Danke für Ihren gut gemeinten Rat, Herr Uhlen«, unterbrach Robert seinen Chef. »Ich kämpfe, wenn ich einen Sinn darin sehe. Doch jeder gute Stratege weiß, dass ein Rückzug manchmal sinnvoller sein kann als offener Kampf.«

»Tun Sie, was Sie für richtig halten«, erwiderte Uhlen und reichte Robert die Hand. »Ich wünsche Ihnen viel Glück.«

⌘

Schwester Daniela hob erstaunt die Augenbrauen, als Senta im Schwesternzimmer auftauchte. Daniela stand vor dem aufgeschlagenen Verordnungsbuch und richtete die Arzneimittel für die Patienten.

»Hallo, Daniela, darf ich dir ein paar Minuten Gesellschaft leisten?« fragte Senta leichthin. Ohne aufgefordert zu werden, setzte sie sich auf einen freien Stuhl und sah Daniela bei der Arbeit zu.

»Guten Tag, Senta«, erwiderte Daniela ein wenig verwirrt, denn sie konnte sich nicht erklären, warum Senta sie in letzter Zeit so häufig besuchte. Daniela war nach dem Tod ihrer Eltern bei den Uhlens aufgewachsen. Sie hatte sich nie sonderlich mit der jüngeren Senta verstanden, die es sie immer spüren ließ, dass sie die Tochter des Hauses war.

Daniela war Sentas Eltern herzlich zugetan, und nur ihnen zuliebe wehrte sie sich nie gegen Sentas hochmütiges Wesen.

»Ich war zufällig hier in der Nähe und dachte, ich könnte dich wieder einmal besuchen«, erklärte Senta und sah sich neugierig um. »Darf ich hier rauchen?« Als Daniela nickte, zündete Senta sich eine Zigarette an und beobachtete Daniela weiterhin scharf.

Schwester Daniela hatte keine Lust, mit Senta seichte Konversation zu betreiben. Eifrig blätterte sie im Verordnungsbuch.

»Ach ja«, murmelte Daniela, »Frau Schröders Arznei hätte ich fast vergessen. Entschuldige mich einen Augenblick, Senta.«

Schwester Daniela ging ins angrenzende Nebenzimmer.

Neugierig beugte Senta sich vor und sah, wie Daniela die Schreibtischschublade aufzog, einen Schlüssel herausnahm und damit einen schmalen Wandschrank öffnete. Sie entnahm eine Ampulle und legte sie auf das Tablett, auf dem kleine weiße Schildchen angebracht waren, auf denen die Namen der Patienten standen.

Es knackte und rauschte in dem runden Lautsprecher, der über der Tür angebracht war. Senta zuckte zusammen, als sie Axels Stimme hörte:

»Bitte, Schwester Daniela, kommen Sie doch in mein Büro.«

Daniela schüttelte erstaunt den Kopf und murmelte:

»Warum kommt er denn nicht rüber? Sein Büro ist doch nur zwei Türen weiter.« Sie wandte sich an Senta: »Entschuldige mich einen Augenblick, ich muss zu Dr. Conrad.«

Voller Hass starrte Senta zum Lautsprecher hinauf. Sie konnte sich schon denken, warum Axel Daniela in sein Büro bat, warum er es vorzog, nicht ins Schwesternzimmer zu kommen. Sicherlich hatte er sie in die Klinik kommen sehen und wollte ihr nicht begegnen!

Senta sprang auf. Sie war nicht gekommen, um über Axels Verhalten nachzudenken, sondern um einen Plan auszuführen, den sie in ihrem Hass ausgesponnen hatte.

Sie eilte ins Nebenzimmer, nahm den Schlüssel aus der Schublade und öffnete den Wandschrank. Ihre Augen leuchteten auf, als sie die Bezeichnungen der Ampullen las. Also war ihre Vermutung richtig gewesen! Senta steckte fünf Ampullen Morphium in ihre Handtasche. Dann nahm sie einen Wachsklumpen heraus und machte vom Giftschrankschlüssel einen Abdruck.

Sentas Herz schlug rasend schnell, doch sie arbeitete ruhig und sicher. Ohne Eile verschloss sie den Wandschrank wieder und ging zum Schreibtisch zurück. Sie legte den Schlüssel wieder an seinen alten Platz zurück und schob die Schublade zu. Senta hatte den Griff der Schublade noch in der Hand, als Danielas erstaunte Stimme hinter ihr aufklang:

»Nanu? Was suchst du denn im Schreibtisch, Senta?«

Sekundenlang stand Senta wie erstarrt. Ihre Gedanken überschlugen sich. Langsam drehte sie sich um, auf ihrem Gesicht lag ein harmloses Lächeln, als sie antwortete:

»Ach, mein Feuerzeug scheint defekt zu sein, und ich suchte nach Streichhölzern. Scheinbar sind hier alle Nichtraucher, denn ich kann keine Hölzer finden.«

»So etwas bewahren wir doch nicht im Schreibtisch auf«, erwiderte Daniela arglos und nahm von einem Regal an der Wand eine Schachtel Streichhölzer.

Senta setzte sich wieder, zündete sich in aller Ruhe eine Zigarette an und blies den Rauch in kleinen Wölkchen vor sich her. Ihre äußere Ruhe täuschte. Am liebsten wäre sie aus der Klinik gelaufen, doch sie wusste, dass das nur Verdacht erregen würde. Sie schlug ihre schlanken Beine übereinander und fragte:

»Willst du mir nicht eine Tasse Kaffee anbieten, Daniela?«

»Aber sicher«, erwiderte Daniela und ging ins Nebenzimmer, in dem die Kaffeemaschine stand.

Senta wollte ein unverfängliches Gespräch beginnen. Worüber sprach es sich unter Frauen besser als über Männer?

»Daniela, soweit ich mich richtig erinnere, bist du doch schon achtundzwanzig Jahre, nicht wahr? Denkst du denn gar nicht ans Heiraten? Oder willst du in deinem Beruf alt und grau werden?«

»Vielleicht«, antwortete Daniela betont gleichgültig, doch sie konnte nicht verhindern, dass sie errötete. Denn Sentas Frage ließ sie an Professor Bath denken, dem ihr Herz gehörte. Nur wegen ihm blieb sie hier an der Klinik. Sicher wäre sie schon längst in ein anderes Krankenhaus gegangen, wenn es Hartmut Bath nicht gäbe. Daniela seufzte unwillkürlich tief auf. Sie hatte keine Hoffnung, dass ihre Liebe je erwidert werden würde. Sicher, Professor Bath war sehr liebenswürdig zu ihr, aber mehr . . .?«

»Na, dein Seufzer hört sich aber sehr nach unglücklicher Liebe an«, konstatierte Senta und nahm einen Schluck Kaffee.« Wer ist denn der Auserwählte? Doch nicht etwa der gut aussehende Dr. Conrad? Soweit ich informiert bin, ist er schon . . .« »Ich bitte dich, Senta«, unterbrach Daniela ihre Cousine. »Wie kommst du nur zu solchem Unsinn? Dr. Conrad ist ein liebenswerter Mensch, und ich arbeite gern mit ihm zusammen, aber mehr? Nein, lieben könnte ich ihn nicht!«

Klirrend stellte Senta die Tasse zurück. Abrupt stand sie auf. Sie wollte nicht weiter über den Mann reden, der ihre Liebe zurückgewiesen hatte. Sie streifte sich die feinen Lederhandschuhe über und sagte lässig:

»Na, dann arbeite mal hübsch weiter. Ich werde noch bei meiner Schneiderin erwartet. Ich hoffe, ich habe dich nicht zu sehr gestört. Und . . . besten Dank für den Kaffee, er war ausgezeichnet. Tschau! Ich schaue demnächst wieder einmal vorbei.«

»Auf Wiedersehen!« rief Daniela ihr nach. Seltsam, dachte Daniela, was wollte Senta nun eigentlich von mir? Nur eine Tasse Kaffee trinken? Oder mich über mein Innenleben ausfragen? Daniela schüttelte den Kopf. Sie konnte sich auf Sentas Verhalten keinen Reim machen.

Daniela zuckte mit den Schultern und wandte sich wieder ihrer Arbeit zu. Schon früher war ihr manches an Sentas Verhalten seltsam erschienen, nie hatte sie die Launen ihrer Cousine verstanden.

In den nächsten Minuten hatte Daniela Senta schon wieder vergessen. Als Stationsschwester der Chirurgischen Abteilung hatte sie andere Dinge zu tun, als über das seltsame Verhalten ihrer Cousine nachzudenken.

⌘

Dr. Axel Conrad schloss seinen Wagen ab. Er war bei bester Laune, denn ein wunderschönes Wochenende mit Mara lag hinter ihm. Eine kleine Melodie vor sich hinpfeifend, betrat er die Klinik. Der Schwester an der Rezeption winkte er freundlich zu. Er verzichtete auf den Lift und ging zu Fuß in den ersten Stock, in dem die Chirurgische Station untergebracht war.

Axel fühlte sich heute Morgen wie neu geboren. Am liebsten hätte er Urlaub beantragt, um noch ein paar Tage mit Mara genießen zu können.

Schwungvoll öffnete er die Tür zum Schwesternzimmer und rief gut gelaunt:

»Guten Morgen, Daniela! Hallo! Wo stecken Sie denn?« Er warf den leichten Sommermantel über den Stuhl und schob die Tür zum Nebenzimmer auf.

»Am frühen Morgen schon so beschäftigt?« fragte er Daniela, die vor dem Giftschrank stand und ihm den Rücken zudrehte. Als sie sich umdrehte und er ihr leichenblasses Gesicht sah, erschrak er.

»Fühlen Sie sich nicht wohl, Schwester Daniela?« fragte er besorgt, legte die Hand unter ihr Kinn und sah sie kritisch an.

Daniela schluckte, ihr Mund war trocken. Sie hatte das Gefühl, kein Wort sprechen zu können.

»Sie sehen aus, als sei Ihnen ein Gespenst begegnet«, bemerkte Axel und zog sie zu einem Stuhl. Mit sanfter Gewalt zwang er Daniela, Platz zu nehmen. »So, und nun sagen Sie mir, warum Sie so ein entsetztes Gesicht machen.« Axel zog sich einen weiteren Stuhl heran und setzte sich ihr gegenüber.

»Es ... fehlen ... fünf Ampullen Morphium!« stieß Daniela hervor.

»Waaas?« rief Axel und sprang auf. »Wissen Sie, was Sie da behaupten, Schwester Daniela? Hören Sie, da liegt sicher ein Irrtum vor. Zählen Sie noch einmal genau nach!«

Daniela war den Tränen nahe. Seit einer Stunde war sie schon im Dienst. Eine schwer kranke Patientin sollte eine Morphiuminjektion erhalten. Der Bereitschaftsarzt hatte es verordnet. Als Daniela den Giftschrank öffnete und zum Morphium griff, bemerkte sie sofort, dass Ampullen fehlen mussten.

Seither stand sie vor dem Giftschrank und zählte immer wieder den Bestand. Das Ergebnis blieb das Gleiche: Fünf Ampullen Morphium waren verschwunden.

»Ich habe doch schon nachgezählt!« rief Daniela aufschluchzend. »Ich kann es nicht ändern, es fehlen fünf Ampullen Morphium!«

Axel ließ sich auf den Stuhl fallen.

»Fünf Ampullen Morphium«, flüsterte er. »Fünf Ampullen ...«

Daniela, wischte sich mit dem Taschentuch über das tränennasse Gesicht. Seit Jahren betreute sie schon die Chirurgische Station. Noch nie hatte sie sich etwas zu Schulden kommen lassen. Und nun das! Daniela konnte einfach nicht begreifen, wie so etwas passieren konnte.

»Kommen Sie, Schwester Daniela, wir überprüfen den Inhalt des Giftschrankes noch einmal gemeinsam. Vielleicht haben Sie doch etwas übersehen«, sagte

Axel, doch seinem Gesicht war abzulesen, dass er sich keine große Hoffnung machte. Er kannte Daniela lange genug, und er wusste, wie gewissenhaft sie ihren Dienst versah.

Knapp zwanzig Minuten später wandte Axel sich vom Giftschrank ab. Die gute Laune, die er heute in die Klinik mitbrachte, war verflogen. Resigniert sagte er:

»Jetzt werde ich wohl Professor Bath verständigen müssen, Schwester Daniela.« Axel griff zum Telefonhörer und wählte die Nummer des Professors. Kurz berichtete er, was vorgefallen war, dann ließ er den Hörer langsam auf die Gabel zurücksinken.

»Der Chef kommt in wenigen Minuten.« Nachdenklich rieb Axel sich das Kinn. »Ich kann mir einfach nicht vorstellen, wo das Morphium geblieben sein soll. Wir alle arbeiten schon seit Jahren auf der Station ...«.

»Ja, glauben Sie denn, dass einer von uns ...« Daniela wagte nicht, den Satz zu Ende zu sprechen.

»Ich glaube gar nichts«, erwiderte Axel. »Ich überlege nur, wer Zutritt zum Giftschrank hatte?!«

»Das habe ich mir auf dem Weg hierher auch schon überlegt«, klang Professor Baths Stimme von der Tür her. »Aber soweit ich informiert bin, kommen wohl alle Personen infrage, die hier auf der Station arbeiten. Himmeldonnerwetter! Wie kann so etwas nur passieren?!«

Professor Hartmut Bath war außer sich. Ein Morphiumdiebstahl in seiner Klinik! Die Hände auf dem Rücken verschränkt, ging er unruhig auf und ab. Dicht blieb er vor Daniela stehen und fragte:

»Wann haben Sie den Inhalt des Giftschrankes das letzte Mal überprüft, Schwester Daniela?« Bath sah, dass Danielas Lippen zitterten, sah die Tränen in ihren Augen, und am liebsten hätte er sie in seine Arme genommen. Doch er durfte jetzt keiner Schwäche nachgeben. Er musste herausfinden, wo die Ampullen geblieben waren.

»Am Freitag, Herr Professor«, stammelte Daniela. »Ich verabreichte Frau Schröder eine Injektion. Nachdem ich die Ampulle entnommen hatte, überprüfte ich wie üblich den Inhalt und verschloss den Schrank wieder.«

»So, und wer hatte am Wochenende Dienst?« fragte Bath streng.

»Ich, Herr Professor«, erwiderte Daniela kleinlaut. »Aber niemand erhielt Medikamente aus dem Giftschrank. Ich habe ihn seit Freitag nicht mehr geöffnet. Ich schwöre es, Herr Professor. Ich kann mir das Fehlen der Ampullen in keiner Weise erklären.« Aufschluchzend schlug Daniela die Hände vors Gesicht. Sie fühlte sich schuldig.

»Na, na, nun weinen Sie doch nicht, Schwester Daniela.« Beruhigend sprach Bath auf sie ein und legte ihr die Hand auf die Schulter. »Ich bin überzeugt, dass Sie an diesem Vorfall nicht schuld sind, aber ich muss der Sache doch nachgehen! Eigentlich müsste ich sofort die Polizei verständigen, aber ich will nicht, dass meine Klinik in den Zeitungen erwähnt wird. Nicht im Zusammenhang mit dem Verschwinden des Morphiums.«

»Aber irgendjemand muss das Morphium doch genommen haben!« rief Daniela, außer sich vor Aufregung. »Es muss nachts geschehen sein.«

»Der Schlüssel wurde wohl im Schreibtisch aufbewahrt?« fragte Bath. Als Daniela nickte, fügte er hinzu: »Das wird in Zukunft anders werden. Dr. Conrad wird den Schlüssel an sich nehmen. Niemand außer ihm wird Zutritt zum Giftschrank haben. Ich weiß, es ist umständlich, aber ich sehe im Augenblick keine andere Lösung. Professor Bath machte eine kleine Pause, dann wandte er sich an Axel:

»Dr. Conrad, bitte, stellen Sie fest, wer am Wochenende Dienst auf der Chirurgischen hatte. In einer Stunde möchte ich alle im Konferenzraum sehen. Und . . . geben Sie den Schlüssel zum Giftschrank nicht mehr aus der Hand. Sollte noch einmal Morphium aus dem Giftschrank entwendet werden, wende ich mich an Sie. So, ich glaube, das wär's für den Augenblick. Ich sehe Sie später. Guten Tag zusammen.«

Etwas unsanft zog Professor Bath die Tür hinter sich ins Schloss. Axel starrte grimmig auf den offenen Giftschrank, er ballte die Fäuste.

»Wenn ich wüsste, wer es gewesen ist . . . Ich weiß nicht, was ich tun würde . . .«

⌘

Dieser Montag, den Axel mit so guter Laune begonnen hatte, schien ein rabenschwarzer Tag zu sein. Der Professor war an diesem Tag bei denkbar schlechtester Laune. Nichts war ihm recht zu machen, und als Axel nach Dienstschluss die Klinik verließ, kam Mara ihm entgegen. Ihrem Gesichtsausdruck konnte er ablesen, dass auch sie keine gute Nachricht brachte.

Ein wenig atemlos blieb Mara vor Axel stehen und sagte ohne Begrüßung:

»Wolfgang hat das Sanatorium verlassen. Heute Nacht, soweit wir das feststellen konnten.«

»Ein Unglück kommt selten allein«, stellte Axel mit düsterem Gesicht fest. »Komm, fahren wir nach Hause, da können wir in Ruhe über alles sprechen.«

Axel legte den Arm um Maras Schultern. Schweigend gingen sie zum Wagen. Axel war froh, dass Mara jetzt bei ihm war. In ihr hatte er einen Menschen, mit dem er über alles reden konnte, der seine Sorgen mit ihm teilte.

»Ich begreife das einfach nicht, Axel«, sagte Mara, während er den Wagen durch die City der Stadt lenkte. »Wolfgang machte so gute Fortschritte. Er erzählte mir von seinen Zukunftsplänen. Er wollte sein Studium wieder aufnehmen. Er schien richtig glücklich darüber zu sein, dass er kein Verlangen mehr nach Rauschmitteln verspürte.«

»Vielleicht hat er auch nur geschauspielert«, vermutete Axel und zuckte mit den Schultern. »Wir können nicht in sein Innerstes sehen, Mara. Vielleicht wollte er euch nur in Sicherheit wiegen, um bei der nächsten Gelegenheit ungestörter verschwinden zu können?«

»Axel, wie redest du da? Wolfgang ist doch dein Bruder!« rief Mara entsetzt.

»Ja, ich weiß«, erwiderte Axel voller Bitterkeit. »Doch ich weiß auch genug über Süchtige. Ihnen ist nichts heilig, wenn sie nur an den Stoff herankommen.«

Mara schwieg. Sie wusste, dass Axel Recht hatte. Und doch – ihr Gefühl hatte sie noch nie getrogen. Sie war felsenfest davon überzeugt gewesen, dass Wolfgang sich auf dem Weg der Besserung befand. Irgendetwas musste geschehen sein, musste ihn aus der Bahn geworfen und von seinen guten Vorsätzen abgebracht haben.

Axel stoppte den Wagen vor seinem Haus. Heute hatte er keinen Blick für das blühende Paradies, das das schmucke Fachwerkhaus umgab.

Auf der Terrasse, die von wildem Wein überdacht wurde, bot Axel Mara Platz an. Aus der Hausbar holte er eine Flasche Cinzano, ließ Eis in die Gläser klirren und setzte sich wenig später Mara gegenüber.

»Das Schlimmste weißt du noch gar nicht«, sagte er mit rauer Stimme, während er den Aperitif in die Gläser goss. »Aus dem Giftschrank auf meiner Station sind fünf Ampullen Morphium verschwunden. Niemand weiß wie!«

»O Gott, das darf doch nicht wahr sein!« rief Mara entsetzt aus. »Glaubst du, dass Wolfgang . . .?«

»Ich glaube gar nichts, ich ziehe nur eine Möglichkeit in Betracht«, bemerkte Axel. Nachdenklich starrte er vor sich hin.

»Und wie sollte er an den Giftschrankschlüssel gekommen sein? Außerdem müsste er doch damit rechnen, dass ihn jemand sieht! Nein, Axel, das glaube ich nicht.«

»Und wenn er es doch irgendwie bewerkstelligte? Ich muss Professor Bath davon unterrichten, Mara. Mir bleibt keine andere Wahl.«

»Bitte, Axel, du darfst jetzt nichts überstürzen. Ich würde vorschlagen, wir setzen uns erst einmal mit Heidi in Verbindung. Sie weiß sicher, wo wir Wolfgang finden können.«

»Ich werde Heidi anrufen«, sagte Axel und stand auf. Mit müden, schleppenden Schritten ging er ins Haus zurück. Mara hörte, dass er mehrere Telefongespräche führte. Fragend sah sie ihn an, als er zurückkam.

»Heidi ist für ein paar Tage verreist. Irgendeine Studienfahrt.«

»Dann werden wir Wolfgang auch ohne Heidi finden«, erwiderte Mara fest. »Er darf nicht wieder abrutschen, hörst du?«

»Das werden wir wohl kaum verhindern können«, antwortete Axel. Schwer stützte er den Kopf in beide Hände. »Ich kann nicht verstehen, warum Wolfgang das getan hat, Mara. Ich versuche es, aber ich kann es nicht. Als Heidi letztlich von ihrem Besuch bei ihm zurückkam, war sie so voller Hoffnung. Sie sah die Zukunft schon in den hellsten Farben. Es wird ein Schock sein, wenn sie von Wolfgangs Rückfall erfährt.«

»Sie wird es überwinden, Axel. Sie liebt Wolfgang, und Liebe kann vieles verzeihen.« Mara warf einen Blick auf die Uhr. »Es ist noch zu früh, um in die Stadt zu gehen. Sei mir nicht böse, Axel, aber ich muss dir gestehen, dass ich trotz aller Sorgen einen unverschämten Hunger habe. Als ich heute Morgen nach dem Frühstück von Wolfgangs Verschwinden erfuhr, brachte ich beim Mittagessen keinen Bissen herunter. Doch jetzt meldet mein Magen sich und verlangt sein Recht. Können wir nicht irgendwo eine Kleinigkeit essen gehen?«

»Entschuldige, Mara, dass ich daran noch nicht gedacht habe«, erwiderte Axel und stand sofort auf. Er zog sie in seine Arme. »Ich bin froh, dass es dich gibt, Mara. Ich brauche dich jetzt mehr denn je.« Axel küsste sie zärtlich, seine Hände streichelten sanft ihr Haar.

»Ich werde immer zu dir halten, Axel, was auch kommen mag. Ich will dein Leben mit dir teilen, Freude und Leid.« Mara schmiegte sich fest an den geliebten Mann.

⌘

Am Rande der Stadt, dicht an einer Ausfahrt der Autobahn, lag das Motel »Schönblick«. Ein junger Mann in Jeans und dünnem Rollkragenpullover betrat die Rezeption des Motels. Unsicher sah er sich um, langsam schlenderte er auf den Portier zu.

»Conrad ist mein Name«, stellte er sich vor. »Für mich ist ein Zimmer reserviert worden.«

Der grauhaarige Portier sah in einem Buch nach, nickte und griff hinter sich, um einen Schlüssel vom Brett zu nehmen.

»Ja, Sie haben Zimmer vierzehn, Herr Conrad. Das Zimmer ist für acht Tage im Voraus gemietet worden. Ist das richtig so?«

»Ja, danke.« Wolfgang nahm den Schlüssel und verließ hastig die Rezeption. Mehrere flache, lang gestreckte Bauten reihten sich neben dem Haupthaus auf. Suchend ging Wolfgang an den Türen vorbei. Endlich hatte er die Nummer vierzehn erreicht.

Mit fahrigen Handbewegungen schloss er die Tür auf, trat ein und sah sich suchend um. Ein schwarzer Minikoffer stand neben dem Bett.

Wolfgang setzte sich und legte sich den Koffer auf die Knie.

»Das ist fast wie im Kino«, murmelte er mit schiefem Grinsen und betrachtete das Kombinationsschloss des Koffers.

Gestern hatte ihn ein Anruf erreicht. Eine Frauenstimme erklärte ihm ohne Umschweife, dass im Motel »Schönblick«, in Zimmer vierzehn fünf Ampullen Morphium bereit liegen würden. Sie hätte einen Koffer dort deponiert, der mit einem Kombinationsschloss versehen war.

»Mal sehen, ob sie mich angelogen hat«, brummte Wolfgang. »Eins, vier und neun soll die richtige Zahlenkombination sein . . .«

Wolfgang stellte die Zahlen ein. Dann legte er die Finger auf die Schnappschlösser des Koffers. Hörbar stieß er die Luft aus und ließ die Schlösser ausschnappen.

Seine Augen weiteten sich, als er die Ampullen und die Einwegspritzen sah. Seiner ersten Regung folgend, klappte er den Koffer wieder zu und sprang auf.

Die Hände tief in den Hosentaschen vergraben, trat er ans Fenster und sah in den hellen Sommertag hinaus. Obwohl er die Ampullen mit eigenen Augen gesehen hatte, konnte er es immer noch nicht glauben.

Wer mochte Interesse daran haben, ihm Stoff zu beschaffen? Wer mietete für ihn ein Motelzimmer für acht lange Tage? Warum? Immer wieder stellte Wolfgang sich diese Frage.

»Ich will dieses Zeug nicht mehr nehmen«, brummte Wolfgang. Er war fest dazu entschlossen, doch er wusste auch, dass er den Koffer nicht ein zweites Mal öffnen durfte, wenn er stark bleiben wollte.

Im Grunde seines Herzens wusste Wolfgang, dass er sich selbst betrog. Wenn er tatsächlich die Absicht gehabt hätte, sich nicht mehr dem Rauschgift zu ergeben, wäre er erst gar nicht zu dem Motel gekommen.

Abrupt drehte er sich um, ging mit langen Schritten zum Bett zurück und riss den Koffer auf. Mit zitternden Händen nahm er eine Ampulle zur Hand.

Die Zungenspitze glitt über die trockenen Lippen. Wolfgang schluckte schwer. Er wusste genau, dass das Martyrium des Entzuges wieder erneut beginnen würde, wenn er jetzt rückfällig wurde. Dass er alle Qualen noch einmal durchstehen musste . . .

Wolfgang ließ die Ampulle so schnell in den Koffer zurückfallen, als wäre sie aus glühendem Metall. Doch er konnte keinen Blick davon abwenden.

Trockenes Schluchzen schüttelte ihn plötzlich, er schlug die Hände vors Gesicht. Welcher Teufel mochte ihn hierher gelockt haben? Wer war so grausam, ihm das Morphium zu schenken, das ihn erneut wieder in die Abhängigkeit trieb?

»Heidi«, murmelte Wolfgang gequält, »Heidi ... Warum bist du nicht hier? Ich brauche dich jetzt ...«

Wolfgang ließ sich rücklings auf das Bett fallen und starrte blicklos zur weiß getünchten Zimmerdecke. Deutlich spürte er, wie das Fieber der Sucht nach ihm griff, wie er sich danach sehnte, alles zu vergessen.

Seine Hände verkrampften sich in der Bettdecke. Immer noch kämpfte er gegen den Wunsch an, das Rauschgift zu nehmen, doch der Gedanke an die schönen, erlebnisreichen Träume war stärker.

Wolfgang setzte sich abrupt auf. Er hatte das Gefühl, nicht mehr er selbst zu sein, als er mit zitternden Händen eine Ampulle aus dem Koffer nahm und sie öffnete

⌘

Die laue Sommernacht lockte die Menschen zu Scharen in die City der Stadt. In Gruppen oder zu Paaren schlenderten sie über die Bürgersteige, bevölkerten sie die Straßencafés. Lachen und Stimmengewirr drang aus den offenen Türen der Lokale.

Axel legte den Arm um Mara und sagte seufzend:

»Ich wollte, wir könnten ebenso fröhlich sein, wie die Menschen um uns her.«

»Bitte, nicht traurig sein, Liebster. Ich bin sicher, dass auch für uns die Zeit kommt, in der wir wieder lachen und fröhlich sein können.«

Axel und Mara waren sehr salopp gekleidet. Beide trugen sie verwaschene Jeans und Freizeithemden, die lose über die Hose hingen. Ihre Füße steckten in einfachen Sandaletten.

»So, und nun wirst du mir sicher auch verraten, in welche Lokale wir gehen?«

»Ein Therapeut aus unserem Sanatorium kennt sich ein wenig aus. Er nannte mir das ›Alhambra‹, das

›Soho‹, das ›King George‹ und das ›Santa Cruz‹. Wir haben ein abendfüllendes Programm vor uns, Liebster.«

»Und was sind das für Lokalitäten?« wollte Axel wissen.

»Zwei oder drei sind Diskotheken, die anderen sollen ganz normale Lokale sein.«

»Und was verstehst du unter ganz normalen Lokalen?«

»Ich kenne sie doch auch nur vom Hörensagen. Lassen wir uns überraschen. Ach, dort drüben ist das ›King George‹! Dort, die Leuchtreklame!« Mara deutete mit dem Arm auf eine grellbunte Leuchtschrift, über einem schmalen Eingang.

»Ich drücke uns selbst die Daumen, dass wir Glück haben, Mara«, sagte Axel. Als sie jedoch das Lokal betraten, in dem jeder Tisch besetzt war und um dessen Theke die Männer dicht an dicht standen, winkte Axel entmutigt ab. »Hier sollen wir Wolfgang eventuell finden? Ich sehe schwarz, Mara.«

»Geh an den Tischen vorbei, ich werde sehen, ob er irgendwo an der Theke steht«, schrie Mara ihm zu, denn die laute Musik hatte wieder eingesetzt.

Nach etwa einer halben Stunde standen sie wieder vor dem Lokal. Ihre Suche war erfolglos gewesen. In den nächsten beiden Stunden waren sie damit beschäftigt, das ›Alhambra‹ und das ›Santa Cruz‹ zu inspizieren. Auch hier hatten sie keinen Erfolg.

Mutlos schüttelte Axel den Kopf. Mara versuchte, ihn zu trösten.

»Es bleibt immer noch das ›Soho‹ Axel. Vielleicht haben wir dort mehr Glück.«

»Vielleicht hat Wolfgang es auch vorgezogen, in einer anderen Stadt unterzutauchen? Er ahnte sicher, dass wir ihn suchen.« Grübelnd starrte Axel vor sich hin. »Eines verstehe ich aber nicht, Mara. Wolfgang hatte doch kein Geld! Und er braucht Geld, um an den Stoff heranzukommen.«

»Du weißt gar nicht, wie erfinderisch die Süchtigen sind, wenn sie Geld brauchen. Sie schrecken auch nicht vor kriminellen Taten zurück. Es tut mir Leid, Axel, aber das sind Tatsachen, denen wir ins Auge sehen müssen. Nun mach nicht so ein besorgtes Gesicht, Liebster. Vielleicht hatte Wolfgang auch noch ein Sparguthaben, oder er versucht, sich von guten Freunden Geld zu leihen.«

»Oder, oder, oder!« rief Axel unwillig. »Ist dir eigentlich bewusst, dass wir die berühmte Stecknadel im Heuhaufen suchen?«

»Komm, lass uns weitergehen. Wir dürfen die Hoffnung nicht aufgeben, Axel. Zwei Straßen weiter ist das »Soho«. Vielleicht haben wir dort mehr Glück.«

Mara glaubte selbst nicht an ihre Worte, aber sie wollte Axel Mut machen.

Das ›Soho‹ war ein Kellerlokal. Ausgetretene Stufen führten in die Tiefe. Laute Musik dröhnte ihnen entgegen, als sie eintraten. Eine Lichtorgel ließ ihr buntes Licht rhythmisch zu den Klängen der schnellen Musik aufflammen. Schemenhaft tauchten Gesichter aus dem rauchgeschwängerten Raum, tanzten junge Männer und Frauen mit schweißnassen Gesichtern.

Axel hustete. Der Rauch und die schlechte Luft nahmen ihm den Atem. Maras Hand legte sich in die seine. Ihrem Gesicht war anzusehen, dass sie sich in dieser Atmosphäre sehr unwohl fühlte.

Unvermittelt zuckte Axel zusammen. Nur wenige Meter von ihm entfernt stand ein Mann, dessen Profil Axel nur schemenhaft erkennen konnte.

»Dort ist Wolfgang!« schrie Axel Mara zu, riss sich von ihr los und bahnte sich gewaltsam einen Weg durch die Anwesenden. Axel war schweißgebadet, als er Wolfgang endlich erreichte. Er legte ihm von hinten die Hand auf die Schulter und riss ihn herum.

Sprachlos starrte er in ein fremdes Gesicht. Dieser junge Mann hatte zwar eine gewisse Ähnlichkeit mit seinem Bruder, aber er war es nicht

»Verzeihen Sie, ich habe Sie verwechselt«, entschuldigte Axel sich.

Der dunkelhaarige Fremde musterte Axel kurz, zuckte mit den Schultern und schrie:

»Mensch, leg dich doch aufs Ohr, wenn du high bist, und lass fremde Leute zufrieden!« Als Axel ihn immer noch anstarrte, stemmte der Fremde die Fäuste in die Hüften und schrie: »Hau ab, Mann! Oder soll ich dir nachhelfen?«

Wortlos drehte Axel sich um und ging zu Mara zurück. Es war nicht, seine Absicht, sich mit einem ihm wildfremden Mann zu prügeln.

Als Mara, die das Intermezzo nicht miterlebte, ihn fragend ansah, schüttelte er den Kopf und rief:

»Fehlanzeige, er sah Wolfgang nur ähnlich. Komm, gehen wir, ich brauche dringend frische Luft. Mir wird übel, wenn ich noch länger hier drinbleibe.«

Vor dem ›Soho‹ lehnte Axel sich an die Mauer und atmete tief die Nachtluft ein.

»Ich weiß gar nicht, wie die Leute das in solchen Lokalen aushalten«, sagte er. »Ich würde ersticken.«

»Es gibt Schlimmeres«, erwiderte Mara, hakte sich bei ihm unter und zog ihn mit sich fort. Axel sah sie bewundernd von der Seite her an und fragte:

»Wo nimmst du nur deine Gelassenheit her? Ich bewundere dich.«

»Ach, in meinem Beruf braucht man ein dickes Fell, Axel. Komm, lass uns in ein gemütliches Lokal gehen und ein Glas Wein trinken. Nach diesen Lokalen muss ich erst einmal ein wenig Abstand gewinnen.«

»Du hast Recht, mein Liebes, aber ich werde morgen noch einmal diese Lokale aufsuchen. Und übermorgen wieder. Vielleicht finde ich Wolfgang doch noch. Ich muss ihn finden, Mara. Er darf nicht wieder in diesen Sumpf abrutschen.«

»Ich kann dich gut verstehen, Axel. Ich werde dir dabei helfen, so gut ich kann«, erwiderte Mara.

Axel nickte und küsste sie rasch auf den Mund. Hand in Hand gingen sie durch die Straßen der Stadt. »Badische Weinstuben«, nannte sich das Lokal, in dem sie wenig später einkehrten. Axel and Mara sahen sich an, sie hatten beide den gleichen Gedanken. Ja, hier in diesem Lokal, in dem Bienenwachskerzen auf den Tischen brannten und aus dem Hintergrund leise Klaviermusik aufklang, fühlten sie sich wohl.

⌘

Vier Tage waren seither vergangen. Jeden Abend suchten Axel und Mara in bestimmten Lokalen nach Wolfgang. Vergeblich. Mara war wieder abgereist, und Axel versah seinen Dienst als Oberarzt auf der Chirurgischen Station.

Schwester Daniela verrichtete wie immer gewissenhaft ihren Dienst als Stationsschwester, doch seit dem Verschwinden des Morphiums war sie nachdenklich und still geworden. Sie fühlte sich offensichtlich schuldig, denn die Ampullen waren auf ihrer Station, in ihrem Bereich verschwunden.

Dr. Axel Conrad, die beiden Assistenzärzte Dr. Gerster und Dr. Welter und Schwester Daniela, begleiteten Professor Bath bei der Visite. Sie hatten soeben Frau Schröder besucht. Eine Patientin, die an einem inoperablen Hirntumor litt, der ihr große

Schmerzen verursachte. Professor Bath schloss sanft die Krankenzimmertür.

»Wir können Frau Schröders Leiden nicht heilen, nur lindern, meine Herren«, sagte Bath leise. »Dr. Conrad, geben Sie der Frau anschließend eine Morphiuminjektion. Lassen Sie in das Verordnungsbuch eintragen, dass Frau Schröder auch nachts die Spritzen bekommt. Wir wollen unserer Patientin die letzten Stunden ihres Lebens erleichtern.« Professor Bath sah in die Runde. »Tja, meine Herren Kollegen, damit wäre die Chefvisite beendet. Guten Tag.«

Hartmut Bath warf noch einen schnellen Blick zu Daniela, doch sie senkte rasch die Lider. Daniela war froh, dass Axel sich zum Gehen wandte. Rasch eilte sie ihm hinterher.

»Wir werden Frau Schröder die Injektion sofort verabreichen, Schwester Daniela«, sagte Axel über die Schulter, während er das Schwesternzimmer betrat. Er ging in den Nebenraum, in dem der Giftschrank stand. Schwester Daniela folgte ihm. Axel, der den Schlüssel zu diesem Schrank in einem kleinen Etui bei sich trug, schloss ihn in Danielas Beisein auf, Axels Augen weiteten sich, jeder Blutstropfen wich aus seinem Gesicht.

»Das ist doch nicht möglich«, flüsterte er. »Das ... »das kann doch gar nicht sein ...«

Schwester Daniela trat näher an den Giftschrank heran. Mit einem Blick sah sie, was Axel so aus der Fassung brachte. Ein großer länglicher Karton, in dem sich zehn Ampullen Morphium befanden, stand nicht mehr an seinem Platz.

»Wir räumen alles aus und zählen nach«, ordnete Axel mit rauer Stimme an. Schweißnass glänzte sein Gesicht, seine Hände bebten. Axel ahnte, dass das Kontrollieren der vorhandenen Rauschmittel sinnlos sein würde. Während Schwester Daniela die Ampullen zählte, kontrollierte Axel die Ein- und Austragungen im Giftbuch.

»Selbst wenn wir noch einmal alles durchkontrollieren, wir werden die Ampullen nicht finden«, sagte Axel, nachdem Daniela alles überprüft hatte. »Die zehn Ampullen sind verschwunden.«

»Ich verstehe das nicht«, flüsterte Daniela.

»Ich auch nicht«, erwiderte Axel voll bitterem Spott. »Doch diesmal brauchen Sie sich keine Vorwürfe zu machen, Schwester Daniela. Ich allein hatte den Schlüssel. Nur ich hatte Zugang zum Giftschrank!« Axel fuhr sich mit zehn Fingern durch das Haar, seinem Gesicht war die Verzweiflung abzulesen.

»Ich weiß nicht, wie ich es erklären soll, Dr. Conrad, aber dass Sie an dem Verschwinden der Ampullen schuldig sein sollen, glaube ich einfach nicht. Das ist absurd!«

»Ich danke Ihnen für Ihr Vertrauen, Schwester Daniela«, antwortete Axel leise. »Bitte, rufen Sie Professor Bath.«

Daniela kannte Axel schon lange, und sie schätzte ihn als Menschen ebenso wie als ihren Vorgesetzten. Er tat ihr unendlich Leid. Am liebsten hätte sie ihn über den gesenkten Kopf gestreichelt, doch das wagte sie nicht.

Schweigend verließ sie das Zimmer und begab sich in Professor Baths Büro.

Wenig später stand Professor Bath mit hochroten Wangen vor dem Giftschrank. Abwechselnd sah er Axel und Daniela an.

»Und das in meiner Klinik!« brüllte Bath plötzlich los. »Tut mir Leid, aber darüber kann und darf ich nicht mehr hinwegsehen. Dr. Conrad, haben Sie vielleicht eine Erklärung zur Hand? Nur Sie allein hatten

Zugang zum Giftschrank! Können Sie beschwören, dass Sie den Schlüssel auch nicht für kurze Zeit aus der Hand gaben? Mein Gott, sitzen Sie nicht so stumm da! Sagen Sie etwas! Verteidigen Sie sich!«

Professor Bath schien außer sich zu sein. Vornübergebeugt stand er vor seinem Oberarzt und starrte ihn an. Es schien, als warte er auf ein Wunder, als glaubte er, Axel könne doch noch eine plausible Erklärung abgeben.

Axel schüttelte müde den Kopf. Was sollte er seinem Chef antworten? Dass er ebenso ratlos war wie er? Einen Augenblick dachte Axel daran, Professor Bath zu erzählen, dass sein Bruder aus dem Sanatorium verschwunden war. Doch gleich darauf schob er diesen Gedanken wieder beiseite. Was für einen Sinn würde diese Erklärung abgeben? Er glaubte einfach nicht daran, dass Wolfgang mit diesem Diebstahl zu tun hatte. Wie sollte Wolfgang sich auch Zutritt zum Giftschrank beschafft haben? Er selbst trug den Schlüssel doch stets bei sich, und er hatte seinen Bruder nicht zu Gesicht bekommen!

»Tut mir Leid, Herr Professor, aber ich kann Ihnen keine Erklärung bieten«, erwiderte Axel und stand auf. »Da ich allein Zugang zum Arzneischrank hatte, muss ich Ihnen nahe legen, die Konsequenzen zu ziehen.«

»Mir wird gar keine andere Wahl bleiben«, brummte Professor Bath, der am Fenster stand und Axel den Rücken zudrehte. »Wenn ich jetzt, nach dem Verschwinden von weiteren zehn Ampullen Morphium nicht die Polizei einschalte, mache ich mich mitschuldig. Dr. Conrad, ich muss Sie bitten, in Ihr Büro zu gehen und sich bis auf weiteres zur Verfügung zu halten. Ich werde inzwischen die Polizei verständigen.«

Axel nickte. Wortlos drehte er sich um und verließ den Raum. Daniela sah ihm nach. Es schmerzte sie zutiefst, Axel so traurig und resigniert zu sehen. Sie nahm all ihren Mut zusammen, als sie zu Professor Bath sagte:

»Ich glaube ganz einfach nicht, dass Dr. Conrad etwas mit dem Verschwinden der Ampullen zu tun hat. Ich arbeite doch schon seit Jahren mit ihm zusammen, ich kenne ihn gut genug, um das beurteilen zu können, Herr Professor. Wir dürfen ihn nicht verdächtigen. Im Gegenteil, Herr Professor, wir müssen zu ihm stehen! Wir müssen ihm zeigen, dass wir an ihn und an seine Unschuld glauben.«

Langsam wandte Hartmut Bath sich um und musterte Schwester Daniela aufmerksam. Warum setzte sie sich derart für Dr. Conrad ein? überlegte Bath. Eifersucht flammte plötzlich in ihm auf. Ein wenig spöttisch fragte er:

»Sie sehen in Dr. Conrad wohl ein wenig mehr, als nur Ihren Chef?«

»Wie soll ich das verstehen, Herr Professor?« fragte Daniela.

»So, wie ich es sagte, verehrte Schwester Daniela.« Unruhig ging Bath hin und her. »Vielleicht lieben Sie Dr. Conrad und nehmen ihn deswegen so in Schutz?« Bath sah Daniela nicht an. Alles in ihm fieberte ihrer Antwort entgegen.

Daniela Telly war über die Vermutung des Professors derart überrascht, dass sie im ersten Augenblick gar nicht antworten konnte. Professor Bath legte Danielas Schweigen falsch aus, er sah darin eine Bestätigung seiner Vermutung. Obwohl er maßlos enttäuscht war, sagte er betont ruhig:

»Es tut mir Leid für Sie, Schwester Daniela, aber

trotzdem kann ich dem Mann Ihres Herzens eine Konfrontation mit der Polizei nicht ersparen.«

»Dr. Conrad ist nicht der Mann meines Herzens, Herr Professor«, rief Daniela ihm nach. »Ich ... ich achte und verehre Dr. Conrad, doch mein Herz gehört schon lange ... einem anderen.« Es gehört dir, hätte Daniela am liebsten gerufen, doch dazu fehlte ihr der Mut. Mit gesenktem Kopf stand sie inmitten des Zimmers. Sie wagte nicht, den Professor anzusehen.

Hartmut Bath drehte sich zu ihr um. Sein Blick war voller Liebe, als er ihre zierliche Gestalt musterte. Bath war versucht, sie einfach in seine Arme zu nehmen, doch eine unerklärliche Scheu hielt ihn davor zurück. Konnte er denn sicher sein, dass sie seine Gefühle erwiderte? Dass er der andere war, dem ihr Herz gehörte?

»Was ich eben sagte, tut mir Leid, Schwester Daniela. Ich wollte Sie nicht verletzen ... Sie bestimmt nicht.« So, als habe er schon zu viel gesagt, drehte Bath sich hastig um und griff zum Telefonhörer. Er wählte die Nummer der Vermittlung und ließ sich mit der Kriminalpolizei verbinden.

⌘

Es ließ sich nicht vermeiden, dass das Verschwinden der Ampullen sich wie ein Lauffeuer durch die Klinik verbreitete. Überall sah man das Personal in kleineren Gruppen zusammenstehen und diskutieren.

Kommissar Ambacher, der mit seinem Kollegen Heinz Schmitt in der Klinik eintraf, wurde von Schwester Edith, die in der Rezeption den Dienst versah, aufgeregt empfangen.

»Wenn Sie wollen, begleite ich Sie zum Büro des Professors, Herr Kommissar«, bot sie sich dienstbeflissen an.

»Danke, nicht nötig«, erwiderte Kommissar Ambacher in seiner brummigen Art. »Es genügt, wenn Sie mir den Weg beschreiben. Das Büro werde ich dann schon allein finden.«

Professor Bath sprang auf, als der Kommissar sein Büro betrat. Er reichte dem Kriminalisten vom Rauschgiftdezernat die Hand und sagte:

»Ich sähe Sie lieber als Patient in meiner Klinik, Herr Kommissar, als in Ihrer Funktion als Kriminalist. Bitte, nehmen Sie doch Platz.«

Kommissar Ambacher setzte sich, während sein Assistent Schmitt an der Tür stehen blieb. Umständlich zündete Ambacher sich eine Zigarre an, lehnte sich zurück und forderte Bath auf:

»So, und nun erzählen Sie mir bitte alles der Reihe nach.«

»Zunächst darf ich Sie mit Dr. Conrad, meinem Oberarzt, bekannt machen. Er ist der Leiter der Chirurgischen Station. Neben ihm sitzt Schwester Daniela, die Stationsschwester. Ich möchte vorausschicken, Herr Kommissar, dass beide langjährige und verdiente Mitarbeiter sind.«

Kommissar Ambacher nickte mit unbewegtem Gesicht. Schweigend hörte er Professor Baths kurzen Bericht an. Bath schloss mit den Worten:

»Nach dem Verschwinden der ersten Ampullen schaltete ich absichtlich noch keine Polizei ein. Durch Unachtsamkeit oder durch Vergesslichkeit können schon einmal Arzneimittel abhanden kommen. Davon bleibt man nicht verschont. Als aber nun weitere zehn Ampullen verschwanden, konnte ich dies nicht mehr als Unachtsamkeit abtun. Das verstehen Sie sicher, Kommissar . . .?«

»Oh, entschuldigen Sie, ich vergaß mich vorzustellen. Ambacher ist mein Name, Kommissar Ambacher.

Mein Kollege heißt Schmitt«, beeilte Ambacher sich, das Versäumte nachzuholen.

Nachdenklich zog Ambacher an seiner Zigarre. Ab und zu warf er einen grübelnden Blick auf Axel, der mit blassem Gesicht, aber ruhig und gefasst neben dem Schreibtisch des Professors saß.

»Sie wissen, Dr. Conrad, dass ein schwerer Verdacht auf Ihnen lastet«, begann Ambacher nach Sekunden des Schweigens. »Haben Sie etwas zu Ihrer Rechtfertigung zu sagen?« Ambachers breites Gesicht mit der knolligen Nase erinnerte an eine gutmütige Bulldogge. Nur seine hellen Augen, denen nichts zu entgehen schien, zeugten von einem wachen Verstand.

»Tut mir Leid, Herr Kommissar, ich kann Ihnen nur sagen, dass ich nicht weiß, wie die Ampullen verschwinden konnten. Ich habe den Schlüssel stets bei mir getragen. Ich kann Ihnen nur sagen, dass ich kein Interesse daran habe, Morphium aus dem Giftschrank zu entwenden.«

»Tatsächlich nicht?« fragte Ambacher mit beißendem Spott. »Denken Sie doch noch einmal scharf nach! Vielleicht fällt Ihnen doch noch eine Begründung ein.«

»Was wollen Sie damit andeuten, Herr Kommissar?« rief Bath erregt dazwischen.

»Warten wir doch ab, was Dr. Conrad dazu zu sagen hat«, erwiderte Ambacher ruhig. Keine Sekunde ließ er Axel aus den Augen.

Axel zuckte mit den Schultern. Er fühlte sich unschuldig. Was sollte er dem Kommissar sagen? Ein Schweigen breitete sich im Büro aus. Alle Anwesenden sahen Axel an. Unruhe, Neugierde und Zweifel las man in den Gesichtern der Umstehenden. Nur Ambacher schien die Ruhe selbst zu sein. Er klopfte seine Taschen ab und fragte plötzlich:

»Entschuldigen Sie, aber kann mir vielleicht jemand Feuer geben?« Als er den unwilligen Blick des Professors auffing, fügte Ambacher lächelnd hinzu: »Ja, ja, Herr Professor, ich weiß, dass das Rauchen ungesund ist, aber ich brauche meine Zigarre. Das ist eben meine Sucht.« Er legte eine kleine, bedeutungsvolle Pause ein und sagte dann, jedes einzelne Wort betonend: »So, wie es Leute gibt, die Morphium brauchen, brauche ich das Nikotin.«

Professor Bath reichte dem Kommissar eine Schachtel Streichhölzer. Während Ambacher seine Zigarre wieder in Brand setzte und blaue Rauchwolken vor sich hinpaffte, beobachtete er Axel scharf. Unvermittelt und mit völlig veränderter Stimme fragte er:

»Warum sagen Sie uns nicht, dass Ihr Bruder rauschgiftsüchtig ist, Dr. Conrad? Warum wollen Sie uns nicht mitteilen, dass sich Ihr Bruder in ein Sanatorium zur Behandlung begab, aber seit Tagen verschwunden ist?«

»Was hat das denn mit dem Verschwinden der Ampullen zu tun?« rief Axel erregt und sprang auf.

»Oh, ich könnte mir vorstellen, dass Sie seinem Betteln nicht widerstehen konnten, dass Sie nachgaben und ihm den Stoff besorgten? War es nicht so, Dr. Conrad? Wollen Sie nicht endlich die volle Wahrheit gestehen?«

Professor Bath starrte seinen Oberarzt voller Unglauben an.

»Sagen Sie, dass das nicht wahr ist, Dr. Conrad!« stieß Bath rau hervor. »Sagen Sie, dass das ein Irrtum ist!«

Jetzt bereute Axel zutiefst, dass er sich Professor Bath noch nicht anvertraut hatte, dass er nicht schon längst von seinem Bruder und dessen Sucht erzählte. Sah es nicht tatsächlich so aus, als wollte er etwas verbergen? Axel presste die Handflächen aneinander, seine Blicke wanderten unruhig von einem zum anderen.

»Ja, ja, es ist richtig, dass mein Bruder rauschgiftsüchtig ist. Aber ich würde ihm niemals die Mittel verschaffen, um sich zugrunde zu richten. Niemals!«

Kommissar Ambacher griff in die Innentasche seines Jacketts und zog einen weißen Papierbogen hervor.

»Wenn Sie mich heute nicht verständigt hätten, Herr Professor, wäre ich zu Ihnen in die Klinik gekommen. Sehen Sie dieses Papier? Es ist ein anonymer Brief, den ich gestern am Spätnachmittag erhielt. Ich werde Ihnen diesen Brief vorlesen.«

Kommissar Ambacher legte eine kunstvolle Pause ein, entfaltete raschelnd den Briefbogen und begann mit monotoner Stimme zu lesen:

»Dr. Conrad entwendet für seinen Bruder Morphium aus den Klinikbeständen, Legen Sie diesem Mann das Handwerk! Ein Freund.«

»Das ist eine üble Verleumdung!« rief Axel außer sich vor Erregung.

»Niemals habe ich für meinen Bruder gestohlen! Herr Professor, ich ...«

Bath schnitt seinem Oberarzt mit einer unwilligen Handbewegung das Wort ab.

»Warum haben Sie mir nie von den Schwierigkeiten erzählt, die Sie mit Ihrem Bruder haben, Dr. Conrad? Warum haben Sie sich mir nicht anvertraut? Schon als die ersten fünf Ampullen verschwanden, wäre es Ihre Pflicht gewesen, mich davon zu unterrichten. Ich will nicht glauben, dass Sie schuldig sind, Dr. Conrad, aber ich muss mich an Tatsachen halten.«

»Tatsachen?« rief Axel aufgebracht. »Welche Tatsachen? Dieses Schreiben eines Schmierfinken nennen Sie Tatsachen? Überlegen Sie doch, meine Herren.

Wenn der Kommissar gestern bereits diesen Brief entdeckte, muss doch jemand von dem Diebstahl gewusst haben! Wir entdeckten das Fehlen der Ampullen doch erst heute!«

»Oh, dafür gäbe es schon eine Erklärung, Dr. Conrad«, mischte Kommissar Ambacher sich ins Gespräch. »Vielleicht hat jemand aus der Klinik Sie beobachtet? Er wollte nicht in die Sache hineingezogen werden. Deshalb informierte er das Rauschgiftdezernat anonym. Das ist doch eine plausible Erklärung, oder nicht?«

Axel starrte den Kommissar an, als habe er den Verstand verloren. Sein Atem ging keuchend, als er sagte:

»Hören Sie, Herr Kommissar, mein Bruder ist nicht erst seit gestern oder heute süchtig. Wenn ich ihm tatsächlich Mittel beschafft haben sollte, warum dann erst jetzt? Warum nicht schon früher? Warum nicht?«

»Bitte, nehmen Sie wieder Platz, Dr. Conrad«, bat Ambacher leise. »Es ist sinnlos, wenn Sie mich anschreien. Ich höre noch gut. Auch auf Ihre Frage kann ich Ihnen antworten. Vielleicht hatte Ihr Bruder bis dato genügend finanzielle Mittel, um sich den Stoff selbst zu besorgen. Na, und jetzt ging ihm das Geld aus, und in seiner Verzweiflung, in seiner Not wandteer sich an Sie. Das klingt doch plausibel!«

»Das klingt absurd und verrückt!« Axel war so erregt, dass seine Hände zitterten und er sie in den Taschen des weißen Kittels verbarg.

»Das wird sich herausstellen, Dr. Conrad«, erwiderte Ambacher kühl.

»Wir werden Ermittlungen anstellen.« Der Kommissar wandte sich an Bath und sagte: »Zunächst werden wir sämtliche Schreibmaschinen überprüfen, die es in Ihrer Klinik gibt. Vielleicht wurde der Brief hier in Ihrer Klinik geschrieben. Ich nehme es sogar stark an. Außerdem müssen wir jeden verhören, der mit der Chirurgischen Station in Berührung kommt. Ich kann es Ihnen leider nicht ersparen, Herr Professor.«

»Ich hoffe nur, dass Sie bald Licht in diese Geschichte bringen, Herr Kommissar«, erwiderte Bath und starrte düster, vor sich hin. Er wusste, dass er nun die Konsequenzen ziehen musste. Baths Schultern strafften sich, ruckartig hob er den Kopf und sagte mit kühler Stimme:

»Sie werden verstehen, Dr. Conrad, dass ich Sie vorübergehend von Ihrem Dienst suspendieren muss. Sie werden meine Klinik so lange nicht mehr betreten, bis der Diebstahl aufgeklärt ist.« Er räusperte sich kräftig und fügte hinzu: »Ich kann ihr Verbleiben an meiner Klinik nicht mehr verantworten, denn ich müsste damit rechnen, dass weiteres Morphium verschwindet. Und das kann ich nicht verantworten. Ich muss Sie auffordern, Dr. Conrad, die Klinik sofort zu verlassen.«

Axel starrte seinen Chef ohne Verstehen an. Dann wanderten seine Blicke zu Daniela, doch die senkte den Kopf. Sie glaubte nicht an seine Schuld, doch was konnte sie tun? Es war die Entscheidung des Professors. Mit verbissenem Gesichtsausdruck stand Axel auf.

»Mir bleibt keine andere Wahl, als mich Ihren Anordnungen zu fügen, Herr Professor«, sagte er bitter. »Ich möchte aber noch betonen, dass ich der Ansicht war, dass Sie Vertrauen in mich hatten. Ich muss leider sehen, dass ich mich getäuscht habe. Diese Erfahrung schmerzt mich besonders, wenn ich bedenke, wie viele Jahre ich schon an Ihrer Klinik arbeite.«

»Ich kann nicht anders handeln, Dr. Conrad«, erwiderte Bath, der sich in seiner Rolle sichtlich unwohl fühlte.

Geräuschvoll schob Kommissar Ambacher den Stuhl zurück, als er aufstand. Seine hellen wachen Augen musterten Axel scharf. Ambacher war sich keineswegs sicher, dass Axel den Diebstahl begangen hatte. Doch davon ließ er sich nichts anmerken. Ruhig sagte er zu Axel:

»Ich muss Sie bitten, Dr. Conrad, bis auf weiteres die Stadt nicht zu verlassen. Halten Sie sich zu unserer Verfügung.«

»Keine Angst, ich laufe nicht davon«, erwiderte Axel voller Sarkasmus. »Da ich ja offensichtlich nicht mehr gebraucht werde, möchte ich mich verabschieden. Guten Tag, meine Herren.«

Niemand hielt Axel zurück, als er das Büro des Professors verließ,

⌘

Trotz des heißen Sommertages fror Wolfgang Conrad, als er ziellos durch die Straßen der Stadt lief. Das Morphium, das er in dem Koffer vorgefunden hatte, war verbraucht. Sein Körper, der wieder an die Rauschmittel gewöhnt war, verlangte nach neuem Stoff.

Wolfgangs Gesichtsausdruck war gequält. Sein Blick war starr geradeaus gerichtet. Er sah nicht die Menschen, die an ihm vorbeiströmten, merkte nicht, dass er so manchen unsanft anstieß. Er war nur von einem Gedanken besessen: Rauschgift.

Verzweifelt überlegte Wolfgang, woher er es nehmen sollte. Er hatte keinen Pfennig in der Tasche, und ohne Geld würde er sich keinen Stoff besorgen können. Es war sinnlos, es ohne Geld versuchen zu wollen, denn Freunde gab es in diesem Milieu nicht. Hier bekam nur der etwas, der auch dafür bezahlen konnte.

Erschöpft ließ Wolfgang sich auf einer flachen Vorgartenmauer nieder. Schauer rannen über seine Haut, sein Herz klopfte schnell. Wolfgang dachte an seinen Bruder. Axel war Arzt! Er würde ihm helfen! Ganz sicher sogar!

»Aber wie«, murmelte Wolfgang und kickte mit der Fußspitze einen Stein über die Straße.

Wolfgang erinnerte sich daran, dass er schon einmal versucht hatte, von seinem Bruder Rauschmittel zu bekommen. Axel dachte damals gar nicht daran, ihm etwas zu geben. Kein Bitten und kein Flehen halfen damals – Axel blieb hart.

»Entschuldigen Sie, junger Mann, fühlen Sie sich nicht wohl?« fragte ihn eine alte Dame, die dicht vor ihm stehen blieb und ihn mitleidig musterte.

»Doch, doch«, murmelte Wolfgang und senkte den Kopf tiefer. »Mir geht es ganz gut.«

»Sagen Sie mir, wenn ich Ihnen helfen kann«, bat die alte Dame mit gütiger Stimme. »Haben Sie vielleicht Hunger? Ich habe zwar nur eine kleine Rente, aber zu einem Essen könnte ich Sie schon einladen.«

»Das ... das ist sehr lieb von Ihnen«, stieß Wolfgang beschämt hervor. »Aber Sie können mir nicht helfen. Sie bestimmt nicht.« Unvermittelt sprang Wolfgang auf und lief davon. Erst ein paar Straßenzüge weiter blieb er atemlos vor einem Schaufenster stehen und betrachtete sich.

Das Haar hing ihm wirr in die Stirn, seine Augen brannten tief in den Höhlen. Bleich sah er aus, seine Wangen waren hohl, und die Bartstoppeln zeichneten blaue Schatten in sein Gesicht.

Soweit war er also schon heruntergekommen, dass ein altes Mütterchen ihn zu einem Essen einladen wollte ...

Wolfgang konnte seinen Anblick nicht mehr ertragen. Wie gehetzt lief er weiter, immer geradeaus, ohne Ziel. Es war ihm, als liefe er vor sich selbst und seiner Sucht davon. Doch Wolfgang wusste genau, dass ihm das nicht gelingen würde.

⌘

»Na, Mädchen, du siehst heute aber gar nicht glücklich aus!« rief Werner Uhlen in seiner poltrigen Art und ließ sich seiner Nichte gegenüber in den Sessel nieder. »Ich freue mich, dass du uns wieder einmal besuchen kommst. Du hast dich in letzter Zeit ja mächtig rar gemacht. Ich hatte schon den Verdacht, dass da ein Mann dahinter steckt.«

»Ach, Werner!« rügte seine Frau ihn und begrüßte Daniela mit einem Kuss auf die Wange. »Warum macht es dir eigentlich so viel Spaß, Daniela in Verlegenheit zu bringen?« Helen Uhlen setzte sich ebenfalls zu Daniela.

»Weil unsere Daniela noch so herrlich rot werden kann! Bei welcher jungen Frau findet man das heutzutage noch?« Werner schmunzelte vergnügt vor sich hin.

»Möchtest du eine Tasse Tee mit uns trinken?« fragte Helen Uhlen, und als Daniela schweigend nickte, stand sie auf, um dem Hausmädchen Bescheid zu geben.

»Daniela, willst du deinem alten Onkel nicht erzählen, was dich bedrückt? Ganz im Ernst, Kind, ich sehe doch, dass du Kummer hast.« Werner Uhlen legte seine Hand auf Danielas Arm. Ein warmes Lächeln lag auf seinem Gesicht.

»Oh, welch seltener Gast!« rief in diesem Augenblick Senta, die das kleine Erkerzimmer betrat, in dem ihr Vater gern den Tee zu sich nahm. »Guten Tag, Daniela. Ich wollte dich eigentlich heute in der Klinik besuchen kommen. Nun ersparst du mir einen Weg. Ich wollte dich fragen, ob du nicht Lust hast, mit zu der Party der Steiners zu gehen. Ein Gartenfest. Es wird sicher himmlisch werden!«

Senta setzte sich Daniela gegenüber. Sie war wie immer nach der letzten Mode gekleidet, ihr silberhelles Haar duftig frisiert, und ein Hauch sündhaft teuren Parfüms umgab sie.

Daniela betrachtete Senta, und ein wenig Neid regte sich in ihrem Herzen. Ja, wenn sie so schön wäre wie ihre Cousine, würde Professor Bath sie sicherlich nicht übersehen . . .

»Du wolltest mir doch etwas anvertrauen?« fragte Werner erneut.

»Oh! Gibt es Neuigkeiten?« rief Senta. »Du weißt doch, Daniela, ich bin schrecklich neugierig. Erzähle, hast du dich verliebt?«

»Ach, wenn es nur das wäre«, erwiderte Daniela traurig. »Bei uns in der Klinik sind schlimme Dinge passiert. Ich kann es immer noch nicht ganz glauben.« Daniela schilderte ausführlich, was sich heute in der Klinik zugetragen hatte. Sie merkte nicht, dass Senta jedes Wort registrierte, sah nicht, wie ihre Augen aufleuchteten, als Daniela erzählte, dass Axel vom Dienst suspendiert worden war.

»Das ist ja eine unglaubliche Geschichte«, brummte Werner Uhlen. »Ich habe diesen Axel Conrad doch kennen gelernt. Ein sympathischer Mann. Nein, solche Dinge traue ich ihm nicht zu.«

»Und wie soll es nun weitergehen?« fragte Senta atemlos.

»Ich weiß nicht.« Daniela zuckte hilflos mit den Schultern.

»Armer Dr. Conrad«, sagte Senta leise.

»Ja, alle in der Klinik bedauern ihn«, warf Daniela ein. »Keiner will an seine Schuld glauben.«

»Was heißt Schuld!« rief Werner Uhlen. »Dr. Conrad ist so lange unschuldig, bis seine Schuld erwiesen ist. Und ich bin überzeugt, dass man den wahren Schuldigen noch finden wird.«

»Ich habe mir schon vergeblich den Kopf darüber zerbrochen, wer den Diebstahl begangen haben könnte, Onkel Werner«, sagte Daniela. »Aber ich komme zu keinem Ergebnis.« Gedankenverloren betrachtete Daniela ihre Cousine, die ihr gegenübersaß. Ein Gedanke durchzuckte sie plötzlich. Auch Senta war des Öfteren allein im Schwesternzimmer gewesen, wenn sie sie besuchte. Hatte sie damals nicht Streichhölzer im Schreibtisch gesucht?

Daniela stieß einen leichten Seufzer aus und schüttelte über sich selbst den Kopf. Wie konnte sie nur daran denken, dass vielleicht Senta etwas mit dem Diebstahl zu tun haben könnte! Senta und Rauschgift! Dieser Gedanke war einfach absurd!

Selbst wenn Senta süchtig wäre, überlegte Daniela, brauchte sie das Morphium nicht zu stehlen. Daniela wusste, dass Senta über ein großes Bankkonto verfügte, denn ihre Großmutter hatte ihr eine beträchtliche Summe hinterlassen.

»Du bist plötzlich so still?« fragte Senta. »Sag mal, hast du Dr. Conrad denn schon besucht?«

»Aber Senta, es ist doch erst heute Morgen passiert.«

»Trotzdem sollten seine Freunde ihm jetzt zeigen, dass sie zu ihm stehen. Das zu sehen, wird ihm bestimmt gut tun.«

»Du hast Recht, Senta. Bevor ich hierher kam, habe ich mit Dr. Conrad telefoniert. Ich habe ihm versichert, dass ich an seine Unschuld glaube. Er war sehr froh darüber. Gleichzeitig erzählte er mir, dass er nicht lange allein sein würde. Seine Braut will in zwei oder drei Tagen zu ihm kommen.«

»Du bist wohl sehr interessiert an diesem Dr. Conrad?« fragte Uhlen seine Tochter argwöhnisch.

»Muss ein solches Schicksal nicht interessieren?« fragte Senta mit unschuldigem Augenaufschlag. »Ich finde es entsetzlich, unschuldig verdächtigt zu werden!«

Doch Werner Uhlen kannte seine Tochter. So schnell ließ er sich nicht täuschen. War etwa dieser Dr. Conrad der Grund, warum Senta so plötzlich nicht mehr an Roberts Zuneigung interessiert war?

Werners Frau kam ins Erkerzimmer. Sie selbst schob den Servierwagen vor sich her und deckte den runden Marmortisch. Senta erhob sich hastig.

»Für mich bitte keinen Tee. Ich habe noch etwas zu erledigen. Wiedersehen, Daniela, ich besuche dich wieder einmal in der Klinik. Tschüs Paps!« Senta küsste ihren Vater rasch auf die Wange, winkte ihrer Mutter kurz zu und verließ eilig das Zimmer.

Werner Uhlen sah seiner Tochter kopfschüttelnd nach. Ein kleines stolzes Lächeln huschte über sein Gesicht, als er sagte:

»Sie ist manchmal ein richtiger Wirbelwind, unsere Senta.«

»Sie ist verwöhnt und verzogen«, bemerkte seine Frau, die ihrer Tochter weitaus kritischer gegenüberstand. »Aber daran bist nur du schuld. Du hast ihr immer jeden Wunsch von den Augen abgelesen. Senta weiß gar nicht, was verzichten heißt.«

»Wozu habe ich ein großes Vermögen? Warum arbeite ich tagtäglich in der Firma? Für uns? Nein, ich tue es für unsere Tochter. Warum soll ich ihre Wünsche nicht erfüllen, wenn ich die nötigen Mittel dazu habe?« brummte Werner Uhlen ungehalten.

»Weil es nicht gut ist, wenn ein Mensch keine Grenzen kennt, wenn er glaubt, alles bekommen zu können«, erwiderte seine Frau heftig.

»Bitte, streitet euch doch nicht«, bat Daniela leise. »Ich hatte heute schon so viel Aufregung, ich kam, um mich bei euch ein wenig zu erholen.«

»Ich bin ja schon still, Daniela«, erwiderte Helen seufzend und schenkte den Tee ein. »Ich verstehe mich mit Werner ausgezeichnet, und ich möchte ihn gegen keinen Mann auf der ganzen Welt eintauschen. Nur über Erziehungsfragen darf ich nicht mit ihm diskutieren.«

»Dieses kleine Übel solltest du als liebende Gattin schon in Kauf nehmen«, bemerkte Werner, der schon wieder versöhnt war. Er beugte sich zu seiner Frau und küsste sie rasch auf den Mund.

⌘

Senta Uhlen zuckte erschrocken zusammen, als sie wenige hundert Meter von Axels Haus entfernt, Wolfgang entdeckte. Er lehnte am Stamm einer Kastanie, hielt die Hände tief in den Hosentaschen versenkt und starrte vor sich hin.

Senta hatte Wolfgang in der Zeit, in der er im Motel »Schönblick«, wohnte, häufig beobachtet. Oft parkte sie ihren Wagen vor der Rezeption des Motels und beobachtete die Zimmernummer vierzehn. Schließlich wollte sie sich ja überzeugen, ob ihre Aktion von Erfolg gekrönt worden war.

Senta trat auf das Gaspedal, schnell fuhr sie an Wolfgang vorbei. Nun war es also soweit. Wolfgang hatte keine Rauschmittel mehr und wollte nun sicherlich seinen Bruder aufsuchen . . .

Axel sah Senta erstaunt an. Gedehnt fragte er:

»Sie?«

Senta war eine ausgezeichnete Schauspielerin. Sie hielt die Luft an und zählte bis zehn. Sie spürte, wie ihr das Blut in die Wangen schoss. Errötend konnte sie nun stammeln:

»Verzeihen Sie, Dr. Conrad, dass ... dass ich ... Sie so einfach besuche. Aber ... aber ich hörte von ... von Ihrem Missgeschick. Ich bin gekommen, um Ihnen zu sagen, dass es mir entsetzlich Leid tut, und dass ich von Ihrer Unschuld überzeugt bin.« Nur zögernd hob Senta die Lider, sie machte auf Axel einen hilflosen Eindruck.

»Kommen Sie doch herein«, bat Axel und trat höflich einen Schritt beiseite. Sentas Anteilnahme an seinem Schicksal rührte ihn. Im Grunde seines Herzens bereute er es schon, dass er sie damals so hart behandelt hat.

In der Garderobe nahm er Senta den leichten Sommermantel ab und bat sie ins Wohnzimmer.

»Darf ich Ihnen etwas zu trinken anbieten, Fräulein Uhlen? Einen Kaffee vielleicht oder etwas Alkoholisches?«

»Keinen Alkohol, bitte, ich bin mit dem Wagen hier«, lehnte Senta mit gut gespielter Bescheidenheit ab. »Aber zu einer Tasse Kaffee sage ich nicht Nein.«

Axel ging in die Küche, um Wasser aufzusetzen. Kaum war er wieder im Wohnzimmer, als erneut die Türglocke anschlug. Axel hob erstaunt den Kopf.

»Nanu? Ich scheine heute einen Besuchertag zu haben. Sie entschuldigen mich?«

Senta nickte schweigend. Ihr Herz klopfte zum Zerspringen. Sie war sicher, dass Wolfgang vor der Tür stand. Wenige Minuten später wurde ihre Vermutung Gewissheit. Axel betrat mit seinem Bruder das Wohnzimmer. Er stellte die beiden einander vor und forderte Wolfgang auf, Platz zu nehmen. In den ersten Minuten saßen sich die drei schweigend gegenüber.

Axel war deutlich anzusehen, dass ihn der Besuch seines Bruders in Verwirrung brachte. Wolfgang machte einen nervösen Eindruck. Nur Senta beobachtete die beiden Männer ruhig und gelassen. Sie dachte an die Ampullen, die sie ständig bei sich trug. Zu Hause in ihrem Zimmer wollte sie das Morphium nicht aufbewahren. Die Möglichkeit, dass das Hausmädchen oder ihre Mutter die Ampullen entdeckten, war zu groß.

»Du weißt, warum ich gekommen bin!« stieß Wolfgang plötzlich hervor.

»Ich nehme an, ich soll dich ins Sanatorium zurückbringen«, erwiderte Axel mühsam beherrscht.

»Ich pfeife auf das Sanatorium!« rief Wolfgang wütend. »Ich brauche dringend einen ›Schuss‹! Ich muss ihn haben, ich halte es nicht mehr aus!«

»Du weißt, dass du von mir keine Rauschmittel bekommst«, antwortete Axel kalt, »und wenn ich das Zeug kistenweise hätte! Außerdem hast du anscheinend vergessen, dass ich Besuch habe. Ich möchte dich bitten, dieses Thema nicht mehr anzuschneiden.«

»Was kümmert mich dein Besuch!« stieß Wolfgang gequält hervor. Er krümmte sich plötzlich zusammen, stöhnend flüsterte er: »Wenn ich nicht bald wieder Stoff bekomme, werde ich noch wahnsinnig.«

Axel öffnete den Mund, um Wolfgang zu antworten, als das schrille Pfeifen des Wasserkessels ertönte. Er ging in die Küche.

Wolfgang sprang auf. Wie ein gefangenes Tier lief er in dem geräumigen Wohnzimmer umher. Plötzlich lehnte er sich aufstöhnend an die Wand und verbarg sein Gesicht in der Armbeuge.

Senta zitterte vor Aufregung. Sie lauschte kurz auf die Geräusche, die aus der Küche durch die angelehnte Wohnzimmertür drangen.

Jetzt oder nie, dachte Senta und stand leise auf. Sie

nahm zwei Ampullen aus der Handtasche und deponierte sie auf der Fensterbank.

Senta wusste, wie gefährlich ihr Tun war, doch sie musste diese Gelegenheit nutzen. Rasch ging sie zu Wolfgang und sagte leise:

»Wenn Sie sich nicht wohl fühlen, sollten Sie ein wenig frische Luft schöpfen.«

»Lassen Sie mich doch in Ruhe!« fauchte Wolfgang und wischte mit der Hand unwillig durch die Luft.

»Wie Sie wollen«, erwiderte Senta kühl und setzte sich wieder in ihren Sessel. Keine Sekunde zu früh, denn im nächsten Augenblick betrat Axel, ein Tablett auf den Armen, das Wohnzimmer.

Wolfgang sah seinem Bruder zu, wie er den Tisch für drei Personen deckte. Der aromatische Duft des frisch gefilterten Kaffees verursachte Wolfgang Übelkeit. Er stürzte zum Fenster und öffnete einen Flügel.

Plötzlich stutzte er. Siedend heiß durchzuckte es ihn, als er die beiden Ampullen entdeckte. Seine Hand schoss vor und umschloss das Morphium. In den ersten Sekunden wagte Wolfgang nicht, sich zu rühren. Er überlegte auch gar nicht, wie die Ampullen auf die Fensterbank kamen, er hatte nur eine Befürchtung: Jemand könnte entdecken, dass er diese Kostbarkeit in seinen Händen hielt.

Wolfgang lauschte auf die Gerausche hinter seinem Rücken. Er hörte Porzellan klirren und die Stimme seines Bruders, die wie aus weiter Ferne an sein Ohr drang. Langsam, zögernd drehte er sich um.

Er atmete erleichtert auf, denn weder die junge Frau noch sein Bruder schenkten ihm Beachtung.

Axel schien die Blicke seines Bruders auf sich zu fühlen. Er drehte sich zu Wolfgang um und fragte:

»Möchtest du dich nicht zu uns setzen, eine Tasse Kaffee trinken und mit uns plaudern?«

Mit seltsam steifen Schritten kam Wolfgang auf den Tisch zu. Er durfte jetzt nicht die Nerven verlieren. Ruhig bleiben, dachte er immer wieder, ganz ruhig bleiben ...

»Ach, ich glaube, ich fühle mich nicht sehr wohl«, sagte er leise. Schweiß bedeckte sein Gesicht, er leckte sich über die trockenen Lippen. »Hättest du etwas dagegen, wenn ich mich hinlege? Ich fühle mich völlig zerschlagen und ausgepumpt.«

»Nein, sicher nicht«, erwiderte Axel, dem die Erleichterung über Wolfgangs vernünftiges Verhalten deutlich anzusehen war. »Du weißt, dass dein Zimmer immer für dich vorbereitet ist.«

»Ich würde gern schlafen«, murmelte Wolfgang, »aber ich fühle mich sehr nervös und unruhig. Könntest du mir ein Schlafmittel geben?«

Axel überlegte einen Augenblick. Er sah keinen Grund, warum er Wolfgangs Wunsch nicht nachkommen sollte. Wenn er schlief, würde er den Wunsch nach Rauschgift zumindest eine Zeit lang vergessen. Axel nickte und antwortete:

»Geh schon mal nach oben. Ich hole nur meine Medikamententasche.«

Wolfgang verließ das Wohnzimmer. Keiner sah das leichte, erwartungsvolle Lächeln, das um seine Lippen spielte. Das Schlafmittel war ihm einerlei, doch er brauchte die Einwegspritze, die sein Bruder verwenden musste und die er anschließend sicherlich achtlos in den nächsten Papierkorb werfen würde.

Während Axel im oberen Stockwerk bei seinem Bruder weilte, trank Senta im Wohnzimmer in aller Ruhe ihren Kaffee. Nun musste sie nur noch dem Kommissar eine Nachricht zukommen lassen – dann nahm Axels Schicksal seinen Lauf. Ein bösartiges Lächeln lag auf Sentas Gesicht. Sie kostete ihre Rache voll aus. Eine Gefängnisstrafe würde Axel sicher bekommen, wenn der Kommissar Wolfgang im Rauschzustand hier vorfand. Vielleicht würde man ihm auch die Approbation entziehen, und er konnte gar nicht mehr als Arzt arbeiten?

Sicherlich würde die andere Frau sich dann zurückziehen. Und sie, Senta, käme dann als rettender Engel, als liebende Frau, die ihm beistand und trotz allem an seiner Seite leben wollte ...

Axels Erscheinen riss Senta aus ihren Tagträumen. Sie stellte die Tasse zurück und stand auf.

»Ich muss mich nun leider von Ihnen verabschieden, Dr. Conrad«, sagte Senta und reichte ihm die Hand. »Ich möchte noch einmal mein Bedauern über Ihr Missgeschick ausdrücken und Ihnen sagen, dass ich hoffe, dass sich bald alles zu Ihren Gunsten aufklären wird.«

»Danke, Fräulein Uhlen«, erwiderte Axel und zog ihre Hand an seine Lippen. Höflich begleitete er sie bis zur Haustür.

Weder Senta noch Axel bemerkten Heinz Schmitt, Kommissar Ambachers Assistenten, der zu Axels Beobachtung beordert worden war. Heinz Schmitt stand in einer Telefonzelle und benachrichtigte soeben seinen Chef von Wolfgangs Eintreffen.

⌘

Heinz Schmitt, der seinen Beobachtungsposten nicht verließ, staunte über den regen Damenbesuch bei Dr. Conrad. Denn kaum hatte Senta den Arzt verlassen, als eine andere Frau ihren Wagen vor Dr. Conrads Haus parkte.

Heinz Schmitt sah, wie Axel diese Frau in seine Arme schloss, wie sie sich küssten.

»Du bist jetzt schon gekommen?« fragte Axel ein

wenig atemlos, nachdem er sich von Mara Winter gelöst hatte. »Ich dachte, du könntest dich erst in zwei oder drei Tage freimachen?«

»Ein Kollege war so lieb, meinen Dienst zu übernehmen. Ich hielt es einfach nicht länger aus, Axel. Ich habe mich so sehr und dauernd um dich gesorgt!«

Axel legte den Arm um Mara, schloss die Haustür und führte sie ins Wohnzimmer. Mara sah die drei Gedecke auf dem Tisch und fragte erstaunt:

»Du hattest Besuch?«

Axel berichtete knapp von Senta Uhlen und von Wolfgang, der jetzt in seinem Zimmer lag und schlief.

»Gott sei Dank«, bemerkte Mara erleichtert. »Nun wissen wir wenigstens, wo er steckt. Wenn er aufwacht, werde ich versuchen, ihn zu überreden, wieder ins Sanatorium zu gehen.«

»Ich glaube nicht, dass du es schaffen wirst, Mara«, erwiderte Axel düster. »Er ist so gierig nach Stoff . . . Du kannst dir keinen Begriff davon machen. Er wollte sogar, dass ich ihm Rauschmittel gebe, obwohl er meine Einstellung dazu kennt.«

»Hat sich in der Klinik schon etwas Neues ergeben?« fragte Mara. »Hat die Polizei schon mit ihren Nachforschungen begonnen?«

»Ich weiß absolut nichts. Ich darf bis auf weiteres die Klinik ja nicht mehr betreten«, erwiderte Axel bitter.

Mara setzte sich auf Axels Schoß, schlang die Arme um seinen Hals und legte ihre Wange an seinen Kopf.

»Es ist völlig gleichgültig, wie die Sache enden wird, Axel. An meiner Liebe zu dir wird sich nichts ändern. Ich gehöre zu dir, was auch kommen mag.«

Noch bevor Axel antworten konnte, schrillte erneut die Haustürglocke. Unwillig schob Axel die Augenbrauen zusammen.

»Möchte wissen, wer das schon wieder ist! Das geht hier zu wie in einem Taubenschlag«, brummte er und stand auf. Er küsste Mara flüchtig auf die Nasenspitze. »Ich bin gleich wieder zurück, mein Liebes.«

Axels Lächeln verschwand sofort, als er Kommissar Ambacher und Heinz Schmitt vor der Haustür stehen sah. Was mochte der Kommissar denn jetzt schon wieder von ihm wollen? Er hatte sich auf ein paar gemütliche Stunden des Zusammenseins mit Mara gefreut! Und nun sollte daraus ein Gespräch mit der Polizei werden.

»Sie kommen mir sehr ungelegen, Herr Kommissar«, brummte Axel und machte keinerlei Anstalten, die Beamten in sein Haus zu bitten.

»Das kann ich mir denken, Dr. Conrad«, erwiderte Kommissar Ambacher spöttisch und schob die kalte Zigarre von einem Mundwinkel in den anderen. »Wir müssen aber trotzdem mit Ihnen sprechen. Vor allem auch mit Ihrem Bruder.«

»Sie wissen schon, dass Wolfgang hier ist?« fragte Axel erstaunt.

»Tja, das Auge des Gesetzes ist wachsamer, als mancher glauben möchte«, erwiderte der Kommissar. »Wollen Sie uns nicht ins Haus bitten, Dr. Conrad?«

Nur widerwillig gab Axel den Weg frei. Unsanft schloss er die Tür hinter den Beamten und ging ins Wohnzimmer voran. Er machte Mara mit dem Kommissar und dessen Assistenten bekannt und bot den Beamten Platz an.

»Danke, aber ich möchte zuerst Ihren Bruder sprechen, Dr. Conrad«, bemerkte Kommissar Ambacher, der Axel keinen Moment aus den Augen ließ. Es schien, als wollte der Kriminalist jede Regung in Axels Gesicht registrieren.

»Das wird kaum möglich sein, Herr Kommissar.

Ich habe meinem Bruder ein Schlafmittel injiziert. Vor fünf oder sechs Stunden wird Wolfgang nicht ansprechbar sein.«

»Ich möchte ihn trotzdem sehen«, beharrte der Kommissar.

»Ganz wie Sie wünschen«, erwiderte Axel und machte eine einladende Handbewegung. Wenn Sie mir folgen wollen?« Axels Stimme war deutlich zu entnehmen, wie lächerlich er das Verhalten der Beamten fand.

Er ging mit ihnen ins obere Stockwerk, öffnete die zweite Tür links, lehnte sich an den Türrahmen, zeigte auf Wolfgang, der im Bett lag, und sagte:

»Bitteschön, meine Herren. Dort liegt mein Bruder. Wenn Sie unbedingt seinen Schlaf bewachen wollen ...?« Axel verschränkte die Arme vor der Brust. Gelangweilt beobachtete er die Beamten.

Kommissar Ambacher warf einen kurzen Blick auf den Nachttisch. Zwei Ampullen lagen dort und eine Einwegspritze. Ambacher zog Wolfgangs Augenlider hoch und besah sich die Pupillen.

»Ihr Bruder ist völlig high!« rief er Axel über die Schulter zu. »Ein Schlafmittel wollen Sie ihm verabreicht haben? Und was ist das?« Mit einem Taschentuch fasste Ambacher vorsichtig die Morphiumampulle an und hob sie hoch.

Unsicher kam Axel näher. Völlig überrascht schüttelte er den Kopf.

»Ich weiß nicht, woher Wolfgang dieses Zeug hat. Ich kann tausend Eide schwören, dass ich ihm nur ein Schlafmittel verabreichte. Und die Spritze! Ich habe sie doch in den Papierkorb geworfen!« Axel schluckte schwer. »Herr Kommissar, so glauben Sie mir doch! Ich habe meinem Bruder das Morphium nicht gegeben!«

»Erzählen Sie das dem Untersuchungsrichter, Dr.

Conrad«, erwiderte Ambacher hart. »Diese Ampulle ist Indiz genug. Sie genügt, um Sie festzunehmen. Vielleicht finden wir die restlichen Ampullen auch noch? Schmitt, durchsuchen Sie den Mann.«

Heinz Schmitt beugte sich über Wolfgang und tastete ihn ab. Als er die rechte Hosentasche befühlte, stieß er einen feinen Pfiff aus. Mit spitzen Fingern zog er eine weitere Ampulle hervor.

Kommissar Ambacher hielt sie Axel entgegen.

»Und diese Ampulle haben Sie ihm auch nicht gegeben? Dr. Conrad, das wird Ihnen kein Richter der Welt glauben. Ich muss Sie auffordern, uns zu begleiten. Packen Sie ein paar Sachen zusammen, die Sie für die Nacht brauchen. Toilettenartikel, einen Schlafanzug, vielleicht auch einen Morgenmantel ...«

»Darf ich mich noch von meiner Braut verabschieden?« würgte Axel mühsam hervor.

»Aber selbstverständlich, wir sind doch keine Unmenschen.« Kommissar Ambacher winkte seinen Assistenten heran. »Sie begleiten Dr. Conrad, Schmitt.«

Axel kümmerte sich nicht um den jungen Mann, der dicht hinter ihm die Treppen hinabstieg. Mit bekümmertem Gesichtsausdruck trat Axel auf Mara zu und legte die Arme um sie. Seufzend lehnte er seine Wange gegen ihr Haar und murmelte:

»Ich bin verhaftet, Mara. Still, reg dich nicht auf. Ich weiß, dass ich unschuldig bin. Es braucht vielleicht seine Zeit, bis es bewiesen ist.«

»Axel, du musst doch nicht deine Unschuld beweisen! Im Gegenteil! Sie müssen dir die Schuld nachweisen können!« rief Mara.

»Bitte, erschrick nicht«, Mara. »Wolfgang liegt total high in seinem Zimmer. Auf dem Nachttisch fanden sie eine leere Ampulle Morphium, in seiner Hosentasche eine Zweite. Es sind Medikamente der Firma, die Professor Baths Klinik beliefert.«

»Aber... das ist doch unmöglich«, flüsterte Mara erstickt.

»Ich kann es mir auch nicht erklären«, murmelte Axel und zog Mara fester an sich. »Ich muss jetzt mit ihnen gehen, Mara. Bitte, glaube an meine Unschuld. Ich brauche deinen Glauben, denn du bist der einzige Mensch, der mir etwas bedeutet.«

Mara legte ihren Kopf in den Nacken. Tränen schimmerten in ihren Augen, sie zwang sich zu einem Lächeln.

»Ich zweifle nicht an dir, Liebster«, sagte sie leise. Ihre Hände streichelten sein Gesicht. »Ich liebe dich, und es gibt nichts auf dieser Welt, was uns trennen könnte. Ich werde den besten Anwalt für dich ausfindig machen, den es gibt. Ich werde auf dich warten – selbst wenn es Jahre dauern sollte.«

»O Mara«, murmelte Axel und küsste sie leidenschaftlich. Es schien, als wollte er Abschied nehmen für immer. »Ich liebe dich, Mara, nur dich. Vergiss das nicht«, flüsterte er zwischen den Küssen.

»Ich bin ja kein Unmensch, aber ich muss Sie nun leider bitten, mit mir zu kommen, Dr. Conrad«, bemerkte Kommissar Ambacher. »Sie müssen sich auch noch ein paar Sachen einpacken.«

»Ich mach das schon für dich, Liebster«, erklärte Mara mit erstickter Stimme und eilte ins obere Stockwerk. Sie war froh, ein paar Minuten allein sein zu können. Nun endlich konnte sie ihren Tränen, die sie weder Axel noch den Beamten zeigen wollte, freien Lauf lassen.

Knapp zehn Minuten später verließ Axel sein Haus. Er ging zwischen den beiden Beamten und sah sich nicht mehr nach Mara um. Erst als er im Fond des Wagens saß, schaute er zurück und hob grüßend die Hand.

Mara wischte sich die Tränen von den Wangen. Entschlossen ging sie ins Haus zurück und griff zum Telefonhörer. Sie wählte Heidi Lautens Nummer und hoffte, die Freundin zu erreichen. Mit Heidis Hilfe würde es ihr sicher gelingen, Wolfgang umzustimmen. Er musste wieder ins Sanatorium zurück. In der Ruhe und in der Abgeschlossenheit musste er wieder zu sich selbst finden.

⌘

Schwester Daniela verließ das Schwesternzimmer. Ihr Dienst war beendet. Einen Augenblick blieb sie unschlüssig vor der Tür stehen und überlegte, was sie mit ihrem freien Abend beginnen sollte.

Am Ende des langen Flures wurde die gläserne Flügeltür aufgestoßen. Professor Bath kam auf sie zu. Daniela neigte grüßend den Kopf und wandte sich zum Gehen.

»Warten Sie einen Augenblick, Schwester Daniela!« rief Hartmut Bath ihr nach.

Daniela blieb abwartend stehen. Wie immer, wenn sie dem Professor gegenüberstand, klopfte ihr Herz schneller.

»Wenn Sie einen Augenblick Zeit haben, möchte ich Ihnen etwas mitteilen, Schwester Daniela«, sagte Bath, und seinem Gesicht war anzusehen, dass es keine angenehme Mitteilung sein würde. »Gehen wir doch in Dr. Conrads Büro.« Professor Bath öffnete Daniela höflich die Tür, ließ sie eintreten und schloss die Tür hinter sich. Er lehnte sich mit dem Rücken gegen das weißlackierte Holz, verschränkte die Arme vor der Brust und sah Daniela an.

Im Augenblick schien Bath gar nicht daran zu denken, dass er Daniela etwas erzählen wollte. Er war so sehr in ihren Anblick versunken, dass er alles andere vergaß.

Daniela wurde über und über rot. Sie wich seinem Blick aus, nervös spielte sie mit ihrer Umhängetasche. Warum sah er sie so an? Warum sagte er nichts?

Professor Bath riss sich von Danielas Anblick gewaltsam los. Er stieß sich von der Tür ab. Während er langsam auf sie zukam, sagte er:

»Ich habe eine schlechte Nachricht, Schwester Daniela. Dr. Conrad ist verhaftet worden.«

»Nein!« Fast wie ein Schrei kam das Wort von Danielas Lippen. Fassungslos starrte sie den Professor an. »Das kann doch nicht wahr sein! Das glaube ich einfach nicht! Es gibt doch gar keinen Grund, ihn zu verhaften. Er ist unschuldig!«

»Kommissar Ambacher rief mich vor wenigen Minuten an, Schwester Daniela. Man fand Dr. Conrads Bruder in seinem Haus. Zwei Morphiumampullen aus unserem Bestand trug Dr. Conrads Bruder bei sich. Welchen Beweis wollen Sie noch? Woher sollte Wolfgang Conrad die Ampullen sonst haben, wenn nicht von seinem Bruder? Ich bedauere es auch aufrichtig, aber die Beweislast ist erdrückend.«

Daniela wandte Professor Bath den Rücken zu. Sie wollte nicht, dass er ihre Tränen sah:

Hartmut Bath starrte auf Danielas zuckende Schultern. Er konnte dem Bedürfnis, sie zu trösten, nicht länger widerstehen. Leise trat er hinter sie und legte ihr die Hände auf die Schultern.

»Bitte, weinen Sie nicht, Daniela. Ich kann Sie nicht weinen sehen. Bitte, hören Sie doch auf. Ich will alles tun, um Dr. Conrad vor Gericht zu entlasten. An meiner Aussage soll es nicht scheitern.«

Daniela wusste selbst nicht mehr, was sie tat. Sie drehte sich um und warf sich in seine Arme. Ihre

Hände legten sich um seinen Hals, den Kopf barg sie Schutz suchend an seiner Schulter.

Hartmut stand einen Augenblick wie erstarrt. Wie oft hatte er davon geträumt, Daniela in seinen Armen zu halten . . .

Sanft streichelte Hartmut ihr Haar, ihren Rücken. Ohne sich Rechenschaft über sein Tun zu geben, flüsterte er:

»Nicht weinen, mein Liebes. Ich kann verstehen, dass du traurig bist. Auch ich bedaure es aufrichtig, dass Dr. Conrad mit dem Gesetz in Konflikt geraten ist. Ich kann es immer noch nicht glauben, und oft wünsche ich mir, das Fehlen der Ampullen wäre niemals entdeckt worden.«

Danielas Schluchzen war leiser und leiser geworden. Gebannt lauschte sie seinen Worten. Hatte er sie wirklich »Liebes«, genannt? Duzte er sie tatsächlich, oder träumte sie das alles nur?

Hartmut sah auf sie herab. Er roch den Duft ihres weizenblonden Haares, spürte ihren warmen Körper in seinen Armen. Alle Bedenken, alle Befürchtungen waren plötzlich verschwunden. Leise, mit zärtlichem Klang in der Stimme, raunte er ihr zu:

»Daniela, ich habe mir so oft gewünscht, dich in meinen Armen halten zu dürfen. Und nun, da meine Träume Wirklichkeit geworden sind, möchte ich dir gestehen, wie sehr ich dich liebe. Nicht erst seit heute, nicht erst seit gestern. Lange schon gehört mein Herz dir, aber ich fand nie den Mut, dir meine Liebe zu gestehen. Daniela, könntest du dir vorstellen, an der Seite eines alten Mannes zu leben?«

Angst schwang nun in Hartmuts Stimme mit. Er schob Daniela ein wenig von sich, legte seine Hand unter ihr Kinn und zwang sie, ihn anzusehen.

»Du weinst ja immer noch!« rief er erstaunt aus.

»Ich weine vor Glück«, flüsterte Daniela. »Küss mich doch endlich, damit ich auch spüre, dass ich nicht träume. Ach, Hartmut, ich liebe dich doch auch. Warum hast du nie von deiner Liebe gesprochen? Ja, ja, ich will an deiner Seite leben! Ich kann mir nichts Schöneres vorstellen!« jubelte Daniela und bot ihm ihre Lippen zum Kuss.

Fest nahm Hartmut die geliebte Frau in seine Arme. Er überschüttete sie mit aller Zärtlichkeit, zu der er fähig war. Viele zärtlich-verrückte Kosenamen, die alle Verliebten der Welt kennen, flüsterte er ihr zu.

In diesem Glückstaumel vergaß sie sogar die Sorge um Dr. Conrad. Nur noch Hartmut zählte, nur er allein war im Augenblick wichtig für sie.

»Daniela, ich möchte, dass du so schnell wie möglich meine Frau wirst«, sagte Hartmut plötzlich und fügte bedenklich hinzu: »Du solltest aber nicht vergessen, dass ich fast zwanzig Jahre älter bin als du.«

»Siebzehn, mein Lieber, knapp siebzehn Jahre älter.« Lachend sah Daniela in sein erstauntes Gesicht.

»Woher weißt du das?«

»Ich weiß alles über dich, Liebster«, flüsterte Daniela und sah ihn verliebt an. »Wie ein Computer habe ich in mir aufgenommen und gespeichert, was ich über dich in Erfahrung bringen konnte. Das ist wohl so bei schrecklich verliebten Frauen. Oder bist du da anderer Ansicht?«

»Und diese siebzehn Jahre stören dich nicht?« fragte Hartmut.

»Keineswegs«, erwiderte Daniela, stellte sich auf die Zehenspitzen und küsste ihn rasch auf die Nasenspitze. »Für mich bist du der Klügste und bestaussehendste Mann der ganzen Welt! Genügt dir diese Erklärung?«

»Und ob!« rief Hartmut und zog sie erneut in seine Arme. Nun stand seinem Glück nichts mehr im Wege. Verliebt sah er Daniela an und flüsterte:

»In spätestens vier bis sechs Wochen bist du meine Frau, und ich werde der glücklichste Mann unter der Sonne sein.«

⌘

Daniela Telly lenkte ihren Kleinwagen seufzend in die Auffahrt, die zu der Jugendstilvilla der Uhlens führte. Hartmut hatte mit aller Entschiedenheit verlangt, dass sie ein paar Tage ausspannte. Heute Abend wollte er mit ihr im Ratskeller speisen, und er wünschte sich eine erholte, fröhliche Frau an seiner Seite.

Daniela konnte ihr Glück manchmal noch nicht fassen. Aber wenn sie in Hartmuts Armen lag, dann wusste sie, dass das alles kein Traum war, dass sie endlich die Liebe gefunden hatte.

Werner Uhlen kam ihr über den gepflegten Rasen des Parks entgegen.

»Hallo, Daniela!« rief er ihr zu. »Du besuchst uns aber zu einer ungewöhnlichen Tageszeit. Hast du denn heute keinen Dienst? Komm, setzen wir uns ein wenig.« Danielas Onkel deutete auf eine steinerne Bank, die im Schatten eines Kirschbaumes stand.

»Vom Professor persönlich beurlaubt«, erwiderte Daniela lachend und nahm neben ihrem Onkel Platz.

Werner Uhlen legte den Arm um die Schultern seiner Nichte, drückte sie ein wenig an sich und fragte schmunzelnd:

»Ein Strafurlaub, weil du zu viel arbeitest?«

»Nein, ein Erholungsurlaub, damit ich heute Abend frisch und ausgeruht bin. Hartmut möchte den Abend mit mir verbringen, er . . .«

»Hartmut?« unterbrach ihr Onkel sie staunend. »Donnerwetter, Kind! Nun erzähle mir bloß nicht, dass du es geschafft hast, diesem eingefleischten Junggesellen ein Leben zu zweit schmackhaft zu machen!«

»Was heißt, ich ihm?« fragte Daniela entrüstet. »Er will mich zu seiner Frau machen.« Daniela barg ihren Kopf an Uhlens Schulter, seufzend gestand sie: »Ach, Onkel Werner, ich bin ja so schrecklich glücklich. Seit ich an seiner Klinik arbeite, seit ich ihn kenne, liebe ich ihn schon. Doch ich habe nie zu hoffen gewagt, dass meine Liebe erwidert würde.«

»Ich muss schon sagen, der Bursche hat einen guten Geschmack«, sagte Uhlen schmunzelnd.

»Onkelchen!« rief Daniela gespielt entrüstet. »Wie sprichst du denn von unserem Professor?«

Werner Uhlen wurde der Antwort enthoben, denn der schnittige Sportwagen seiner Tochter kam in rasanter Fahrt die Auffahrt herauf.

Mit quietschenden Bremsen stoppte Senta ihren Wagen vor der breiten Freitreppe, die zum Eingang der Jugendstilvilla führte. Langsam kam sie auf die beiden zu. Anmutig pflückte sie eine Kirsche von den tief hängenden Ästen des Baumes, schob sie zwischen die Lippen und sagte:

»Ich will euer trautes Beisammensein ja nicht stören. Ich habe nur eine bescheidene Bitte an dich, liebe Daniela. Ich habe einen ausgedehnten Einkaufsbummel hinter mir und eine Unmenge von Taschen und Schachteln in meinem Wagen. Hilfst du mir, sie ins Haus zu tragen, Daniela?«

Ohne Danielas Antwort abzuwarten, drehte Senta sich um und ging mit wiegenden Hüften zum Wagen zurück. Daniela merkte den Unwillen auf Werner Uhlens Gesicht. Sie legte ihre Hand auf seinen Arm und sagte:

»Lass es gut sein, Onkel Werner. Ich helfe Senta gerne. Bleib hier sitzen, ich bin in ein paar Minuten wieder zurück. Es sitzt sich angenehm im Schatten des Baumes. Bis gleich.«

Werner Uhlen sah seiner Nichte seufzend nach. Ach ja, Daniela war eine reizende junge Frau. Hartmut Bath konnte man zu dieser Entscheidung nur gratulieren.

Senta hatte sich bereits verschiedene Schachteln und Päckchen aufgeladen.

»Nimm doch bitte die Tüten vom Vordersitz!« rief sie Daniela zu und ging langsam die Stufen hinauf.

Daniela beugte sich in den Sportwagen und zog die verschiedenen bunten und weißen Tüten zu sich heran. Aus Versehen riss sie Sentas Handtasche vom Sitz. Sie kippte auf den Boden. Der Inhalt lag verstreut auf der roten Fußmatte.

Rasch bückte Daniela sich, um all die Dinge, die Senta in ihrer Handtasche mit sich herumtrug, wieder einzusammeln.

Plötzlich zuckte Daniela wie untereinem Peitschenhieb zusammen. Die längliche weiße Packung, die sie in den Händen hielt, kannte sie doch! Flüchtig überflog Daniela den schwarzen Aufdruck. Hastig öffnete sie die Packung. Acht Ampullen Morphium zählte sie. Mit zitternden Händen verstaute Daniela die Packung wieder in der Handtasche und legte sie auf den Fahrersitz zurück.

Sie nahm die Tragetaschen und trug sie ins Haus. In der geräumigen Halle kam Senta ihr entgegen.

»Bring die Taschen in mein Zimmer! Den Rest schaffe ich schon allein!« Ohne Daniela, die leichenblass war, weiter zu beachten, lief Senta wieder ins Freie.

In Sentas Zimmer stellte Daniela die Tüten ab und

setzte sich aufs Bett. Schon wollte sie ihrer ersten Regung folgen und Senta zur Rede stellen, doch sie besann sich anders. Nein, sie musste sich alles reiflich überlegen . . .

Daniela ging wieder zu ihrem Onkel zurück, doch ihre anfängliche Fröhlichkeit wollte nicht wiederkehren. Schweigend pflückte sie sich ein paar Kirschen vom Baum und setzte sich neben ihren Onkel.

»Du bist plötzlich so nachdenklich?« fragte Werner Uhlen.

Senta kam ins Freie und gesellte sich zu ihnen.

»Ach, ich musste gerade an Dr. Conrad denken«, erwiderte Daniela leise. Sie wagte nicht, Senta anzusehen.

»Na, na, Danielchen«, rügte ihr Onkel und hob scherzend den Zeigefinger. »Kaum hast du dich mit unserem Professor liiert, denkst du schon an einen anderen Mann! Das kann doch nicht gut gehen!«

»Mit dem Professor liiert?« echote Senta, noch bevor Daniela ihrem Onkel antworten konnte. »Dann darf man gratulieren?«

»Ja, wir werden in ein paar Wochen heiraten«, erwiderte Daniela bescheiden.

»Und was wolltest du von Dr. Conrad erzählen?« fragte Senta. Daniela bemerkte den lauernden Unterton in der Stimme ihrer Cousine, doch sie ließ sich nichts anmerken.

»Ach, der arme Mensch ist gestern verhaftet worden«, sagte sie leise. »Man hat zwei Ampullen des vermissten Morphiums neben seinem Bruder gefunden. Nun glauben natürlich alle, dass er schuldig ist.«

»Ein schwerwiegendes Indiz«, bemerkte Uhlen nachdenklich, während Senta sich überhaupt nicht äußerte.

»Trotzdem glaube ich, dass er unschuldig ist!« begehrte Daniela auf.

»Glauben heißt nicht wissen«, bemerkte Senta spöttisch.

»Du kennst Dr. Conrad nicht!« Wütend funkelte Daniela ihre Cousine an. »Ich habe jahrelang mit ihm zusammengearbeitet. Er ist zu nichts Schlechtem fähig. Er nicht! Für ihn würde ich meine Hand ins Feuer legen!«

»Hoffentlich verbrennst du sie dir nicht, liebe Daniela. Man kann sich in jedem Menschen täuschen, liebe Daniela. Aber ich kann deinen Dr. Conrad nicht beurteilen, ich kenne ihn ja kaum.«

»Kinder, Kinder, das ist ein unerfreuliches Thema«, sagte Werner Uhlen seufzend.

»Ja, ich glaube, wir lassen es besser«, erwiderte Daniela. »Ich werde noch rasch in die Stadt fahren und ein paar Einkäufe tätigen. Senta hat mich auf eine gute Idee gebracht.«

»Aber achte darauf, dass du nicht gleich dein ganzes Monatsgehalt ausgibst«, bemerkte Senta spöttisch.

»Keine Sorge«, erwiderte Daniela flach. Sie reichte ihrem Onkel die Hand, Senta winkte sie nur kurz zu. Dann ging sie zu ihrem Kleinwagen und fuhr davon.

»Bald wird sie es nicht mehr nötig haben, darauf zu achten, wie viel Geld sie ausgibt«, bemerkte Uhlen. »Hartmut ist ein reicher Mann, und ich bin sicher, dass er seine Frau verwöhnen wird. Übrigens, ich fand deines Bemerkung eben nicht sehr taktvoll, Senta. Du gehörst zu den wenigen, die sich ihr Geld nicht durch harte Arbeit verdienen müssen. Danke Gott dafür,und spotte nicht über Menschen, die über kein ansehnliches Bankkonto verfügen.«

»Ach, Paps, du bist mir heute zu moralisch«, antwortete Senta verstimmt. »Ich werde mich ein wenig ins Haus zurückziehen und lesen.«

»Das wird gut sein«, erwiderte ihr Vater zweideutig, doch Senta hörte schon nicht mehr, was er sagte. Leichtfüßig eilte sie die Stufen zur Villa hinauf. Sie dachte gar nicht daran, zu lesen. Sie wollte sich ganz einfach hinlegen, die Augen schließen und sich ihren Tagträumen hingeben. Und in diesen Träumen spielte Axel Conrad eine große Rolle . . .

⌘

Daniela fuhr nicht in die Stadt, um Besorgungen zu erledigen. Sie fuhr auf schnellstem Wege in die Klinik, um Professor Bath von ihrer Entdeckung zu berichten.

Hartmut hörte ihr schweigend zu. Plötzlich stand er auf, zog den weißen Kittel aus, schlüpfte in sein Jackett und sagte kurz:

»Komm, wir müssen auf schnellstem Wege zu Kommissar Ambacher. Du wirst alles zu Protokoll geben, was du mir soeben berichtet hast.«

»Nein, das werde ich nicht tun!«

Professor Bath starrte sie sprachlos an.

»Und warum nicht?« fragte er. Er legte die Hände fest auf ihre Schultern. »Weißt du, was du da sagst? Willst du vielleicht, dass ein Unschuldiger im Gefängnis sitzen muss?«

»Nein, das will ich nicht!« rief Daniela den Tränen nahe. »Ich kann aber auch Senta nicht ins Gefängnis bringen! Ihre Eltern haben mich großgezogen. Ihnen verdanke ich es, dass ich nicht in einem Heim aufwachsen musste. Und ich soll mich nun dazu hergeben, ihre Tochter ins Unglück zu stürzen? Hartmut, das kann niemand von mir verlangen!«

»Doch«, erwiderte Hartmut hart. »Ich verlange

das von dir. Ich weiß nicht, aus welchem Grund deine Cousine dieses falsche Spiel trieb. Ich weiß aber, dass Dr. Conrad unschuldig ist. Daniela, bitte, überlege es dir noch einmal. Du musst aussagen! Wer weiß, wie lange Senta die Ampullen noch in ihrer Handtasche versteckt? Wenn sie das Morphium an einer anderen Stelle unterbringt, können wir ihr gar nichts mehr beweisen. Komm, jede Minute ist kostbar.«

»Ich könnte Onkel Werner und Tante Helen nicht mehr unter die Augen treten«, flüsterte Daniela.

»Ich kenne Werner Uhlen lange genug. Sicher, es wird ein harter Schlag für ihn sein, wenn er erkennen muss, dass seine Tochter ein Verbrechen begangen hat. Doch Uhlen ist auch ein gerechter Mann. Er wird einsehen, dass es deine Pflicht war, diese Sache zur Anzeige zu bringen.«

»Warum musste auch ausgerechnet ich diese Ampullen finden? Warum konnte sie nicht ein anderer entdecken?« rief Daniela unglücklich aus.

»Vielleicht, weil du diejenige warst, die felsenfest an Dr. Conrads Unschuld glaubte?« Hartmut nahm die geliebte Frau in die Arme. Wie ein Kind wiegte er sie hin und her. Tröstend raunte er ihr zu: »Nicht weinen, mein Kleines, es wird alles wieder gut werden. Komm, lass uns nun zur Polizei fahren.«

Hartmut nahm Daniela bei der Hand und zog die Widerstrebende mit sich fort.

Knapp zwanzig Minuten später saßen sie in Kommissar Ambachers Büro, der aufmerksam Danielas Erzählung lauschte.

»Warum haben Sie uns eigentlich nicht schon früher erzählt, dass Fräulein Uhlen sich an Ihrem Schreibtisch zu schaffen machte?« fragte Ambacher unwillig.

»Weil ich dem keinerlei Bedeutung beimaß. Ich

habe einmal kurz daran gedacht«, erinnerte Daniela sich. »Doch Senta und Rauschgift? Der Gedanke erschien mir so absurd, dass ich ihn nicht weiterdachte.«

»Doch welchen Grund sollte Fräulein Uhlen haben, Dr. Conrad vernichten zu wollen? Kannten die beiden sich denn näher?«

»Soweit ich unterrichtet bin nicht«, erwiderte Professor Bath ernst. »Vielleicht könnte Dr. Conrad uns eine Erklärung geben?«

»Vielleicht«, erwiderte der Kommissar nachdenklich und stand auf. »Kommen Sie, Schmitt, wir werden zu den Uhlens fahren. Ach, vergessen Sie nicht, sich einen Durchsuchungsbefehl zu besorgen!« rief Ambacher seinem Assistenten nach. Dann wandte Ambacher sich an Daniela. Er reichte ihr die Hand und sagte ernst:

»Wenn wir die Beweismittel bei Fräulein Uhlen finden, haben Sie Dr. Conrad einen großen Dienst erwiesen. Es sah nicht gut für ihn aus.«

Daniela hielt den Kopf gesenkt. Sie dachte einzig und allein an Sentas Eltern, die ihre Tochter abgöttisch liebten. Besonders aber fürchtete sie sich jetzt schon vor der nächsten Begegnung mit Onkel Werner. Würde er die Enttäuschung überwinden? Oder würde er daran zerbrechen?

Hartmut ahnte, welche Gedanken Daniela bewegten. Er legte den Arm um sie und sagte leise:

»Was auch kommen mag, kleine Daniela, ich werde immer an deiner Seite sein. Fürchte dich nicht vor dem Wiedersehen mit deinem Onkel. Ich bin sicher, dass er deine Handlungsweise verstehen wird.« Dann wandte Professor Bath sich an den Kommissar: »Wann können wir Dr. Conrad aus dem Untersuchungsgefängnis abholen, Herr Kommissar?«

»Ich rufe Sie an, Herr Professor«, erwiderte Ambacher ruhig und zündete sich eine Zigarre an. »Sind Sie in der Klinik zu erreichen?«

»Ja, wir werden in meinem Büro auf Ihren Anruf warten.«

»Na, dann drücken Sie mir die Daumen«, erwiderte Ambacher und schob seinen fülligen Körper aus dem Büro.

⌘

Robert Wenger, den die Sehnsucht zu Senta trieb, kam gleichzeitig mit Kommissar Ambacher und dessen Kollegen Schmitt vor der Villa der Uhlens an.

Werner Uhlen öffnete den Beamten selbst.

»Ich bin Kommissar Ambacher«, stellte der Kriminalbeamte sich vor. »Und das ist mein Assistent Schmitt.« Ambacher zeigte die Polizeimarke.

»Kriminalpolizei in meinem Haus?« Werner Uhlen hob die Augenbrauen. »Was kann ich für Sie tun, meine Herren?«

»Wir möchten zu Fräulein Senta Uhlen, ist sie im Haus?« fragte Ambacher kühl.

»Was will denn die Kriminalpolizei von Senta?« warf Robert Wenger erstaunt ein. »Ich glaube, meine Herren, hier liegt ein Irrtum vor.«

»Das glaube ich nicht«, antwortete der Kommissar kalt.

»Tja, dann werde ich meine Tochter holen lassen«, murmelte Werner Uhlen und ging kopfschüttelnd ein paar Schritte weiter und betätigte einen Klingelzug.

»Sagen Sie bitte meiner Tochter, sie möchte unverzüglich in meinem Arbeitszimmer erscheinen«, ordnete Uhlen an. Das Hausmädchen Else kannte diesen Gesichtsausdruck des Hausherrn. Sie wusste, dass er nichts Gutes verhieß. Sie knickste ein wenig und eilte rasch die Treppen ins obere Stockwerk hinauf.

»Bitte, meine Herren, wenn Sie mir folgen wollen?« Werner Uhlen deutete vage zum Hintergrund der Halle und ging den Beamten voran.

Höflich öffnete er die Tür seines Arbeitszimmers, ließ den Kommissar und seinen Assistenten eintreten. Ambacher drehte sich noch einmal um und winkte Robert Wenger zu sich.

»Ich muss Sie leider auch ins Arbeitszimmer bitten, mein Herr«, erklärte Ambacher mit schiefem Lächeln. »Ich möchte verhindern, dass Sie Fräulein Uhlen eine Warnung zukommen lassen.«

»Das klingt ja alles sehr geheimnisvoll«, bemerkte Robert Wenger und warf dem Hausherrn einen fragenden Blick zu.

Werner Uhlen zuckte mit den Schultern. Er wusste auch keine Erklärung.

Wenig später betrat Senta das Arbeitszimmer ihres Vaters. Sie trug ein langes, weitfallendes Hauskleid. Ihr Gesicht drückte Unwillen aus.

»Musstest du mich wecken lassen, Paps?« fragte sie.

»An mir lag es nicht. Kommissar ... äh, Ambacher wollte dich unbedingt sprechen.«

»Kommissar Ambacher?« wiederholte Senta und wurde um einige Nuancen blasser... Und warum, wenn ich fragen darf?«

»Vielleicht sind wir umsonst gekommen, Fräulein Uhlen.« Ambacher setzte sein Dienstlächeln auf und schob die erkaltete Zigarre vom rechten in den linken Mundwinkel. »Wir haben hier einen Durchsuchungsbefehl, Fräulein Uhlen. Und zwar möchten wir Ihre Handtasche untersuchen.«

»Welche?« fragte Senta frech, während sich ihre Gedanken überschlugen. Die Handtasche, die die Ampullen beherbergte, befand sich noch in ihrem

Wagen. Sollte der Kommissar ruhig suchen, auf die Idee, im Wagen nachzusehen, kam er sicher nicht.

»Oh, am liebsten alle Ihre Handtaschen«, erwiderte Ambacher liebenswürdig.

»Dann müssen Sie sich schon ins obere Stockwerk, in mein Zimmer bemühen. In meinem Ankleidezimmer, im Wandschrank links, befinden sich alle Taschen, die ich besitze.«

»Schmitt, gehen Sie nach oben und durchsuchen Sie alles gründlich.«

»Sicherlich werden Sie mir nun auch verraten, was Sie bei mir suchen, Herr Kommissar?« fragte Senta, nachdem Schmitt das Arbeitszimmer ihres Vaters verlassen hatte.

»Morphium, Fräulein Uhlen. Acht kleine Ampullen Morphium.«

»Sind Sie wirklich sicher, dass Sie auf der richtigen Fährte sind, Herr Kommissar?« fragte Robert Wenger und stellte sich schützend neben Senta. »Was in aller Welt sollte Senta mit Morphium?«

»Das werden wir schon herausfinden, Herr . . .«

»Das ist Herr Wenger, mein Verkaufsdirektor«, stellte Uhlen Robert vor.

»Vielleicht sollten wir dem Kommissar etwas zu trinken anbieten?« fragte Senta, die sich ihrer Sache sehr sicher fühlte. »Oder trinken Sie nichts, wenn Sie im Dienst sind?«.

»Für einen guten alten Cognak bin ich immer zu haben«, erklärte Ambaeher, der sich von Sentas provozierendem Verhalten nicht aus der Fassung bringen ließ. Er glaubte Daniela Tellys Aussage, und er war sicher, dass er das Morphium finden würde.

Der Kommissar wollte soeben den Cognakschwenker an die Lippen führen, als sein Assistent mit hochrotem Gesicht wieder das Arbeitszimmer betrat.

»Ich habe bestimmt an die fünfundzwanzig Taschen durchsucht, Herr Kommissar. Nichts. Keine Spur von den Morphiumampullen.«

Ambacher warf einen schnellen Seitenblick zu Senta. Er sah das triumphierende Aufblitzen in ihren Augen. Hart stellte er den Schwenker auf die Schreibtischplatte zurück und stand auf.

»Ich habe es Ihnen doch gleich gesagt!« rief Robert. »Sie sind auf der falschen Spur, Herr Kommissar.«

Ambacher konnte seine Enttäuschung nur schwer verbergen. Er trat an das hohe Bogenfenster und starrtenachdenklich in den gepflegten Park. Senta Uhlen konnte nicht gewarnt worden sein. Wo also steckte die Handtasche, in der Schwester Daniela die Morphiumampullen entdeckte?

Zufällig fiel Ambachers Blick auf den schnittigen Sportwagen, der vor der Treppe parkte.

»Wem gehört der rote Wagen da draußen?« fragte er, ohne sich umzudrehen.

»Meiner Tochter«, antwortete Uhlen und trat nun ebenfalls an das Fenster.

»Schmitt, gehen Sie zum Wagen und sehen Sie nach, ob Sie eine Handtasche finden«, ordnete der Kommissar an.

»Halt!« rief Senta plötzlich mit schriller Stimme. »Sie haben kein Recht, meinen Wagen zu untersuchen! Ich erlaube es Ihnen nicht!«

Kommissar Ambacher drehte sich um und musterte Senta kühl.

»Doch, Fräulein Uhlen, dieses Recht habe ich. Ihre Reaktion zeigt mir übrigens, dass ich auf der richtigen Spur bin. Bitte, meine Herren, treten Sie doch ans Fenster.«

Sentas Vater und Robert beobachteten, wie Schmitt die Wagentür öffnete, wie er mit spitzen Fingern eine

Tasche herausholte, sie dem Kommissar zeigte und dann auf das Haus zueilte.

»Nun wollen wir doch sehen, ob wir finden, was wir suchen«, bemerkte Ambacher, nahm die Tasche an sich und öffnete sie. »Ach! Sieh mal an, da ist es ja!« Ambacher zog eine längliche weiße Packung aus der Tasche. Fest sah er Senta an. »Ich glaube, Fräulein Uhlen, Sie haben uns eine Menge zu erzählen.«

Langsam, Schritt für Schritt wich Senta zurück, bis sie mit dem Rücken an die Wand stieß. Aus weit geöffneten Augen starrte sie den Kommissar an.

»Ich werde nicht mit Ihnen kommen«, flüsterte sie. »Mich werden Sie nicht einsperren, Kommissar Ambacher.«

»Wenn Sie sich weigern, mich freiwillig zum Präsidium zu begleiten, werde ich wohl oder übel einen Streifenwagen kommen lassen müssen. Ist Ihnen das lieber?«

»Senta, um Gottes willen! Willst du mir nicht erklären, was das bedeuten soll?« rief ihr Vater schwer atmend. Er hielt beide Hände gegen sein schmerzendes Herz gepresst. »Ich verstehe das alles nicht! Was wolltest du denn mit dem Morphium?«

»Einen anderen Menschen ruinieren«, erklärte Ambacher ruhig. »Ich weiß zwar noch nicht warum, aber das werde ich schon noch herausfinden.«

»Ich hasste ihn«, sagte Senta plötzlich heiser. »Ich hasste ihn, weil er eine andere Frau liebt. Ich wollte, dass er unglücklich wird. Ja, ja, schaut mich nur alle entsetzt an!« schrie sie plötzlich. »Ja, ich bin ein Ungeheuer! Ich habe mir einen Nachschlüssel vom Giftschrank besorgt, ich entwendete die Ampullen, um Dr. Conrad in Verdacht zu bringen. Ich war es auch, der die beiden Ampullen in Wolfgangs Nähe legte! Ich schrieb den anonymen Brief. Ich ... ich ...« Aufschluchzend brach Senta ab, sie schlug die Hände vors Gesicht.

Alle, außer Robert, starrten die schöne Frau entsetzt an. Wie konnte ein Mensch nur so hassen?

Robert ging zu Senta und legte die Arme um sie.

»Du musst für das, was du getan hast, einstehen, Senta. Doch hab' keine Angst, ich werde auf dich warten, mein Liebes. Meine Gefühle dir gegenüber haben sich nicht verändert. Ich liebe dich, Senta.«

Senta hob ihr tränenüberströmtes Gesicht zu ihm auf. Ungläubig sah sie ihn an. Flüsternd fragte sie:

»Du verabscheust mich nicht? Fühlst du denn keine Verachtung für mich, keinen Ekel?«

»Für dich?« Robert sah sie lächelnd an. »Für das, was du getan hast – ja. Jeder Mensch macht einmal einen Fehler. Ich muss zwar eingestehen, dass du eine riesengroße Dummheit gemacht hast, doch es gibt nichts, was man nicht wieder gutmachen könnte. Bitte, Senta, geh mit dem Kommissar zum Präsidium. Ich werde dir sofort den besten Anwalt der Stadt besorgen. Ich werde alles tun, um dir die schwere Zeit zu erleichtern, Und ... irgendwann wird alles vorbei sein. Dann werden wir Mann und Frau, und niemand wird uns mehr trennen.«

Senta war es, als fielen ihr plötzlich Schuppen von den Augen. So sehr liebte Robert sie? Mein Gott, warum hatte sie das nicht früher erkannt? Warum musste sie sich erst zu einem Verbrechen hinreißen lassen, getrieben von Hass, der aus gekränkter Eitelkeit entstanden war?

»Robert«, flüsterte sie so leise, dass nur er es verstehen konnte. »Ich danke dir für deine Liebe. Sie gibt mir Kraft, alles zu überstehen. Jetzt, da ich weiß, dass du auf mich warten wirst, gehe ich mit dem Kommissar. Bitte, nimm mich noch einmal in deine Arme und küss mich. Vielleicht wird es sehr lange dauern, bis wir uns wieder in den Armen halten können.«

Robert beugte sich zu ihr hinunter und küsste ihr die Tränen von den Wangen, dann suchten seine Lippen ihren Mund.

Kommissar Ambacher räusperte sich kräftig.

»Können wir nun gehen?« fragte er brummig.

Senta löste sich von Robert. Noch einmal streichelte sie seine Wange, dann ging sie rasch zur Tür.

»Senta!« rief der Vater ihr nach. »Warte, Senta!«

Senta küsste ihn auf beide Wangen. Traurig sah sie ihn an.

»Mach dir keine Vorwürfe, Paps«, sagte sie leise. »Dich trifft keine Schuld.«

Hastig wandte Senta sich ab. Sie konnte die Enttäuschung und die Trauer im Gesicht ihres Vaters nicht länger ertragen.

Robert Wenger und Werner Uhlen blieben oben auf der Treppe stehen und sahen dem Wagen der Beamten nach, der sich rasch entfernte.

»Ich bin froh, dass Helen im Augenblick nicht hier ist«, sagte Uhlen seufzend. »Sie hat doch so ein schwaches Herz. Ich werde es ihr schonend sagen müssen.«

⌘

Mara Winter, von Professor Bath informiert, war inzwischen in der Klinik eingetroffen. Die drei Menschen saßen in Baths Büro.

Ohne sich dessen bewusst zu werden, starrten Mara, Daniela und Hartmut das Telefon an. Sie warteten auf Kommissar Ambachers Anruf. Jedes Mal, wenn das Telefon anläutete, zuckten sie erschrocken zusammen, starrten voller Erwartung auf den Professor, der die Gespräche entgegennahm.

Hartmut warf einen Blick zur Uhr.

»Nun warten wir schon drei Stunden«, brummte er ärgerlich. »Ob es doch noch Schwierigkeiten gegeben hat? Der Kommissar müsste sich schon längst gemeldet haben.«

»Wie geht es Dr. Conrads Bruder?« fragte Daniela Mara, denn sie wollte ein anderes Thema anschneiden.

»Den Umständen entsprechend«, erwiderte Mara. »Er hat das Schlimmste noch nicht überstanden. Doch Heidi ist bei ihm. Sie hat ihr Studium für eine Zeit unterbrochen und sich in Itzeheim ein Zimmer genommen. Sie will so lange dort wohnen bleiben, bis Wolfgang es geschafft hat. Er . . .«

Mara brach ab, denn wieder schrillte das Telefon. Gebannt starrten die beiden Frauen auf Hartmut.

»So reden Sie doch schon, Herr Kommissar«, hörten sie Hartmut ungeduldig sagen. »Was? Na, das ist ja fantastisch! Und wann können wir Dr. Conrad aus der Untersuchungshaft abholen? Wie? Ja, ich habe verstanden. Um vier Uhr. Danke für den Anruf, Herr Kommissar!«

Erleichtert ließ Hartmut Bath den Hörer auf die Gabel zurücksinken.

»Es ist vorbei«, sagte er leise. »Wir können Dr. Conrad abholen.«

»Sagten Sie eben etwas von vier Uhr?« rief Mara aufgeregt. »Da müssen wir uns aber beeilen. Es sind nur noch knapp dreißig Minuten bis Ultimo, und das Untersuchungsgefängnis liegt weit außerhalb der Stadt.«

»Wir werden es schon schaffen, Fräulein Winter«, beruhigte er sie und warf einen raschen Blick auf Daniela. Als er Tränen in ihren Augen schimmern sah, sagte er: »Jetzt brauchst du doch nicht mehr zu weinen, Daniela, es wird nun alles wieder gut.«

»Ich weine, weil Mara und Dr. Conrad nun endlich glücklich sein dürfen«, gestand Daniela und lächelte schon wieder. »Nun lasst uns endlich fahren. Ich kann es gar nicht mehr erwarten, Dr. Conrad wiederzusehen.«

»Du, pass auf, was du sagst«, bemerkte Hartmut und drohte ihr scherzend mit dem Zeigefinger. »Ich bin ein schrecklich eifersüchtiger Mensch.«

Mit frohen Gesichtern verließen Hartmut, Mara und Daniela die Klinik. Wenig später saßen sie in Hartmuts dunkelblauer Limousine und fuhren ihrem Ziel entgegen.

Mara knetete ein Taschentuch zwischen den Händen, die vor Aufregung feucht waren. Wie sehr freute sie sich doch darauf, Axel wiederzusehen ...

»So, da wären wir«, sagte Hartmut Bath und stoppte den Wagen vor dem hohen Tor der Strafanstalt. »Na, war ich nicht gut? Es sind noch genau vier Minuten bis sechzehn Uhr. Nun wollen wir hoffen, dass die Herren da drinnen ebenso viel von Pünktlichkeit halten wie wir.«

Drei Augenpaare starrten auf das hohe, oben leicht spitz zulaufende Tor der Vollzugsanstalt.

»Ich weiß nicht, vielleicht geht meine Uhr nicht richtig, aber es ist schon eine Minute nach vier Uhr«, meldete sich Mara aus dem Fond des Wagens.

»Da!« rief Daniela aufgeregt. »Das Tor wird aufgemacht.«

Mara hielt es nicht länger im Wagen. Sie sprang heraus und lief auf das Tor zu. Daniela, die ihrem Beispiel folgen wollte, wurde von Hartmut zurückgehalten. Lächelnd schüttelte er den Kopf.

»Die ersten Minuten gehören nur den beiden, mein Liebes. Wir werden hübsch hier im Wagen warten, bis sie zu uns kommen.«

»Du hast Recht, Hartmut«, erwiderte Daniela und lehnte ihren Kopf an seine Schulter. »In der Aufregung habe ich das gar nicht bedacht.«

»Wir werden uns noch lange genug unterhalten können. Ich habe einen Tisch im ›Pierres Bistro‹ bestellt. Wir werden mit Dr. Conrad und Fräulein Winter ausgiebig speisen. Bist du damit einverstanden?« Hartmut küsste sie auf die Stirn, und Daniela warf ihm einen verliebten Blick zu.

Mara stand mit hängenden Armen vor dem Gefängnistor, das sich nun einen Spalt breit öffnete. Sie stieß einen kleinen Freudenschrei aus, als Axel herauskam.

»Axel!« rief sie und eilte auf ihn zu.

Axel ließ seine Reisetasche einfach fallen, breitete die Arme aus und fingMara auf.

»Endlich, Mara, endlich darf ich dich wieder in meinen Armen halten. Ich habe mich so sehr nach dir gesehnt.«

»Ich auch, Axel«, flüsterte Mara. »Aber jetzt wird uns nichts mehr trennen.«

»Ja, dieser Spuk ist nun erdgültig vorbei. Ich habe mir vorgenommen, erst einmal Urlaub zu nehmen. Vielleicht könntest du mir in dieser Zeit Gesellschaft leisten?« Axel wartete Maras Antwort nicht ab, sondern küsste sie voller Sehnsucht und Verlangen.

Als er sich wieder von ihr löste, galt seine erste Frage Wolfgang. Mara winkte ab und erklärte lachend:

»Das werde ich dir alles später erzählen, Liebster. Ich möchte deinen Chef und dessen Braut nicht so lange warten lassen.«

»Professor Hartmut hat eine Braut?« staunte Axel.

»O ja, und zwar deine verehrte Schwester Daniela«, erwiderte Mara und hakte sich bei Axel unter...

»Dazu kann man ihm nur gratulieren«, erwiderte Axel und nahm Mara rasch noch einmal in seine Arme. »Bevor wir mit dem Erzählen beginnen, möchte ich dich noch einmal küssen. Am liebsten würde ich ja gar nicht aufhören damit, solche Sehnsucht habe ich nach dir.«

»Wir haben doch ein ganzes Leben vor uns, Liebster«, erwiderte Mara und bot ihm ihre Lippen zum Kuss.

ENDE

Iris Amstätten

Nach langer Zeit kam er zurück

Er wusste nichts von seinem Kind

Fahles Dämmerlicht legte sich über das herbstliche Land. Hell hoben sich die weißen Mauern der Privatklinik von Professor Cartess von den dunklen Baumwipfeln ab.

Schwester Bettina Overbeck schaltete im Flur der Allgemeinen Chirurgie die spärliche Nachtbeleuchtung ein und betrat dann das Arzneimittelzimmer.

Schwester Gundula richtete die Verordnungen für den Abend. Sie hob nur kurz den Kopf, als Schwester Bettina eintrat.

»Richten Sie doch noch bitte die Injektionen von Frau Hansen und Fräulein Minden, Schwester Bettina, dann können Sie gehen.«

Schwester Bettina schaute die ältere Schwester, die die Station leitete, mit fragendem Blick an.

»Ich habe noch eine halbe Stunde Dienst, Schwester Gundula. Sie sind doch immer für Pünktlichkeit. Wie kommt es zu dieser plötzlichen Großzügigkeit?« Ob Professor Cartess sich angesagt hat? fügte Bettina in Gedanken hinzu. Es war allgemein bekannt, dass Schwester Gundula eine ausgesprochene Schwäche für den gut aussehenden Chefarzt hatte.

»Ich denke, Sie haben heute Abend eine kleine Feier?« fragte Schwester Gundula ohne von ihrer Arbeit aufzusehen.

Perplex starrte Bettina ihre Kollegin an. Woher wusste Schwester Gundula davon? Ob Fred geplaudert hatte?

»Nun starren Sie mich nicht so verwundert an!« rief Gundula Weiden und wurde ein bisschen rot. »Ich habe Sie heute zwangsläufig belauscht. Sie sprachen so laut, dass ich nicht umhin konnte, alles mit anzuhören.«

»Ich wusste gar nicht, dass Sie noch rot werden können«, stichelte Bettina. »Nach so viel Jahren

Dienst am Kranken? Aber, Spaß bei Seite, ich freue mich wirklich auf unsere kleine Feier.«

»Kleine Feier?« tönte Professor Cartess tiefer Bass von der Tür her. »Sind noch ein paar Gäste gefragt?« wollte er gut gelaunt wissen.

Wie immer, wenn Professor Cartess in Schwester Gundulas Nähe war, so überzog sich auch jetzt ihr Gesicht mit glühender Röte. Sie wusste, dass sie keine Chance bei dem gut aussehenden Chefarzt hatte, doch ihre Gefühle konnte sie nicht ändern. Schon vor zwölf Jahren, als sie als junge Schwester an seine Privatklinik gekommen war und seine Frau noch gelebt hatte, entdeckte sie ihre Schwäche für ihn.

»Ein andermal gern, Herr Professor«, erwiderte Schwester Bettina augenzwinkernd. »Doch heute möchte ich mit Fred ganz allein sein. Dieser Tag hat eine ganz bestimmte Bedeutung für unsere Beziehung.«

»Dieser Dr. Merkant ist wirklich ein Glückspilz«, bemerkte Professor Horst Cartess und warf Bettina einen anerkennenden Blick zu.

Warum schaut er mich nicht einmal so an, dachte Schwester Gundula seufzend und fühlte Eifersucht auf die jüngere Kollegin.

»Ich hoffe, er weiß das auch«, bemerkte Bettina und beugte sich über die Verordnungsliste.

»Tja, jetzt habe ich völlig vergessen, weswegen ich kam«, bemerkte Professor Cartess. »Tja, bei so einem erfreulichen Thema ... Ach ja, Schwester Gundula! Ich wollte noch nach unserem Patienten von Zimmer vier schauen. Bitte, begleiten Sie mich. Wir brauchen Schere, Pinzette und sterile Abdeckungen.«

»Sofort, Herr Professor!« Schwester Gundula nahm einen kleinen Wagen, auf dem alles Gewünschte auflag. Sie bugsierte den Wagen durch die Tür, auf den Flur hinaus.

»Na, dann noch viel Spaß für heute Abend«, wünschte Cartess und folgte Schwester Gundula zu Zimmer vier.

Schwester Bettina erledigte noch die Verordnungen, dann warf sie einen Blick auf die Uhr. Sie musste sich beeilen, wenn sie noch vor Fred zu Hause sein wollte.

Bettina Overbeck schlüpfte in eine hübsche, selbst gestrickte Jacke und eilte über den schwach beleuchteten Flur. Vor dem Lift traf sie mit Gerd Langen, dem Pfleger von der Intensivstation, zusammen.

Gerd Langen war in der Klinik als Schürzenjäger verschrien. Er war der Ansicht, dass keine Frau seinem charmanten Lächeln widerstehen könne.

Langen musterte Bettina anerkennend, während sie sich bemühte, den Anschein zu geben, dies gar nicht zu bemerken.

Gerd ließ seine Blicke über das schulterlange, rötlichblonde Haar gleiten, das in leichten Locken Bettinas schmales Gesicht umrahmte, sie streiften ihre schön geformten Lippen und blieben an ihren bernsteinfarbenen Augen hängen.

Er schnalzte leicht mit der Zunge und sagte:

»Zum Verlieben sehen Sie aus, Schwesterchen, zum Verlieben ...«

»Aber nicht für Sie, denn ich bin schon in festen Händen«, erwiderte Bettina kühl. Sie konnte Langen nicht ausstehen und zeigte dies auch.

»Klar, ich bin ja auch kein Doktor der Medizin«, bemerkte Langen gehässig.

Bettina drehte sich abrupt um und lief die Treppen hinunter. Neben Gerd Langen auf den Aufzug zu warten, war für Bettina kein Vergnügen. Sie konnte auch nicht verstehen, dass so viele Schwestern für diesen Kollegen schwärmten.

Bettina winkte Fräulein Schmitt zu, die den Dienst

in der Rezeption versah. Vor der breiten zweiflügeligen Glastür blieb Bettina zögernd stehen. Sie entschloss sich, die Abkürzung durch den Park zu wählen, um schneller zu ihrem Kleinwagen zu gelangen.

Helle Kieswege durchschnitten die gepflegten Rasenflächen, leise knirschten die Steine unter Bettinas Schritten. Schon nach wenigen Minuten verließ Bettina den Weg und ging quer über den Rasen.

Die dunklen Nachtwolken schoben sich mit Macht vor und verdrängten die hellere Dämmerung. Wetterleuchten zuckte am Horizont auf, ein Gewitter lag in der Luft.

Bettina Overbeck hatte den Parkplatz, der seitlich von der Privatklinik lag, schon fast erreicht, als sie zwei Gestalten bemerkte, die seitlich vor ihr unter einer hohen Kastanie standen.

Schon wollte Bettina weitereilen, als sie plötzlich stutzte. Halb verdeckt durch einen Haselnussstrauch schaute sie angestrengt zu den beiden hinüber.

Nein, es gab keinen Zweifel. Dort drüben stand Fred.

Bettina, die im Allgemeinen Heimlichkeiten und Lauscher hasste, trat unwillkürlich tiefer in den Schatten des Haselnussstrauches. Sie hielt den Atem an.

Wieso war Fred um diese Zeit im Park? Und noch dazu mit der Tochter des Professors?

»Er hat doch Dienst auf der Inneren«, flüsterte Bettina, die keinen Blick von ihnen wenden konnte.

Bettina sah, wie Fred den Arm um Carmen legte und sie an sich zog. Selbstvergessen küssten sie sich.

Bettina schloss die Augen.

Nein, sie musste sich täuschen! Die Fantasie spielte ihr sicher einen Streich!

Sie wagte kaum die Augen zu öffnen. Zu groß war

der Schmerz, Fred in den Armen einer anderen Frau zu sehen ...

Und doch! Wie anders konnte sie sich Gewissheit verschaffen? Sie sah, wie Fred den Arm um Carmen legte. Langsam und eng umschlungen schlenderten sie weiter. Fred hielt seinen Kopf an Carmens Haar gelehnt.

Unwillkürlich folgte Bettina den beiden. Der weiche Rasenteppich dämpfte ihre Schritte.

Unter einer Laterne blieben Fred und Carmen erneut stehen. Bettina war den beiden nun so nahe, dass sie sogar einige Worte verstehen konnte.

»... nicht ändern«, hörte Bettina Freds weiche Stimme. »Ich muss heute Abend zu ihr.«

Bettina hatte das Gefühl, ihr Herz wäre von einer eisernen Faust umschlossen, die sich immer mehr zusammenzog. Fred, den sie über alles liebte, kam also heute gezwungenermaßen zu ihr. Weil er nicht anders konnte.

Oh, wie entsetzlich war dieses Geständnis!

Bettina sah, wie Carmen ihre Arme um Freds Nacken legte, wie sie seinen Kopf zu sich hinunterzog und ihm die lockenden Lippen zum Kuss bot

Bettina schloss die Augen. Nein, diesen Anblick konnte sie nicht ertragen. Schwindelgefühl erfasste sie. Sie lehnte ihr Gesicht gegen den rissigen Stamm einer Eiche, sie suchte Halt, um nicht zu fallen.

Ein leises Stöhnen kam über Bettinas Lippen, heiß quollen die Tränen unter den Wimpern hervor, rannen über die Wangen, benetzten die Lippen.

Die Tränen schmeckten bitter. So bitter wie die Erkenntnis, dass Fred sie mit einer anderen betrog. Mit einer Frau, die ihm alles bieten konnte, was er sich wünschte.

Bettina wusste, wie ehrgeizig Fred war, dass er weiterkommen wollte, und dass sein größter Wunsch war, einmal selbst Chef einer Klinik zu sein.

»Bei ihr wirst du es erreichen«, flüsterte Bettina und öffnete wieder die Augen.

Fred und Carmen waren schon weitergegangen. Bettina sah nur noch Freds weißen Kittel, der aus der Dunkelheit leuchtete.

Wie gehetzt lief Bettina zum Parkplatz und setzte sich hinter das Steuer ihres Kleinen Wagens. Tränenblind startete sie und fuhr an.

Ziellos lenkte sie das Auto durch die Straßen der Stadt, fast mechanisch verrichtete sie all die notwendigen Handgriffe. Im Augenblick konnte sie nicht nach Hause fahren. Sie musste erst mit sich selbst ins Reine kommen. Später vielleicht, wenn sie sich ein wenig gefangen hatte, konnte sie Fred gegenübertreten.

*

Bettina wusste später nicht mehr zu sagen, wie lange sie ziellos durch die Straßen der Stadt gefahren war. Als sie nun ihren Wagen vor dem mehrstöckigen Haus parkte, in dem ihre Wohnung lag, war sie seltsam ruhig.

Sie warf einen Blick zu den Fenstern ihrer Wohnung hinauf. Sie waren dunkel.

Entweder war Fred gar nicht da, oder er ist schon wieder gegangen, dachte Bettina und ging langsam auf das Haus zu. Sie fühlte sich müde und zerschlagen, ihre Augen brannten, und der Kopf schmerzte.

Bettina schloss die Wohnungstür auf, legte die Jacke ab und ging ins Wohnzimmer. Das fahle Licht der Straßenlaternen fiel durch das Fenster.

Einen Augenblick lang blieb Bettina wie verloren inmitten des Zimmers stehen.

Das Knarren des Schaukelstuhls schreckte sie auf.

»Ich dachte, du wolltest heute Abend eine kleine Feier vorbereiten?« fragte Dr. Fred Merkant.

Bettinas Augen hatten sich mittlerweile an die Dunkelheit gewöhnt. Schemenhaft nahm sie Freds Gesicht wahr.

»Willst du kein Licht machen?« fragte Fred, ohne aufzustehen. Stetig bewegte sich der Schaukelstuhl auf und nieder, knarrte das Holz unter seinem Gewicht.

Bettina antwortete immer noch nicht.

Mit hängenden Armen stand sie da und starrte ihn an. Mit welch einer Selbstverständlichkeit er doch dasaß! Wie ruhig und gelassen seine Stimme klang! So, als wäre gar nichts geschehen.

»Bettina!« Merkants Stimme klang nun ungeduldiger. »Ist etwas geschehen? Oder hast du dich plötzlich entschlossen, nicht mehr zu reden?«

»Deine Scherze sind nicht angebracht«, erwiderte Bettina flach. Sie ging zum Lichtschalter und knipste ihn herunter. Hell flammte die Deckenbeleuchtung auf.

Fred schloss die Augen.

»Ein ungemütliches Licht«, brummte er. »Die Stehlampe tut es doch auch.«

»Wie du willst«, antwortete Bettina kurz und erfüllte seinen Wunsch.

Bettina setzte sich immer noch nicht. Sie blieb in einiger Entfernung stehen und musterte Fred. Der cremefarbene Rollkragenpullover betonte seinen braunen Teint, ein leichtes Lächeln lag auf seinem Gesicht, dem das Oberlippenbärtchen etwas Verwegenes gab. Eine dunkle Haarsträhne fiel in die hohe Stirn.

»Du stehst da, als wolltest du Gericht halten«, versuchte Fred zu scherzen, doch seine Stimme klang unsicher.

»Gericht halten?« wiederholte Bettina. »Das ist vielleicht nicht der richtige Ausdruck, Fred. Ich frage mich nur, wo du deine Gelassenheit hernimmst? Wie du hier so ruhig sitzen kannst? Hast du denn gar kein schlechtes Gewissen?«

»Was soll das?« rief Fred ärgerlich. Er fühlte sich unwohl in seiner Haut und wurde aggressiv. »Willst du dich nicht deutlicher ausdrücken? Du sprichst von schlechtem Gewissen! Welche Schuld soll ich denn auf mich geladen haben?«

»Schuld? Ich weiß nicht, ob man von Schuld sprechen kann. Ich bin nur erstaunt, dass du mir nichts zu erzählen hast!«

Freds Augen wurden schmal, und nun schaute er Bettina genauer an. Er sah, dass ihre Augen gerötet waren.

»Hast du geweint?« fragte er beklommen.

»Ja, aber nun habe ich keine Tränen mehr«, erklärte Bettina mit brüchiger Stimme. Sie ging zum Sessel und setzte sich Fred gegenüber. Sie schlug die langen schlanken Beine übereinander und schaute ihn erwartungsvoll an. Doch Fred schien gar nicht die Absicht zu haben, mit ihr über die Tochter des Professors zu sprechen.

»Den heutigen Abend habe ich mir gemütlicher vorgestellt.«

»Ich auch, Fred«, antwortete Bettina leise. »Als ich die Klinik verließ, war ich noch voller Eifer. Ich wollte den Abend mit dir genießen. So, wie ich es jedes Jahr tat. Aber dann sah ich dich mit Carmen Cartess im Park.«

»Ach ...«

»Mehr hast du dazu nicht zu sagen?« fragte Bettina bitter.

Sekundenlang hielt Fred den Kopf gesenkt. Nervös

zupfte er Wolle aus dem Pullover. Er wollte schon lange einmal mit Bettina darüber sprechen, doch immer wieder verließ ihn der Mut. Nun war es also so weit.

»Bettina, es tut mir Leid, dass du es auf diese Weise erfahren musstest. Ich wollte es dir sagen ...«

»Wie lange betrügst du mich schon?« fragte Bettina hart. »Ist es wieder einmal so, dass es alle längst wussten, nur ich nicht?«

»Nein, ich glaube nicht, dass es bekannt war. Ich meine, Carmen und ich wollten es noch eine Weile geheim halten ...« Fred senkte den Kopf. Er konnte Bettinas trauriges Gesicht nicht ertragen.

»Wie lange, Fred?«

»Das ist doch einerlei, Bettina. Bitte, lass mich dir sagen, wie sehr ich mich schäme. Ich weiß, was du alles für mich getan hast. Du hast dein Studium damals aufgegeben, um mich zu unterstützen, du hast alles getan, damit ich mich einzig und allein auf mein Studium konzentrieren kann. Ich weiß, dass ich dir dankbar sein muss. Ich ...«

»Hör doch auf!« rief Bettina und presste die Hände gegen die Ohren. »Ich kann das Gerede von Dankbarkeit nicht hören. Ich liebe dich, und ich habe niemals Dankbarkeit von dir erwartet. Ich halte dich nicht, Fred. Wenn du frei sein willst, dann geh! Ich will nicht, dass du nur aus Verpflichtung bei mir bleibst!«

»Das ganz bestimmt nicht«, erwiderte Fred ernst. »Du weißt, dass ich dich immer geliebt habe. Bis ... bis ich Carmen kennen lernte.«

»O ja, ich verstehe dich schon.« Bettina lachte bitter auf. »Ich bin ja auch nur eine kleine Krankenschwester, während sie die Tochter des Professors ist.«

»Du siehst das falsch!« Fred sprang auf. »Ich liebe Carmen.«

»Mag schon sein, aber du hast doch sicher auch an die Klinik gedacht, deren Chef du einmal sein könntest, oder täusche ich mich so sehr? Du hast doch immer davon geträumt, eine eigene Klinik zu haben, selbst Chef zu sein und dich nicht immer nach den Anweisungen anderer richten zu müssen.«

»Sicher, der Gedanke, dass Carmen einmal die Klinik ihres Vaters erben wird, ist mir nicht unangenehm. Du weißt, dass ich ehrgeizig bin, dass . . .«

»Ich werde deinem steilen Aufstieg keinen Stein in den Weg legen, Fred.«

»Du bist mir nicht geheuer«, sagte Fred leise. »Du bist so ruhig, so gelassen . . . Eine andere Frau würde mir eine Szene machen.«

»Dann bin ich eben anders, als die anderen«, erwiderte Bettina kühl. »Ich liebe dich Fred. Ja, ich liebe dich immer noch, und ich bin nicht zu stolz, um es dir zu sagen. Du sollst wissen, dass ich dich so sehr liebe, dass dein Glück mir wichtiger ist, als meines.«

»Du beschämst mich, Bettina«, flüsterte Fred, wandte sich ab und trat ans Fenster. Blicklos starrte er in die Dunkelheit hinaus. Einen Augenblick wurde er schwankend. Liebte er Carmen wirklich so sehr, dass er wegen ihr Bettina aufgeben sollte? Doch gleich darauf schob er diese Überlegung wieder beiseite. Carmens Vater war Besitzer der Klinik. Sehr schnell würde er zur rechten Hand des Professors und in ein paar Jahren selbst Chef.

Nein, das konnte er nicht unbeachtet lassen. Außerdem war Carmen eine Frau, um die ihn jeder Mann beneiden würde.

Fred drehte sich um und betrachtete Bettina. Auch sie war eine kleine Schönheit. Doch sie war nicht mit

Carmen zu vergleichen. Carmen war eine dunkle, rassige Schönheit, die das Herz eines jeden Mannes höher schlagen ließ.

»Es tut mir Leid, dass ausgerechnet am heutigen Abend diese Aussprache stattfindet, Bettina«, sagte Fred leise. »Genau an dem Tag, an dem wir acht Jahre verlobt sind.«

Bettina warf einen Blick auf den Ring an ihrem Finger. Langsam zog sie ihn ab, betrachtete ihn noch einmal. Wie viele Erinnerungen waren mit diesem Ring verbunden . . .

»Bitte, nimm ihn zurück, Fred. Das, was er einmal symbolisierte, ist jetzt nicht mehr wahr.«

Zögernd nahm Fred den schmalen Goldreif an sich. In Bettinas Stimme lag ein Ton, den er noch nicht kannte. Hart und kalt, klang sie. So, als habe sie keinerlei Gefühl mehr für ihn.

»Vielleicht können wir gute Freunde bleiben, Bettina?«

»Vielleicht . . .«

»Du kannst es nicht garantieren, nicht wahr?«

»Ich weiß nur, dass ich dich in der nächsten Zeit nicht sehen kann. Dein Anblick würde mich zu sehr schmerzen.«

»Was willst du tun?«

»Ich werde mich verändern.«

»Eine neue Stellung?«

»Ja, und wenn es möglich ist, sehr weit weg.«

»Wenn du willst, werde ich dir in der Klinik aus dem Weg gehen, Bettina.«

»Das wird nicht immer möglich sein, Fred.« Bettina lächelte schmerzlich.

»Das weißt du so gut, wie ich. Nein, ich will dich nicht mehr sehen . . .

»Also hasst du mich doch?« fragte Fred leise.

»Kannst du, oder willst du mich nicht verstehen?« rief Bettina plötzlich sehr aufgebracht. »Warum sollte ich dich hassen? Weil du mich verlassen hast? Nein, Fred, meine Liebe ist zu tief, als dass sie plötzlich in Hass umschlagen kann. Verstehst du denn nicht, dass ich nicht hören möchte, dass der gut aussehende Dr. Merkant sich verlobt? Dass ich auch nichts von deiner Hochzeit mit der anderen wissen möchte? Aber wenn ich hier bleibe, wird es sich nicht umgehen lassen. Die Zeitungen werden darüber berichten, die Kollegen werden darüber sprechen, und manche werden sicher hinter vorgehaltener Hand über mich tuscheln. Nein, Fred, das alles werde ich mir ersparen.«

»Wirst du mir wenigstens mitteilen, wo du hingehst?«

»Nein«, kam es hart von Bettina. »Ich möchte vergessen. Ich will durch nichts mehr an dich erinnert werden. Vielleicht melde ich mich später einmal bei dir.«

Fred sah Bettina unschlüssig an. Ihr Gesicht war blass, ein abweisender Zug lag um ihren Mund, sie hielt die Lider gesenkt. Freds Blicke wanderten durch das gemütlich eingerichtete Wohnzimmer, in dem er viele glückliche Stunden verbracht hatte. So manches Möbelstück hatten sie gemeinsam erstanden. Kleine Antiquitäten erinnerten an ihre Ausflüge über Flohmärkte und an gemeinsame Reisen.

»Willst du nicht endlich gehen?« fragte Bettina gequält.

»Ja, es wird wohl das Beste sein«, erwiderte Fred flach. Er kam auf sie zu und reichte ihr die Hand. »Wenn du kannst, verzeih mir, Bettina.«

»Ich will es versuchen, Fred.« Bettina entzog ihm rasch wieder ihre Hand. »Leb wohl.«

Noch einen Augenblick lang zögerte Fred, dann drehte er sich hastig um und verließ das Zimmer.

Bettina zuckte zusammen, als die Wohnungstür ins Schloss schnappte. Nun war also alles vorbei. Fred war aus ihrem Leben getreten.

Bettina saß leicht vornübergebeugt da und starrte auf die Schuhspitzen. Sie presste die Fingerspitzen gegen die Schläfe, ihr Herz schlug dumpf und schwer.

Vorbei, für immer vorbei, dachte sie. Der Traum von einem Leben an Freds Seite war ausgeträumt. Sie würde sich nun damit abfinden müssen, ihren Weg allein weiterzugehen.

»Ich wünsche dir viel Glück, Fred«, flüsterte Bettina vor sich hin.

Langsam lehnte sie sich in den Sessel zurück und schloss die Augen. Sie fühlte sich müde und ausgelaugt. Gern hätte sie geschlafen, doch die Erinnerung an die Zeit mit Fred hielt sie hellwach, und die Gedanken an die Zukunft ohne ihn quälten sie.

*

»Ach du! Immer hast du Bedenken«, schmollte Carmen und lehnte sich an Freds Brust. »Einmal muss es Papa doch erfahren!« Carmen zog Freds Kopf zu sich herunter und küsste ihn leidenschaftlich.

»Oh, ich störe wohl?« klang Professor Cartess' Stimme von der offenen Terrassentür her.

»Ganz und gar nicht, Papa!« rief Carmen ihm lachend zu. »Du kannst uns gratulieren!«

»So ... hm, ich weiß nicht ...« Professor Cartess war offensichtlich verwirrt. Er wusste, dass Dr. Merkant mit Schwester Bettina verlobt war, und er wusste auch, dass sie es gewesen war, die ihm sein Studium ermöglicht hatte. Und nun wollte Dr. Merkant sich mit Carmen liieren?

Professor Cartess war einerseits glücklich darüber, denn einen solchen Schwiegersohn hatte er sich immer gewünscht. Einen tüchtigen Arzt, dem er einmal seine Klinik anvertrauen konnte. Andererseits jedoch erschien ihm Dr. Merkants Handlungsweise nicht richtig.

»Was weißt du nicht?« Carmen wirbelte auf ihren Vater zu und fiel ihm um den Hals. »Ach Papa! Ich bin ja so glücklich!«

»Das freut mich natürlich sehr«, erwiderte Cartess und küsste sie auf die Stirn. »Aber ich möchte ein paar Worte mit Dr. Merkant sprechen.«

»Bitte, ich habe nichts dagegen, Papa.«

»Allein, mein Kind«, erklärte Cartess lakonisch.

»Ach, willst du Fred fragen, ob er eine Familie ernähren kann?« fragte Carmen und lachte belustigt auf.

»Auch das«, erwiderte Cartess ernst und wandte sich dann an Fred. »Gehen wir in mein Arbeitszimmer, Doktor Merkant.«

Carmen eilte auf Fred zu, küsste ihn rasch und flüsterte:

»Lass dich von meinem alten Herrn nicht beunruhigen. Ich liebe dich, und das allein ist wichtig.«

Fred nickte ihr lächelnd zu und folgte seinem Chef. Sie verließen das helle, freundlich eingerichtete Zimmer und gingen durch einen langen, holzgetäfelten Flur, an dessen Wänden Stiche alter Meister hingen.

Die Jugendstilvilla des Professors, die unweit von seiner Klinik lag, war mit kostbaren Möbeln eingerichtet und deutete unaufdringlich auf den Reichtum des Professors hin.

Professor Cartess öffnete die Tür zu seinem Arbeitszimmer und ließ Fred höflich den Vortritt.

Das Arbeitszimmer war ein länglicher Raum mit

schweren dunklen Möbeln. Das Grün des Teppichs harmonierte mit dem Grün der langen Vorhänge. Die beiden Bogenfenster an der Stirnseite des Raumes waren weit geöffnet und ließen Licht und Sonne ein.

Cartess deutete wortlos auf eine Sitzgruppe nahe den Fenstern. Er setzte sich Fred gegenüber.

»Soll ich uns eine Erfrischung bringen lassen, Doktor Merkant?«

»Danke nein, für mich nicht.«

»Gut, dann kommen wir gleich zur Sache.« Professor Cartess räusperte sich kräftig. »Sie wissen, dass ich nicht über finanzielle Dinge mit Ihnen sprechen möchte.«

»Ja, ich dachte es mir«, erwiderte Fred leicht bedrückt.

»Sie wissen, dass ich Schwester Bettina sehr schätze. Sie war mir immer lieb, wie eine Tochter. Und ich war felsenfest davon überzeugt, dass sie einmal Ihre Frau werden würde. Und nun verlieben Sie sich in meine Tochter.« Cartess sah, dass Fred ihn unterbrechen wollte. Er wischte mit der Hand durch die Luft. »Halt, lassen Sie mich ausreden. Selbstverständlich bin ich mit Ihnen als Schwiegersohn einverstanden, Doktor Merkant. Das ist gar keine Frage ... Aber haben Sie schon mit Ihrer Verlobten gesprochen? Sie wissen doch, wie ich über solche Dinge denke.«

»Bettina hat mich freigegeben«, antwortete Fred gepresst. Er sah seinem Chef gerade in die Augen.

»Aber sie liebt Sie immer noch?!«

»Ja.«

»Das muss sehr bitter für sie sein.«

»Ich kann es nicht ändern, Herr Professor.«

»Ja, ja, gegen Liebe hilft keine Medizin.«

»Bettina wird Ihre Klinik verlassen.«

»Das ist sehr bedauerlich. Sie war eine gute

Schwester. Ich verliere sie ungern, aber ihr Wunsch ist verständlich.«

Eine Weile schwiegen die beiden Männer, dann stand Professor Cartess auf.

»Tja, dann hätten wir ja alles besprochen. Wann will Carmen denn die Verlobung feiern?«

»Am liebsten schon heute Abend«, erwiderte Fred lächelnd. »Ich habe sie um Geduld gebeten. Ich möchte warten, bis Bettina die Klinik verlassen hat.«

»Das ist richtig.« Cartess nickte zufrieden. »Ich bin froh, dass Sie so viel Taktgefühl zeigen. Aber ich habe es eigentlich nicht anders von Ihnen erwartet, Doktor Merkant.«

Carmen erwartete die beiden schon ungeduldig. Fred nahm sie in seine Arme und küsste sie zärtlich auf Stirn und Nasenspitze.

»Na? Hast du die Prüfung bei meinem gestrengen Herrn Papa gut überstanden?« fragte Carmen mit übermütigem Lachen.

»Ich glaube schon.«

»Dafür hast du einen Kuss verdient.« Ungeniert und ohne auf ihren Vater Rücksicht zu nehmen.

Professor Cartess wandte sich ab. Er lächelte verständnisvoll und ein klein wenig sehnsüchtig. Ja, auch er sehnte sich nach einer liebevollen Frau. Seit ein paar Jahren war er schon verwitwet . . .

Doch bis jetzt war ihm noch keine Frau begegnet, die ihn ernsthaft interessierte. Halt! Es gab eine Frau, an die er in einsamen Stunden oft dachte: Schwester Gundula!

Professor Cartess seufzte leise. Schwester Gundula war knapp über dreißig, während er fast fünfzig war! Konnte er denn eine so junge Frau an sich binden?

Professor Cartess schüttelte den Kopf. Er warf noch einen Blick zu Carmen und Fred hinüber, die sich immer noch eng umschlungen hielten. Auf leisen Sohlen entfernte er sich. Liebende sollte man allein lassen ...

*

»Können Sie mich eine halbe Stunde entbehren, Schwester Gundula?« fragte Bettina die Stationsschwester. »Ich muss zum Herrn Professor.«

Schwester Gundula musterte Bettina forschend. Sie sah heute Morgen sehr schlecht aus. Blass und mit geröteten Augen war sie in den Dienst gekommen. Ob die Feier doch nicht so schön verlaufen war, wie sie es sich vorgestellt hatte? Schwester Gundula zuckte leicht mit den Schultern. Das Privatleben von Schwester Bettina ging sie nichts an.

»Gehen Sie nur, Schwester. Aber in knapp einer Stunde ist Visite. Sie wissen, ich muss Doktor Hartung begleiten. Sind Sie dann wieder zurück?«

»Ganz sicher.« Bettina lächelte müde. »Bis gleich.«

Professor Cartess' Büro lag im Erdgeschoss der Klinik. Fräulein Schneider, die Sekretärin, hob bedauernd die Schultern.

»Der Professor möchte nicht gestört werden, Schwester Bettina. Tut mir Leid, aber ich habe Anweisung, niemand zu ihm zu lassen.«

»Bitte, versuchen Sie es.«

»Na schön«, erwiderte Fräulein Schneider leicht pikiert über Bettinas Hartnäckigkeit und drückte die Sprechtaste.

»Entschuldigen Sie, Herr Professor, aber hier ist Schwester Bettina. Sie ...

»Soll reinkommen!« unterbrach Cartess seine Sekretärin.

Fräulein Schneider zog erstaunt die Augenbrauen nach oben und deutete mit der Hand auf die gepolsterte Tür des Chefbüros.

»Bitte, Schwester Bettina.«

Eifersüchtige Blicke folgten Bettina, denn Fräulein Schneider machte sich Hoffnungen auf den Klinikchef, und jede hübsche Schwester oder Ärztin war ihr ein Dorn im Auge. Was mochte den Professor wohl bewogen haben, Schwester Bettina doch zu sich zu lassen? Das war doch im Allgemeinen nicht seine Art! Ob die beiden vielleicht heimlich ein Paar waren?

Fräulein Schneider warf einen bitterbösen Blick auf die Tür, die Bettina hinter sich schloss.

Professor Cartess sprang auf und kam um den Schreibtisch herum. Er reichte Bettina die Hand und führte sie zu einer Sitzgruppe, die von Grünpflanzen umgeben war.

»Einen kleinen Cognac, Schwester Bettina? Dabei plaudert es sich besser.«

»Aber ich bin doch im Dienst!«

»Nur einen winzigen Tropfen!« Cartess ging zu einer hübschen Eckvitrine hinüber und kam mit einer Flasche und zwei Schwenkern zurück.

Er goss ein und reichte einen Schwenker Bettina. Dann lehnte er sich in den Sessel zurück und schaute sie abwartend an.

»Ich möchte kündigen!« stieß Bettina hervor. Ihre Stimme zitterte ein wenig.

»Ja, das dachte ich mir. Beziehungsweise, ich wusste schon von Ihren Absichten, Schwester Bettina«, erwiderte Cartess leise und spielte nachdenklich mit dem Cognakschwenker.

»Fred ... ich meine Doktor Merkant, hat Ihnen davon erzählt?«

»Ja.«

»Bitte, lassen Sie mich sofort gehen, Herr Professor. Ich möchte, wenn es irgendwie möglich ist, die Kündigungszeit nicht einhalten.«

»Das kann ich sehr gut verstehen, Schwester Bettina.«

»Sie legen mir nichts in den Weg?« Bettina atmete befreit auf.

Professor Cartess senkte den Kopf. Das Licht, das durch das Fenster schien, ließ die silbernen Strähnen in seinem Haar hell auf schimmern.

»Wann kann ich gehen?« fragte Bettina.

»Nun mal langsam mit den jungen Pferden«, brummte Cartess und lächelte sie an. »Sie wissen, dass ich Sie immer sehr geschätzt habe. Ich möchte Ihnen eine gute Stellung vermitteln. Wären Sie damit einverstanden, an einer Spezialklinik für Herzchirurgie zu arbeiten?«

»Ich arbeite überall, nur nicht hier«, antwortete Bettina ernst und senkte die Lider. »Ich kann nicht mit ansehen, wie Fred mit einer anderen glücklich wird. Entschuldigen Sie, Herr Professor, ich muss das sagen, auch wenn es sich um Ihre Tochter handelt.«

»Ich kann Sie gut verstehen, Schwester Bettina«, sagte Professor Cartess mit weicher Stimme. »Sehen Sie, die Klinik von Professor Kelten liegt in einer landschaftlich sehr reizvollen Gegend. Kelten selbst ist ein umgänglicher Mensch, und ich bin sicher, dass Sie sich dort wohl fühlen werden.«

»Und ... wo liegt die Klinik?«

»Im Süden Deutschlands, nicht weit von München entfernt.«

»Das ist ja fantastisch. Meine Mutter wohnt doch in der Nähe von München. Dann könnte ich sie öfter besuchen. Bitte, Herr Professor, wann werde ich erfahren, ob man in der Herzklinik eine Schwester brauchen kann?«

»Nun, ich will noch heute mit meinem Kollegen

sprechen. Ich bin sicher, dass er mir einen kleinen Gefallen tun wird.«

»Ich ... ich weiß gar nicht, wie ich Ihnen danken soll, Herr Professor.«

»Ich möchte keinen Dank, Schwester Bettina«, wehrte er ab. »Ich lasse Sie ungern gehen, aber Sie haben schwerwiegende Gründe. Aber wir werden uns öfter sehen.«

»Sie kommen nach München?« freute Bettina sich.

»Ganz sicher, Schwester Bettina.« Professor Cartess stand auf. »Ich werde sogleich versuchen, ob mein Kollege zu erreichen ist. Ich komme heute Mittag auf die Chirurgische. Vielleicht kann ich Ihnen dann schon Näheres sagen.«

*

Die Villa von Professor Cartess war festlich geschmückt. Im Erdgeschoss gaben sich illustre Gäste ein Stelldichein, während das frisch getraute Paar sich im oberen Stockwerk aufhielt.

Carmen hatte es geschafft, Fred zu überzeugen, dass eine lange Verlobungszeit unsinnig ist. Sie liebte ihn und wollte sofort seine Frau werden.

Vier Wochen nach Freds Unterredung mit Carmens Vater sollte die Hochzeit sein.

Heute Morgen gab Carmen in einer abgelegenen Wallfahrtskirche Fred ihr Jawort.

Nach einem feudalen Essen im Hotel Interkontinental gaben die Gäste dem jungen Paar das Geleit zur Villa des Professors, um noch einen kleinen Umtrunk zu nehmen.

Carmen und Fred zogen sich rasch von den Gästen zurück. Jeder hatte dafür Verständnis, denn welches junge Paar wollte nicht mit sich allein sein?

Professor Cartess hatte sich eine besondere Überraschung für Carmen und Fred ausgedacht. Schmunzelnd betrat er das kleine Erkerzimmer, indem die beiden sich aufhielten.

Carmen und Fred hatten sich bereits reisefertig umgezogen. Sie trug einen lindgrünen Hosenanzug, während Fred den Smoking mit einem saloppen Cordanzug vertauscht hatte.

Professor Cartess hielt die Hände auf dem Rücken versteckt, seine Miene war geheimnisvoll.

»Ich habe eine Überraschung für euch.«

»Nun sag bloß nicht, dass du uns auf der Hochzeitsreise begleiten willst, Papa!« rief Carmen belustigt aus.

»Ganz im Gegenteil! Ich will euch viel länger als vier Wochen los sein«, erklärte Cartess schmunzelnd.

»Ach!«

»O ja! Hier!« Cartess hielt Fred ein kleines Bündel hin. Es waren Flug- und Schifftickets für eine Weltreise.

Fred blätterte die Tickets durch, immer größer wurde das Erstaunen, das sich auf seinem Gesicht ausbreitete.

Carmen, die ungemein neugierig war, schmiegte sich an ihn und schmollte:

»Nun sag schon, was Papa uns geschenkt hat.«

»Das ... das kann ich nicht annehmen, Papa«, sagte Fred ruhig und wollte seinem Schwiegervater die Tickets wieder zurückgeben.

Carmen riss ihm die Fahrkarten aus der Hand, warf einen kurzen Blick darauf und erklärte kategorisch:

»Selbstverständlich werden wir reisen. Das ist doch meine Lieblingsbeschäftigung. Außerdem hatte ich sowieso die Befürchtung, dass du sehr wenig Zeit für mich haben wirst, wenn du erst Papas rechte Hand bist. Nutzen wir sein Angebot. Ein Jahr lang reisen wir um die ganze Welt!« Glücklich lachend schlang Carmen die Arme um Freds Hals. »Ein ganzes Jahr... Fred schüttelte den Kopf. »Das können wir nicht annehmen, Papa!«

»Sei nicht so dickschädelig!« schimpfte Professor Cartess. »Ich habe schließlich auch einen Hintergedanken bei der ganzen Sache.« Cartess legte eine kleine Pause ein. »Ihr habt euch in den letzten zwei Wochen nach einer passenden Wohnung umgesehen. Die eine lag zu weit von der Klinik entfernt, die andere war nicht groß genug, die nächste hatte andere Mängel. Kurz und gut, ihr habt noch kein Zuhause, in...

»Ich dachte, wir wohnen die erste Zeit hier bei dir«, unterbrach Carmen ihren Vater. »Zumindest so lange, bis wir etwas gefunden haben, das unserem Geschmack entspricht.«

Abwehrend hob Professor Cartess die Hände.

»Kommt gar nicht infrage. Nicht, dass ich euch nicht gern um mich habe, aber ein junges Paar soll man allein lassen. Sie müssen sich zusammenraufen! Und ehrlich gesagt, ich habe keine Lust, immer mittendrin zu sein, wenn es Meinungsverschiedenheiten gibt.«

»So etwas kennen wir doch gar nicht, Papa«, erwiderte Carmen und schaute Fred verliebt an.

»Noch nicht«, meinte Professor Cartess schmunzelnd. »Noch nicht. Aber glaubt einem Mann, der fast zwanzig Jahre verheiratet war. Ich weiß, zum Beginn einer jeden Ehe hängt der Himmel voller Geigen, mein Kind. Doch Misstöne kommen ganz bestimmt.«

»Gut, und worauf willst du hinaus?« fragte Fred. »Warum schickst du uns gleich ein ganzes Jahr auf Reisen?«

»Weil bis dahin der Bungalow fertig ist, den ich in

Auftrag gegeben habe«, erwiderte Cartess knapp und schaute vergnügt in die überraschten Gesichter der beiden. »Ein wenig außerhalb der Stadt besitze ich ein großes Grundstück. Bisher konnte ich mich nicht davon trennen, weil es einmal meinem Vater gehörte, der dieses Stück Land mit dem kleinen Gartenhaus sehr liebte. Als ich noch ein Junge war, spielte ich oft dort. Aber das ist jetzt nicht so wichtig. Ich habe beschlossen, euch auf diesem Grundstück ein Heim zu bauen. Wenn ihr in einem Jahr wieder zurückkommt, braucht ihr euer Haus nur noch einzurichten.«

»Das kann ich nicht annehmen, Papa. Ich verdiene genug, um meiner Frau einen angemessenen Lebensstil bieten zu können.«

»Sicher, mein Junge, aber warum soll ich euch nicht ein Hochzeitsgeschenk machen? Außerdem bekommt ihr es nicht umsonst. Ich verlange eine Gegenleistung.«

»Und die wäre?« fragte Fred misstrauisch.

»Mindestens drei Enkelkinder!« Professor Cartess strahlte über das ganze Gesicht.

»Bescheiden bist du nicht gerade«, konstatierte Fred und zog Carmen, deren Wangen sich ein wenig dunkler färbten, fester an sich. »Was meinst du, mein Liebes? Können wir deinem Vater diesen Wunsch erfüllen?«

»Wir werden es versuchen«, flüsterte Carmen und versteckte das Gesicht an Freds Schulter.

»Damit bin ich schon zufrieden.« Professor Cartess rieb sich die Hände. »Nun, worauf wartet ihr noch? Der Wagen steht am hinteren Ausgang. Ihr könnt ihn am Flughafen stehen lassen. Ich hole ihn später ab.«

Carmen sprang auf, lief auf ihren Vater zu und fiel ihm um den Hals.

»Ach Papa! Du bist der liebste und beste Vater der Welt!«

Gegen diese Feststellung erhob Professor Cartess keinen Einspruch.

*

Martha Overbeck, Bettinas Mutter, hantierte in der Küche, als Bettina hereinschaute und fragte:

»Wann gibt's denn Frühstück, Muttchen?«

Martha Overbeck drehte sich zu ihrer Tochter um und stemmte die Fäuste gegen die drallen Hüften. Sie schüttelte den Kopf und fragte:

»Sag mal, du hast heute doch Spätdienst, oder irre ich mich da? Wieso bist du denn schon so früh auf den Beinen?«

»Ich will noch in die Stadt.«

»Einkaufen?«

»Sei nicht so neugierig, Muttchen. Wo frühstücken wir heute?«

Martha warf einen Blick durchs Küchenfenster. Der Himmel war grau, stürmisch fegte der Nordost um die Ecken.

»Die Terrasse kommt heute nicht infrage. Ja, ja, es wird Herbst, eine Jahreszeit, die ich nicht ausstehen kann.«

»Gut, dann decke ich den Tisch im Esszimmer.« Bettina verließ ein wenig überhastet die Küche. Sie befürchtete, ihre Mutter könnte ihre Gedanken erraten.

Seit knapp vier Wochen arbeitete Bettina in Professor Keltens Herzklinik. Ihr neuer Wirkungskreis gefiel ihr. Die Arbeitsbedingungen waren angenehm, das Gehalt gut, und die Kollegen waren sehr nett zu ihr.

Abgesehen von ihrem Kummer um Fred, hätte Bettina zufrieden sein können. Doch seit vierzehn Tagen wurde sie von ständiger Übelkeit geplagt, und manchmal erschwerten heftige Schwindelgefühle ihr den Dienst in der Klinik.

Vor zwei Tagen war Bettina bei einem Frauenarzt gewesen, um sich untersuchen zu lassen. Heute hatte sie einen erneuten Termin bei Dr. Lauer. Sie würde erfahren, wie der Schwangerschaftstest ausgefallen war.

Zwei unruhige Nächte lagen hinter Bettina, und ihre Mutter bedachte sie oft mit besorgten Blicken.

Martha Overbeck schob den Servierwagen in das kleine, mit hellen Möbeln eingerichtete Esszimmer.

Wenig später saßen sie beim Frühstück. Bettina knabberte ein wenig, an den knusprigen Brötchen. Mit ihren Gedanken war sie weit weg.

»Du solltest einmal zum Arzt gehen, mein Kind«, meinte ihre Mutter besorgt. »In den letzten Tagen isst du wie ein Vögelchen. Zumindest hier bei mir. Fühlst du dich nicht wohl?«

»Doch Mama.« Bettina schaute auf die Uhr. »Ich muss leider gehen. Ich habe eine ... hm, eine Verabredung.«

Martha zog die Augenbrauen nach oben. Sollte Bettina sich so schnell getröstet haben? War Fred Merkant schon vergessen? Sie stellte Bettina keine Fragen. Sie wusste, dass ihre Tochter sich ihr anvertrauen würde, wenn sie es für richtig hielt.

»Bis heute Abend, Muttchen.« Bettina küsste sie auf beide Wangen. »Ich werde anschließend gleich zum Dienst in die Klinik fahren.«

»Pass gut auf!« rief Martha ihrer Tochter nach. Sie ängstigte sich immer, wenn Bettina mit dem Wagen unterwegs war.

»Mach ich! Tschüs!«

Kaum hatte Bettina das schmucke Einfamilienhaus ihrer Mutter verlassen, verschwand das Lächeln aus ihrem Gesicht. Mit sorgenvoller Miene saß sie hinter dem Steuer ihres Wagens und dachte an die bevorstehende Unterredung mit Dr. Lauer.

Die Praxis war gut besucht, und Bettina musste sich lange gedulden.

»Der Nächste, bitte!« rief die adrette Sprechstundenhelferin.

Endlich! Bettina stand auf und folgte dem jungen Mädchen mit klopfendem Herzen.

»Bitte, nehmen Sie Platz, Fräulein Overbeck«, sagte der Arzt lächelnd und deutete auf den Sessel vor seinem Schreibtisch.

»Danke, Herr Doktor.«

»Tja, ich habe eine freudige Nachricht für Sie.«

»Ich . . . ich bin . . .?« Bettina wagte das Wort nicht auszusprechen. Heiße und kalte Schauer rannen über ihre Haut, sie wurde eine Spur blasser.

»Ja, Sie sind schwanger, Fräulein Overbeck«, bestätigte Dr. Lauer ihr. »In der sechsten Woche. Nach Ihren Angaben habe ich den Geburtstermin errechnet. Es wird Mitte Mai sein.«

Bettina saß dem Frauenarzt leichenblass gegenüber: Ein Kind! Sie erwartete ein Kind von Fred! Und er war mit einer anderen verheiratet.

»Warum sagen Sie nichts, Fräulein Overbeck? Freuen Sie sich denn nicht auf ihr Kind?« fragte Dr. Lauer vorsichtig. Er praktizierte schon lange als Frauenarzt und kannte die verschiedensten Reaktionen bei Frauen. Manche waren ganz still, andere wiederum weinten vor Freude, und manche fielen ihm einfach um den Hals. Aber er hatte auch schon Frauen kennen gelernt, die ihre Schwangerschaft ablehnten, weil der Vater des Kindes sie verlassen hatte. Sollte hier so ein Fall vorliegen?

Bettina hielt den Kopf immer noch gesenkt. Ihre Gedanken wirbelten wild durch den Kopf, ihre Gefühle waren geteilt. Einerseits freute sie sich auf das Kind, denn es erinnerte sie an eine Zeit voller Glück und Zufriedenheit, andererseits aber hatte sie Angst vor der Zukunft. Ihr Kind würde ohne Vater aufwachsen . . .

»Fräulein Overbeck!« rief Dr. Lauer leise.

Bettina hob den Kopf und sah den Arzt nachdenklich an. Sie schien aus einem Traum zu erwachen.

»Ja, bitte?« fragte sie leicht verwirrt.

»Fräulein Overbeck, ich möchte nicht neugierig erscheinen, aber Ihr Verhalten stimmt mich nachdenklich. Bitte, beantworten Sie mir eine Frage: Weiß der Vater des Kindes, dass Sie bei mir sind? Haben Sie mit ihm schon über die Möglichkeit einer Schwangerschaft gesprochen?«

»Das ist leider nicht möglich.« Bettina verzog das Gesicht zu einem bitteren Lächeln. »Der Vater meines Kindes befindet sich zurzeit auf Hochzeitsreise.«

»Oh, das ist . . . das ist ungewöhnlich.« Dr. Lauer räusperte sich kräftig. »Können Sie mir das näher erklären?«

»Warum nicht?« fragte Bettina gleichgültig. »Wir trennten uns vor vier Wochen. Und vor zwei Tagen hat er geheiratet. Ja, Herr Doktor, die ungewöhnlichsten Geschichten schreibt immer das Leben selbst.«

»Haben Sie denn jemanden, der Ihnen helfen wird?« fragte Dr. Lauer. »Es ist nicht leicht, ein Kind allein großzuziehen.«

»Oh, meine Mutter wird mir zur Seite stehen. Sie hat mich noch nie im Stich gelassen, wenn ich sie brauchte. Sie ist immer für mich da . . .« Gedankenverloren brach Bettina ab. Ja, wenn sie das von Fred auch sagen könnte. Doch Fred gehörte der Vergangenheit an. Während sie hier dem Arzt gegenübersaß, amüsierte er sich mit Carmen.

In diesem Augenblick verwünschte Bettina Fred, und gleichzeitig verwünschte sie sich auch selbst, weil sie die Liebe zu ihm nicht aus ihrem Herzen reißen konnte. Jeden Abend, bevor sie einschlief, dachte sie an ihn, und jeden Morgen nach dem Erwachen galten ihre ersten Gedanken ihm ...

Dr. Lauer warf einen verstohlenen Blick zur Uhr. Seine Zeit drängte. Draußen warteten noch viele Patientinnen auf ihn.

Bettina hatte den Blick sehr wohl bemerkt. Sie lächelte still und stand auf.

»Danke, Herr Doktor, und auf Wiedersehen.«

»Ich hoffe doch, dass wir uns wiedersehen, Fräulein Overbeck. Ich würde vorschlagen, Sie kommen zu den routinemäßigen Untersuchungen zu mir. Rufen Sie vorher an. Meine Sprechstundenhelferin wird Ihnen einen Termin geben.«

Bettina nickte und verließ das Sprechzimmer.

Ein kalter Wind blies ihr ins Gesicht Bettina schlug den Mantelkragen hoch und ging zu ihrem Wagen. Sie setzte sich hinter das Steuer, aber sie startete den Wagen noch nicht.

Sie starrte auf die ersten welken Blätter, die der Wind von den Bäumen riss und in wildem Spiel vor sich hertrieb. Unwillkürlich tasteten sich ihre Hände über den Bauch.

Sie trug ein Kind von Fred unter ihrem Herzen. Bettina lächelte schmerzlich. Sie wusste, wie sehr Fred Kinder liebte ...

Ein tiefer Seufzer kam über Bettinas Lippen. Sie lehnte sich in die Polster zurück und schloss die Augen. Sollte sie Fred überhaupt sagen, dass sie ein Kind von ihm erwartete? Wäre es nicht besser, es ihm zu verschweigen?

Bettina kannte Fred lange genug, um zu wissen,

dass er sein Kind auch besuchen würde. Konnte sie das verkraften? Konnte sie seinen Anblick ertragen? Würde sie nicht ständig daran erinnert werden, dass er einer anderen Frau gehörte?

»Ich muss ihn vergessen«, flüsterte Bettina. »Ich muss meine Liebe aus dem Herzen reißen.«

Bettina spürte, wie sich bei diesem Gedanken ihre Augen mit Tränen füllten. Bis jetzt war es ihr nicht gelungen, Fred zu vergessen, keinen Tag und keine Stunde. Bettina war sich nicht sicher, ob ihr das je gelingen würde. Fred war der erste Mann in ihrem Leben gewesen, der ihr etwas bedeutet hatte. Vielleicht würde es ihr im Laufe der Zeit gelingen, ihn zu vergessen. Doch jetzt war alles noch zu frisch.

Bettina setzte sich ruckartig auf. Gewaltsam verdrängte sie die Gedanken an Fred. Sie durfte sich in ihrem Kummer nicht so gehen lassen. Sie musste jetzt an ihr Kind denken, an das keimende Leben unter ihrem Herzen, auf das Bettina sich freute.

*

Tiefblau und wolkenlos war der Herbsthimmel. Die Sonne meinte es noch einmal gut, und die Menschen nutzten diesen warmen Herbsttag reichlich aus.

Die Wiesen an der Seine waren überfüllt. Überall saßen ältere Menschen auf den Bänken und hielten die Gesichter der Sonne entgegen.

Die Jüngeren, die die Kühle des Bodens noch nicht scheuten, lagen einzeln oder paarweise im Gras.

Dr. Fred Merkant zog sein Jackett aus und breitete es auf dem Rasen aus.

»Komm, setzen wir uns und ruhen wir uns aus«, schlug er vor und Carmen nickte.

Fred setzte sich neben sie und legte den Arm um Carmen. Er lehnte seinen Kopf an ihre Schläfe und schaute verträumt auf die Seine. Das Sonnenlicht zauberte helle Tupfen auf die kleinen Wellen, ein Schwanenpaar zog majestätisch vorbei.

»Ich wusste gar nicht, dass das Leben so schön sein kann«, sagte Fred leise, wandte den Kopf und sah Carmen verliebt an.

»Ich bin auch sehr glücklich, Fred«, gestand Carmen. Ihre Lippen streiften leicht seine Wange. »Trotzdem sind acht Tage in Paris genug.«

»Dein Wunsch ist mir Befehl, geliebtes Weib«, scherzte Fred. »Wann immer du willst, reisen wir ab.«

»Ich war schon oft in Paris. Sicher, es ist eine bezaubernde Stadt, aber länger möchte ich nicht mehr bleiben. New York reizt mich sehr.«

»Gut, dann reisen wir morgen.«

»Und wo verbringen wir den heutigen Abend?«

Fred, der sich am liebsten mit Carmen von allem Trubel zurückgezogen hätte, seufzte leise und schwieg. Carmen brauchte ständig Leben um sich, nette Leute, mit denen sie plaudern konnte, und Männer, die sie bewunderten. Das war ein Wesenszug an ihr, der Fred ganz und gar nicht zusagte. Aber noch war er zu verliebt in sie. Noch sah er großzügig darüber hinweg.

»Warum bist du plötzlich so still?« fragte Carmen. Sanft drückte sie ihn ins Gras und beugte sich über ihn. Mit allen zehn Fingern zerzauste sie sein dunkles Haar. Übermütig bedeckte sie sein tiefbraunes Gesicht mit Küssen.

»Ich weiß genau, was du denkst, Fred! Du bist wieder einmal eifersüchtig, stimmt's? Du weißt, dass ich heute Abend noch einmal ins ›Moulin rouge‹ gehen möchte. Ich verspreche dir auch, dass ich, außer dir, keinen Mann ansehen werde.«

Fred richtete sich langsam auf. Soeben wollte er ihr

erklären, wie wenig er für diese Art von Vergnügen übrig hatte, als er ein junges Mädchen entdeckte, das unweit von ihnen mit einem jungen Mann im Gras saß.

Einen Augenblick lang hielt Fred den Atem an. Dieses Mädchen dort glich Bettina fast bis aufs Haar. Bettina! Während der letzten Tage hatte er völlig vergessen, dass es Bettina überhaupt noch gab!

Carmen, die Freds Blicken folgte, zog verärgert die Augenbrauen hoch.

»Findest du es gut, die junge Dame dort drüben so penetrant anzustarren?« fragte Carmen pikiert.

»Entschuldige«, erwiderte Fred leicht verwirrt. »Sie . . . sie erinnert mich sehr stark an . . .

»Ich weiß an wen«, unterbrach Carmen ihn wütend. »Ich möchte den Namen nicht hören. Komm, gehen wir.«

Carmen sprang auf und schaute abwartend auf Fred hinunter.

»Warum denn so eilig?«

»Ich möchte nicht, dass du ständig zu den anderen hinübersiehst. Vielleicht bin ich eifersüchtig! Hast du daran noch nicht gedacht? Bitte, Fred, ich möchte gehen.«

Fred richtete sich seufzend auf. So gut kannte er Carmen mittlerweile schon, dass er wusste, dass sie nun in der nächsten Stunde schmollen würde.

»Komm, lass uns nicht streiten, mein Liebes.« Fred legte den Arm um sie. »Es ist doch ganz natürlich, dass ich bei so viel Ähnlichkeit an Bettina denken muss.

Deswegen brauchst du aber nicht eifersüchtig sein.« Fred zog sie an sich und küsste sie leidenschaftlich.

Zwei alte Männer, die unweit von ihnen auf einer

Bank saßen, schmunzelten verständnisvoll und erinnerten sich mit sehnsüchtigen Blicken an die eigene Jugend.

»Denkst du noch sehr oft an . . . an Bettina?« fragte Carmen und vergrub ihren Kopf an seiner Schulter.

»Nein, kaum . . .«

»Ganz ehrlich?« Carmens Blicke durchforschten sein Gesicht.

Fred schob sie ein wenig von sich, trat einen Schritt zurück und betrachtete sie verliebt. Carmen trug ein smaragdgrünes Kostüm und eine cremefarbene Spitzenbluse. Ihr Teint war leicht gebräunt, ihr tiefschwarzes langes Haar schimmerte bläulich in der Sonne, ihre graugrünen Augen waren groß und leuchtend.

»Hast du heute denn nicht in den Spiegel geschaut?« fragte Fred sie mit zärtlichem Unterton in der Stimme. »Weißt du denn nicht, wie schön du bist, Carmen? Wie könnte ich an deiner Seite auch noch Zeit finden, an eine andere zu denken?«

Carmen legte den Kopf ein wenig zur Seite. Immer noch lag Misstrauen in ihrem Blick. Nachdenklich sagte sie:

»Manchmal glaube ich, dass du Bettina immer noch liebst, Fred. Ich kann dir nicht sagen, warum ich das glaube. Es ist nur ein vages Gefühl, aber es ist da.«

»Du redest Unsinn.« Fred wurde nun ärgerlich. Er schob die Hände in die Hosentaschen und ging langsam weiter. Carmen folgte ihm zögernd. »Warum sollte ich Bettina noch lieben? Ich habe dich geheiratet. Dich, Carmen! Ich weiß gar nicht, wie du auf so dumme Gedanken kommen kannst!«

»Dumm? Ich sehe das anders. Du musst doch für Bettina sehr tief empfunden haben. Immerhin warst du acht Jahre mit ihr zusammen. Acht Jahre, Fred! Das ist eine sehr lange Zeit!«

»Und mit dir möchte ich mein Leben verbringen«, erwiderte Fred weich und blieb stehen. »Glaubst du nicht, dass wir noch weit mehr Jahre vor uns haben, als nur acht? Carmen, bitte lass uns nicht streiten. Der Tag ist viel zu schön. Ich schlage vor, wir suchen uns ein hübsches Straßencafé, genießen einen Espresso und betrachten das bunte Leben und Treiben auf der Straße.«

Carmen gab sich innerlich einen Ruck. Fred hatte ja Recht. Sie hatte gar keinen Grund, auf Bettina eifersüchtig zu sein. Ein kleines Lächeln huschte über ihr Gesicht. Sie schob ihre Hand unter seinen Arm und lehnte den Kopf an seine Schulter.

»Du hast Recht, Fred. Wir wollen jeden Tag genießen. Wenn wir erst einmal zu Hause sind und du wieder der viel beschäftigte Herr Doktor bist, wirst du nicht mehr so viel Zeit für mich haben.«

Carmen blieb stehen und legte die Arme um seinen Hals.

»Küss mich, Fred, damit ich auch nicht vergesse, wie sehr du mich liebst.«

»So reizende Aufforderungen kannst du öfter an mich richten«, flüsterte Fred ihr zu und küsste sie.

*

»Ich hoffe, du bleibst bis heute Abend«, bemerkte Professor Werner Kelten. »Du weißt doch, dass meine Frau eine fantastische Köchin ist. Außerdem freut sie sich bestimmt, dich wiederzusehen.« Kelten hielt Professor Horst Cartess die Zigarrenkiste hin.

»Danke, mein Lieber, das habe ich mir abgewöhnt.« Cartess hob mahnend den Zeigefinger. »Auch du solltest deinen Patienten mit gutem Beispiel vorangehen, Werner.«

»Das ist das einzige Laster, dem ich noch fröne, lieber Horst«, brummte Professor Kelten und zog heftig an seiner Havanna. »Ich weiß, dass du Recht hast, aber ich komme davon nicht los.«

»Nun ja, lassen wir das«, erwiderte Professor Cartess, der wohlweislich verschwieg, dass auch er einige Anläufe unternommen hatte, bis der Nikotinteufel ihm nichts mehr anhaben konnte.

Horst Cartess nahm einen Schluck Kaffee, lehnte sich in den Sessel zurück und verschränkte die Arme vor der Brust.

»Werner, ich bin nicht nur gekommen, weil ich dir wieder einmal Guten Tag sagen möchte«, begann Professor Cartess von neuem zu sprechen. »Ich erzählte dir doch am Telefon schon von meiner Patientin, die einen Herzklappenfehler hat, und die ich gern in deine Klinik überweisen würde. Die Röntgenaufnahmen habe ich dir mitgebracht. Es handelt sich um eine Vernarbung an der Mitralisklappe. Ich tippte auf einen Infarkt der Klappe im Säuglingsalter . . .«

Das Knacken der Sprechanlage unterbrach Professor Cartess' Ausführungen.

»Herr Professor?«

Kelten drückte die Sprechtaste.

»Was gibt es denn?« brummte er unwillig. »Ich wollte doch nicht gestört werden.«

»Doktor Behrens hat mich verständigt. Ein akuter Notfall wurde eingeliefert. Sie werden dringend im Großen OP verlangt, Herr Professor.«

»Ich komme sofort.« Professor Kelten erhob sich und zuckte bedauernd mit den Schultern. »Tut mir Leid, alter Freund. Du musst unter Umständen ein paar Stunden auf meine Gesellschaft verzichten. Vielleicht gehst du schon zu meiner Frau? Sie freut sich bestimmt, wenn sie dich so unverhofft wiedersieht.«

»Später, Werner. Zunächst möchte ich Schwester Bettina einen kleinen Besuch abstatten. Auf welcher Station finde ich sie?«

»Auf der Chirurgischen. Aber den Dienstplan kenne ich nicht. Wende dich an Oberschwester Paula. Sie hat ihr Büro direkt neben der Rezeption. Mich musst du jetzt entschuldigen.«

Professor Cartess schaute seinem alten Freund lächelnd nach. Werner Kelten war füllig geworden, und sein Haar hatte sich – charmant ausgedrückt stark gelichtet.

Cartess warf einen Blick in den kleinen Spiegel, der über dem Waschbecken hing. Er schnitt sich eine Grimasse und belächelte seine Eitelkeit. Rasch verließ er Keltens Büro und begab sich in die Eingangshalle. Neben der Rezeption blieb Professor Cartess vor einer Tür stehen, auf der ein kleines weißes Schild anbebracht war.

»Oberschwester Paula«, las Cartess halblaut und klopfte kurz.

»Herein!«

Cartess' Augenbrauen schoben sich nach oben. Hoppla, diese Oberschwester hatte eine Stimme wie ein Feldwebel. Ob sie wohl auch so aussah, überlegte Cartess und konnte ein Lächeln nicht unterdrücken.

Schwester Paula war eine stattliche Frau. Groß und kräftig gebaut, das leicht ergraute Haar straff zurückgekämmt und im Nacken zu einem Knoten gebändigt.

»Sie wünschen?« fragte sie und musterte Cartess streng.

»Ich wollte mich erkundigen, ob Schwester Bettina heute Dienst hat und wann«, erklärte Professor Cartess.

Schwester Paulas graue Augen blitzten. Sie schob das Kinn ein wenig vor und erwiderte kühl:

»Ich schätze es absolut nicht, wenn meine Schwestern während der Dienstzeit Herrenbesuch erhalten. Sie sollten sich bis heute Nachmittag gedulden. Schwester Bettina hat um vier Uhr Dienstschluss.«

»Das ist schade.« Professor Cartess machte sich einen Spaß daraus, Schwester Paula ein wenig zu ärgern. »Solange kann ich leider nicht warten.«

»Daran kann ich nichts ändern.« Schwester Paula wandte sich geschäftigt ihrem Schreibtisch zu.

»Würden Sie Schwester Bettina Grüße von mir ausrichten?«

»Gern, wie ist Ihr Name?« fragte Schwester Paula ungeduldig.

»Ich bin Professor Cartess. Schwester Bettina . . .«

»Aber warum sagen Sie das denn nicht gleich?« rief Paula und strahlte plötzlich über das ganze Gesicht. »Kommen Sie, ich begleite Sie zum Kasino. Schwester Bettina wollte eine Tasse Kaffee trinken.«

»Danke, bemühen Sie sich nicht, Schwester. Ich finde das Kasino auch allein.« Professor Cartess deutete eine kleine Verbeugung an und verließ das Büro.

Ein paar Minuten später stand er am Eingang des Kasinos und schaute sich suchend um.

Das Kasino war sehr gemütlich eingerichtet. Polstermöbel in kleinen Nischen luden zum bequemen Sitzen ein. Grünpflanzen in braunen Holzwannen ließen die Klinikatmosphäre vergessen.

Endlich hatte Cartess Bettina entdeckt. Sie saß allein in einer Nische. Ein Kaffeegedeck stand vor ihr. Gedankenverloren spielte sie mit dem Teelöffel.

»Darf ich mich zu Ihnen setzen?« fragte Cartess, der unbemerkt an Bettinas Tisch getreten war.

»Herr Professor!« rief Bettina freudig überrascht aus und sprang auf. »Nein, das ist eine Überraschung! Bleiben Sie länger hier?«

»Leider nicht«, erwiderte Cartess, setzte sich und bestellte bei der Bedienung ebenfalls einen Kaffee. Forschend sah er Bettina an. Sie sah blass aus und hatte dunkle Ränder unter den Augen.

Sicher hat sie immer noch Kummer wegen Fred, dachte Professor Cartess. Laut jedoch sagte er:

»Nun? Haben Sie sich schon eingelebt?«

»O ja, ich arbeite gern hier. Allerdings ...« Bettina zögerte ein wenig.

»Allerdings vermisse ich meine Kollegen aus Ihrer Klinik, Herr Professor.«

»Schwester Gundula vermisst Sie auch.« Cartess schmunzelte. »Erst kürzlich gestand sie mir, dass sie nun niemanden mehr habe, der ihre Späße versteht und geschickt kontert.«

Bettinas Hände spielten unruhig mit der Papierserviette. Die Frage, ob Fred schon von der Hochzeitsreise zurück ist, brannte ihr auf der Zunge.

Damals, als sie von Dr. Lauer erfahren hatte, dass sie in anderen Umständen sei, hatte sie in Freds Büro angerufen. Ein fremder Arzt hatte sich gemeldet und ihr nur mitgeteilt, dass Dr. Merkant noch auf Reisen sei.

»Wie ... wie geht es Fred, Herr Professor?« fragte Bettina und wagte nicht, ihn anzusehen.

»Oh, die beiden reisen immer noch. Paris, New York und Las Vegas liegen schon hinter ihnen. Das Weihnachtsfest werden sie in Kanada verbringen.« Professor Cartess sah Bettina forschend an. »Tut es nicht zu weh, wenn ich darüber spreche?«

Bettina schüttelte den Kopf. Alles, was mit Fred zu tun hatte, interessierte sie brennend. Sie wollte wissen, wie es ihm ging, ob er glücklich war und vor allem, wann er wieder nach Hause kam!

»Weihnachten in Kanada?« fragte Bettina. »Wie lange werden sie denn noch wegbleiben?«

»Ach, das wissen Sie ja noch nicht. Ich habe den beiden eine Reise um die Welt geschenkt. Sie werden ein Jahr lang unterwegs sein. Fred soll das Leben noch ein bisschen genießen. Wenn er zurückkommt, werde ich ihn langsam mit den Aufgaben eines Chefarztes vertraut machen. Ich will mich nämlich schon bald zur Ruhe setzen.«

»Wie schön für ihn«, erwiderte Bettina flach. Sie war einige Nuancen blasser geworden. Ein ganzes Jahr würde Fred wegbleiben? Nun hatte sie gar keine Gelegenheit ihm zu sagen, dass sie ein Kind von ihm erwartete! Auch wenn sie es zur Welt brachte, würde er nicht da sein.

»Sie sind plötzlich so still, Bettina?« fragte Professor Cartess. »Haben Sie doch einen Kummer, den Sie mir verschweigen?«

Bettina lachte kurz auf und schüttelte den Kopf.

»Nein, Herr Professor, Kummer habe ich nicht. Ich bin immer noch ein wenig traurig. Sie wissen, wie sehr ich Fred geliebt habe ...«

Cartess nickte und sah verlegen an Bettina vorbei. Was sollte er ihr sagen? Dass die Zeit Wunden heilte? Das war jetzt kein Trost für sie.

Ein junger Mann in weißem Kittel kam auf den Tisch zu.

»Darf ich stören, Bettina?« fragte er.

»Aber sicher, Doktor Gerau«, sagte Bettina erleichtert über diese Ablenkung. »Darf ich die Herren miteinander bekannt machen? Professor Cartess – Dr. Gerau.«

Die beiden Männer gaben sich die Hand, und Dr.

Gerau setzte sich. Professor Cartess beobachtete den jungen Arzt unauffällig. Es gehörte nicht sehr viel dazu herauszufinden, dass Dr. Gerau bis über beide Ohren in Bettina verliebt war. Er ließ ja kaum einen Blick von ihr.

Professor Cartess stand auf.

»Sie sind mir sicher nicht böse, wenn ich mich jetzt schon verabschiede. Frau Kelten erwartet mich noch.«

»Ich hoffe, Sie kommen bald wieder einmal hierher, Herr Professor«, sagte Bettina und reichte ihrem ehemaligen Chef die Hand.

»Ganz sicher, Bettina. Auf Wiedersehen.«

Dr. Robert Gerau sah dem elegant gekleideten Mann nach, der mit elastischen Schritten das Kasino durchquerte.

»Ein gut aussehender Mann«, bemerkte Robert, der Bettina aus den Augenwinkeln beobachtete. »Ich kann mir vorstellen, dass bei seinem Anblick so manches Frauenherz schwach wird.«

»Davon bin ich auch überzeugt«, erwiderte Bettina mit amüsiertem Lächeln.

»Aber sein Alter sollte man trotzdem nicht übersehen«, warf Robert eifersüchtig hin. »Die fünfzig hat der Professor doch schon erreicht.«

»Fast. Er ist achtundvierzig.«

»Pah! Um zwei Jahre braucht man sich doch nicht zu streiten! Aber lassen wir dieses Thema. Ich habe zwei Theaterkarten, Schwester Bettina. Wollen Sie mich begleiten?«

Nach kurzem Zögern stimmte Bettina zu. Sie mochte Robert. Seine liebenswerte ruhige Art sagte ihr zu, bei ihm fühlte sie sich beschützt und geborgen.

*

Dr. Jochen Mailer legte ein dickes Buchenscheit auf das niedergebrannte Kaminfeuer. Sein braun gebranntes Gesicht schimmerte rötlich im Schein der Flammen.

Fred saß seitlich vom Kamin. Weit im Sessel zurückgelehnt, die Augen geschlossen, saß er ruhig da und dachte an die letzten Wochen. Fred liebte das Reisen, doch er war auch mit Leib und Seele Arzt. Das süße Nichtstun wurde ihm langsam zu viel. Er war ein Mann, der eine Aufgabe brauchte.

Carmen hingegen fühlte sich so wohl, wie noch nie in ihrem Leben. Der Gedanke, dass diese abwechslungsreichen Monate auch einmal zu Ende gehen würden, ließ sie erschauern. Sie liebte es, jeden Tag neue Eindrücke zu sammeln und interessante Menschen kennen zu lernen.

Auch Dr. Jochen Mailer, ein ehemaliger Studienfreund Freds, gehörte zu diesen Menschen . . .

Fred öffnete die Augen einen Spalt breit und blinzelte unter den Wimpern hervor zu Carmen hinüber. Es gefiel ihm nicht, wie sie seinen Freund betrachtete, und er missbilligte ihre aufreizende Haltung, die sie Jochen gegenüber an den Tag legte. Fred sah, wie seine Frau kaum einen Blick von dem blendend aussehenden Junggesellen ließ, und wenn Fred Jochen nicht so gut gekannt hätte, wäre er noch heute abgereist. Doch Jochen würde niemals die Frau eines Freundes anrühren, das wusste Fred.

»Sollen wir nicht noch eine kleine Skiwanderung unternehmen?« fragte Jochen so laut, dass Fred gezwungen war, die Augen zu öffnen.

Carmen hob verärgert die Augenbrauen. Warum ging Jochen nicht auf ihre Flirtversuche ein? Sie wollte Fred doch gar nicht betrügen, aber ein kleiner Flirt versüßte das Leben!

»Gern«, sagte Fred und stemmte sich aus dem Sessel. »Ein bisschen Bewegung wird uns gut tun. Ich habe sowieso das Gefühl, dass ich langsam einroste. Erst die Weihnachtsfeiertage, die besonders für den Magen sehr belastend waren, und anschließend das Neujahrsfest. Am liebsten würde ich jeden Morgen um fünf Uhr aufstehen und eine Bergwanderung machen.«

»Ich nehme dich beim Wort.« Jochen Mailer grinste breit. »Du wirst dich morgen früh wundern.«

»Aber ohne mich«, bemerkte Carmen. »Ich ziehe es vor, lange zu schlafen.«

Die beiden Männer nickten nur und begaben sich in die Diele. Sie schlüpften in die Skistiefel und zogen sich die gesteppten Jacken über. Carmen folgte ihrem Beispiel.

Wenig später standen sie vor dem Blockhaus hoch in den Bergen. Eine tief verschneite, unberührte Landschaft umgab sie. Der vereiste Gipfel des Mount Columbia, ein mächtiger Viertausender, erhob sich über die schweigende Bergwelt.

Fred sah sich um. Tief atmete er die klare kalte Winterluft ein.

»Ein paradiesisches Stückchen Erde, Jochen«, sagte er zu seinem Freund. »Ich beneide dich.«

Jochen nickte.

»Ja, auch ich habe es noch keinen Augenblick bereut, dass ich hierher gekommen bin. Erinnerst du dich? Damals hast du mir abgeraten, nach Calgary zu gehen. Doch mich hatte Kanada schon immer gereizt. Ich habe hier alles, was ich brauche. Eine gute Anstellung, ein Haus in der Stadt und eine Berghütte, wenn ich die Einsamkeit brauche. Nun ...«

»Nun fehlt dir nur noch eine hübsche Frau, dann ist dein Glück vollkommen, nicht wahr?« spöttelte Carmen und schnallte sich die Ski an.

»Carmen!« rügte Fred.

»Habe ich nicht Recht?« Carmen richtete sich auf. »Schau ihn dir doch an. Jochen sieht gut aus, und er kann eine Familie ernähren!«

»Wie sagt man so schön? Ich habe die Richtige eben noch nicht gefunden«, bemerkte Jochen. Er blinzelte Fred zu, denn er merkte, dass sein Freund über die Bemerkung seiner Frau verärgert war.

Fred stieß sich mit den Skistöcken ab und ließ sich in sanfter Fahrt ins Tal gleiten. Jochen folgte ihm sofort.

Carmen, die noch Handschuhe und Brille überstreifen musste, sah den beiden ärgerlich nach. Immer dieses Freundschaftsgetue! Es war an der Zeit, wieder einmal den Ort zu wechseln. Carmen nahm sich vor, noch heute Abend mit Fred über die Abreise zu sprechen. Der Aufenthalt am Rande der Rocky Mountains begann, sie zu langweilen.

Carmen überlegte kurz. Ja, Hawaii war für diese Jahreszeit das richtige Ziel!

Fred glitt in sanftem Bogen in ein schmales Seitental ein. Mit elegantem Stemmbogen kam er zum Stehen. Er wartete, bis Jochen heran war. Fred schob die dunkle Brille in die Stirn, stützte sich auf seine Stöcke und schaute den Freund aus zusammengekniffenen Augen an.

»Ich möchte mich für Carmens Verhalten entschuldigen, Jochen«, sagte Fred und schaute betreten vor sich hin.

»Ach, nimm das doch nicht so tragisch, Fred«, beruhigte Jochen ihn. »Carmen stichelt nun einmal gern. Ich trage es mit Fassung. Deswegen brauchst du dich nicht zu entschuldigen.«

»Ich meine nicht nur ihre Sticheleien, Jochen, das weißt du genau. Ich spreche auch von ihren penetranten Flirtversuchen. Ich hasse eine solche Art.«

Jochens Blicke gingen an dem Freund vorbei. Er sah zu den schneebedeckten Gipfeln der Berge hinauf, die in der Sonne wie pures Silber glitzerten. Was sollte er Fred sagen? Dass Carmen nicht die richtige Frau für ihn war? Nein, das war nicht seine Sache. Fred hatte sich für Carmen entschieden, weil er sie liebte; sie war seine Frau, und er, Jochen, hatte kein Recht, sie herabzusetzen. Betont lässig sagte er zu Fred:

»Flirtversuche? Aber Fred, das ist doch nur eine Selbstbestätigung! Außerdem ist Carmen noch sehr jung, vergiss das nicht. Für sie ist ein Flirt ein harmloses Spiel, nicht mehr und nicht weniger. Außerdem bin ich sicher, dass das mit der Zeit aufhören wird.« Jochen lachte plötzlich vergnügt auf und schlug Fred auf die Schulter. »Wenn Carmen erst einmal ein halbes Dutzend schreiender kleiner Engel zu betreuen hat, wird ihr die Lust zu einem Flirt schon von selbst vergehen. Ihr seid jung verheiratet, und Carmen ist noch zu sehr an ihre Freiheit gewöhnt.«

Fred sah Jochen zweifelnd an. Es war gut und einleuchtend, was Jochen sagte. Trotzdem hatte er ein ungutes Gefühl, wenn er an ein weiteres Zusammenleben mit Carmen dachte. Er wünschte sich nichts mehr, als dass sie ein wenig ernsthafter wäre und das Leben nicht als ein einziges Vergnügen betrachten würde. Fred seufzte tief auf und deutete auf Carmen, die in Schussfahrt auf sie zukam.

»Ich möchte dich bitten, nichts über unser Gespräch verlauten zu lassen, Jochen.«

»Ist doch selbstverständlich, alter Junge.«

Carmen stoppte ihre schnelle Fahrt so rasant, dass die beiden Männer über und über mit Schnee bedeckt wurden.

»Na? Was habt ihr denn ausgeheckt? Ihr seht wie

zwei Verschwörer aus!« Carmen sah neugierig von einem zum anderen.

»Oh, wir wollten den heutigen Abend in Calgary verbringen. Ich weiß da ein hübsches kleines Tanzlokal ...«

»Fantastisch!« rief Carmen. »Endlich einmal ein bisschen Abwechslung. Vierzehn Tage Bergeinsamkeit ist für mich ganz einfach zu viel! Ich brauche Leben um mich! Menschen, die ...«

Fred wollte nicht mehr mit anhören, was Carmen noch alles brauchte, um glücklich zu sein. Er stieß sich ab und glitt in schneller Fahrt abwärts. Für ihn waren die vierzehn Tage in der Berghütte wunderschön gewesen. Jeden Tag hatte er die majestätische Schönheit der Berge bewundert, jede Minute des Friedens genossen.

Fred bedauerte, dass sie Jochen schon bald wieder verlassen mussten. Er wäre gern noch ein paar Wochen geblieben, doch er kannte Carmen nur zu gut. Es hielt sie nicht sehr lange an einem Ort.

*

Auch in Deutschland hatte der Winter seinen Einzug gehalten. Jeden Morgen brachte der Frost neue Blumen und heftete sie an die Fenster. Die Tannen trugen weiße Kappen und nickten unter der weichen Last.

Bettina Overbeck konnte nun auch nicht mehr verheimlichen, dass sie sich in anderen Umständen befand, denn sie war schon im sechsten Monat.

Dr. Robert Gerau schien diese Tatsache ganz einfach zu übersehen. Er bemühte sich weiterhin um Bettina. Fast jeden Tag verbrachte er einige Stunden mit ihr.

Auch heute kam er nach Dienstschluss über die Chirurgische Station, auf der Bettina arbeitete.

Schwester Irene, die selbst Interesse an dem jungen gut aussehenden Anästhesisten hatte, schob einen Servierwagen über den Flur. Als sie Dr. Gerau sah, rief sie spöttisch:

»Hallo, Herr Doktor! Suchen Sie jemand Bestimmtes?«

»Dreimal dürfen Sie raten, Schwester Irene«, erwiderte Robert gelassen.

»Ist nicht nötig! Sie ist im Schwesternzimmer!« rief Irene ihm nach und wandte sich an Schwester Jutta, die aus einem Krankenzimmer kam: »Der Gerau ist mit Dummheit geschlagen. Er sieht doch, dass Bettina in anderen Umständen ist. Trotzdem rennt er hinter ihr her.«

»Vielleicht ist das Kind auch von ihm?« rätselte Schwester Jutta.

»Ach was!« Irene schüttelte ärgerlich den Kopf. »Der Gerau würde sich ganz anders verhalten, wenn er der Vater wäre! Die beiden siezen sich doch immer noch!«

»Vielleicht spielen sie uns allen Theater vor?«

»Glaube ich nicht«, erwiderte Irene grübelnd. »Dazu ist Gerau nicht der Typ. Wenn Bettina von ihm ein Kind erwartete, würde er sie sofort zu seiner Frau machen.« Ihre Augen blitzten wütend auf, als sie hinzufügte: »Möchte wissen, wo der Mann seine Augen hat. Rennt da hinter so einem . . . so einem . . .

»Überlegen Sie sich, was Sie sagen, Schwester Irene«, unterbrach ihre Kollegin sie hart. »Sie wissen nicht, warum Schwester Bettina den Vater ihres Kindes nicht heiratet, und ich weiß es auch nicht. Deswegen ist es wohl besser, wir brechen dieses Gespräch ab.«

»Sie und Ihr Gerechtigkeitssinn!« rief Schwester Irene und rümpfte die Nase. »Ich sage Ihnen, er wird auf die Nase fallen. Die Overbeck findet es jetzt vielleicht ganz schön, von Gerau umworben zu werden. Aber sie liebt ihn nicht. Der Mann muss blind sein! Es gibt hier an der Klinik soviel hübsche Frauen . . .« Schwester Irene sprach den Satz nicht zu Ende. Sie wartete auch Juttas Antwort nicht ab, sondern schob den Servierwagen weiter.

Schwester Jutta sah Irene kopfschüttelnd nach.

»Eifersucht muss schlimm sein«, murmelte sie.

Schwester Jutta ging ein paar Schritte weiter und wollte soeben Zimmer vier betreten, als sie Dr. Gerau und Schwester Bettina aus dem Schwesternzimmer kommen sah. Eine Weile blieb sie stehen und sah zu den beiden hinüber. Schade, dachte sie, dass Bettina den Arzt nicht liebt. Sie sind ein so schönes Paar. Jutta sah, dass Dr. Gerau zu ihr herüberschaute. Hastig verschwand sie im Krankenzimmer.

Auch Bettina hatte Schwester Juttas neugierige Blicke bemerkt.

»Man munkelt schon über uns, Robert«, sagte sie mit leichtem Lächeln.

»Ist Ihnen das unangenehm?« fragte er.

»Nein, wichtig allein ist, dass wir wissen, dass nur Freundschaft uns verbindet.«

Bettina sah nicht das traurige Lächeln, das über Roberts Gesicht huschte. Was gäbe er nicht darum, mehr als nur ein Freund für Bettina zu sein! Fünf Monate war Bettina nun schon in der Herzklinik tätig, und seit fünf Monaten umwarb Robert sie. Doch all seine Bemühungen waren bisher vergeblich gewesen.

Seite an Seite verließen sie die Klinik. Die Parkanlagen waren tief verschneit. Neben den frei geräumten Wegen türmten sich Schneeberge.

Robert begleitete Bettina bis zu ihrem Kleinwagen. Unschlüssig blieb er neben ihr stehen.

»Sie fahren noch nicht nach Hause, Robert?«

»Eigentlich wollte ich Sie zu einer kleinen Schneewanderung einladen. Ich würde mich sehr freuen, wenn ich keinen Korb bekäme. Allerdings nur, wenn Sie nach dem anstrengenden Dienst nicht zu müde sind.«

»Bewegung in der frischen Luft tut mir und ... und dem Kind gut«, erwiderte Bettina und senkte leicht den Kopf. Wie immer, wenn sie auf das Ungeborene zu sprechen kam, errötete sie. Sie wartete darauf, dass Robert sie eines Tages nach dem Vater des Kindes fragen würde.

»Gut, dann fahren wir sofort los! Oder werden Sie von Ihrer Frau Mutter erwartet?«

»Nein, ich habe ihr heute Morgen gesagt, dass ich noch einen kleinen Einkaufsbummel nach dem Dienst machen wollte.«

»Dann ist es gut. Darf ich fahren?« fragte Robert.

Bettina drückte ihm lächelnd die Autoschlüssel in die Hand. Diese Frage erinnerte sie an Fred. Auch er hatte niemals großes Vertrauen in ihre Fahrkünste.

Robert lenkte den Wagen sicher durch die Straßen, in denen sich alle Autos langsam und vorsichtig bewegten. Obwohl der Räumungsdienst pausenlos im Einsatz war, beeinträchtigte der stetige Schneefall den Verkehr.

»Ich finde es schön, einmal so einen richtigen Winter zu erleben.«

»Ja, auch ich liebe den Winter«, erwiderte Robert. »Der Schnee gibt allen Dingen weiche Konturen, alles wirkt so still und friedlich.«

Robert verließ die Ausfallstraße und bog wenig später in eine wenig befahrene Landstraße ein, die schnurgerade durch einen Tannenwald führte. Vor einem breit angelegten Waldweg parkte er das Fahrzeug.

Bettina lehnte sich an den Wagen und schaute sich andächtig um.

»Das ist ja eine richtige Wintermärchenlandschaft«, sagte sie leise.

Robert legte den Arm um ihre Schultern.

»Wollen wir nicht tiefer hineingehen? Ich stapfe gern durch unberührten Schnee. Ich fühle mich dann fast wie ein Eroberer, der als Erster seinen Fuß auf unentdecktes Neuland setzt.«

Bettina nickte schweigend. Immer noch lag Roberts Arm um ihre Schultern. Sie wehrte ihn nicht ab, denn in seinem Arm fühlte sie sich wohl und geborgen. Sie wusste zwar, dass es vielleicht falsch war, ihm diese freundschaftliche Geste zu gestatten. Es war möglich, dass er daraus falsche Schlüsse zog.

Robert fühlte sich seltsam befangen. So nah war er Bettina noch nie gewesen. Er wandte leicht den Kopf und betrachtete sie. Ihr rotblondes Haar leuchtete in der Wintersonne, ihre Wangen waren gerötet. Ihre Lippen waren leicht geöffnet, Zähne wie Perlen schimmerten dahinter.

Robert seufzte leise. Wie schön Bettina doch war, und er hatte sich hoffnungslos in sie verliebt.

Bettina, die bemerkte, dass er sie ansah, warf ihm einen Blick zu. Als sie jedoch die Liebe in seinen Augen las, sah sie schnell wieder zur Seite.

Eine große Waldlichtung tat sich vor ihnen auf. Am anderen Ende des Halbrunds stand eine Futterkrippe. Rehe umstanden sie und zupften Heu zwischen den Stäben hervor.

Bettina und Robert blieben stehen und betrachten die Tiere, die ab und zu zu ihnen herübersahen.

Robert bedeutete mit einer Handbewegung, den kleinen Pfad einzuschlagen, der sich rechts in einer kleinen Tannenschonung verlor.

Noch enger zog Robert Bettina an sich.

Plötzlich blieb er stehen, legte beide Hände auf ihre Schultern und zwang sie sanft, stehen zu bleiben.

»Bettina«, sagte er rau. »Sie wissen, dass ich Sie schon lange verehre. Immer, wenn ich versuchte, Ihnen das deutlich zu machen, sind Sie mir ausgewichen. Bin ich so abstoßend, dass Sie mir nicht ein wenig Zuneigung entgegenbringen können? Ich liebe Sie, Bettina.«

Bettina sah in sein schmales, leicht gebräuntes Gesicht, das von dunklen Augen beherrscht wurde, Ihr Blick glitt über seinen gut geschnittenen Mund und über das energische Kinn. Sie mochte Robert sehr, aber reichte dieses Gefühl für eine engere Beziehung aus?

»Robert«, begann Bettina zögernd. »Sie sehen doch, dass ich in anderen Umständen bin. Das Kind, das ich unter dem Herzen trage, ist von einem Mann, den ich immer noch liebe, der . . .«

». . .der Sie aller Wahrscheinlichkeit nach verlassen hat!« unterbrach Robert sie sachlich:

»Ja, aber trotzdem gehört mein Herz nach wie vor ihm.«

»Haben Sie denn Hoffnung, dass . . . dass dieser Mann jemals zu ihnen zurückkehren wird?«

Bettina wollte den Kopf senken, doch Robert legte rasch seine Hand unter ihr Kinn und zwang sie, ihn anzusehen. Leise bat er:

»Bitte, Bettina, sagen Sie mir die Wahrheit. Glauben Sie, dass dieser Mann wieder zu Ihnen zurückkehren wird?«

Bettina merkte, wie sich die Tränen heiß in die Augen drängten. Sie schluckte sie tapfer hinunter und schüttelte den Kopf.

»Nein, er hat eine andere geheiratet.«

»Obwohl er weiß, dass Sie ein Kind erwarten?« fragte Robert ungläubig.

»Fred weiß es ja nicht!« stieß Bettina heftig hervor. »Als mein Frauenarzt mir sagte, dass ich in anderen Umständen sei, war Fred schon auf Hochzeitsreise. Ich hatte keine Gelegenheit, es ihm zu sagen.«

»Und wenn er zurückkommt?«

Bettina zuckte mit den Schultern. Diese Frage hatte sie sich selbst schon oft genug gestellt. Was würde sie tun, wenn Fred zurückkam? War es nicht ihre Pflicht, ihm zu sagen, dass er der Vater ihres Kindes war? Aber würde sie mit dieser Eröffnung nicht die Harmonie seiner Ehe zerstören? War sein Glück ihr nicht wichtiger, als alles andere auf dieser Welt?

Tränen lösten sich aus ihren Augen, rannen über die Wangen und blieben an den Mundwinkeln hängen. Bettina schmeckte das salzige Nass auf ihren Lippen.

Erschrocken nahm Robert ein Taschentuch und tupfte ihr die Tränen fort.

»Ich wollte Ihnen nicht weh tun, Bettina«, sagte er leise. »Bitte, verzeihen Sie mir.«

Bettina lehnte den Kopf leicht gegen seine Brust.

»Ach Robert, Sie sind so ein liebenswerter Mensch. Sie haben mir nicht weh getan. Ich selbst bin es, die sich ständig Schmerzen zufügt. Was gäbe ich darum, wenn ich diese unglückselige Liebe zu Fred aus meinem Herzen reißen könnte. Diese Liebe, die nie Erfüllung finden wird . . .«

Robert legte die Arme um Bettina. Wie ein kleines Kind hielt er sie in seinen Armen und wiegte sie hin und her. Er legte seine Wange gegen ihr Haar und sah träumend in die weiße Winterlandschaft.

»Bettina, ich kann warten«, flüsterte er. »Ich habe Zeit, viel Zeit. Sagen Sie mir nur, dass Sie mich vielleicht einmal lieben könnten, dann bin ich schon zufrieden.«

»Und ... und das Kind?« fragte Bettina bang.

Robert schob sie ein wenig von sich, sein Lächeln war weich, in seiner Stimme schwang Zärtlichkeit, als er sagte:

»Ich liebe Kinder, Bettina. Und ich werde auch Ihr Kind so lieben, als wäre es mein eigenes. Bettina, ich möchte Sie bitten, in dieser Hinsicht keine Bedenken zu haben. Sagen Sie mir, dass ich hoffen darf, und ich bin schon zufrieden.«

Bettina wandte sich ab und ging einen Schritt vor. Was sollte sie Robert antworten? Dass sie selbst nicht wusste, ob sie ihn eines Tages lieben konnte? Dass sie befürchtete, Fred einfach nicht vergessen zu können? Aber musste sie sich nicht dazu zwingen? Sie konnte doch nicht immer allein durchs Leben gehen!

Bettina blieb stehen und wandt sich um. Ein liebevolles Lächeln verschönte ihr Gesicht.

»Ich habe Sie sehr gern, Robert. Vielleicht werde ich Sie auch einmal lieben können. Doch ich möchte Ihnen nichts versprechen, da Sie der Letzte sind, den ich enttäuschen möchte.«

»Bettina! Du ... du machst mich sehr, sehr glücklich!« rief Robert. Seine Fingerspitzen berührten ihre Wange »Ich darf doch du zu dir sagen?«

»Ja, Robert«, erwiderte Bettina schlicht.

Robert legte wieder den Arm um ihre Schultern. Behutsam zog er sie enger an sich.

Schweigend gingen sie nebeneinander durch den verschneiten Wald. Der Schnee knirschte unter ihren Schritten, und manchmal rieselte er von den Zweigen auf ihre Köpfe. Schweigende Waldeinsamkeit umgab die beiden Menschen, die ihren eigenen Gedanken nachhingen. Gedanken, die sich in verschiedene Richtungen bewegten, und die sie doch miteinander verbanden.

*

»Ein bisschen Seeluft wird Ihrem wissbegierigen Gatten sicher gut tun«, sagte John Kelly zu Carmen, der lässig den Arm um sie gelegt hatte. »Mal sehen, vielleicht liegt er auch schon an Deck der ›Panama‹ und sonnt sich.«

John und Carmen gingen über den Strand von Waikiki auf den Jachthafen zu. Weißer Sand rieselte über ihre nackten Füße, hoch über ihren Köpfen wiegten sich Palmen im Südwind, tiefblau erstreckte sich der Pazifik vor ihren Augen.

Carmen wäre am liebsten bis zum Ende ihres Lebens auf Oahu, einer der Hawaii-Inseln, geblieben. Das Leben hier war genau nach ihrem Geschmack. Die Menschen, die sie umgaben, waren alle in Urlaubsstimmung, fröhlich und heiter. Doch seit Carmen den jungen John Kelly kennen gelernt hatte, war der Aufenthalt auf der Insel Oahu zu einem einzigen Fest geworden.

John Kelly, von Beruf Erbe und auf süßes Nichtstun spezialisiert, lebte schon seit vier Monaten im »Hawaiian Village Hotel«, in dem er eine ganze Suite gemietet hatte.

Schon kurz nachdem Fred und Carmen in Waikiki eingetroffen waren, freundete er sich mit dem jungen Ehepaar an. Bald schon waren sie unzertrennlich.

Fred, dem dieses Leben nicht sehr behagte, gab Carmen zuliebe immer wieder nach. Tagelang hielten sie sich auf Johns Jacht ›Panama‹ auf, die Abende verbrachten sie bei Festen unter Palmen, oder an der eleganten Tanzbar des »Hawaiian Village Hotels«, in Waikiki.

Fred wurde von Tag zu Tag unzufriedener. Die seichten Vergnügungen genügten ihm nicht.

In Honolulu, der Hauptstadt der Insel Oahu, besorgte er sich medizinische Fachliteratur und zog sich immer häufiger von den Vergnügungen der anderen zurück.

Anfangs schmollte Carmen über Freds Verhalten, doch John Kelly bot ihr so viel Abwechslung, dass es immer häufiger geschah, dass Carmen Fred völlig vergaß.

John und Carmen hatten den Jachthafen erreicht. Kaffeebraune Mädchen tummelten sich am Kai. Sie trugen bunte Tücher um den Körper geschlungen und rote Hibiskusblüten im blauschwarzen Haar.

John half Carmen galant über den Steg zur Jacht. Das Deck lag leer und verwaist da. Keine Spur von Fred.

»Sicher sitzt er wieder in der Kabine und schmökert in Medizinbüchern«, konstatierte Carmen ein wenig spitz.

John warf ihr einen nachdenklichen Blick zu. Er bewunderte Fred, der in seinem Beruf als Arzt eine Lebensaufgabe sah. Doch er hütete sich, das laut zu äußern. Carmen gefiel ihm außerordentlich gut, und für eine kurzlebige Liebelei war John immer zu haben.

»Wenn du zu deinem Göttergatten hinuntersteigst, will ich nicht stören.« John grinste breit. »Ich werde Billy einen kleinen Besuch abstatten. Ich habe ihn drüben auf seiner Jacht gesehen. Bis später, Baby.«

Carmen sah dem athletisch gebauten jungen Mann nach. Sein tiefbrauner, muskulöser Oberkörper glänzte in der Sonne, sein blondes Haar war von Wind und Sonne fast weiß gebleicht.

Carmen seufzte leicht. John war ein Bild von einem Mann!

Die Jacht schaukelte leicht in den Wellen. Carmen verweilte einige Augenblicke an der Reling und schaute zu dem grünen Landstreifen hinüber, über dem sich der erloschene Vulkan ›Diamond Head‹ erhob.

Carmens Stirn krauste sich ein wenig. Das Leben hier könnte noch viel schöner und angenehmer sein, wenn Fred nicht so ein Griesgram wäre. Immer wieder klagte er, dass das Leben hier ihn nicht ausfüllte, dass er sich nach seinem Beruf sehnte, dass er eine Aufgabe brauchte.

Carmen zuckte mit den Schultern und stieg die Treppe zu den Kabinen hinunter. Sie war entschlossen, das ganze Jahr, das sie auf Reisen verbringen durfte, voll auszukosten.

Fred lag lang ausgestreckt auf dem Bett in seiner Kabine. Er las in einer medizinischen Fachzeitschrift.

Als Carmen eintrat, legte er die Zeitung zur Seite und setzte sich auf.

»Du kommst spät«, begrüßte er sie.

»Oh, ich war mit John im ›Sea Life Park‹. Das solltest du dir unbedingt ansehen, Fred!« Carmen setzte sich neben ihn. In ihren Augen leuchtete Begeisterung. »Man kann dort in einem Glastunnel Unterwasserspaziergänge machen. Es ist herrlich, die farbenprächtige Unterwasserwelt zu beobachten.«

Fred, der Carmens Begeisterung sah, war schon wieder halb versöhnt. Sanft drückte er sie auf das Bett zurück und beugte sich über sie.

Seine Blicke glitten über ihr ebenmäßiges Gesicht, das eine sanfte Bräune zeigte, das tiefschwarze Haar umschmeichelte ihre Wangen, ihre graugrünen Augen kontrastierten apart mit dem gebräunten Teint.

»Du bist wunderschön«, murmelte Fred und küsste sie leidenschaftlich. »Und ich bin auf jedes männliche Wesen eifersüchtig, das sich in deiner Nähe aufhält.«

»Auch auf John Kelly?« fragte Carmen geschmeichelt und lachte hell auf.

»Auch auf Kelly«, brummte Fred. »Ich mag es nicht, dass du so viele Stunden mit diesem charmanten Nichtstuer verbringst.«

»Wenn du mich nicht so vernachlässigen würdest . . . Aber du sitzt ständig über deinen Büchern! Wir haben Urlaub! Kannst du denn nicht einmal deinen Beruf vergessen?«

Fred wandte sich mit gequältem Lächeln ab.

»Ich bin nicht geschaffen zum Nichtstun«, erwiderte er unwillig. »Gut, ein oder zwei Monate ausspannen, dagegen habe ich ja nichts! Aber ein ganzes Jahr . . .«

»Das hättest du Papa zu Beginn der Reise sagen müssen«, erwiderte Carmen pikiert.

»Da wusste ich noch nicht, wie sehr ich mich nach meiner Arbeit sehnen würde. Carmen, verstehst du das denn nicht? Ich bin mit Leib und Seele Arzt. Für mich ist das nicht irgendein Beruf, für mich bedeutet es sehr viel, anderen Menschen helfen zu können.«

Carmen merkte, dass sie geradewegs dabei waren, in einen heftigen Streit zu geraten. Sie schlang ihre Arme um seinen Hals und zog ihn zu sich herunter.

»Vergiss für ein paar Stunden, was dir dein Beruf bedeutet, Fred! Wir sind in den Flitterwochen!« Carmens Stimme klang so einschmeichelnd, dass Fred seinen Ärger rasch wieder vergaß.

Zärtlich streichelte er ihr Gesicht, seine Lippen liebkosten ihre Wangen und ihren Hals. Ihre Haut war sonnenwarm und duftete nach einem feinem Öl und nach Parfüm.

»Ich liebe dich, Carmen«, flüsterte Fred ihr zu. »Ich liebe dich sehr, und ich hoffe um dieser Liebe willen, dass du für mich und für meinen Beruf mehr

Verständnis haben wirst. Ich brauche eine Frau, die weiß, dass der Beruf eines Arztes den ganzen Menschen fordert, und die ihm zu Seite steht.«

»Das wird alles so sein, wenn wir wieder zu Hause sind. Ganz bestimmt, Fred.«

Fred küsste sie, und bald schon hatte er die kleinen Differenzen, die sich in letzter Zeit zwischen ihnen häuften, vergessen. Vergessen war auch sein Vorschlag, die Reise etwas früher abzubrechen. Im Augenblick zählte nur Carmen und ihre Zärtlichkeit.

*

Bettina saß im Wohnzimmer ihrer Mutter vor dem breiten Panoramafenster und schaute in den stürmischen Apriltag hinaus. Es waren noch genau vier Wochen, bis zu dem Tag, an dem sie ihr Kind zur Welt bringen sollte.

Ihre Mutter war rührend um sie besorgt. Sie verwöhnte sie und tat alles, damit Bettina sich wohl fühlte. Dass Dr. Robert Gerau fast jeden Tag nach Dienstschluss Bettina besuchen kam, sah Frau Overbeck gern. Lieber wäre es ihr gewesen, Bettina hätte den jungen Arzt vor der Geburt des Kindes geheiratet, doch Bettina hatte sich immer noch nicht entschließen können, Robert ihr Jawort zu geben. Immer noch zögerte sie ...

Während Bettina die Bäume betrachtete, die sich im heftigen Frühlingswind bogen, dachte sie an Fred. Wo er jetzt wohl sein mochte? Unwillkürlich dachte sie an die Südsee, an Palmen und weißen Strand, an das blaue Meer und den nächtlichen sternenübersäten Himmel.

Bettina lächelte schmerzlich. Dies alles teilte er mit einer anderen.

»Möchtest du eine Tasse Hühnerbrühe und ein

Brötchen?« fragte Martha Overbeck in diesem Augenblick von der Tür her.

»Aber Muttchen! Ich habe doch erst vor zwei Stunden gefrühstückt! Ich kann doch nicht den ganzen Tag essen! Du meinst es zu gut.«

»Ein zweites Frühstück hat noch niemandem etwas geschadet. Außerdem musst du an das Kind denken.«

Bettina legte die Hände über die gespannte Bauchdecke. Ein glückliches Lächeln lag auf ihrem Gesicht. Bald würde sie ihr Kind in den Armen halten können. Bettina war überzeugt, dass es ein Junge werden würde. Ein Junge, der Fred ähnlich sah . . .

»Ich komme gleich, Mama«, sagte Bettina über die Schulter.

»Nichts da! Ich bringe dir das Frühstück. Du bleibst schön sitzen und schonst dich.« Marthas Ton duldete keinen Widerspruch.

Seufzend lehnte Bettina sich in den Sessel zurück. Sie war froh, dass ihre Mutter ihr so viel Verständnis entgegenbrachte.

Plötzlich zuckte Bettina zusammen. Ein heißer Schmerz durchzuckte sie, strömte wellenförmig durch ihren Rücken und verebbte langsam wieder.

Bettina, die sich leicht zusammengepresst hatte, richtete sich mit zusammengepressten Lippen wieder auf. Das konnte doch nicht möglich sein! Jetzt konnten die Wehen doch noch gar nicht einsetzen! Sie war doch erst im achten Monat!

»So, da ist die Hühnerbrühe schon. Und ein frisches, knuspriges Brötchen dazu.«

Bettinas Mutter trug die kleine Zwischenmahlzeit auf einem Tablett herein und stellte es auf den runden Eichentisch nahe dem Fenster.

Als sie Bettinas blasses Gesicht bemerkte, fragte sie erschrocken:

»Kind, fühlst du dich nicht wohl?«

»Ich weiß nicht, Mama ... Ich hatte eben schlimme Schmerzen ...«

»Wehen?« unterbrach Martha sie aufgeregt.

»Das kann gar nicht sein, Muttchen. Ich bin doch erst im achten Monat.«

»Na und? Hast du noch nie etwas davon gehört, dass ein Kind auch früher kommen kann?«

»Ich ...« Bettina kam nicht mehr dazu, den Satz zu Ende zu sprechen. Eine neue Wehe lief wellenförmig durch ihren Körper. Bettina krümmte sich zusammen und presste die Hände vor den Leib.

»Ich werde den Krankenwagen verständigen«, erklärte ihre Mutter resolut. »Das kann zwar nur ein falscher Alarm sein, aber sicher ist sicher.«

Bettina richtete sich wieder auf. Ihr Gesicht war schweißüberströmt. Sie schüttelte den Kopf.

»Warte doch noch ein wenig«, bat sie mit belegter Stimme.

»Kommt gar nicht infrage. Das ist deine erste Geburt. Du musst unter ärztliche Kontrolle. Nein, keine Widerrede. Ich werde jetzt ...

»Bitte nicht den Krankenwagen, Muttchen. So dringend ist es ganz sicher nicht. Die Rettungswagen werden für dringendere Einsätze gebraucht. Wenn du dich schon nicht von deiner Idee abbringen lässt, dann bestelle bitte ein Taxi!«

Martha überlegte kurz, dann nickte sie.

»Du hast Recht. Ein Taxi tut es auch.« An der Tür drehte sie sich noch einmal um. »Wie gut, dass wir schon die kleine Reisetasche gepackt haben! Du siehst, wie gut es ist, die Ratschläge einer alten Frau zu befolgen.

Bettina antwortete nicht. Sie lehnte sich erschöpft zurück. Sie fürchtete sich ein wenig vor den nächsten

Stunden, denn sie wusste, dass die Schmerzen noch schlimmer werden würden.

Knapp dreißig Minuten später saß Bettina im Taxi, das sie zu den Städtischen Krankenanstalten brachte.

*

Im Wartezimmer der Entbindungsstation der Städtischen Krankenanstalten saßen vier Männer. Einer von ihnen war Dr. Robert Gerau. Er war aufgeregt, wie selten in seinem Leben. Nicht einmal bei seinem Staatsexamen hatte er dieses Herzklopfen verspürt.

Unruhig rutschte er auf seinem Stuhl hin und her. Ein Strauß roter Rosen lag neben ihm.

Als die Tür aufging und eine junge Schwester eintrat, sprang Robert sofort auf. »Ist es soweit, Schwester?« rief er aufgeregt.

»Sind Sie Herr Sprengler?« fragte die Schwester kühl. Sie hatte im Laufe der Zeit schon so viel Erfahrung mit aufgeregten jungen Vätern, dass sie nichts mehr erschüttern konnte.

»Nein, bin ich nicht!« stöhnte Robert. »Wie geht es Fräulein Overbeck?«

»Overbeck?« Die junge Schwester überlegte einen Augenblick. »O ja, das ist die hübsche junge Dame im kleinen Kreißsaal. Na, da müssen Sie sich schon noch ein wenig gedulden. Ich . . .«

»Liebe Schwester, nun sagen Sie mir doch endlich, was es ist! Ein Junge?« unterbrach Herbert Sprengler die junge Schwester aufgeregt.

»Ein Mädchen, Herr Sprengler.«

Enttäuschung breitete sich auf Sprenglers Gesicht aus.

»Ein Mädchen«, wiederholte er resigniert.

»Wieso?« fragte Schwester Edith pikiert. »Haben Sie etwas gegen Mädchen?«

»Nicht unbedingt.« Sprengler griff sich stöhnend an den Kopf. »Aber ich habe doch schon drei.« Er zuckte mit den Schultern. »Dann muss ich eben weiter hoffen.«

Robert Gerau setzte sich wieder. Am liebsten wäre er in den Kreißsaal geeilt, um selbst nach Bettina zu sehen, doch er wagte es nicht. Immer noch ließ Bettina ihn im Ungewissen. Sie konnte sich noch nicht für ihn entscheiden. Ihr Herz gehörte Fred. Robert biss die Zähne fest aufeinander. Langsam begann er, diesen Dr. Fred Merkant zu hassen. Wenn es ihn nicht gäbe, wäre er schon längst am Ziel seiner Wünsche. Davon war Robert überzeugt.

»Entsetzlich, diese Warterei, nicht wahr?« fragte Roberts Nachbar; ein junger blasser Mann, der sich ständig den Schweiß aus dem Gesicht wischte.

»Ihr erstes Kind?« fragte Robert schmunzelnd und vergaß für Sekunden seine eigenen Sorgen.

»Ja, und es soll ein Siebenmonatskind werden. Meine Frau ist so schwach . . . Ich habe ernsthafte Befürchtungen . . .

»Machen Sie sich keine Sorgen, die heutige Medizin . . .«

»Die heutige Medizin kann auch keine Wunder vollbringen«, unterbrach der junge Mann Robert heftig.

»Das nicht.« Robert lächelte nachsichtig. »Aber ein Siebenmonatskind hat durchaus gute Chancen.«

»Herr Zelter?« fragte Schwester Edith in diesem Augenblick von der Tür her.

Roberts Nachbar sprang sofort auf. Angst lag auf seinem Gesicht.

»Ja?« würgte er hervor.

»Ein Junge, Herr Zelter. Ihre Frau hat alles gut überstanden, und der Junge ist gesund.«

»Ein Junge«, wiederholte Rolf Zelter fast andächtig, dann rief er jubelnd: »Ein Junge!«

Ohne sich weiter um Robert und Schwester Edith zu kümmern, stürmte er aus dem Wartezimmer.

Schwester Edith sah ihm kopfschüttelnd nach und bemerkte zu Robert:

»Sie werden sich noch eine Weile gedulden müssen. Fräulein Overbeck hat eine schwere Geburt vor sich.«

»Besteht ernsthaft Gefahr für sie?«

»Das können wir jetzt noch nicht sagen, aber Sie werden bald mehr erfahren, denn als ich vorhin in den Kreißsaal sah, lag Fräulein Overbeck schon in den Presswehen.«

Wenig später war Robert allein in dem spärlich eingerichteten Wartezimmer. Stillsitzen konnte er nicht mehr. Unruhig ging er auf und ab. Er war schon oft bei Geburten dabei gewesen. Er wusste, wie sehr die Frauen leiden mussten, und er wünschte Bettina, dass sie die Geburt rasch überstehen würde.

Robert blieb am Fenster stehen und schaute in die Grünanlagen hinaus, die die Städtischen Krankenanstalten umgaben. Es war Mitte April, und an den Ästen der Bäume zeigten sich schon kleine Verdickungen. Es würde nicht mehr lange dauern, bis das erste helle Grün aus den Knospen hervorlugte.

Ein heftiger Nordost bog die Bäume und trieb dunkle Regenwolken über den grauen Himmel. Der Rasen war noch schmutzig braun, und nur die ersten Krokusse brachten gelbe und lila Farbtupfen in das graubraune Bild.

»Herr Gerau?«

Robert wirbelte auf den Absätzen herum und starrte die Schwester fragend an. Würde sie ihm gute Nachricht bringen?

»Sie können nun zu Fräulein Overbeck. Zimmer zweiundzwanzig. Aber das wissen Sie ja. Es ist übrigens ein strammer Junge geworden. Erstaunlich kräftig für acht Monate. Ich ...«

Robert hörte schon gar nicht mehr, was die Schwester noch zu ihm sagte. Er stürmte an ihr vorbei, über den langen Flur und blieb heftig atmend und sehr aufgeregt vor Zimmer zweiundzwanzig stehen. Er musste sich erst ein paar Sekunden sammeln, bevor er anklopfte und das Zimmer betrat.

Bettina war in einem Zweibettzimmer untergebracht. Doch das Bett ihr gegenüber war leer. Das Zimmer war freundlich eingerichtet. Am Nachttisch des Nachbarbettes stand ein Strauß Blumen. Robert schlug sich mit der flachen Hand gegen die Stirn.

»Jetzt habe ich die Rosen im Wartezimmer liegen lassen!«

»Blumen sind jetzt nicht wichtig, Robert«, flüsterte Bettina, die blass und mitgenommen in den Kissen lag. »Ich freue mich, dass du gekommen bist. Komm, setz dich doch zu mir.«

Mit der Schuhspitze zog Robert sich einen Stuhl heran und setzte sich neben Bettinas Bett. Er ergriff ihre Hand und berührte sie sanft mit den Lippen.

»Ich bin froh, dass du alles gut überstanden hast, und dass das Kind gesund ist.«

Als Robert das Kind erwähnte, huschte ein glückliches Lächeln über Bettinas Gesicht.

»Ich habe mir so sehr einen Jungen gewünscht, Robert. Und nun hat mein Wunsch sich erfüllt.«

»Hast du auch schon einen Namen für ihn?«

»Ja.« Bettina zögerte einige Sekunden, dann fügte sie hinzu: »Er soll Fred heißen, wie sein Vater.«

Robert senkte den Kopf. Er hatte geahnt, dass Bettina das Kind so nennen würde. Doch nun, da seine Vermutung Gewissheit geworden war, traf es ihn tiefer, als er erwartet hatte.

Bettina ahnte, was in diesem Augenblick in Robert vorging. Sie setzte sich ein wenig auf und streichelte über sein weiches Haar.

»Ich kann nicht anders, Robert. Bitte, versteh' mich.«

»Ich benehme mich dumm, Bettina«, sagte Robert rau und hob den Kopf. »Irgendwie ist es ganz selbstverständlich, dass du dem Jungen diesen Namen gibst. Und doch ... es trifft mich tiefer, als ich gedacht hatte. Verzeih', wenn ich so ehrlich bin, aber du kennst meine Einstellung. Ehrlichkeit ist die Basis für eine gute Freundschaft.«

»Ich bin dir doch nicht böse, Robert.« Bettinas Stimme klang fast zärtlich. »Ich ... ich bin sehr, sehr glücklich, dass du hier bist. Das werde ich dir nie vergessen.«

»Meinst du, ich könnte den Jungen schon sehen?« fragte Robert und meinte es wirklich ernst.

»Im Augenblick noch nicht. Aber morgen, wenn Besuchszeit ist, wird die Schwester ihn durch das Panoramafenster zeigen. Du, lach mich bitte nicht aus, aber ich finde, ich habe das hübscheste Baby der Welt. Er hat ein winziges Gesichtchen und noch kleinere Fingerchen. Und lange, pechschwarze Haare ...« Bettina schloss die Augen und lächelte verträumt.

Robert, der Fred nur aus Bettinas Erzählungen kannte, hätte zu gern gewusst, ob Fred auch pechschwarze Haare hatte. Sekundenlang biss Robert die Zähne fest aufeinander. Er hasste diesen Fred, der immer noch zwischen ihm und Bettina stand, der immer noch den ersten Platz in Bettinas Herzen einnahm.

»Hast du Mama schon verständigt?« fragte Bettina, ohne die Augen zu öffnen.

»Noch nicht.« Robert stand auf. »Aber ich werde es sofort tun. Ich hoffe, sie hat sich mittlerweile ein wenig beruhigt. So aufgeregt, wie sie heute Morgen war . . .«

»Ja, so habe ich sie auch noch nie erlebt.« Bettina lachte leise auf. »Na ja, es ist doch verständlich. Man wird schließlich nicht jeden Tag Großmutter.«

»Trotzdem war ich froh, dass ich sie überzeugen konnte, dass es besser für sie sei, zu Hause auf einen Anruf zu warten. Ich war ja schon nervös genug! Ich hätte sie nicht auch noch beruhigen können.«

Robert ging zur Tür.

»Robert!«

Robert drehte sich noch einmal um. Erwartungsvoll sah er zu Bettina hinüber, die sich halb im Bett aufgerichtet hatte.

»Danke für alles, Robert«, sagte Bettina ernst »Ich . . . ich wollte, ich könnte dir mehr geben, als nur Freundschaft . . .«

»So schnell gebe ich nicht auf, Kleines«, rief Robert ihr betont forsch zu. »Bis später, Bettina.«

Bettina legte sich wieder zurück und schaute auf die Tür, die sich hinter Robert geschlossen hatte. Ein tiefer Seufzer entschlüpfte ihr.

Warum konnte sie Roberts Gefühle nicht erwidern? Sie wusste mit tausendprozentiger Sicherheit, dass sie an Roberts Seite ein ruhiges und zufriedenes Leben führen könnte. Was hinderte sie daran, seine Frau zu werden?

Bettina schloss gequält die Augen. Wenn sie ehrlich zu sich selbst war, wusste sie die Antwort.

Ihr dummes Herz gehörte immer noch Fred. Leichte Schauer rannen über ihre Haut, wenn sie daran dachte, wie schön es wäre, wenn Fred jetzt an ihrem Bett sitzen würden. Wie oft hatte er doch früher von Kindern gesprochen! Von einem Sohn, der einmal sein Nachfolger werden sollte ...

Bettina presste die Lippen fest aufeinander. Nein, sie durfte daran nicht denken. Fred gehörte der Vergangenheit an. Er hatte sich für eine andere entschieden ...

Bettina versuchte, ihre Gedanken in andere Bahnen zu lenken, doch es wollte ihr nicht gelingen. Immer wieder tauchte Freds Gesicht vor ihr auf. Dieses schmale, scharf geschnittene Gesicht mit dem Oberlippenbärtchen, das von einem Paar intensiv blauer Augen beherrscht wurde.

»Fred«, flüsterte Bettina sehnsüchtig.

»Fred ...«

*

Seit Carmen aus dem Haus war und nur noch Frau Helmke, die Haushälterin, ein wenig Leben in die riesige Jugendstilvilla von Professor Cartess brachte, fühlte er sich recht einsam.

Immer häufiger beschäftigte Horst Cartess sich mit dem Gedanken, diesem Alleinsein ein Ende zu setzen. Er fühlte sich noch jung und vital, und wenn er sich im Spiegel betrachtete, so konnte er mit seinem Äußeren zufrieden sein.

Doch immer wieder kamen ihm Zweifel. War das nicht seine eigene Meinung, die von der Eitelkeit diktiert wurde? Einer Eitelkeit, die jedem Menschen eigen war!

Die Spezialuhr über den Waschbecken surrte aufdringlich, und Professor Cartess beendete die Händedesinfektion. Er. warf noch einen Blick durch die Glasscheibe in den großen OP-Saal. Sein Assistent Dr. Wolfgang Kreven legte soeben die letzten Nähte am linken Oberbauch des Patienten.

Professor Cartess nickte zufrieden. Die Operation war besser verlaufen, als er erwartet hatte. Der junge Mann, der in tiefer Bewusstlosigkeit auf dem OP-Tisch lag, war das Opfer eines Motorradunfalls. Er hatte sich bei dem Sturz schwere Milzrisse zugezogen. Professor Cartess war gezwungen, das Organ zu entfernen. Trotz der großen Blutverluste, die für Operationen immer ein Risikofaktor waren, hatte es während der Milzentfernung keine Komplikationen gegeben.

»Der Bursche hat eine unglaubliche Kondition«, sagte Dr. Kreven, der den Waschraum betrat.

»Tja, er ist eben jung und kräftig«, erwiderte Professor Cartess, und es klang ein wenig resigniert.

»Ich bin sicher, dass er in ein paar Wochen wieder munter auf seinem Motorrad sitzen wird«, bemerkte Dr. Kreven und beugte sich über das Waschbecken. »Diese jungen Burschen sind ja durch nichts von ihrer Liebe zu den Zweirädern abzubringen.«

»Wegen mir könnten diese knatternden Ungeheuer auch abgeschafft werden«, brummte Cartess und wandte sich zur Tür. »Wenn mich jemand suchen sollte, ich bin auf der Chirurgischen, Herr Kollege.«

Dr. Kreven nickte wortlos, und Professor Cartess verließ den Waschraum. Während er über den blanken Flur zum Lift ging, knöpfte er den weißen Kittel zu.

Gedankenverloren rückte er seine Krawatte gerade. Ob Schwester Gundula schon im Kasino war, oder würde er sie noch auf der Station antreffen?

Professor Cartess Herz klopfte ein paar Takte schneller, wenn er an die hübsche Stationsschwester der Allgemeinen Chirurgie dachte. Wie oft hatte er sich schon vorgenommen, sie zu einem abendlichen

Bummel einzuladen. Doch immer, wenn er vor ihr stand, verließ ihn der Mut.

Professor Cartess war von der fixen Idee besessen, zu alt für Schwester Gundula zu sein. Fast zwanzig Jahre lagen zwischen ihnen. In Horst Cartess' Augen eine Ewigkeit . . .

»Guten Tag, Herr Professor.« Eine junge Lernschwester kam ihm auf dem Flur der Chirurgischen entgegen. Sie wurde tiefrot, denn wie so manche junge Schwester verehrte sie den Professor, schwärmte sie heimlich von dem Mann mit den grauen Schläfen.

»Guten Tag, Schwester Doris«, erwiderte Cartess freundlich und blieb stehen. »Können Sie mir sagen, wo ich Schwester Gundula finde?«

»So viel ich weiß, ist sie im Arzneizimmer«, erwiderte Doris, die den Professor verliebt anhimmelte.

»Danke«, erwiderte Cartess zerstreut. Er bemerkte die Verehrung der jungen Schwester gar nicht.

Professor Cartess betrat ein kleines Büro. Hier wurden Besucher empfangen und der Rapport geschrieben. Rechts zweigte eine Tür in das Schwesternzimmer ab. Links gelangte man durch einen kleinen Flur in das Arzneimittelzimmer, in dem die Verordnungen zusammengestellt wurden.

Professor Cartess blieb in dem kleinen Flur stehen und lauschte. Die Tür stand weit offen, und er hörte das leise Klirren von Arzneiflaschen.

Professor Cartess war aufgeregt wie ein Primaner. Was würde sie auf seine Einladung für den heutigen Abend antworten?

Verdammt, wenn ich nur mehr über sie wüsste, dachte Cartess. Sicher, aus der Personalakte wusste er, dass Schwester Gundula unverheiratet war. Mehr aber auch nicht. Vielleicht hatte sie einen Freund, mit dem sie schon seit Jahren zusammenlebte? Vielleicht war sie verlobt?

Professor Cartess hatte plötzlich das Gefühl, keine Luft mehr zu bekommen Er schob zwei Finger zwischen Hals und Hemdkragen. Aufgeregt zerrte er daran. Er machte ein paar Schritte in das Zimmer hinein.

Schwester Gundula stand mit dem Rücken zu ihm. Neben ihr lag das Verordnungsbuch. Ab und zu warf sie einen Blick hinein, dann griff sie in den Medikamentenschrank und holte das gewünschte Arzneimittel.

Mit liebevollen Blicken umfing Professor Cartess ihre schlanke Figur. Er räusperte sich kurz.

Schwester Gundula stieß einen kleinen Schrei aus und wirbelte herum. Beide Hände presste sie gegen ihr Herz.

»Du lieber Himmel, Herr Professor! Haben Sie mich erschreckt!«

»Das ... das lag nicht in meiner Absicht«, entschuldigte Cartess sich hastig. Er konnte keinen Blick von Gundulas ovalem Gesicht lassen, das von halblangen blonden Haar eingerahmt wurde. Ihre hellen blauen Augen, die von einem Kranz blonder Wimpern umgeben waren, wirkten dunkel vor Erregung. Immer noch war der Schrecken ihrem Gesicht abzulesen.

Schwester Gundula atmete heftig aus.

»Puh! Jetzt war ich fast einem Herzinfarkt nahe. Sie sollten Ihr Personal pfleglicher behandeln, Herr Professor«, scherzte Gundula.

»Da stimme ich Ihnen voll zu.« Professor Cartess trat näher an sie heran. »Deswegen möchte ich Sie auch heute Abend zum Essen einladen. Wir ...«

»Mich?« unterbrach Schwester Gundula ihn ungläubig. Sie spürte, wie das Blut in ihren Kopf stieg, wie ihre Wangen brannten.

»Finden Sie meine Einladung so ungewöhnlich?« fragte Cartess erstaunt. Sollte sie tatsächlich noch nicht bemerkt haben, dass er sich für sie interessierte?

»Ja ... nein ... das heißt, ich ... ich bin sehr verwirrt, Herr Professor.«

Gundulas Blicke durchforschten Cartess' Gesicht und blieben an seinen dunklen Augen hängen. Sie wollte nicht glauben, was seine Blicke und sein Lächeln ihr vermittelten. War es wirklich Zärtlichkeit, die sie zu erkennen glaubte? Oder waren es ihre Wunschträume, die ihr falsche Eindrücke suggerierten?

»Gundula«, sagte Cartess mit traurigem Lächeln. »Sie müssen meine Einladung nicht annehmen, nur weil ich Ihr Chef bin. Das möchte ich auf keinen Fall.« Professor Cartess zögerte einen Augenblick. »Ich dachte nur, dass Sie ... dass Sie ebenso gern in meiner Gesellschaft wären, wie ich in Ihrer.«

Gundula versteckte ihre Hände hinter dem Rücken. Sie befürchtete, Professor Cartess könnte das Zittern bemerken. Sie senkte den Kopf. Was sollte sie ihm antworten? Dass sie am liebsten jeden Tag und jede Stunde an seiner Seite verbringen würde? Am liebsten ein Leben lang?

Professor Cartess legte seine Hand unter Gundulas Kinn und zwang sie, ihn anzusehen.

»Ich möchte Sie nicht nur zum Zeitvertreib heute Abend einladen. Dazu wären Sie mir zu schade, Gundula. Ich möchte Sie gern näher kennen lernen, weil ... weil ich Sie liebe.«

Erwartungsvoll sah er sie an. Was würde sie antworten? Dass sie nicht mehr frei sei? Oder dass sie ihn nicht liebte? Oder würde sie ihn nur entsetzt ansehen?

»Sie ... du ... du liebst mich?« stammelte Gundula, deren Augen sich mit Tränen füllten, die aber trotzdem glücklich lachte.

»Du weinst?«

»Ich ... ich weine vor Freude, vor Glück«, erwiderte Gundula.

Horst Cartess zog sie in seine Arme. Behutsam und zärtlich küsste er sie zunächst, doch als er ihre Hingabe spürte, wurden seine Küsse leidenschaftlicher, fordernder.

Gundula schlang die Arme um seinen Hals. So fest, als wollte sie ihn nie wieder loslassen. Im Augenblick konnte und wollte sie über nichts nachdenken. Sie war glücklich. So glücklich, wie noch nie in ihrem Leben. Ihre Wunschträume waren in Erfüllung gegangen Horst liebte sie.

Die beiden wussten später nicht mehr zu sagen, wie lange sie so eng umschlungen dagestanden hatten. Die Küsse und die Zärtlichkeiten, die sie tauschten, ließen sie alles um sie her vergessen. Nur noch ihre Liebe und ihre Sehnsucht zählte.

Horst legte die Hände schalenförmig um ihr Gesicht. Ihre Blicke verfingen sich ineinander.

»Ich kann es immer noch nicht glauben«, flüsterte er. »Dass du mich liebst ... Weißt du auch, dass ein immenser Altersunterschied zwischen uns liegt? Hast du keine Angst, einen alten Mann zu heiraten?«

»Soll das ein Heiratsantrag sein?« fragte Gundula atemlos.

»Ja, was denkst du denn? Ich möchte dich so schnell wie möglich zu meiner Frau machen! Und dann möchte ich das Leben genießen. Ach Gundula, sag ja! Sag', dass du meine Frau werden willst.«

»Ja Horst, nichts lieber als das«, hauchte Gundula. Plötzlich jedoch lachte sie vergnügt auf. »Wie kommst du eigentlich darauf, dass du zu alt für mich bist?« Voller Stolz betrachtete Gundula ihn.

»Nun ja, ich meine, dass zwanzig Jahre ...«

»...für mich kein Hindernis sind, dich zu lieben«, vollendete sie den Satz und lehnte sich glücklich an ihn. »Ach Horst, du weißt gar nicht, wie oft ich geträumt habe, in deinen Armen zu liegen, deine Zärtlichkeit zu spüren. Doch ich habe nie geglaubt, dass meine Träume einmal in Erfüllung gehen werden. Ich, die kleine Krankenschwester und du, der bekannte Professor Cartess!«

»Liebe fragt nicht nach Titel und Verdienst«, erwiderte Cartess ernst und liebkoste ihre Wange. Ein kleiner Seufzer entschlüpfte ihm. »Ich hoffe, der Frühling und der Sommer gehen schnell vorbei. Im Herbst kommt meine Tochter zurück. Dann kann Fred die Leitung der Klinik übernehmen. Ich will dann nur noch glücklich sein. Wir werden reisen und so lange an einem Ort bleiben, bis es uns nicht mehr gefällt. Wir werden uns die Welt ansehen und unsere Gemeinsamkeit genießen.«

»Ach Horst, bis Herbst ist es noch lang.«

»Nanu? Das klingt aber sehr traurig.«

»Vielleicht habe ich ein bisschen Angst. Angst, dass das Glück wieder vergehen kann?«

»Ich werde dich immer lieben, Gundula«, flüsterte Horst und verschloss ihre Lippen mit innigen Küssen.

*

Dr. Fred Merkant lag lang ausgestreckt auf dem breiten Bett und hielt die Hände hinter dem Kopf verschränkt. Seit drei Wochen hielten sie sich schon in Rio de Janeiro auf. Die ersten Tage verbrachten sie fast ausschließlich an der Copacabana, lagen faul in der Sonne, und Fred genoss die Ruhe. Denn noch war

Carmen mit niemandem bekannt, noch waren keine Einladungen zu Gesellschaften erfolgt.

Doch bald darauf änderte sich das ruhige Leben, denn Carmen fand schneller Kontakt, als Fred lieb gewesen war.

Die letzten zehn Tage waren ausgefüllt mit lauten Partys, rauschenden Ballnächten und Kreuzfahrten auf privaten Jachten.

»Na, du alter Brummbär?« fragte Carmen gut gelaunt. Sie kam aus dem Badezimmer und trug einen leichten, weit fallenden Überhang. Sie setzte sich neben Fred aufs Bett. »Wie ich dich kenne, möchtest du wieder einmal hier im Hotel bleiben, hm?«

»Genau!« Fred sah sie böse an. »Und ich möchte, dass meine Frau mir dabei Gesellschaft leistet. Wenn wir wieder zu einer dieser ekelhaften Partys gehen, habe ich sowieso nichts von dir!«

»Eifersüchtig?« neckte Carmen ihn.

»Das nicht«, wehrte, Fred ab. »Aber ich kann dieses leere Gewäsch auf den Partys einfach nicht mehr ertragen.«

»Du bist ein Spielverderber«, schmollte Carmen und küsste ihn flüchtig. »Wir haben doch nur noch drei Monate Urlaub! Und die möchte ich voll und ganz auskosten!«

»Vielleicht so, wie auf Hawaii?« fragte Fred mit bitterem Unterton.

»Fängst du schon wieder mit diesem leidlichen Thema an?« fragte Carmen wütend und sprang vom Bett. »Warum glaubst du mir eigentlich nicht? Zwischen John und mir war nie mehr als nur Freundschaft!«

»So sah der Kuss auch aus, den ich beobachtete!« rief Fred zornig. »Sehr freundschaftlich!«

Carmen ließ sich in einen breiten Ledersessel fallen und schlug die langen schlanken Beine lässig übereinander. Sie zündete sich eine Zigarette an und rauchte schweigend.

Fred stützte sich auf den Ellenbogen und betrachtete Carmen wütend. Warum gab sie sich nicht die kleinste Mühe, auch ihn ein wenig glücklich zu machen? Sie wusste doch, wie sehr er die Ruhe schätzte? Warum blieb sie nicht an seiner Seite und genoss mit ihm in aller Stille das Glück?

Freds Augenbrauen schoben sich finster zusammen. Ohne Einleitung sagte er:

»Ich habe beschlossen, den Urlaub schon früher abzubrechen, Carmen.«

Carmens Kopf ruckte herum. Ihre graugrünen Augen blitzten, mit einer heftigen Bewegung warf sie das lange Haar in den Nacken.

»Und ich werde nicht gefragt?«

»Du wirst dich nach mir richten müssen. Dein Vater hat mir völlig freie Hand gegeben. Er hatte wahrscheinlich geahnt, dass mir das faule Leben bald überdrüssig werden würde, dass ich mich nach meinem Beruf sehnen würde. Er hatte Recht. Ich will nicht mehr dem süßen Nichtstun frönen!«

»So«, erwiderte Carmen flach. »Und wann werden wir reisen?«

»In acht Tagen.«

»Wie großzügig«, spöttelte sie. »Warum denn nicht schon heute Abend?«

»Bitte Carmen.« Freds Stimme klang gequält. »Warum verstehst' du mich denn nicht? Ich will nicht mit dir streiten. Ich will ganz einfach wieder in meinem Beruf arbeiten. Ein drei viertel Jahr sind wir nun schon auf Reisen. Ich habe genug davon!«

Fred sah, dass Carmen vor Wut und Enttäuschung zitterte. Doch er wollte nicht nachgeben, er konnte es nicht. Er wollte zurück nach Deutschland. Er wollte nicht mehr von einem Hotel ins andere ziehen und immer nur aus dem Koffer leben. Er wollte ein Zuhause haben, ein gemütliches Heim, in dem ihn nach Dienstschluss eine liebevolle Gattin erwartete.

»Du kannst mich nicht zwingen, dich zu begleiten«, brauste Carmen auf.

»Das stimmt, aber ich werde deinen weiteren Aufenthalt hier auch nicht unterstützen«, erwiderte Fred kühl.

»Papa wird mir Geld schicken, wenn ich ihn darum bitte.«

»Ich glaube, du kennst deinen Vater nicht. Er ist wie ich der Ansicht, dass die Frau an die Seite des Mannes gehört. So gut kenne ich ihn schon.«

»Ja, ja, haltet nur zusammen!« Carmen sprang auf und stampfte mit dem Fuß heftig auf. »Ich werde es dir nie verzeihen, wenn du mich zwingst, mit dir in acht Tagen zurückzufliegen!«

»Carmen«, bat Fred leise. »Warum müssen wir uns immer streiten? Schau, wir sind noch kein Jahr verheiratet. Sollten wir nichts Besseres mit unserer Zeit anzufangen wissen, als . . .«

»Ach! Und jetzt kommt wohl die sanfte Tour?« höhnte Carmen.

»Nein, ich will versuchen, mit dir glücklich zu sein«, erwiderte Fred bitter.

»Darum brichst du auch die Reise früher ab, was?«

Fred legte sich wieder auf den Rücken und starrte auf die Zimmerdecke. Nein, diesmal wollte er Carmen nicht nachgeben, diesmal nicht.

»Rio ist eine Stadt, die man gar nicht in drei Wochen kennen lernen kann.« Carmen ging unruhig hin und her. »Ich möchte auch noch Ausflüge ins Landesinnere unternehmen und . . .«

»Ach! Hat vielleicht Don Phillipe dich dazu eingeladen? Oder der reiche Minenbesitzer Señor del Perros? Oder willst du vielleicht auf eigene Faust diesen Ausflug unternehmen?« spottete Fred.

»Das ist doch gleichgültig. Auf alle Fälle werde ich ihn vorverlegen müssen, wenn du in acht Tagen schon abreisen willst.«

»Tu das«, erwiderte Fred ungerührt.

»Es ist also dein voller Ernst?« fragte Carmen gefährlich leise. »Du bist auch durch nichts umzustimmen?«

»Durch nichts.«

»Das wirst du noch bereuen«, zischte Carmen. »Ich werde diese letzten Tage zu einem einzigen Fest machen, aber du wirst nicht an meiner Seite sein!«

Krachend schmetterte Carmen die Tür hinter sich ins Schloss. Fred zuckte zusammen, rollte sich auf die Seite und vergrub den Kopf in den Kissen.

Warum hatte er nicht gemerkt, wie leichtlebig Carmen war? Warum war er so verblendet gewesen und hatte Bettina aufgegeben?

Fred presste die Fäuste gegen die Schläfe.

Nein, nein und nochmals nein. So etwas durfte er nicht einmal denken! Carmen war seine Frau. Er hatte sich für sie entschieden!

»Ich liebe Carmen doch«, flüsterte Fred vor sich hin.

Aber wie lange noch? fragte er sich im gleichen Atemzug. Wenn diese ewigen Meinungsverschiedenheiten weitergingen, würde auch die Liebe bald erlöschen . . .

Fred setzte seine ganze Hoffnung auf Deutschland. Vielleicht würde Carmen sich wieder ändern. Wenn sie erst einmal ihr neues Heim bezog, das es einzurichten galt, und wenn vielleicht bald das erste Kind kam . . .

Fred drehte sich wieder seufzend auf den Rücken. Er hatte Angst, sich in Wunschträumen zu verlieren . . .

*

Professor Cartess hatte sich einen neuen Wagen zugelegt. Einen schnittigen, silbergrauen Sportwagen mit offenem Verdeck. Horst Cartess, der schwere, komfortable Limousinen bevorzugte, hatte mit diesem Kauf einen Herzenswunsch Gundulas erfüllt.

Und Gundula genoss die Fahrt im offenen Wagen. Sie hatte den Kopf ein wenig in den Nacken gelegt und ließ den Fahrtwind über Gesicht und Haare streichen.

Ab und zu wandte sie den Kopf und warf Horst einen verliebten Blick zu.

An Cartess' Klinik war es kein Geheimnis mehr, dass die beiden ein Paar waren, und so manche Schwester beneidete Gundula um ihr Glück.

»Willst du mir nicht endlich verraten, wohin die Fahrt gehen soll?« rief Gundula ihm zu.

»Doch! Wir sind sowieso gleich da!« Horst lachte vergnügt. »Ich will dich meinem alten Freund Kelten vorstellen. Er wird mich um dich beneiden!«

»Arbeitet nicht Schwester Bettina dort?«

»Genau. Unser Weg führt vorher bei Bettinas Mutter vorbei. Wir werden kurz bei ihr reinschauen. Vielleicht haben wir Glück, und Bettina hat gerade ihren freien Tag. Bist du einverstanden?«

»Aber ja! Obwohl ich dir gestehen muss, dass ich früher immer eifersüchtig auf Schwester Bettina war.«

»Völlig grundlos.« Horst lachte vergnügt auf. »Ich habe Bettina sehr gern, aber Liebe . . .? Nein, da kann ich dich völlig beruhigen.«

Professor Cartess verlangsamte die Fahrt und bog in eine stille Seitenstraße ein.

Gundula neigte sich zu ihm hinüber und sagte verliebt:

»Ich kratze dir die Augen aus, geliebter Herr Professor, wenn ich merke, dass du mit ihr flirtest.«

Horst ließ für Sekunden das Lenkrad los und hob beteuernd die Hände.

»Ich hatte und ich habe nicht die Absicht. Für mich gibt es nur eine Frau – dich!« Er warf ihr eine Kusshand zu, und Gundula lehnte sich wieder zufrieden in ihre Polster zurück.

Vor Martha Overbecks schmuckem Einfamilienhaus parkte Cartess den Sportwagen.

Arm in Arm gingen sie durch den blühenden Vorgarten, der die fürsorgliche Hand der Hausbesitzerin verriet.

Noch bevor Professor Cartess den Finger auf den Klingelknopf legen konnte, wurde die Haustür geöffnet, und Bettina stand im Türrahmen.

»Na, das nenne ich Glück!« rief Cartess. »Wir hofften, Sie zu Hause anzutreffen, Schwester Bettina.«

Bettinas Blicke gingen zwischen Gundula und dem Professor hin und her. Sie hatte die Situation sofort erfasst und lächelte wissend.

»Ich freue mich über Ihren Besuch, Herr Professor, und über den Ihren selbstverständlich auch, Schwester Gundula. Bitte, kommen Sie doch herein.«

Bettina führte sie zunächst in das gemütlich eingerichtete Wohnzimmer. offensichtlich wussten die beiden nicht, dass sie ein Kind hatte . . .

Bettina servierte eisgekühlte Getränke. Professor Cartess war seltsam unruhig und Gundula schwieg.

»Tja, Bettina«, begann Professor Cartess. »Warum

sollen wir Ihnen unser Glück verschweigen? Gundula und ich haben uns verlobt. Wir werden bald heiraten.«

»Oh, das ist schön.« Bettina freute sich aufrichtig. Wusste sie doch, wie lange Gundula den Professor schon heimlich liebte.

In diesem Augenblick öffnete sich die Tür. Martha Overbeck trat ein. Unvermittelt blieb sie stehen und fragte erstaunt:

»Du hast Besuch?«

Bettina machte die drei miteinander bekannt.

»Aber warum bringst du deine Gäste nicht in den Garten?« fragte Martha verwundert, »Es ist ein solch herrlicher Maitag, warm und sonnig! Setz dich doch mit dem Herrn Professor und mit Schwester Gundula in die Gartenlaube.

Ich koche inzwischen einen guten Kaffee und bringe ihn dann hinaus.«

»Ich finde den Vorschlag Ihrer Mutter ausgezeichnet, Bettina«, bemerkte Professor Cartess. »Bei diesem herrlichen Wetter im Haus zu sitzen, ist fast ein Verbrechen!«

»Ich schließe mich Horsts Meinung an«, warf Gundula ein.

Bettina warf ihrer Mutter einen verzweifelten Blick zu. Der kleine Fred lag doch draußen im Kinderwagen!

Doch Martha Overbeck reagierte gar nicht auf Bettinas Blicke. Sie drehte sich um und begab sich in die Küche.

Bettina blieb gar keine andere Wahl, als ihre Gäste in den Garten zu bitten, der sich hinter dem Haus erstreckte.

Mit Platten ausgelegte Wege führten durch grüne Rasenflächen. Alte knorrige Obstbäume zeigten das erste helle Grün. Bettina führte ihre Gäste zu der Gartenlaube.

Professor Cartess hob leicht die Augenbrauen, als er den jungen Mann entdeckte, der sich über einen Kinderwagen beugte.

»Herr Professor, darf ich Ihnen Doktor Robert Gerau vorstellen?« Und zu Robert gewandt sagte sie: »Robert, das ist Professor Cartess und Schwester Gundula.«

Robert reichte beiden die Hand und sagte:

»Ich habe schon viel von Ihnen gehört, Herr Professor. Mein Chef, Professor Kelten, erwähnte Sie schon häufig.«

Die Gäste und Robert nahmen auf den Gartenstühlen Platz, während Bettina zum Kinderwagen hinüberging.

Professor Cartess beobachtete Bettina. Seine Neugierde war größer als seine Zurückhaltung. Nach kurzem Räuspern fragte er:

»Ein Kind, hier im Haus? Wem gehört es denn?«

»Mir«, erwiderte Bettina, ohne sich umzudrehen.

»Ach!« Cartess stand auf und trat neben den Kinderwagen. »Ein Junge oder ein Mädchen?«

»Ein Junge, Herr Professor.« Bettina richtete sich auf. Ein kleines schmerzliches Lächeln huschte über ihr Gesicht. Sie ahnte, welche Frage Cartess nun stellen würde.

Langsam ging sie zu den Gartenmöbeln hinüber und setzte sich neben Robert.

»Wie heißt der kleine Mann denn?« wollte Cartess wissen.

»Fred«, antwortete Bettina mit klarer Stimme.

»Fred?« wiederholte Cartess gedehnt, warf erneut einen Blick in den Kinderwagen und sah dann Bettina an. Von ihr wanderte sein Blick zu Robert, der mit verkniffenem Gesichtsausdruck zu Boden starrte.

Professor Cartess setzte sich wieder. Nervös trommelten seine Finger auf die Tischplatte. Wieder sah er Bettina fragend an.

»Sie dürfen ruhig Fragen stellen, Herr Professor. Robert ist ein Freund und kennt meine Vergangenheit.« Bettina lächelte gelassen. Cartess' Unruhe und Nervosität belustigte sie sogar ein wenig.

»Sie wissen, was ich denke, Bettina«, brummte Cartess. »Stimmt es denn? Ist dieses Kind von . . . von Doktor Merkant?«

»Ja, Herr Professor, warum sollte ich es leugnen?«

»Hm, aber eines müssen Sie mir noch erklären. Wenn meine Rechnung stimmt, waren Sie damals, als Fred sich von Ihnen trennte, doch schon in anderen Umständen.«

»Ja.«

»Aber warum haben Sie Fred nichts gesagt?« polterte Professor Cartess. »Ich bin sicher, dass Fred zu Ihnen gestanden hätte. Er ist ein Ehrenmann! So gut kenne ich ihn!«

»Der Gedanke, dass Fred vielleicht nur des Kindes wegen bei mir geblieben wäre, ist mir heute noch unerträglich, Herr Professor.«

»Nur wegen des Kindes?« brummte Cartess. »Ich bin sicher, dass Fred damals noch sehr viel für Sie empfunden hatte. So viele Jahre Gemeinsamkeit kann man nicht von heute auf morgen auslöschen. Sicher, das Gefühl, das Fred meiner Tochter entgegenbrachte, war vielleicht leidenschaftlicher. Aber ich bin sicher, dass Fred Sie damals immer noch liebte. Sie und Carmen. Und er hatte sich für Carmen entschieden.«

Bettina hatte den Professor ausreden lassen. Ihre

Hände spielten unruhig mit einem Taschentuch, ihre bernsteinfarbenen Augen verdunkelten sich.

»Vielleicht haben Sie Recht, Herr Professor, vielleicht auch nicht. Aber darum geht es auch gar nicht. Ich konnte Fred von dem Kind nichts sagen. Ich war damals schon an Professor Keltens Klinik beschäftigt, als ich es erfuhr.«

»Man kann doch telefonieren«, brummte Cartess ärgerlich.

Robert stand auf und entfernte sich rasch. Er konnte das Gespräch über Fred Merkant nicht mehr ertragen.

»Das war nicht nötig, Herr Professor. Erinnern Sie sich an Ihren Besuch bei Professor Kelten?«

»Ja, das war noch vor Weihnachten, nicht wahr?«

»Genau. Damals erfuhr ich, dass Fred sich ein Jahr auf Reisen befinden würde. Was sollte ich tun? Vielleicht ein Telegramm um die halbe Welt schicken? Nur, um ihm zu sagen, dass er Vater wird? Nein, Herr Professor. Für mich war es damals ein Fingerzeig des Schicksals. Ich sollte mein Kind allein großziehen. Und das werde ich auch.«

»Zumindest werde ich dafür sorgen, dass Fred finanziell für den Jungen sorgt«, polterte Cartess.

»Das ist nicht nötig. Ich verdiene sehr gut, und meine Mutter tut alles, um mir das Leben zu erleichtern. Ja, ich habe Glück. Nicht jede junge Frau in meiner Situation hat eine so verständnisvolle Mutter.«

»Ja ... wollen Sie Fred denn überhaupt nicht wissen lassen, dass er einen Sohn hat?« rief Professor Cartess erregt aus.

»Jetzt nicht mehr.« Bettinas Stimme klang hart. »Ich habe mich mittlerweile damit abgefunden, dass ich Fred für immer verloren habe. Ich habe diese

Liebe aus meinem Herzen gerissen, und ich möchte nicht mehr mit ihm zusammentreffen.«

»Sie sind hart, Bettina«, mischte sich nun auch Schwester Gundula in das Gespräch ein.

»Hart geworden«, korrigierte Bettina sie freundlich.

Martha Overbeck brachte Kaffee und Kuchen auf einem Tablett. Sie breitete eine weiße Tischdecke über den Holztisch. Bettina war ihr beim Verteilen des Porzellans behilflich.

»Ach, jetzt habe ich doch den Zucker vergessen. Entschuldigen Sie mich, ich bin gleich wieder zurück!« rief Martha und eilte wieder ins Haus.

»Ich finde es nicht gut, dass Sie Fred das Kind vorenthalten wollen, Bettina«, begann der Professor erneut.

»Herr Professor, ich möchte Sie bitten, nicht mehr darüber zu sprechen. Weiterhin möchte ich Sie bitten, auch mit Fred nicht darüber zu sprechen. Bitte.«

»Eigentlich kann ich das gar nicht verantworten«, erwiderte Cartess nachdenklich.

Gundula legte ihre Hand auf seinen Arm. Bittend sagte sie:

»Versprich es ihr, Horst. Ich kann sie gut verstehen. Nach einer solchen Enttäuschung würde ich ebenso reagieren.«

»Na schön, wenn ich so bedrängt werde. Ich verspreche zu schweigen. Zwar ungern, aber ich tue es.«

Bettina atmete erleichtert auf. Sie stand auf und sagte:

»Entschuldigen Sie mich einen Augenblick. Ich möchte nach Robert sehen.«

Als Bettina außer Hörweite war, beugte sich Horst zu Gundula hinüber, küsste sie sanft auf die Wange und fragte leise:

»Glaubst du, dass Bettina Fred immer noch liebt? Du bist eine Frau und hast doch ein Gespür dafür.«

»Sie kapselt sich ab. Sie will nicht mehr an Fred erinnert werden. Und ich bin überzeugt, dass sie sich auch einredet, Fred nicht mehr zu lieben.«

»Und der andere? Dieser Doktor Gerau? Vielleicht hat sich ihr Herz wirklich schon einem anderen Mann zugewandt?« fragte Cartess.

»Ich würde es ihr wünschen«, erwiderte Gundula und schmiegte sich an ihn.

*

Carmen saß neben Fred im Flugzeug und vermied es, mit ihm zu sprechen. Ihre ganze Haltung drückte Abwehr und Enttäuschung aus. Bis zum letzten Tag hatte Carmen nicht geglaubt, dass Fred seine Absicht, früher nach Deutschland zurückzukehren, wahr machen würde.

Doch Fred war hart und unnachgiebig geblieben, und Carmen musste sich seinen Wünschen fügen.

Fred warf einen Blick auf die Uhr. Wenn es keine Zwischenfälle mehr gab, würde das Flugzeug in wenigen Minuten landen. Fred freute sich schon auf das Wiedersehen mit seinem Schwiegervater und seinen Kollegen und auf seine Arbeit, die seinem Leben wieder einen Sinn geben würde.

Über den Bordlautsprecher wurden die Passagiere gebeten, die Rückenlehnen gerade zu stellen, sich anzuschnallen und das Rauchen einzustellen.

Die Maschine ging tiefer.

Fred, der sich ein wenig vorbeugte, konnte bereits die Markierung der Felder, Wiesen und Wälder unter sich erkennen. Wie feine graue Linien durchzogen die Asphaltstraßen die Landschaft.

Ein aufgeregtes Murmeln ging plötzlich durch die

Maschine. Alle hatten den heftigen Ruck bemerkt, der den mächtigen Leib des Flugzeuges erschütterte.

»Was war das?« fragte Carmen und schaute Fred entsetzt an.

»Ich weiß es nicht. Wahrscheinlich ein kleines Luftloch«, erwiderte Fred, der selbst von Unruhe erfasst wurde.

Alle Passagiere schienen wie gelähmt zu sein. Wie erstarrt saßen sie auf ihren Sitzen und lauschten auf die Geräusche des Riesenvogels.

Ein leises Knacken ertönte im Bordlautsprecher.

»Hier spricht der Kapitän«, klang eine ruhige Stimme auf. »Meine Damen und Herren, ich möchte Sie bitten, sich nicht zu beunruhigen. Wir haben einen kleinen Motorschaden. Die Landung wird etwas unsanft werden, doch es besteht keine Gefahr. Bitte, verhalten Sie sich ruhig und befolgen Sie die weiteren Anweisungen der Stewardess.«

Carmen sah Fred entsetzt an, dann schrie sie hysterisch:

»Das habe ich nun davon! Warum bin ich nur mit dir in diese Maschine gestiegen. Ich wusste, dass dieser Flug unter einem unguten Stern steht! Ich habe es doch gefühlt! Ich wollte . . .«

»Bitte Carmen, nimm dich zusammen«, herrschte Fred sie leise an. »Du hast doch gehört, was der Kapitän sagte.«

»Der will uns doch nur beruhigen!« rief Carmen aufgebracht.

»Nimm dir ein Beispiel an dieser jungen Frau dort«, sagte Fred und deutete auf eine junge Mutter, die ein kleines Kind in den Armen hielt. Sie hatte ihr Gesicht in den Haaren des Kindes vergraben und sah scheinbar gefasst den nächsten Minuten entgegen.

»Wozu soll ich mir ein Beispiel nehmen? Ich habe

Angst! Ist das so ungewöhnlich?« fauchte Carmen. Auf ihren bleichen Wangen zeichneten sich hektische rote Flecken ab, ihre Augen glänzten fiebrig.

Die Maschine sackte unvermittelt ab, das Motorengeräusch verstummte. Nur noch ein stotterndes Tukkern war zu hören.

Ein vielstimmiger Aufschrei ging durch den Passagierraum. Die Menschen bewegten sich unruhig auf ihren Sitzen. Einige versuchten, sich rasch aus den Gurten zu befreien.

»Bitte, behalten Sie Ruhe«, bat eine Stewardess über den Bordlautsprecher. »Wir...« Ein Rauschen und Knacken war zu hören, dann war es still im Lautsprecher.

Wie gebannt starrten die Passagiere zu der Sprechanlage hinauf.

Das Flugzeug neigte sich plötzlich zur Seite. Panik breitete sich unter den Passagieren aus. Manche hatten sich bereits aus den Gurten befreit und fielen taumelnd über andere Passagiere.

Der Kapitän schien die Maschine nicht mehr unter Kontrolle zu haben. Sie taumelte hin und her, trudelte auf die Rollbahn zu. Krachend setzte das Fahrgestell zum ersten Mal auf die Betonpiste auf. Das Flugzeug schien sich um die eigene Achse zu drehen, bäumte sich erneut auf und schlug wieder auf die Rollbahn auf. In das ohrenbetäubende Krachen mischte sich der Geruch von verbranntem Gummi.

Carmen hatte es mittlerweile geschafft, sich aus dem Haltegurt zu befreien. Fred wollte sie zurückhalten, denn er wusste, dass sie im Mittelgang noch weniger geschützt war, als zwischen den Sitzen.

Doch Carmen schien nichts mehr zu sehen und zu hören. Mit irrem Blick wehrte sie sich gegen Fred, schreiend ruderte sie mit den Armen.

Zum letzten Mal schien sich der Riesenvogel aufzubäumen. Dann schmetterte er mit infernalischem Lärm auf das Rollfeld, krachend barst der Leib des Flugzeuges in der Mitte.

Fred sah noch, wie Carmen scheinbar von einer Riesenfaust erfasst und durch den Raum geschleudert wurde, dann verspürte er einen entsetzlichen Schlag gegen den Hinterkopf.

Leiser und leiser wurden die Schreie der Menschen in Todesangst. Fred hörte und sah nicht mehr die Flammen, die sich gefräßig prasselnd in rasender Geschwindigkeit ausbreiteten. Er sah auch nicht die Rettungsmannschaften, die sich bemühten, die Flammen unter Kontrolle zu bringen.

Sein Bewusstsein war ausgelöscht. Dunkelheit hüllte ihn ein.

*

Bettina saß im Garten hinter dem Haus und betrachtete den kleinen Fred, der satt und zufrieden in ihrem Arm schlummerte. Acht Wochen war er nun schon alt. Er war kräftig und gut entwickelt.

Bettinas Lippen liebkosten seine rosigen Wangen, geradezu verliebt betrachtete sie ihren schlafenden Sohn.

Sie war überzeugt, dass er Fred einmal aufs Haar gleichen würde! Sogar das kleine runde Grübchen im Kinn hatte er von seinem Vater geerbt.

Bettina war so vertieft in den Anblick ihres Babys, dass sie den leichten Schritt hinter sich gar nicht bemerkte. Sie zuckte erschrocken zusammen, als Robert hinter ihr flüsterte:

»Baby müsste man sein . . .«

Bettina legte den Zeigefinger auf ihre Lippen und deutete Robert an, sich still zu verhalten. Vorsichtig stand sie auf und trug den kleinen Fred zum Kinderwagen hinüber, der im Schatten eines Fliederbaumes stand. Liebevoll bettete sie den schlafenden Säugling in den Wagen, deckte ihn fürsorglich zu und kam auf Zehenspitzen zu Robert zurück. Mit einer Handbewegung deutete sie auf die Gartenlaube.

Aufatmend ließ Robert sich auf die Bank nieder. Die Gartenlaube war weit genug vom Kinderwagen entfernt. Er konnte sich mit gedämpfter Stimme mit Bettina unterhalten.

»Puh! Das war vielleicht ein anstrengender Vormittag«, sagte Robert. »Ich bin froh, dass ich Dienstschluss habe.«

Bettina, die den Kinderwagen kaum einen Moment aus den Augen ließ, sah, dass er leicht schaukelte. Schon wollte sie aufspringen, um nachzusehen, doch Robert hielt sie am Arm fest.

»Bleib bitte sitzen. Der Kleine wird sich doch einmal im Schlaf bewegen können, ohne dass du ihn dabei beobachtest, hm?« Er lächelte sie liebevoll an. »Du bist wirklich eine gute Mutter, Bettina, aber manchmal übertreibst du deine Fürsorge. Das gibt sich sicher, wenn du erst einmal drei oder vier Kinder zu betreuen hast.«

»Oh!« staunte Bettina. »So viel Nachwuchs lag eigentlich nicht in meiner Absicht.«

»Aber in meiner«, erklärte Robert kategorisch und lächelte spitzbübisch.

Als Bettina den Kopf senkte, wurde Robert sofort wieder ernst.

»Bettina«, sagte er leise und nahm ihre Hand. »Bettina, du weißt, was ich damit sagen möchte. Du weißt, dass ich nur auf ein Wort von dir warte . . .«

Bettina lächelte gequält. Wie oft hatte sie darüber schon nachgedacht! Doch immer noch waren Zweifel in ihrem Herzen. Sie wusste nicht, ob sie Robert jemals so lieben konnte, wie er es verdiente.

Bettina lächelte gequält und zuckte hilflos mit den Schultern.

Ihr Verhalten schmerzte Robert tief. Wie lange warb er nun schon um Bettina? Mit Geduld und Beharrlichkeit war er nicht von ihrer Seite gewichen, immer in der Hoffnung, doch noch ihr Herz erobern zu können.

Roberts Blicke wanderten durch den Garten, der sich in den warmen Frühsommertagen in ein blühendes Paradies verwandelt hatte.

»Robert«, bat Bettina leise. »Bitte sei nicht so traurig. Ich bin doch nur ehrlich zu dir.«

»Bettina, wir kennen uns nun schon viele Monate«, sagte Robert eindringlich. »Du musst doch wissen, dass ich ein verträglicher Mensch bin, mit dem es sich leben lässt. Dass ich dich liebe, weißt du, und ...«

»Robert«, unterbrach Bettina ihn gequält. »Ich bin überzeugt, dass ich an deiner Seite ein zufriedenes Leben führen könnte. Ich weiß auch, dass du alles tun würdest, um mich glücklich zu machen. Nur ... ich habe Zweifel, ob ich dich so glücklich machen kann, wie du es verdienst.«

»Ach Bettina, Ehen, die aus himmelstürmender Liebe geschlossen werden, müssen nicht unbedingt die besten sein. Dafür gibt es genügend Beweise. Liebe kann auch mit der Zeit wachsen, und vielleicht ist diese Liebe dann inniger als jede andere?«

»Vielleicht ...«

»Bettina, du weißt, dass ich dich nicht bedrängen möchte.« Robert sah sie liebevoll an. »Trotzdem muss ich dich noch einmal fragen, ob du meine Frau werden möchtest?«

Bettina sah an Robert vorbei. Sie hatte diese Frage erwartet. Tausend Gedanken drängten sich durch ihren Kopf. Was sollte sie ihm antworten? Dass sie immer noch fürchtete, Fred zu lieben? Doch war sie sich dessen wirklich so sicher? Fred war zwar in ihrer Fantasie immer noch lebendig, doch wie würde es sein, wenn sie ihm einmal zufällig begegnete?

Bettina strich sich mit müder Handbewegung über die Stirn. Sie warf einen Blick zum Kinderwagen hinüber. Ihr kleiner Junge brauchte einen Vater. Es war besser für ein Kind, in einer intakten Familie aufzuwachsen. War sie es dem Kind nicht schuldig, Roberts Werben nachzugeben?

»Warum antwortest du mir nicht?« fragte Robert in ihre Gedanken hinein.

»Ich wage fast nicht, dich darum zu bitten, aber lass mir noch ein wenig Zeit, Robert. Ich kann mich immer noch nicht aus ganzem Herzen für dich entscheiden . . .«

Robert senkte den Kopf und legte die Fingerspitzen aneinander. Eine Geste, die ihm eigen war und die er anwendete, wenn er betroffen und nachdenklich war. Robert konnte nicht begreifen, warum Bettina immer noch zögerte. Er hatte ihr doch genügend bewiesen, wie sehr er sie liebte. Die ganzen Monate hindurch hatte er geduldig gewartet und gehofft, ihr Herz zu gewinnen. Es störte ihn auch nicht, dass sie ein Kind von einem anderen hatte. Er wollte es so lieben, als wäre es sein eigenes!

Ein abgrundtiefer Seufzer entschlüpfte Robert.

Bettina sah auf seinen gesenkten Kopf. Sein dunkles volles Haar schimmerte leicht rötlich im Sonnenschein. Einem plötzlichen Impuls folgend strich sie ihm übers Haar.

Robert erhaschte ihre Hand und presste sie an seine Lippen.

»Bitte, Bettina, sag mir, ob ich überhaupt hoffen soll«, bat er leise. »Hat es überhaupt einen Sinn?«

»Lass mir noch ein paar Wochen Zeit, Robert. Ich werde mich noch diesen Sommer entscheiden.«

Damit musste Robert sich zufrieden geben. Er dachte an das Angebot, das er vom Entwicklungsdienst erhalten hatte. Auch er musste sich in wenigen Wochen entscheiden. Er musste die Wahl treffen, entweder hier zu bleiben, oder in einem Tropenhospital am Amazonas zu arbeiten. Einen Augenblick lang war Robert versucht, Bettina von dem Angebot der Entwicklungshilfe zu erzählen, doch sofort schob er diesen Gedanken wieder beiseite. Nein, er wollte Bettina nicht in die Enge treiben ... Doch wenn sie sich in vier oder sechs Wochen immer noch nicht entscheiden konnte, musste er sie vor die Wahl stellen.

*

Professor Cartess hatte Fred mit einem Rettungshubschrauber in seine Privatklinik verlegen lassen. Fred, der bei dem Flugzeugunglück Knochenbrüche und schwere Verbrennungen erlitten hatte, war seit zwei Tagen ohne Bewusstsein.

Professor Cartess, der eine ernsthafte Schädelverletzung vermutete, nahm die Röntgenaufnahmen entgegen, die eine junge Schwester in sein Büro brachte.

Professor Cartess klemmte die Aufnahme hinter den beleuchteten Schaukasten und studierte sie gründlich.

Es klopfte. Sein Oberarzt, Dr. Jansen, kam herein. Er legte Befunde auf den Schreibtisch seines Chefs. Neugierig kam er näher und betrachtete ebenfalls die Aufnahme.

»Ich kann nichts entdecken, was auf eine traumatische Verletzung schließen lässt«, sagte Cartess, ohne einen Blick von der Schädelaufnahme zu lassen. »Aber diese anhaltende Bewusstlosigkeit gefällt mir absolut nicht.«

»Vielleicht ist er doch noch im Schockzustand?« warf Dr. Jansen ein.

»Bei den vielen Bluttransfusionen?« fragte Cartess skeptisch.

»Die Verbrennungen an Oberkörper, Hals und Stirn können schuld daran sein.«

»Daran habe ich auch schon gedacht«, brummte Cartess und löschte das Licht im Schaukasten. »Tja, dann werden wir weiter warten müssen.« Professor Cartess machte eine kleine Pause und fragte dann: »Sie haben mich heute Morgen bei der Visite vertreten. Welchen Eindruck hatten Sie von Merkants Zustand?«

»Ich glaube, er ist soweit über den Berg. Natürlich werden noch Wochen vergehen, bis er wieder völlig hergestellt ist. Zumindest befindet er sich nicht im Bereich akuter Lebensgefahr. Es sei denn . . .« Dr. Jansen brach nachdenklich ab.

»Es sei denn?« wiederholte Cartess, dessen Augenbrauen in die Höhe schnellten.

»Dass sich noch Komplikationen einstellen, die mit der langen Bewusstlosigkeit von Doktor Merkant zusammenhängen. Aber das ist nur eine vage Vermutung. Uns bleibt keine andere Wahl, Herr Professor. Wir müssen abwarten.«

»Leider«, erwiderte der Professor brummig. »Dieses Warten zerrt an meinen Nerven.«

Dr. Jansen warf einen Blick auf die schwarze Armbinde an Professor Cartess' Oberarm. Er wollte gerade etwas sagen, als das Telefon summte.

»Cartess!« meldete der Professor sich schroff. Er lauschte einen Augenblick. Ein Lächeln glitt über sein

Gesicht, als er den Hörer auflegte und sich zu Jansen umwandte.

»Fred ist zu sich gekommen. Ich gehe rasch auf die Chirurgische. Wollen Sie mich begleiten?«

»Das geht leider nicht. Ich habe eine Angiographie vorbereiten lassen. Ich muss rasch in den Röntgenraum.«

»Dann sehen wir uns später.« Professor Cartess verließ eilig das Chefbüro.

Als er wenig später das Einzelzimmer betrat, in dem Fred untergebracht war, lag ein betont fröhliches Lächeln auf seinem Gesicht. Er setzte sich auf die Bettkante und sagte forsch:

»Na endlich, alter Junge! Wir dachten schon, du wolltest überhaupt nichts mehr mit der schnöden Welt zu tun haben!« Routinemäßig tastete Cartess' Hand nach Freds Handgelenk, um den Puls zu kontrollieren.

Fred fühlte sich schwach und elend. Als er vor wenigen Minuten das Bewusstsein wiedererlangt hatte, standen die Bilder des Flugzeugunglücks deutlich vor seinen Augen. Wieder hallten die Angstschreie in seinen Ohren, sah er, wie Carmen durch den Raum geschleudert wurde. In schnellem Ablauf durchlebte er noch einmal jede einzelne Phase des Flugzeugabsturzes. Bis zu dem Augenblick, als er den heftigen Schlag auf den Kopf verspürte.

Freds Gedanken kreisten immer wieder um Carmen.

Freds rechte Hand tastete sich langsam zum Kopf. Er fühlte den Mullverband über der Stirn. Seine Hand glitt tiefer. Auch sein Hals war bandagiert, ebenso seine Brust.

»Wie steht es mit mir, Papa?« fragte er. Es war ihm anzumerken, wie viel Mühe es ihm bereitete, die Worte zu formen.

»Oh, du hattest eine Menge Glück, mein Junge«,

erwiderte Cartess ruhig. Mehr Glück, als Carmen, fügte er in Gedanken hinzu. »Du hast eine komplizierte Oberschenkelfraktur und Verbrennungen an Brust, Hals und Stirn. Das bedeutet im Klartext, dass du ein paar Wochen brauchen wirst, bist du wieder auf den Beinen bist.«

»In ... in welcher Klinik bin ich?« fragte Fred leise. Das Sprechen strengte ihn ungeheuer an. Kalter Schweiß bedeckte sein Gesicht, sein Atem ging heftig. Freds Gedanken kreisten immer wieder um Carmen, doch eine seltsame Scheu hielt ihn davor zurück, nach ihr zu fragen.

»Na, in meiner, Klinik, natürlich«, erwiderte Professor Cartess.

Freds Blick fiel zufällig auf die schwarze Armbinde am Arm seines Schwiegervaters. Ein eisiger Schreck durchzuckte ihn. Wenn Professor Cartess Trauer trug, dann ...

Fred schloss die Augen.

»Carmen«, flüsterte er kaum hörbar. »Was ist mit Carmen?«

Trauer überschattete Cartess' Gesicht. Seine Lippen pressten sich sekundenlang so fest zusammen, dass sie wie ein feiner, weißer Strich wirkten. Carmen! Seine Carmen ...

Professor Cartess zögerte. Er überlegte, ob es ratsam war, dem Kranken die Wahrheit zu sagen? Würde er sie verkraften können?«

»Warum antwortest du mir nicht, Papa?« flüsterte Fred. »Was ist mit Carmen? Hat ... hat sie den Absturz ... überstanden?«

Professor Cartess spürte, wie seine Augen feucht wurden. Verstohlen wischte er sich ein paar Tränen aus den Augenwinkeln. Er konnte im Augenblick nicht sprechen, denn seine Stimme versagte ihm.

Mühsam öffnete Fred die bleischweren Lider.

»Sag mir die Wahrheit«, würgte er hervor. »Die Wahrheit . . .«

»Carmen . . . ist . . . tot«, presste Cartess hervor. Er verschwieg, dass er Carmen gestern das letzte Geleit gegeben, dass er seine einzige Tochter zu Grabe getragen hatte.

Fred schloss wieder die Augen. O ja, er trauerte um Carmen. Er bedauerte es, dass sie so jung hatte sterben müssen. Doch in seinem Herzen war nicht dieser bohrende, brennende Schmerz, den er vielleicht empfinden müsste, wenn man einen geliebten Menschen verliert. Fred trauerte nicht um seine Frau, sondern mehr um ein junges Menschenleben, das so plötzlich ausgelöscht worden war.

Professor Cartess beobachtete Fred genau. Er dachte an den letzten Brief, den Carmen ihm aus Rio de Janeiro geschrieben hatte, und an die bitteren Klagen seiner Tochter. Carmen war nicht sehr glücklich an Freds Seite gewesen. Sie waren einfach zu verschieden in ihren Charakteren . . .

»Ich bin sicher, dass du Carmen geliebt hast, als du sie zu deiner Frau gemacht hast«, begann Professor Cartess leise. »Aber ich bin ebenso sicher, dass du sehr schnell entdeckt hast, dass ihr beide nicht gut zueinander gepasst habt. Habe ich Recht?«

»Carmen ist . . .«, Fred brach ab. »Carmen war noch sehr jung, Papa«, erklärte Fred heiser. »Ich bin sicher, dass sie den Ernst des Lebens noch gar nicht begriffen hatte. Für sie war das Leben ein einziges rauschendes Fest. Manchmal . . . manchmal war sie wie ein Kind . . .«

»Du warst nicht sehr glücklich mit ihr, nicht wahr?«

»Zuerst schon«, gestand Fred und sah Cartess an.

»Doch je länger wir uns auf Reisen befanden, desto unzufriedener wurde ich. Ich begann sogar, die Vergnügungen zu hassen, die Carmen so sehr liebte.« Fred schloss erschöpft die Augen.

Professor Cartess betrachtete ihn besorgt.

»Es ist nicht gut, dass du so viel sprichst, Fred. Ruh' dich erst einmal aus. Morgen ist auch noch ein Tag.« Cartess wollte aufstehen.

Freds Hand zuckte durch die Luft.

»Bitte, bleib«, bat er mit belegter Stimme. »Ich will, ich muss darüber reden.

Fred schloss sekundenlang die Augen. Wie ein Film liefen die Ereignisse der letzten Monate an seinem geistigen Auge vorbei. Alles Schöne und alles Hässliche durchlebte er noch einmal

»Weißt du, Papa, ich hatte immer gehofft, dass Carmen sich hier in Deutschland ein wenig ändern würde. Du weißt, wie sehr ich Kinder liebe. Ich hoffte, dass Carmen mir bald ein Kind schenken würde, und dass sich dann ihre Lebenseinstellung ändern würde. Deswegen wollte ich auch die Reise früher abbrechen.«

Professor Cartess musste all seine Beherrschung aufbieten, um sein Wissen über Bettinas Kind zurückzuhalten. Doch er hatte sein Wort gegeben, und daran musste er sich halten . . .

»Ja, vielleicht hätte ein Kind Carmen verändert«, gestand Cartess. »Aber es sollte wohl nicht sein.«

»Ist Carmen . . . Ich meine, wurde sie schon . . . beerdigt?«

»Ja, mein Junge. Gestern habe ich sie zu Grabe getragen«, erwiderte Professor Cartess mit schwankender Stimme. Er stand rasch auf, denn er fühlte, wie die Trauer um seine tote Tochter übermächtig in ihm wurde.

»Entschuldige mich, Fred«, würgte er hervor und verließ hastig das Krankenzimmer.

Fred hatte das Gespräch mit Carmens Vater sehr angestrengt. Obwohl auch er um Carmen trauerte, forderte der Körper doch sein Recht. Fred kam nicht mehr dazu, über Carmens frühen Tod nachzudenken. Bleischwer senkten sich seine Lider, und augenblicklich fiel er in einen tiefen Schlaf, der ihn von quälenden Gedanken befreite.

*

Vier Wochen waren seither vergangen. Fred befand sich auf dem Weg der Genesung, und Professor Cartess war froh, Gundula an seiner Seite zu haben. Sie half ihm mit ihrer Anwesenheit, über die Trauer um seine Tochter hinwegzukommen.

Ein freies Wochenende lag vor Cartess, der Gundulas Drängen nachgab, die gern wieder einmal Bettina besuchen wollte.

Bettina, deren Mutterschutzurlaub bald zu Ende ging, saß neben dem Kinderwagen im Garten und wartete auf Robert, der jeden Augenblick eintreffen wollte.

In den letzten Wochen hatte Bettina sich mehr und mehr mit dem Gedanken vertraut gemacht, Roberts Frau zu werden. Sicher, sie wusste, dass sie Robert niemals die Liebe entgegenbringen würde, die sie einmal für Fred empfunden hatte. Doch sie war fest entschlossen, Robert eine gute Frau zu werden.

Lange hatte Bettina gezögert, bis sie sich zu diesem Entschluss durchgerungen hatte, doch der Gedanke, dass der kleine Fred ohne Vater aufwachsen würde, gab den letzten Anstoß.

»Besuch für dich!« rief Bettinas Mutter durch das offene Küchenfenster.

Bettina warf verwundert einen Blick auf die Armbanduhr. Sollte Robert schon früher Dienstschluss haben? Bettina lehnte sich in den Korbsessel zurück. Mit dem Fuß wippte sie den Kinderwagen leicht auf und nieder.

»Wunderschönen guten Tag, Bettina«, flüsterte Professor Cartess, der das schlafende Baby nicht aufwecken wollte.

»Sie?« flüsterte Bettina erstaunt. Vorsichtig stand sie auf und schob den Kinderwagen in den Schatten eines Birnbaumes.

»So, nun können wir uns in normaler Lautstärke unterhalten«, sagte Bettina, als sie wieder Cartess und Gundula gegenüberstand. »Bitte, nehmen Sie doch Platz. Ich freue mich sehr, dass Sie mich nicht ganz vergessen haben.«

»Dafür sorge ich schon«, warf Gundula ein. »Sie wissen doch, wie gern ich mit Ihnen zusammengearbeitet habe, Bettina. Ich muss Ihnen ehrlich sagen, dass ich Sie sehr oft vermisse. Bis jetzt haben wir noch keine geeignete Nachfolgerin für Sie. Die guten Kräfte sind eben rar.«

Auf dem Tisch in der Gartenlaube stand eine Karaffe mit eisgekühltem Orangensaft, auf einem Tablett genügend Gläser. Bettina schenkte ein und reichte das Tablett herum. Plötzlich, entdeckte sie den schmalen schwarzen Tuchstreifen an Cartess' Rockaufschlag.

»Sie tragen Trauer?« fragte Bettina. Im nächsten Augenblick ärgerte sie sich auch schon über ihre neugierige Frage. »Entschuldigen Sie, Herr Professor, die Frage ist mir einfach so herausgerutscht.«

Professor Cartess senkte den Kopf. Er überlegte, ob er Bettina von dem Unglück berichten sollte. War es gut, sie aus ihrer Ruhe zu reißen?

»Horsts Tochter ist tödlich verunglückt«, sagte Gundula leise und berichtete in knappen Worten von dem Flugzeugunglück. »Doktor Merkant erlitt schwere Verbrennungen, Knochenbrüche und Prellungen, doch er kam mit dem Leben davon«, beendete Gundula ihren Bericht.

»Mein Beileid, Herr Professor«, sagte Bettina leise und senkte den Kopf.

Obwohl sie Carmens Tod aufrichtig bedauerte, schlug Bettinas Herz doch unvermittelt schneller, wenn sie daran dachte, dass Fred nun frei war.

»Wird Fred denn wieder ganz gesund werden?« fragte Bettina, ohne die beiden anzusehen.

Es knackte leise hinter ihr. Bettina drehte sich um. Robert stand hinter ihr.

Seinem Gesicht war nicht abzulesen, ob er einen Teil der Unterhaltung mit angehört hatte, oder nicht. Freundlich begrüßte er den Professor und Schwester Gundula.

»Soweit ich es beurteilen kann, wird er in zwei oder drei Wochen wieder auf den Beinen sein«, erklärte Professor Cartess. »Aber wollen wir nicht das Thema wechseln? Wie geht es Ihrem kleinen Sohn, Bettina?«

»Er wächst und gedeiht.« Ein glückliches Leuchten trat in Bettinas Augen, als sie von ihrem Kind berichtete. »Er wird ein richtiger Prachtjunge. Meine Mutter behauptet, dass Achtmonatskinder Sorgenkinder wären, aber davon habe ich noch nichts gemerkt. Ich würde ihn für nichts in der Welt mehr hergeben, Herr Professor.«

»Dieses Gefühl möchte ich auch einmal erleben dürfen«, sagte Gundula, deren Wangen sich tiefrot färbten. Cartess warf ihr einen verliebten Blick zu, der mehr als tausend Worte sagte. Auch er befasste sich mit dem Gedanken, noch einmal Vater zu werden. Gestern Abend noch hatte er mit Gundula über eine rasche Heirat gesprochen. Doch Gundula wollte das Trauerjahr abwarten.

Professor Cartess schaute auf die Uhr. Er hob bedauernd die Schultern.

»Leider müssen wir Sie schon wieder verlassen, Bettina. Wir sind noch bei Professor Kelten angemeldet. Aber wir werden uns bald wieder einmal sehen lassen. Oder kommen Sie doch einmal zu mir?!«

»Nein, das möchte ich nicht«, erwiderte Bettina zögernd. »Ich bin sicher, dass Sie mich verstehen können.«

»Ich denke schon«, erwiderte Cartess und warf einen raschen Blick auf Robert, der mit unbewegtem Gesicht zuhörte.

Cartess und Gundula verabschiedeten sich. Robert blieb noch eine knappe Stunde, dann verließ auch er Bettina, die sich über seine schweigsame Art wunderte.

*

Noch am gleichen Abend kam Robert wieder. Er brachte Bettinas Mutter einen Strauß Blumen mit.

Martha Overbeck zog sich diskret zurück. Sie wollte die jungen Leute allein lassen. Auch sie hoffte inständig, Bettina möge sich für Robert entscheiden. Martha konnte sich keinen angenehmeren Schwiegersohn vorstellen.

Es war eine laue Sommernacht. Die breite Flügeltür des Wohnzimmers, die auf die Terrasse führte, stand weit offen.

Bettina und Robert saßen auf der Terrasse. Robert hatte einen ausgezeichneten Wein mitgebracht, der im matten Schein der Wandlaterne wie pures Gold in den Gläsern schimmerte.

Der Mond schob sich über die Dächer der Häuser. Rund und voll stand er am Fummel und schickte sein bleiches Licht zur Erde.

»Du bist heute Abend so still, Robert?«

»Ich bin nachdenklich.«

»Und worüber denkst du nach?« fragte Bettina scherzend. »Über schwerwiegende Probleme?«

»So kann man es auch nennen.«

»Willst du nicht mit mir darüber sprechen?«

»Ich habe heute einen Brief von Dr. Schraub erhalten, Ich muss mich nun bald entscheiden, ob ich im Tropenhospital arbeiten will, oder nicht.«

Bettina schwieg. Sie wusste, wovon Robert seine Entscheidung abhängig machen würde.

Robert rückte den Korbsessel ein wenig näher an Bettina heran. Er legte den Arm um sie. Bettina trug ein schulterfreies Sommerkleid. Als Robert ihre zarte warme Haut unter seiner Hand fühlte, begann sein Herz hart und schnell gegen die Rippen zu schlagen. Wie gern würde er sie jetzt in seine Arme reißen, ihr Gesicht und ihren Mund mit glühenden Küssen bedecken ...

Ein tiefer Seufzer kam über Roberts Lippen.

Bettina wandte ihm das Gesicht zu und fragte:

»Was macht dir denn das Herz so schwer?«

»Da fragst du noch?« Roberts Arm legte sich fester um ihre Schultern. »Ich liebe dich, Bettina, und ich wünsche mir nichts sehnlicher, als dich zu meiner Frau zu machen. Ich weiß, ich habe versprochen, dich nicht zu bedrängen. Aber nun muss ich darüber reden.«

Robert legte eine kleine Pause ein. Er dachte an den heutigen Nachmittag und an das Gespräch, das er zufällig mit angehört hatte. Dieser Dr. Merkant war also wieder frei! Wie würde Bettina reagieren, wenn er wieder an sie herantreten würde? Er musste dem zuvorkommen! Er liebte Bettina, und er hatte lange um sie geworben. Er wollte sie jetzt nicht an einen anderen verlieren!

»Und warum?« fragte Bettina in seine Gedanken hinein.

»Ich sagte dir doch, dass Doktor Schraub mir geschrieben hat. Ich muss ihm meine Entscheidung mitteilen.« Robert setzte sich aufrecht und drehte ihr das Gesicht zu. »Bettina, du weißt, wovon ich meine Entscheidung abhängig mache. Ich werde hier bleiben, wenn du dich für mich entscheiden kannst. Bettina, lass mich nicht länger warten. Ich liebe dich zu sehr. Bitte, sag ja! Werde meine Frau, Bettina. Ich schwöre dir, dass du diesen Schritt nie bereuen wirst.«

Bettina legte den Kopf in den Nacken. Sie sah in den dunklen Abendhimmel. Die ersten Sterne blinkten schwach auf, aus dem Nachbargarten drang leise Musik herüber. Noch bevor sie heute Nachmittag erfahren hatte, dass Fred wieder frei war, hatte sie sich entschlossen, Roberts Frau zu werden. Sie empfand tiefe Sympathie und große Hochachtung für Robert. War das nicht eine gute Basis für eine Ehe?

Sicher, heute Nachmittag war sie in ihrem Entschluss schwankend geworden. Doch nur für einen kurzen Augenblick. Nein, sie wollte Fred nicht wiedersehen. Niemals mehr. Er hatte ihr zu wehgetan!

Bettina wandte sich Robert zu. Zart legte sie die Hand auf seine Wange, ihre Stimme klang unendlich weich, als sie sagte:

»Ja, Robert, ich will deine Frau werden. Ich . . .«

»Bettina!« jubelte Robert, sprang auf und zog sie in seine Arme. Er hielt sie ganz fest umschlungen. Seine Lippen bedeckten ihr Gesicht mit vielen kleinen

Küssen und suchten immer wieder ihren Mund, nach dem er sich so lange gesehnt hatte.

Bettina gab sich Roberts Zärtlichkeiten hin. Es waren zwar nicht diese berauschenden Empfindungen wie damals in Freds Armen, doch Roberts Zärtlichkeiten waren ihr angenehm, alles an ihm war ihr vertraut.

»Ich liebe dich, Bettina«, murmelte Robert zwischen den Küssen. »Ich liebe dich . . .«

»Ich liebe dich auch«, flüsterte Bettina. Zwar nicht so leidenschaftlich, wie ich Fred liebte, fügte sie in Gedanken hinzu, aber ruhig und gut.

Bettina schloss die Augen und schmiegte sich an Robert. Sie wollte nicht mehr an Fred denken, denn sie hatte sich für Robert entschieden.

*

Dr. Fred Merkants erster Arbeitstag war angebrochen. Professor Cartess wollte ihn zwar noch einen Monat auf Genesungsurlaub schicken, doch Fred weigerte sich strikt, Cartess' Anordnungen zu folgen.

Er wollte arbeiten. Arbeiten, um zu vergessen.

Fred stand in seinem Büro vor dem Waschbecken und schaute in den Spiegel – wie schon so oft in den letzten Tagen.

Er war nun nicht mehr der blendend aussehende Dr. Merkant. Hässliche, glutrote Brandnarben zogen sich über seine Stirn und bedeckten seinen Hals fast bis zum Kinn hinauf. Fred lächelte seinem Spiegelbild spöttisch zu.

»Hübsch siehst du aus, alter Junge«, sagte er zu sich selbst, wandte sich um und schlüpfte in den weißen Kittel.

»Doktor Merkant dringend zum großen OP«. klang es blechern aus der Sprechanlage über der Tür seines Büros. »Doktor Merkant, bitte dringend zum großen OP. Ein schwerer Unfall wurde eingeliefert. Doktor Merkant . . .«

Fred verließ eilig sein Büro und stand knapp drei Minuten im Waschraum neben dem OP-Saal.

Professor Cartess war schon anwesend. Er stellte soeben die Spezialuhr über den Waschbecken ein, die genau die Zeit anzeigte, die für die Desinfektion vorgesehen war.

Fred stellte sich neben seinen Schwiegervater und begann, Hände und Unterarme gründlich zu säubern.

»Der junge Mann dort drüben hat ein schweres Schädeltrauma«, sagte Professor Cartess und deutete mit dem Kopf in den OP-Saal hinüber. Der Verletzte lag schon auf dem OP-Tisch, während der Anästhesist Dr. Velden ihn in einen Dämmerschlaf versetzte. »Laut Röntgenaufnahme ein schweres subdurales Hämatom. Wir werden schnell arbeiten müssen, da der Patient durch den schweren Blutverlust geschwächt ist.«

»Ich freue mich auf die Arbeit«, erwiderte Fred ernst. »Du weißt, ich brauche meinen Beruf, wie die Luft zum Atmen.«

»Trotzdem hatte ich ein schlechtes Gewissen, als ich dich ausrufen ließ. Du solltest dich noch schonen. Aber ich hatte keine andere Wahl. Doktor Truger ist in Urlaub und Doktor Arting hat heute seinen freien Tag.«

Die Uhr über den Waschbecken summte leise. Die Desinfektion konnte beendet werden.

Eine Lernschwester hielt die grünen OP-Kittel bereit, reichte ihnen die Kopfbedeckung und band die Gesichtsmasken. Cartess und Fred streiften sich noch die Gummihandschuhe über, dann traten sie an den OP-Tisch.

»Alles klar?« fragte der Professor den Anästhesisten.

»Alles in Ordnung. Kreislauf zwar schwach, Herzschlag aber regelmäßig.«

»Gut, dann fangen wir an.« Professor Cartess warf einen kurzen prüfenden Blick über den Instrumententisch, dann sagte er kurz:

»Bohrer, Schwester.«

Professor Cartess bohrte vier Löcher in die Schädeldecke des Patienten.

»Säge.«

Surrend fraß sich die Säge durch den Schädelknochen.

Schwester Trude tupfte Blut ab, um dem Professor eine bessere Sicht zu ermöglichen.

Die Tiefstrahler über dem OP-Tisch warfen gleißendes, schattenloses Licht. Eine Lernschwester tupfte Professor Cartess den Schweiß von der Stirn.

Cartess arbeitete schnell und präzise. Jeder Handgriff zeugte von Routine und jahrelanger Erfahrung. Vorsichtig hob er das kreisrunde Knochenstück ab, das mit der Knochenhaut in Verbindung blieb.

»Die Hirnhaut an den Knochenrand steppen«, gab Cartess Fred Anweisung.

Fred nickte und führte die Anordnung des Professors aus. Mit feinster Seidennaht steppte er die Hirnhaut fest, damit der Rand nicht zurückrutschte.

»Wie sieht es bei Ihnen aus, Doktor Velden?« fragte der Professor den Anästhesisten.

»Der Mann hat eine unglaubliche Kondition«, bemerkte Dr. Velden. »Herz- und Kreislaufwerte immer noch konstant.«

Professor Cartess beugte sich weiter vor. Geschickt tasteten seine Hände sich über die Hirnmasse.

»Na prima«, bemerkte er, und Fred glaubte sein Lächeln unter der Maske ahnen zu können. »Da haben wir das Hämatom ja schon.«

Schwester Trude setzte das elektrische Absauggerät an. Gleichzeitig hielt sie die Nierenschale bereit, um das Blutgerinsel aufzufangen.

»Geschafft«, brummte Cartess und ließ das Hämatom in die Nierenschale gleiten.

»Ich schließe den Schädel«, sagte Fred knapp und machte sich an die Arbeit. Sorgsam setzte er die feinsten Nähte, legte das kreisrunde Knochenstück wieder genau ein und setzte die letzte Naht an der Kopfhaut.

Professor Cartess, der daneben stand, nickte anerkennend.

»Saubere Arbeit«, sagte er zu Fred, während sie nebeneinander in den Waschraum gingen.

Fred lächelte. Er freute sich über das Lob, denn es war allgemein bekannt, dass Professor Cartess damit sehr sparsam umging.

Schweigend desinfizierten sich die beiden Ärzte die Hände. Nach einer Weile sagte Cartess:

»Gundula bekam einen Anruf von Bettina . . .«

»Bettina Overbeck?« wollte Fred sofort wissen.

»Natürlich«, erwiderte Cartess brummig. »Von welcher Bettina denn sonst?«

»Wie . . . wie geht es ihr?« fragte Fred flach.

»Oh, ich glaube, ganz gut. Sie wird bald heiraten.«

»Heiraten?« wiederholte Fred ungläubig.

»Ich weiß gar nicht, warum du so erstaunt bist. Bettina ist eine bildhübsche junge Frau, die an jedem Finger zehn Männer haben könnte. Aber Doktor Gerau hat das Rennen gewonnen.«

Fred schwieg. Verbissen schrubbte er sich die Unterarme. Er war verärgert über sich selbst. Was hatte er sich denn eingebildet? Dass Bettina jahrelang auf ihn warten würde? Dass sie ihn nicht vergessen konnte?

Fred stieß ein bitteres Lachen aus. Für einen Augenblick hatte er völlig vergessen, dass er nicht allein war. O ja, in den letzten Wochen hatte er oft an Bettina gedacht und daran, dass er vieles falsch gemacht hatte. Aber er hatte damals ja nur Carmens Schönheit gesehen und die steile Karriere, die eine Verbindung mit ihr garantierte

»Was empfindest du eigentlich noch für Bettina?« fragte Professor Cartess gerade heraus.

»Erwartest du eine ehrliche Antwort von mir?« fragte Fred bitter. »Immerhin bist du mein Schwiegervater.«

»Carmen ist tot«, erwiderte Cartess schlicht. »Für dich aber geht das Leben weiter. Ich konnte damals sehr gut verstehen, dass Carmen dir den Kopf verdreht hat, aber ich war auch immer überzeugt gewesen, dass du tief in deinem Herzen noch Liebe für Bettina empfindest.«

»Und trotzdem hast du mir die Hand deiner Tochter gegeben?«

»Oh, Carmen hätte dich auch ohne meine Einwilligung geheiratet. Davon bin ich überzeugt. Sie hat ihren Willen fast immer durchgesetzt. Außerdem würden wir jetzt nicht so miteinander sprechen, wenn Carmen noch am Leben wäre.«

»Warum sprichst du eigentlich mit mir über Bettina?«

»Weil ich glaube, dass sie dich immer noch nicht vergessen hat.«

»Vielleicht hat sie mich noch nicht vergessen, aber sie hat mir auch nicht verziehen. Ich habe mich damals ziemlich schäbig benommen. Heute sehe ich das ein. Trotz aller Verliebtheit hätte ich zu ihr stehen müssen. Schließlich liebte ich sie ja noch . . . Aber die Erkenntnis kommt zu spät. Wie so oft im Leben. Ich . . .«

»Papperlapapp!« unterbrach Cartess ihn wütend. »Wenn du sie noch liebst, dann gehe zu ihr und bitte sie um Verzeihung.«

»Nein, ich schäme mich zu sehr«, erwiderte Fred einfach. »Außerdem . . . Schau mich doch einmal an! Glaubst du, dass mich eine Frau noch lieben kann? Ich bin hässlich und abstoßend.«

»Die Liebe hängt nicht an Äußerlichkeiten, Fred.«

»Trotzdem, Papa. Ich kann nicht zu ihr gehen. Und wenn ich ehrlich bin, dann muss ich dir sagen, dass ich nicht glaube, dass Bettina mir verzeihen kann. So viel Großmut hat kein Mensch. Ich habe ihr zu weh getan.« Resigniert wandte Fred sich ab.

»Du liebst sie also noch?« fragte Cartess eindringlich.

»Ja. Auch wenn du es mir jetzt übel nimmst, so möchte ich dir sagen, dass ich das schon bald nach der Hochzeit erkannt habe.« Fred senkte einen Augenblick den Kopf. Doch dann strafften sich seine Schultern. »Ich kann dir versichern, dass Carmen davon nie etwas erfahren hätte, wenn sie noch lebte. Eine Ehe ist für mich etwas Heiliges. Niemals hätte ich Carmen betrogen.«

»Das glaube ich dir, mein Junge.« Cartess legte Fred die Hand schwer auf die Schulter. »Deswegen möchte ich dir auch noch einmal raten, zu Bettina zu gehen.«

»Nein«, antwortete Fred hart, drehte sich abrupt um und verließ den Waschraum.

Professor Cartess sah ihm kopfschüttelnd nach.

*

»Die weite Reise hätten Sie sich sparen können, Herr Professor. Ich habe mich entschieden. In wenigen Wochen werde ich Robert heiraten.«

Professor Cartess griff sich mit beiden Händen an den Kopf.

»Aber Sie lieben ihn doch gar nicht!« rief er aufgebracht.

Bettina stand auf und ging ans Fenster. Der Garten lag im hellen Sonnenschein. Ihre Mutter saß im Schatten der Gartenlaube. Sie hielt den kleinen Fred auf dem Schoß, herzte und küsste ihn. Langsam drehte Bettina sich wieder zu Cartess um.

»Liebe?« fragte sie und sah ihn nachdenklich an. »Es gibt verschiedene Arten von Liebe, Herr Professor. Und ich liebe Robert auf meine Art.«

»Vielleicht sind Sie ihm dankbar, weil ...«

»Es wäre gut, wenn Sie nicht weiterredeten, Herr Professor«, unterbrach Bettina ihn kalt. »Ich würde niemals einen Mann aus Dankbarkeit heiraten.«

»Schön, aber wie lieben Sie Robert denn? Wie einen Bruder?« Cartess lachte kurz auf und wischte mit der Hand ärgerlich durch die Luft. »Glauben Sie, das genügt für eine Ehe? Eine Ehe, die ein Leben lang bestehen soll?«

»Ich liebe Robert. Meine Liebe zu ihm ist ruhig und ausgeglichen. Aber ich habe grenzenloses Vertrauen zu Robert. Ich weiß, dass er mich nie enttäuschen wird. Niemals würde er mich so behandeln, wie Fred es getan hat.«

»Ach! Sie haben Angst, dass Fred Sie erneut enttäuschen könnte, wenn Sie ihm verzeihen? Nur deswegen wollen Sie nicht mit mir fahren?« rief Cartess.

»Nein, nicht nur deswegen. Robert hat sich all die Monate rührend um mich gekümmert. Er war immer da, wenn ich ihn brauchte. Seine Liebe hat mich eingehüllt wie ein weicher, warmer Mantel. Und diesem Mann soll ich jetzt weh tun? Nur, weil es Fred in den Sinn kommt, dass er sich damals getäuscht hat?«

»Liebe verzeiht alles«, antwortete Cartess schlicht. »Fred liebt Sie noch. Er weiß nicht, dass ich hier bin. Er wagt es auch nicht, zu Ihnen zu kommen, Bettina.«

»Das wird auch das Beste sein.« Bettinas Stimme schwankte leicht. »Ich habe meinen Seelenfrieden wiedergefunden.

Ich fühle mich wohl. Und ich will Fred nicht wiedersehen! Mein Gott, warum quälen Sie mich denn so? Warum lassen Sie mich denn nicht in Ruhe?«

»Sie lieben ihn noch, Bettina«, sagte Professor Cartess voller Überzeugung. »Wenn dem nicht so wäre, würden Sie anders reagieren.«

»Denken Sie, was Sie wollen«, erwiderte Bettina unwirsch. Cartess Feststellung traf sie tiefer, als sie sich selbst eingestehen wollte. »Jedenfalls haben Sie sich umsonst zu mir bemüht. Ich werde Roberts Frau, daran kann niemand etwas ändern.«

»Wenn Sie mit offenen Augen in Ihr Unglück laufen wollen, bitte sehr!« Cartess machte eine wütende Handbewegung. »Ich habe versucht, Ihnen das Glück nahe zu bringen.«

»Ich verstehe gar nicht, warum Sie sich so für Fred einsetzen, Herr Professor. Immerhin war er mit Ihrer Tochter verheiratet! Und wenn Fred jetzt behauptet, dass er mich immer noch liebt, dann konnten doch die Gefühle, die er Carmen gegenüber aufbrachte, nicht sehr tief gewesen sein, oder?«

»Irren ist allzu menschlich, liebe Bettina«, erwiderte Professor Cartess mit feinem Lächeln. »Carmen hatte eine Leidenschaft in Fred entfacht, und er erlag ihr. Die Erkenntnis kam zu spät für ihn. Doch das

Schicksal hat ihn dafür auch hart bestraft. Er ist nicht mehr der gut aussehende Arzt, dem alle Frauenherzen zufliegen.«

»Wie meinen Sie das?« fragte Bettina unsicher.

Professor Cartess, der bis jetzt über Freds Verletzungen geschwiegen hatte, berichtete von den Verbrennungen, die Fred erlitten hatte.

Während er erzählte, konnte Cartess deutlich an Bettinas Gesichtsausdruck ablesen, wie sie mit Fred litt.

Ein kurzes Klopfen an der Tür unterbrach Cartess' Ausführungen, Robert betrat das Wohnzimmer.

Bettina lief sofort auf ihn zu und schmiegte sich in seine Arme.

»Robert kennen Sie ja schon, Herr Professor. Da ich bald seine Frau werde, habe ich auch keine Geheimnisse vor ihm. Sie können also ruhig weitersprechen.«

»Nein, ich glaube, es ist besser, wenn ich mich verabschiede.« Cartess reichte Bettina die Hand. »Denken Sie gut über meine Worte nach, Bettina, bitte«, bat er noch einmal eindringlich. Dann verabschiedete er sich von Robert und verließ das schmucke Einfamilienhaus der Overbecks.

»Was wollte er denn von dir?« fragte Robert misstrauisch.

Bettina war plötzlich am Ende ihrer Beherrschung.

»Nichts, nichts«, schluchzte sie und warf sich in Roberts Arme. »Halt mich fest, Robert, ganz fest. Bitte . . .«

Robert legte die Arme um sie. Seine Lippen liebkosten ihre Wangen, beruhigend streichelte er ihr Haar.

»Willst du mir nicht erzählen, was der Professor von dir wollte? Warum solltest du über seine Worte nachdenken? Bitte, Bettina! Habe ich denn kein

Recht, es zu erfahren? Seit wann haben wir Geheimnisse voreinander?«

»Er... er kam, um mir von Fred zu berichten.«

»Fred«, knirschte Robert. »Immer wieder dieser Fred! Werden wir denn nie Ruhe haben vor ihm?«

»Doch, Robert, doch«, hauchte Bettina. »Ich will Fred nicht wiedersehen. Das habe ich auch dem Professor gesagt. Und bitte, lass und jetzt nicht mehr davon sprechen, ja?«

Robert schob sie ein wenig von sich. Forschend sah er sie an. Wenn sie Fred wirklich aus ihrem Herzen verdrängt hatte, wenn sie tatsächlich nichts mehr für ihn empfand, warum regte sie sich dann so auf?

»Bist du ganz sicher, dass du meine Frau werden möchtest, Bettina?« vergewisserte Robert sich noch einmal. »Ich bin zwar sehr glücklich, dass du mir gehören willst, Bettina. Aber ich möchte nicht, dass du aus Dankbarkeit oder aus irgendwelchen Gründen meine Frau wirst. Ich will dich, Bettina, dich und deine Liebe!«

»Ich will an deiner Seite glücklich sein«, erwiderte Bettina leise und versteckte ihr Gesicht an seiner Schulter.

Dr. Fred Merkant wurde über die Sprechanlage zur Rezeption gerufen. Erstaunt nahm er das Telegramm entgegen, das der Postbote ihm, überreichte. Hastig riss er den Umschlag auf.

»Bettina sehr krank – stopp – bitte komm sofort – stopp – Martha Overbeck – stopp«

Mehrmals überflog Fred den knapp gehaltenen Text. Dann wirbelte er auf den Absätzen herum und eilte in Professor Cartess' Chefbüro.

»Der Herr Professor möchte nicht...«, begann Fräulein Schneider, die Vorzimmerdame, doch Fred winkte nur unwirsch ab.

Er klopfte kurz und trat ein.

»Nanu? So stürmisch?« fragte Cartess erstaunt. »Wo brennt es denn?«

»Da! Bitte lies«, bat Fred mit rauer Stimme und legte dem Professor das Telegramm auf den Schreibtisch.

Cartess überflog den Text. Er dachte eine Weile nach, dann hob er den Kopf und fragte:

»Und du möchtest sofort zu ihr fahren?«

»Ja. Kannst du mich ein paar Tage beurlauben? Ich muss zu ihr. Gar nicht auszudenken, wenn sie ernsthaft krank ist!« Mit fahrigen Bewegungen zündete Fred sich eine Zigarette an. Tief inhalierte er den Rauch.

»Hm, eigentlich brauche ich dich dringend in der Klinik«, sagte Cartess nachdenklich.

»Bitte, Papa, ich muss zu ihr.« Fred zog heftig an der Zigarette.

»Gut.« Cartess stand auf. »Aber länger als drei Tage kann ich dir nicht geben.«

»Das genügt schon.«

»Na, dann schwing dich in den Wagen. Aber fahre nicht zu schnell!«

»Danke!« rief Fred, der schon an der Tür war. Professor Cartess sah ihm schmunzelnd nach. Das musste wirklich Liebe sein . . .

Am Spätnachmittag stoppte Fred seinen Wagen vor Martha Overbecks Haus. Einen Augenblick lang blieb er hinter dem Steuer sitzen und schaute zu dem Haus hinüber.

Seit etwas mehr als einem Jahr hatte er Martha Overbeck nicht mehr gesehen. Wie würde sie ihn empfangen? Hatte sie selbst das Telegramm aufgegeben, oder hatte Bettina sie darum gebeten? Viele Fragen beschäftigten Fred, der plötzlich kaum noch den Mut aufbrachte, das Haus zu betreten.

Doch seine Angst um Bettina war größer als sein Schamgefühl. Mit schnellen Schritten durchquerte er den Vorgarten, ungeduldig drückte er mehrmals auf den weißen Klingelknopf.

Es dauerte eine geraume Weile, bis er Schritte im Flur hörte.

»Ja, ja, ich komm' ja schon«, hörte er Frau Overbecks ärgerliche Stimme. »Wer hat es denn da so eilig?«

Seltsam, dachte Fred, ob sie mich so schnell gar nicht erwartet hat?

Martha Overbeck öffnete die Tür. Als sie Fred erkannte, öffnete sie den Mund, doch kein Laut kam über ihre Lippen.

»Ich kam, so schnell ich konnte«, sagte Fred, der sich in einer verzwickten Lage befand. Er wusste gar nicht, wie er Bettinas Mutter anreden sollte. Mama zu ihr zu sagen, war wohl nicht mehr angebracht, und Frau Overbeck zu sagen, erschien ihm irgendwie komisch.

»Duuu?« fragte Martha gedehnt, als sie sich endlich von ihrer Überraschung erholte.

»Ja, ich«, erwiderte Fred leicht irritiert.

»Und was möchtest du hier?« fragte Martha mit bösem Lächeln.

»Ja . . . aber . . . Sie haben mir doch das Telegramm geschickt«, erklärte Fred verunsichert.

»Ich weiß von keinem Telegramm«, antwortete Martha unwirsch. »Ist das jetzt vielleicht dein neuester Trick, um an Bettina heranzukommen? Hast du dir wirklich hübsch ausgedacht.«

»Aber nein, so glauben Sie mir doch!« rief Fred aufgeregt und suchte seine Taschen nach dem Telegramm ab. Endlich hatte er es gefunden und reichte es Frau Overbeck.

Mit staunendem Gesichtsausdruck las Bettinas Mutter den Text. Sie schüttelte verständnislos den Kopf.

»Ich habe dieses Telegramm nicht abgeschickt«, erklärte sie kategorisch. »Und Bettina ist auch nicht krank. Sie liegt oben in ihrem Zimmer und schläft.«

»Dann hat sich jemand einen Scherz mit mir erlaubt«, stellte Fred bitter fest.

Unglücklich hob er die Schultern. »Und nun?«

»Ich kann Bettina jetzt nicht wecken. Der Kleine war den ganzen Tag so unruhig. Sie hat sich erst vor einer Stunde ein wenig hingelegt und ...«

»Welcher Kleine?« fragte Fred.

»Bettinas Sohn«, erklärte Martha, deren Laune sich immer noch nicht gebessert hatte.

»Bettina hat ein Kind?« fragte Fred so erstaunt, dass Martha die helle Wut packte.

Sie stemmte die Fäuste in die Hüften, ihr Gesicht verfärbte sich dunkelrot, als sie zischte:

»Ja, ein Kind von dir, mein lieber Fred!«

»Ein Kind«, wiederholte Fred fast andächtig. »Ein Kind von mir ... Aber warum habe ich nie etwas davon erfahren?«

»Du hast es ja vorgezogen, mit deiner Frau ein Jahr auf Hochzeitsreise zu gehen«, fauchte Frau Overbeck böse.

»Bitte, lassen Sie mich das Kind sehen. Nur einmal, bitte.«

Martha musterte Fred lange. Sie konnte seinem bettelnden Gesichtsausdruck nicht widerstehen.

»Also gut, komm mit. Aber nur unter einer Bedingung! Dass du sofort wieder gehst. Versprichst du mir das? Ich möchte nicht, dass Bettina dich hier sieht! Sie wird bald heiraten, damit du es nur weißt!«

»Ich gehe auch sofort wieder«, versprach Fred und folgte Bettinas Mutter auf die Terrasse.

Neugierig beugte er sich über den Kinderwagen. Lange sah er das schlafende Kind an.

»Mein Kind«, flüsterte er. »Mein Sohn . . .«

Martha merkte, wie Rührung sie überkam. Sie räusperte sich kräftig und sagte bewusst barsch:

»Ich lasse dich ein paar Minuten mit dem Kind allein. Aber wirklich nur ein paar Minuten. Dann musst du wieder gehen.«

»Danke, Frau Overbeck, vielen Dank.« Fred wandte sich sofort wieder seinem Sohn zu. Zärtlich betrachtete er das schlafende Kind. Mit den Fingerspitzen strich er über das dunkle seidige Haar des Babys, fasziniert betrachtete er das Grübchen im Kinn. Unwillkürlich tastete seine Hand sich an sein Kinn.

»Er hat mein Grübchen geerbt«, flüsterte Fred gerührt.

*

Martha Overbeck wollte gerade die Küche betreten, als sie Schritte auf der Treppe hörte.

Entsetzt starrte sie ihre Tochter an.

»Du . . . du schläfst nicht?« stammelte sie.

»Nein, Muttchen, ich habe nur ein paar Minuten geschlafen. Ich weiß auch nicht warum, aber plötzlich war ich wieder hellwach. Wie geht es denn dem Kleinen? Ist er endlich eingeschlafen?«

»O ja, ich habe ihm ein bisschen Tee gekocht, das hat seinen Bauchschmerzen geholfen. Er schläft jetzt tief und fest.«

»Ich schaue mal nach ihm«, erklärte Bettina flüsternd und wollte auf Zehenspitzen den Flur entlanggehen.

Mit wenigen Schritten war ihre Mutter neben ihr.

»Nein, du gehst jetzt nicht dorthin«, bestimmte sie kategorisch.

Bettina schaute ihre Mutter perplex an. Was war denn nur mit ihr los? So kannte sie ihre Mutter ja gar nicht!

»Ich bin so leise, dass er mich bestimmt nicht hört, Muttchen.«

»Ich möchte aber nicht, dass du zu ihm gehst! Ich hatte alle Mühe, ihn in den Schlaf zu wiegen. Bitte, weck ihn nicht wieder auf!«

»Aber Mama, du weißt ganz genau, dass ich alles tun werde, um ihn nicht zu wecken.« Bettina schaute ihre Mutter verärgert an.

»Trotzdem möchte ich es nicht«, beharrte ihre Mutter. »Ich werde ernsthaft böse, wenn du trotzdem hineingehst.

Ich spreche kein Wort mehr mit dir!«

»Jetzt werde bloß nicht hysterisch, Mama! Was ist denn in dich gefahren?«

Ärgerlich schüttelte Bettina den Kopf. Leise ging sie in das Wohnzimmer.

Martha Overbeck blieb vor der Küchentür stehen und bekreuzigte sich. Sie verwünschte ihr Mitleid, das sie veranlasst hatte, Fred einen Blick auf seinen Sohn werfen zu lassen. Warum hatte sie ihn nur hereingebeten? Warum nur? Bettina würde es ihr nie verzeihen!

Bettina hatte inzwischen die offene Terrassentür erreicht. Verwundert schaute sie auf den Mann, der sich über den Kinderwagen beugte und ihr den Rücken zudrehte.

Bettina trat noch einen Schritt vor. Ihr Fuß stieß an die Türfassung.

Fred, der das Geräusch hinter seinem Rücken hörte und glaubte, Martha Overbeck sei wieder ins Zimmer gekommen, drehte sich um. Sein Lächeln erstarb, als er sich plötzlich Bettina gegenübersah.

Bettina trat unwillkürlich einen Schritt zurück. Abwehrend streckte sie die Hände aus.

»Du? Warum bist du gekommen?« flüsterte sie erstickt. Keinen Blick konnte sie von Fred wenden, der mit hängenden Schultern vor ihr stand.

Auf Zehenspitzen verließ Fred die Terrasse. Leise schloss er die Tür hinter sich. Wenn er schon mit Bettina zusammentraf, wollte er auch mit ihr sprechen. Aber sein Sohn durfte nicht aus dem Schlaf gerissen werden.

»Warum bist du gekommen?« fragte Bettina mit belegter Stimme, nachdem Fred die Tür geschlossen hatte. »Habe ich dem Professor nicht deutlich genug gesagt, dass ich dich nicht mehr sehen will?«

»Er war hier?« fragte Fred ungläubig.

»Es ist ja auch egal. Wenn er dich nicht davon unterrichtete, kann ich dir meine Absicht auch selbst sagen. Ich werde heiraten. Mit dir möchte ich nichts mehr zu tun haben. Bitte, verlasse auf der Stelle unser Haus!«

Fred schien ihr gar nicht zuzuhören. Fasziniert sah er sie an. Es war, als könnte er keinen Blick von ihr lassen.

Bettina hatte sich gar nicht verändert. Sie war schön, wie eh und je. Freds Blicke glitten über die Fülle ihres rötlichblonden Haares. Wie gern hatte er früher doch diese Haarpracht gestreichelt

»Warum starrst du mich so an?« fragte Bettina mit bebender Stimme. So sehr sie auch versuchte, sich von Fred zu distanzieren, sie schaffte es nicht.

Ihr Herz klopfte so laut und so schnell, dass sie befürchtete, es könnte zerspringen. Ihr Blut jagte rasend schnell durch die Adern, pochend hämmerte es in den Schläfen.

»Ich glaube, ich habe erst jetzt begriffen, was ich

damals aufgegeben habe.« Fred lächelte ein wenig. Es war ein hilfloses Lächeln, das Bettinas Herz berührte. »Aber davon willst du sicher nichts hören.«

Umständlich holte Fred das Telegramm aus der Innentasche seines Jacketts und reichte es Bettina.

»Hier, dieses Telegramm erhielt ich heute Morgen. Ich wäre nicht gekommen. Ich hätte deinen Frieden nicht gestört, wenn dieses Telegramm nicht gewesen wäre. Irgendjemand hat sich einen Scherz mit mir erlaubt.«

Bettina antwortete nicht. Sie legte das Telegramm achtlos auf den Tisch. War es jetzt noch wichtig, warum Fred hier war? Sie wusste nur, dass es für sie besser gewesen wäre, Fred nicht mehr wiederzusehen. Alle Gefühle, die sie einmal für ihn empfunden hatte und die sie überwunden glaubte, wurden wieder wach in ihr.

»Wenn Professor Cartess hier war, warum hat er mir nicht von unserem Kind erzählt? Warum . . . ?

»Du weißt, dass es unser Kind ist?«

»Ja, deine Mutter hat es mir gesagt.«

»Nun, das ist jetzt auch nicht mehr so wichtig«, sagte Bettina herb. »Das Kind wird einen Vater bekommen, einen guten Vater. Es wird in einer Familie groß werden. Es wird seinen leiblichen Vater nicht vermissen.«

»Ich kann verstehen, dass du nicht vergessen kannst, was ich dir angetan habe. Es ist auch zu spät, dir zu sagen, dass ich dich immer noch liebe.« Fred lächelte bitter. »Ja, man muss im Leben für alles bezahlen. Ich habe schon sehr bald erkannt, dass Carmen nicht die Frau war, mit der ich glücklich werden konnte. Aber da war es zu spät.«

Fred ging langsam auf Bettina zu.

Bettina wollte weglaufen, doch sie war nicht fähig,

auch nur einen Schritt zu tun. Wie angewurzelt blieb sie stehen, keinen Blick konnte sie von Freds Gesicht lösen.

Dicht vor ihr blieb Fred stehen.

»Ich habe nie aufgehört, dich zu lieben, Bettina«, sagte er leise, und die Blicke, mit denen er sie betrachtete, unterstrichen seine Worte. »Vielleicht werde ich dich eines Tages vergessen können. Dich und unseren kleinen Sohn ...«

Bettinas Kehle war wie zugeschnürt, keinen Laut brachte sie hervor.

Fred, der auf ein Wort, auf ein Zeichen von ihr wartete, drehte sich langsam um und ging mit schwerfälligen Schritten zur Tür. Er glaubte, Bettina nun endgültig verloren zu haben ...

»Fred!«

Wie ein Schrei kam sein Name von ihren Lippen.

Fred blieb wie angewurzelt stehen. Sollte es doch noch ein Glück für ihn geben? Fred wagte kaum zu atmen. Er drehte sich auch nicht um.

»Fred«, flüsterte Bettina. »Bitte, bleib noch, Fred ...«

Mit ungläubigem Lächeln drehte Fred sich um. Als er jedoch in Bettinas Augen sah, war er mit wenigen Schritten bei ihr. Seine Hände legten sich wie Schraubstöcke um ihre Oberarme.

»Au, du tust mir weh, Fred.«

»Verzeih.« Freds Griff lockerte sich sofort. »Aber ... aber ich bin so aufgeregt. Ich ...« Fred brach ab und schluckte. »Bettina, habe ich das Richtige aus deinen Worten herausgehört? Kannst du mir verzeihen? Glaubst du, dass es für uns einen neuen Anfang gibt?«

Tränen traten in Bettinas Augen.

»Aber . . ., warum weinst du denn?« fragte Fred erschrocken. »Habe ich etwas Falsches gesagt?«

»Aber nein«, flüsterte Bettina unter Tränen. »Ich . . . ich weine, weil ich so glücklich bin.«

Sanft zog Fred sie in die Arme. Er legte seine Wange gegen ihr Haar und schwieg. Doch es war ein gutes Schweigen, das zwischen ihnen lag.

»Ich kann mein Glück gar nicht fassen«, flüsterte Fred. »Du liebst mich noch? Du hast doch gesehen, dass ich verunstaltet bin! Auch das willst du übersehen? Ach Bettina, ich kann dir gar nicht sagen, wie glücklich ich bin. Nun soll uns nichts mehr trennen, mein Liebes. Ich . . .«

Bettina legte ihm die Hand auf die Lippen. Mit sehnsüchtigem Lächeln flüsterte sie:

»Küss mich doch endlich, Fred. Ich habe nur die Erinnerung an deine Küsse, und die möchte ich auffrischen.«

Ihre Lippen fanden sich zu einem innigen Kuss, der all das ausdrückte, was sie füreinander empfanden.

In diesem Augenblick wurde Bettina sich bewusst, dass sie Robert nie wirklich geliebt hatte, dass sie immer nur Fred gehören konnte, unter dessen Küssen sie erschauerte.

Während sich zwei Menschen nach einem langen Weg voller Enttäuschungen wieder fanden, ging Frau Overbeck auf dem Flur unruhig hin und her.

Ab und zu legte sie das Ohr an die Tür des Wohnzimmers, doch kein Laut war zu hören.

Martha Overbeck war sehr beunruhigt, doch sie wagte nicht, sich bemerkbar zu machen.

Bettina löste sich langsam von Fred, der sie nur ungern aus den Armen ließ.

»Ich muss in die Klinik, Fred«, sagte Bettina, und ein kleines, trauriges Lächeln huschte über ihr Gesicht.

»Ich bringe dich hin«, erklärte Fred sofort, der Bettina am liebsten keine Sekunde aus den Augen gelassen hätte. »Nein, ich weiß noch etwas Besseres! Ich spreche mit deinem Chef, damit er dich ab sofort beurlaubt.« Fred zog sie erneut an sich und küsste sie. »Ich liebe dich so sehr, dass ich dich keine Minute missen möchte.«

»Ich liebe dich auch, Fred.«

»Das klingt aber sehr traurig.«

»Ich bin auch traurig. Ich muss nun einem Menschen sehr, sehr weh tun. Einem Menschen, der mich liebt und der mir über eine schwere Zeit hinweggeholfen hat.«

»Du meinst . . .«

»Ja, ich muss mit Robert sprechen«, unterbrach Bettina ihn.

»Darf ich dich wenigstens bis zur Klinik fahren?« bat Fred.

»Ja, denn ich werde anschließend Trost brauchen. Ich muss einem Menschen weh tun, der es nicht verdient hat.«

Fred legte den Arm um sie und presste sie kurz an sich. Er wusste nicht, was er ihr darauf antworten sollte, aber er konnte sie verstehen . . .

*

Bettina und Fred trafen ein wenig verspätet bei der Klinik ein. Bettina sprang rasch aus Freds Wagen und eilte auf die Rezeption zu.

Robert kam ihr schon entgegen.

Noch bevor Bettina etwas sagen konnte, nahm Robert sie in seine Arme und küsste sie. Plötzlich stutzte er. Bettina erwiderte seine Küsse nicht.

Robert hatte das Gefühl, den Boden unter den Füßen zu verlieren. Er trat einen Schritt zurück und sah

Bettina forschend an. Er bemerkte die Tränen in ihren Augen, aber auch den Schimmer Glück darin.

Ein trauriges Lächeln legte sich um Roberts Mund.

»Du hast dich wieder mit Fred ausgesöhnt.« Das war keine Frage, sondern eine Feststellung.

»Woher weißt du das?« flüsterte Bettina.

»Ich fühle es!« stieß Robert rau hervor.

Er hatte plötzlich das Gefühl, schreien zu müssen. Seinen ganzen Schmerz wollte er in die Welt hinausschreien, doch Bettinas trauriges Gesicht hielt ihn davon ab. Nein, sie hatte es sich bestimmt nicht leicht gemacht . . .

Robert musste all seine Beherrschung aufbieten, um ruhig zu bleiben. Es gelang ihm sogar ein schiefes Lächeln, als er sagte:

»Liebe ist nun einmal unberechenbar, Bettina. Ich wurde nie das Gefühl los, dass dein Herz immer noch dem Anderen gehörte. Ich war eine kurze Zeit sehr, sehr glücklich, und dafür möchte ich dir danken. Ich . . .«

»Bitte, sprich nicht von Dank, Robert«, bat Bettina mit erstickter Stimme.

»Aber, aber, wer wird denn weinen. Mein Schicksal ist es eben, in einem Tropenhospital zu arbeiten.«

»Du wirst weggehen?«

»Ja, ich muss gehen, damit ich Abstand gewinnen kann«, erwiderte Robert rau. Er streckte Bettina die Hand hin. »Ich möchte dir Auf Wiedersehen sagen, Bettina. Ich bin sicher, dass ich in ein paar Jahren wieder nach Deutschland zurückkommen werde. Darf ich euch dann einmal besuchen?«

»Du wirst mir immer willkommen sein, Robert.«

»Okay, dann bis in ein paar Jahren«, erwiderte er betont forsch, drehte sich abrupt um und ging mit langen Schritten wieder auf die Klinik zu.

»Robert ...« rief Bettina, doch Robert drehte sich nicht mehr um.

Traurig ging Bettina zum Wagen zurück, in dem Fred auf sie wartete. Fred spürte, dass es jetzt besser war, Bettina in ihrer Trauer nicht anzusprechen. In diesem Augenblick konnte auch er ihr nicht helfen, damit musste Bettina ganz allein fertig werden ...

*

Nachdem Fred und Bettina noch einen ausgedehnten Waldspaziergang unternommen hatten, der ebenso schweigsam wie die Fahrt verlaufen war, kehrten sie nach Hause zurück.

Bettinas Mutter führte sie mit einem geheimnisvollen Lächeln ins Wohnzimmer.

Überrascht sahen Fred und Bettina auf Professor Cartess und Schwester Gundula, die nebeneinander auf dem Sofa saßen und ein wenig schuldbewusst aussahen.

»Warum hast du mir denn heute Morgen nicht gesagt, dass ihr Bettina ebenfalls besuchen wollt?« fragte Fred staunend. »Wir hätten doch alle in einem Wagen fahren können!«

»Tja, mein Junge, bevor ich darüber eine nähere Erklärung abgebe, habe ich dir ein Geständnis zu machen.«

Erstaunt sah Fred Bettina an, dann sagte er:

»Ich höre.«

»Nun, dieses Telegramm, das du bekommen hast. Es ... es war unsere Idee. Wir ... das heißt, ich glaubte, wenn ihr beide euch erst wieder einmal gegenübersteht ...«

»Duuu?« rief Fred erstaunt aus.

»Wir«, korrigierte Gundula ihn lächelnd. »Ich hoffe, ihr könnt uns noch einmal verzeihen?«

Fred zog Bettina in die Arme. Ihre Blicke verfingen sich ineinander, zärtlich fragte Fred:

»Können wir den beiden verzeihen, mein Liebes?«

»Ausnahmsweise, aber nur, weil sie uns Glück gebracht haben.« Bettina schlang die Arme um Freds Hals. Sie küssten sich selbstvergessen.

Professor Cartess legte seinen Arm um Gundula und sagte leise:

»Manchmal muss man dem Glück auch einen kleinen Schubs geben.«

ENDE